브라보 마이 라이프

이동원 자서전

브라보 마이 라이프

펴 낸 날   2024년 9월 13일

지 은 이   이동원
펴 낸 이   이기성
기획편집   이지희, 윤가영, 서해주
표지디자인 이지희
책임마케팅 강보현, 김성욱
펴 낸 곳   도서출판 생각나눔
출판등록   제 2018-000288호
주   소   경기 고양시 덕양구 청초로 66, 덕은리버워크 B동 1708호, 1709호
전   화   02-325-5100
팩   스   02-325-5101
홈페이지   www.생각나눔.kr
이 메 일   bookmain@think-book.com

• 생각의 뜰은 도서출판 생각나눔의 자서전 브랜드입니다.

• 책값은 표지 뒷면에 표기되어 있습니다.
 ISBN 979-11-7048-745-6(03810)

세월이 흐르고, 인생의 여정을 돌아보며   이동원 지음

브라보
마이 라이프
Bravo My Life

생각
의들

차 례

 제1부

험하고 멀기만 한
배움의 길

제2부
월남 전장에
첫발을

제3부

영원한 나의
동반자를 만나다

제4부

내 삶을
되돌아보니

숙명적인 가난과 무지를 후손들에게는 물려줄 수 없기에

나의 인생 경험을 살려 이 글을 남긴다.

제1부

험하고 멀기만 한 배움의 길

그래도 고귀한 인생

🌿 사람은 태어나는 시기와 장소가 중요하다. 모든 세상 만물은 환경의 지배를 받는다. 좋은 환경에서 태어나면 훌륭한 사람으로 성장할 확률이 그만큼 높다.

나는 해방 이듬해인 1946년에 태어나 6·25 전쟁의 참화를 거치며 먹고살기 힘든 고난의 시절, 초근목피(草根木皮)로 근근이 끼니를 때우던 시기에 어린 시절을 보냈다. 워낙 열악한 환경에서 살다 보니 장래 희망이나 원대한 꿈같은 그럴듯한 생각은 품어보지 못한 채, 그저 하루하루 연명하기 급급한 잡초 같은 인생을 살아야 했다.

산에 오르면 큰 바위산 벼랑 끝에 뿌리를 내린 소나무는 크게 자라지도 못하고 구부정하게 간신히 생명만 유지한 채 몇백 년을 살아간다. 세찬 풍파에 시달리고 열악한 환경에 뿌리를 내린 탓에 크고 곧게 자랄 수도 없다. 비가 그치면 수분 부족에 고난의 세월을 보내는가 하면 영양도 충분치 않아 재목이 되기 어렵다. 반대로 땅심이 깊고 적당한 수분이 공급되는 심산(深山)계곡에 뿌리내린 소나무는 낙락장송(落落長松)으로 곧고 크게 자란다. 이런 나무는 집을 지을 때 대들보로 쓰이거나 좋은 목재로 태어난다.

인간도 소나무와 크게 다르지 않다. 심심산골, 전기도 없는 가난한 농촌에 태어나면 바위산 벼랑 끝에 뿌리내린 소나무와 크게 다르지 않다. 곡식도 비옥한 땅에서 새싹이 튼튼하듯 인간도 자라난 환경이 그의 미래에 지대한 영향을 끼치는 것만은 분명한 듯하다.

이 세상 빈손으로 왔다가 빈손으로 간다지만, 왔다가 돌아가는 그 기간이 풍요로울 수 있다면 큰 축복일 것이다. 사람들은 저마다 많은 재물을 갖고 넉넉하고 행복하게 살고 싶어 한다. 그것이 본능이고 희망이다. 그러나 모든 사람이 똑같이 풍요롭고 행복하게 살 수는 없다. 사람들은 흔히 자기가 가장 불우하거나 열악한 환경에서 태어났다고 생각한다. 그러나 불우한 환경마저도 천차만별이다.

주위 환경이 인간을 만든다. 좋은 환경에서 훌륭한 인재가 만들어진다. 개천에서 용이 난다는 말이 있다. 하지만 아무 개천에서나 용이 나는 것은 아닐 테다. 재물이 없으면 명석한 두뇌라도 타고나든지 아무것도 타고나지 못한 보통 사람들과 밑바닥 인생들은 개천의 용이 되기가 결코 쉬운 일이 아니다. 흔히 크게 될 나무는 떡잎부터 다르다고 말한다. 떡잎부터 튼튼해야 큰 나무가 될 수 있다.

사람은 성장 과정이 느리다. 어릴 때 부모가 보살피지 않으면 살아남지 못한다. 똑바로 가르치고 보살펴야 훌륭하게 자랄 수 있다. 그래서 금수저니 은수저니 하는 말도 생겼을 것이다. 부(富)도 대물림하는 세상이다. 부모가 제대로 살아야지 자식도 잘살 수 있다.

나는 스스로 내 인생을 개척하며 그때그때 상황에 대처하며 살아왔다. 도와줄 사람도 없거니와 이끌어 줄 사람도 없었다. 아는 것보다 모르는 것이 훨씬 많아, 모르는 것도 아는 척하며 살 수밖에 없었다. 내 인생의 목표는 오로지 실패 없는 성공뿐이었다. 맨주먹으로 시작한 인생, 후회는 없다. 지름길을 두고도 몰라서 먼 길 돌며 살았다고 할 수도 있지만, 후회는 없다. 그 길밖에 모르기 때문에 후회랄 것이 없다.

나는 이 책을 쓰면서 못 배우고 가진 게 없는 사람들도, 나 같은 인생을 보고 희망과 용기를 잃지 말기 바란다. 온갖 고난을 겪었지만, 좌절하지 않고 꿋꿋이 살아온 세월이 자랑스럽다. 눈높이를 낮추고 낮은 자세로 분수에 맞게 하루도 쉼 없이 달려온 인생, 때로는 참기 힘든 고통과 좌절도 있었지만, 행복한 미래를 꿈꾸며 열심히 살아왔기에 이제는 남부럽지 않은 삶을 살고 있다.

내가 살아온 길을 되돌아보고 정리해 책으로 묶어내 나의 후손들에게 전하고 싶다. 비록 남들보다 높은 자리를 차지하지 못하고 가장 낮은 곳을 거칠게 헤치며 살아왔지만, 후회는 없다. 이렇게 자수성가한 나를 거울삼아 내 후손들도 분수에 맞게 열심히 살아가길 바란다.

요즘 세상에는 나처럼 배우지 못한 사람이 별로 없겠지만 내가 살아온 그 시절엔 교육을 많이 받지 못한 사람들이 부지기수였다. 배우지 못한 사람은 아무래도 사회적 약자가 될 수밖에 없다. 급변하는 산업사회에서 항상 최하층에서 고군분투하지만 풍요로운 생활은 쉽게 보장되지 않는다. 잘살아 보려고 누구나 피나는 노력을 하지만 살림살이는 맨날 제자리다. 그렇다고 무리하게 잘살아 보겠다고 분수에 맞지 않는 허황한 꿈을 꾸기보다는 눈높이를 낮추어 밑바닥부터 차근차근 자신의 시간과 노력을 쌓아간다면, 이루지 못할 일이 또 어디 있겠는가? 그래도 열심히 노력하면 떳떳이 살 수 있는 이 세상이 얼마나 좋은가?

이 책은 내가 겪었던 고난의 과거를 뒤돌아보고 보통 사람들이 험난한 세상을 살아가는 삶이 얼마나 힘든 과정인지 나누고 싶은 마음에 묶어내게 되었다. 배우지 못하면 언제나 밑바닥에서 그 범주를 벗어나지 못하고 살아야 하고, 그런 상황을 벗어나기 위해 남보다 더 피나는 노력을 하고 처절하게 발버둥 치지만 결국 헤어나지 못하고 다람쥐 쳇바퀴 돌듯 그 자리를 맴돌다 늙어간다. 그리고는 추풍낙엽(秋風落葉)처럼 하나둘 사라져 간다. 그래서 인생은 짧다고 한다. 이런 숙명적인 가난과 무지를 후손들에게는 물려줄 수 없기에 나의 인생 경험을 살려 이 글을 남긴다. 근검절약과 부단한 노력으로 살아온 나의 인생이 여전히 힘들게 이 세상을 살아가는 사람들에게 조금이나마 위안이 되었으면 한다.

내 고향

🌱 내가 태어난 곳은 경남 의령군 가례면 양성리 조마실이라는 곳으로, 전부 합해 30호쯤 되는 작은 마을이다. 1946년 음력 3월 26일 아침 7시경, 만물이 소생하는 봄에 나는 태어났다. 동서남북이 높은 산으로 겹겹이 둘러싸여 하늘만 빼꼼 보이는 첩첩산중인데, 앞쪽은 의령군에서 가장 높다는 자굴산이, 뒤쪽은 신덕산이, 오른쪽으로 한우산, 왼쪽은 시냇물이 흐르는 협곡인데 우곡 저수지가 그 물을 꽉 틀어막고 있다. 그야말로 물샐틈없는 요새의 지형이다.

그러나 숨통은 트여있다. 저수지 옆으로 지나는 2차선 도로가 외부로 통하는 유일한 길이었는데, 그 외에는 드나들 방법이 없는 마을이다. 굽이굽이 산등성이를 돌고 돌아 재를 넘어야 외부로 나갈 수 있다.

일제 강점기엔 한우산 밑에 금광(金鑛)이 있어 깊고 깊은 산골에도 2차선 도로가 개설되고 전기가 들어왔다고 한다. 그 시절엔 전국 방방곡곡에서 금광에 일하러 오는 사람들이 많이 모여들었다고 한다.

이렇듯 오지에 가까운 산간벽지에 1930년대에 이미 전기가 들어왔다니, 대단한 일이었다. 그러나 해방이 되어 일본이 물러가면서 금광은 폐광이 되었고 동시에 전기도 끊겼다. 전신주도 철거되고 다시 전기 없던 시절로 되돌아갔다. 그래도 2차선 도로는 그대로 남아 있었다. 그 시절 우리 동네 앞에는 물레방아가 있었는데 '정도 물레방앗간'이라고 불렸다. 그 이름이 물레방앗간 이름인지 사람 이름인지는 분명치 않다.

나는 그 물레방앗간에 자주 놀러 가곤 했는데, 물레방아가 물을 안고 돌아가는 것이 신기하고 재미있었다. 호기심에 기계가 돌아가는 것을 살피며, 이것저것 만지다 물레방아 기어에 손가락이 끼어 사고가 났던 기억이 있다. 그때 다친 손가락 흉터가 아직도 남아 있다. 겨울이면 물레방아로 물이 들어가는 홈에 고드름이 주렁주렁 매달려 장관이었다. 나는 그것들을 따서 먹기도 하고 가지고 놀기도 했다.

한번은 고드름을 가지고 놀다가 손이 시려 아랫목 이불 밑에 갖고 들어가 놀다 잠이 들었다. 한잠 자고 나서 얼음이 녹아 없어진 것도 모르고 어머니에게 얼음 내놓으라고 떼를 썼다고 한다. 내가 너덧 살 때의 일이었다.

6·25 전쟁이 일어나기 전의 이야기다. 내 고향 마을 뒷산은 신덕산이다. 그곳은 내가 어릴 적에 소에게 풀을 먹이고 나무를 하러 다니면서 가장 많이 활동하던 곳이다. 가끔 산에 가면 멧돼지도 만나고 노루나 여우, 너구리도 볼 수 있었다. 마을 뒷산, 산등성이 사이사이로 너덜겅이 있었고 꾸지뽕나무, 다래나무, 칡넝쿨 등이 뒤엉켜

원시림을 방불케 했다.

마을 앞을 흐르는 시냇물은 의령 천(川)의 발원지로 남강으로 흘러들어 간다. 냇물이 맑고 차가운 1급수다. 여름이면 멱도 감고 물고기도 잡으며 놀았다. 물이 깨끗해서 1급수에서만 사는 가재, 피라미, 퉁가리, 망타구, 메기, 뱀장어 등 많은 종류의 물고기가 살고 있었다.

지금은 가축 축사에서 배출하는 오염 물질로 냇물이 흐려져 더 이상 물고기를 찾아보기 어려워졌다. 그리고 현대식으로 하천을 정비하는 바람에 시냇물의 유속이 빨라져 물고기들의 서식처가 완전히 파괴되고 말았다.

옛날에는 마을 앞 냇가에 나무다리를 만들어 놓았는데, 동네 사람들이 연례행사처럼 다 같이 모여 산에서 나무를 베다 다리 놓는 일에 힘을 쏟았다. 하지만 여름철에 홍수만 나면 다리는 흔적도 없이 떠내려가 버리곤 했다. 매년 여름마다 되풀이되는 악순환이었다. 지금은 철근 콘크리트로 튼튼한 다리가 만들어졌고, 마을 길도 아스팔트와 시멘트로 포장되어 차량이 드나들 수 있는 교통 편리하고 살기 좋은 마을이 되었다.

고향 생가

어린 시절의 6·25

🌱 내가 다섯 살 때 6·25 전쟁이 일어났다. 내 고향에도 북한군이 쳐들어와 있었다. 그때는 부모님께서 젊었기 때문에 형과 나, 네 식구가 동네 뒤, 야산으로 피난하여 방공호를 파고 그 안에서 꽤 긴 세월을 보냈다. 정확한 위치는 기억나지 않는데 우리 네 식구는 굴을 파고 그 안에 숨어 있었다. 그러나 '쌕새기'라 불리던 전투기가 굉음을 내면서 지나가면 나는 방공호 밖으로 뛰쳐나와 구경하느라 신이 났다. 전투기 속도가 너무 빨라 서두르지 않으면 금방 시야에서 사라져 버렸기 때문이다.

아버지는 젊었기 때문에 북한 인민군(그때는 빨갱이라고 했는데)에게 들키면 끌려갈 판인데 사리 분별도 못 하고 천방지축 철딱서니 없는 어린 나를 데리고 피난을 하는 게 무리였다. 나 때문에 얼마나 성가시고 불편했을까? 방공호 안에 숨어 있다가 바깥에 조금만 이상한 소리가 나면 더욱 숨죽이고 조용히 해야 하는데 어린 나는 궁금증을 참지 못하고 사정없이 뛰쳐나갔으니 부모님의 속도 모르고 마음 졸이게 했을 내가 어떠셨을까 그 마음을 짐작해볼 따름이다.

방공호 바닥에서 물이 조금씩 솟아 올라와 좁은 배수로를 만들어서 바깥으로 흘려보내야 했는데 그곳에서 내가 계속 물장난을 하니 흙탕물이 바깥으로 흘러나갔다. 만약 누가 지나가다 보기라도 했으면 분명히 수상한 생각을 품었을 것이다. 비도 오지 않는데 흙탕물이 흘러나오면 그 굴 안에 누가 있다는 증거일 테니 말이다. 언제 발각되어도 이상하지 않을 상황이었다. 이래저래 나를 데리고 피난 간다는 것은 무리였다.

그 당시 형은 10살 정도 되었는데 옆에 있었는지 기억이 없다. 나를 데리고 피난하러 가서 이미 고초를 겪은 이후 부모님은 더이상 나를 데리고 피난 가지 않았다. 나는 피난을 따라가려고 떼썼지만, 집에 남겨져 할머니와 시간을 보내야 했다. 할머니는 우리 뒷집에 사셨다. 우리 집 뒤에는 큰집 식구들이 살고 있었다.

어느 날 오전 나는 큰집에서 혼자 우리 집으로 왔는데 큰방에 군인들이 군복을 입은 채 자고 있었다. 북한 인민군(빨갱이 또는 북한 괴뢰군이라 함)이었다. 너덧 명이 자고 있었는데 방 한쪽 구석에는 총이 가지런히 세워져 있었다.

나는 총을 갖고 싶어 살그머니 다가가서 총 한 자루를 집어 들었는데 어린애 힘에 부쳤던지 덜거덕 소리가 나고 말았다. 총과 총끼리 부딪친 것이다. 그때 잠자던 인민군이 갑자기 일어나더니 다섯 살배기인 나의 따귀를 한 대 올려붙이고는 무서운 눈초리로 쏘아붙였다. 나는 무서워서 소리소리 지르며 울면서 할머니한테 달려갔다.

할머니는 누가 어린애를 때렸냐고 노발대발하시면서 나를 데리고 다시 우리 집으로 가셨다. 할머니는 인민군을 보고 어린애를 때렸다고 크게 나무라셨다. 그들은 할머니께는 공손하였다. 그때 생각이 생생하게 나는 것을 보면 얼마나 놀랐는지 짐작이 간다. 그때는 북한 인민군이 우리 동네에 주둔하고 있어서 젊은 부모들은 모두 피난 가고 동네에는 노인들과 어린애들만 남아 있었다.

나는 왜 부모님과 같이 피난 가지 못하고 남게 되었는지 이유도 모른 채, 할머니와 같이 지냈다. 그 당시 나는 제대로 먹지도 못해 많이 허약한 상태였다. 여섯 살쯤 되어서야 부모님과 같이 피난 갈 수 있었다. 우리 동네는 완전히 북한 인민군이 장악했고 젊은 아버지는 그곳에서 살 수 없었기 때문이다. 우리 가족은 북한군이 없는, 작은 외삼촌이 사는 덕실이라는 곳으로 비포장 자갈길을 몇십 리 걸어서 피난길에 나섰다. 어린애가 걸어서 가기에는 무리한 거리였다. 어려서 걸음도 제대로 걷지 못하고 어머니가 업고 가자니 힘들고 정말 고난의 행군이었다. 조금 걸어가다 쉬고 또 걸어가다가 쉬곤 하였다. 가다가 말다가 하기를 반복하니 어른들도 힘들었지만 나는 너무 힘이 들어서 지금도 그때의 고통이 잊히지 않는다.

지금 생각해보니 그때 피난 갔던 거리가 20km쯤 되는 비포장 자갈길이었다. 배는 고프고 다리도 아프고 먹을 것은 없는, 참으로 엄청난 시련이었다. 갈 길은 멀고 걸음은 나지 않고 지금도 생각하면 몸서리쳐진다. 정말 아픈 기억이다. 6·25 전쟁은 우리 모든 국민에게 고통과 슬픔을 안겨준 끔찍한 참상이었다.

나의 어머니

🌱 억척스럽게 밤낮을 가리지 않고 일을 하시던 어머니는 삼베, 무명베, 명주베까지 가리지 않고 길쌈을 하셨다. 나의 어린 눈에도 너무나 열심히 하셨다. 내가 아주 어릴 때부터 길쌈을 하시던 어머니는 대마, 목화, 누에고치 등의 원재료부터 베가 완성될 때까지 전 공정을 혼자 다 하셨다. 어머니가 베틀에 앉아 베를 짜면 나는 그 밑을 기어 다니면서 뱁댕이 떨어지는 것을 가지고 놀았다.

베 짜는 기계는 베틀, 도투마리, 끄식신, 가락, 북, 바디 등 이제는 이름도 가물가물하다. 어머니가 앉은 베틀에서 베가 한 올 한 올 짜이던 모습이 아직도 눈에 선하다. 대마를 쪄서 껍질을 벗기고 쪼개고 실로 연결하는 과정이나 베를 짜는 공정까지 큰 노력이 필요하고 시간이 오래 걸린다. 우리 집 큰방에는 항상 베틀이 차려져 있었는데 방의 절반을 차지했다. 내 머릿속에는 늘 길쌈하는 어머니 모습이 생생하다.

그러나 나의 어린 시절 기억 속 아버지는 가정에 성실하지 못하셨다. 어머니가 베를 짜서 오일장에 내다 팔아오라고 하면 베를 팔아서 그 돈으로 주막집에 가서 술 마시고 술에 취해 빈손으로 집에 돌아오시곤 했다. 아버지는 술과 노름을 좋아하시고 허구한 날 주막집에 가는 일이 잦았다. 베를 팔아 몽땅 술을 마시고 빈손으로 집에 오는 날 밤은 한바탕 난리가 났다. 어머니의 잔소리가 시작되고 아버지는 참다못해 폭발해 부부싸움으로 이어지며 조용히 지나가는 날이 없었다. 동그랗고 작은 나무 밥상이 마당으로 날아가서 박살이 나고 고함과 울음소리가 뒤섞인다. 형과 나는 무서워서 한쪽 구석에 숨어 우리에게 불똥이 튈세라 숨죽인 채 시간이 빨리 가기만을 바랐다.

우리 집 바로 앞에는 막걸리 양조장이 있었는데, 그곳엔 늘 술 마시고 화투 치는 사람들이 많았다. 아버지도 그들 중 한 분이셨다. 어머니는 내게 아버지를 모셔 오라고 여러 차례 심부름을 시켰지만, 아버지는 그렇게 쉽사리 자리를 털고 일어설 분이 아니었다. 수차례 아버지께 어머니가 빨리 오시란다고 말씀드리면 알았다고만 연발하셨다. 옆에서 같이 화투 치는 사람들은 판 깨진다고 오히려 나를 혼냈다. 시끄럽게 하지 말고 빨리 집에 가라고 호통치는 어른도 있었다. 한심한 노릇이었다.

요즘 세상에 백주에 일하지 않고 술이나 마시고 노름이나 한다면 말이나 되겠는가? 젊은 시절에 술집에서 노름이나 하고 허송세월한다면 늙어서 어찌 될지는 불 보듯 뻔한 일이다. 젊을 때 열심히 일해야 노후가 보장된다는 걸 모르셨을까, 아니면 무식한 것일까? 부지런히 일하고 돈을 벌어 아들을 학교에 보내 공부시킬 생각은 하지 않고 젊은 아버지가 백주에 술 마시고 도박이나 한다면 말이 되겠는가? 무슨 술을 그렇게 수시로 마시는지 요즘 세상 같으면 부모 자격이 없는 것이다.

나는 초등학교 시절 아침에 눈을 뜨자마자 소 풀 먹이러 가야 했다. 소를 먹이고 와서 학교에 가고, 학교에 갔다 와서는 또 소 먹이러 갔다. 교육에 별로 관심이 없던 부모님 밑에서 자란 나는 학교에 가는 걸 중요하게 생각하지 않았다. 건듯하면 결석을 했고 그저 다른 애들이 다니니까 아무 생각 없이 학교에 갔던 것 같다. 나는 어릴 때 꿈도 희망도 품어보지 않았다. 초등학교 시절은 그냥 흘려보냈다. 그때 흘려보낸 그 시절이 내 인생의 중요한 배움의 기초가 되는 시기였는데 그렇게 허송세월했으니 정말로 안타깝고 억울한 일이다.

어린 시절, 부모님의 영향이 크다. 부모님이 어떤 방향으로 가야 할지 그 방향을 정해주어야 한다. 나의 부모님은 교육을 등한시하며 큰 관심이 없었다. 나는 주는 대로 먹고 자고, 그저 그렇게 무의미한 초등학교 시절을 보냈다. 소를 몰고 꼴망태 메고 산으로 들로 나가면 우리 부모님에게는 그게 최고로 예쁘게 보였을 것이니 공부가 무슨 대수였을까? 그 결과는 불을 보듯 뻔했다. 그래도 어머님의 억척같은 노력으로 길쌈을 해서 입에 풀칠은 하고 살 수 있었다.

부모님

진학의 희망은 사라지고

🌱 아침에 일어나면 소를 몰고 산으로 간다. 그 시절에는 집마다 소 한두 마리씩은 키웠다. 농사짓는 데 소는 없어서는 안 되는 필수품이다. 요즘이야 경운기도 있고 트랙터도 있지만, 당시에는 소가 없으면 농사를 지을 수 없었다. 소는 풀을 엄청나게 먹는다. 그 당시에는 사료가 없고 온전히 풀을 먹여 키웠다. 소를 몰고 가서 풀을 뜯어 먹게 하든지 아니면 망태를 지고 풀을 베어 먹였다.

오전에 학교에 갔다 오면 오후에는 꼴망태 메고 소를 몰고 산으로 가곤 했다. 초등학교 시절 나의 중요한 일과였다. 공부는 별도로 신경 써서 열심히 하진 않았지만 타고난 머리로 그런대로 성적은 항상 상위권을 유지했다.

그 시절은 6·25 전쟁이 끝난 직후라서 산이나 들판, 도로 가에 포탄이나 소총탄과 불발탄 등을 쉽게 찾을 수 있었다. 우리는 불발탄을 주워서 놀았는데 탄피에서 화약을 꺼내 불을 붙이며 위험한 장난을 하기도 했다.

의령군에서 가장 높은 자굴산에는 북한 괴뢰군 잔당이 남아 있다고 해서 공비들을 토벌하기 위해 국군들이 줄지어 산으로 오르거나 행군하는 모습을 구경하기도 했다. 공비토벌 작전이라고 했다.

6·25 전쟁 후 먹고 살기 어려워 죽으로 끼니를 때우는 때가 많았다. 우리는 배가 고프니까 산에 가서 찔레나 소나무 새순 등을 꺾어 먹었는데, 먹을 수 있는 것은 닥치는 대로 가리지 않고 먹었다. 산딸기, 다래, 으름, 개복숭아, 밤 등 이것저것을 닥치는 대로 먹으며 허기진 배를 채웠다. 가끔 배탈이 나기도 했었다. 말 그대로 초근목피(草根木皮)로 근근이 하루하루를 살아가던 시절이었다.

나는 초등학교 시절 의령군 예능 실기 대회에 참가해서 미술 분야에 입상하였다. 미술에 재능이 있었던 모양이다. 의령군 전체 초등학교 예능 실기 대회에 어떻게 누구와 참석했는지 기억나지 않지만, 의령읍 남산 밑에 있는 의병탑 앞 개울가에서 풍경화를 그린 기억이 어렴풋이 남아 있다. 우리 학교에서는 나만 입상을 했다.

6학년이 되면서 나는 중학교에 꼭 가야 한다고 생각했다. 누구도 나한테 중학교에 진학해야 한다는 말은 해주지 않았지만, 본능적으로 중학교는 무슨 수를 써서라도 꼭 가야겠다고 다짐했다. 선생님이 중학교 진학 희망자는 손을 들라고 하면 나는 손을 번쩍 들어 진학의 의지를 불태웠다. 담임 선생님은 중학교 진학 희망자를 정식으로 조사했다. 나는 그 명단에 내 이름을 올렸다.

학교에 가면 누구누구는 중학교에 간다고 소문이 났다. 나도 그 중의 한 명이었다. 선생님은 중학교 진학 시험 일정을 상세히 알려주셨다. 그런데 집에 와서 부모님께 이야기하면 아무런 반응이 없었다. 중학교 진학은 안 된다는 분위기였다. 시험 날짜는 언제이고 합격자 발표는 어느 날 하고 자초지종을 말씀드려도 들은 척도 하지 않으셨다. 그래도 나는 포기하지 않고 아침 일찍 일어나 30리 길을 걸어서 의령 중학교에 가서 입학 시험을 치렀다. 시험을 무사히 치르고 점심은 담임 선생님 집에서 얻어먹고 집에 돌아왔지만 조금도 즐겁거나 설레지 않았다. 부모님이 중학교에 보내줄 희망이 없어 보였기 때문이었다.

시험을 보고 몇 주 지나서 합격 통지서가 왔다. 입학 안내서와 교과서 주문서, 입학금 납부 통지서 등 우편물이 날아왔지만, 부모님은 거들떠보지도 않으셨다. 우편물을 모아서 보여드려도 애써 외면하셨다. 교과서 주문을 미리 해야 하는데 날짜는 하루하루 흘러가고 애가 타서 내 마음이 지옥이었다. 어린 나이지만 무능력한 내가 너무 원망스럽고 나 자신이 밉고 화가 치밀어 올랐다. 어떻게 해볼 도리가 없었다. 그나마 도시에서 태어났다면 구두닦이나 껌팔이를 해서라도 돈을 벌어 학교에 갈 수 있었겠지만, 내 주위 환경은 절망적이었다. 주변을 둘러봐도 나한테 도움을 줄 수 있는 사람은 없었다. 중학교 입학 시험을 치르고 난 후 긴긴 겨울 방학 동안 지게를 지고 산에 나무하러 가는 것 외엔 달리 내가 할 수 있는 일이 없었다.

날이 새면 지게를 지고 산으로 가서 아무리 생각해보아도 길이 보이지 않았다. 부모님이 보내주지 않는다면 내 힘으로 중학교에 진학할 방법이 없었다. 시간은 속절없이 흐르고 정말 미칠 지경이었다.

농촌에서는 어린 나이에 돈을 벌 방법이 전혀 없었다.

입학금도 없고 책도 없고 교복을 사주지 않아도 입학식에 가기로 마음먹었다. 혹시나 부모님 마음이 변하면 진학할 길이 열릴까 해서 정말 마지막 희망을 걸고 부모님 처분만 바라고 하루하루를 보냈다. 그러나 시간이 지날수록 실낱같은 희망이 점점 절망으로 바뀌고 있었다.

좌 절

🌱 입학 날짜가 이틀 후로 다가왔으나 부모님은 아무런 준비도 해주지 않으셨다. 입학금도 내지 않고 교과서 주문도 하지 않고 교복도 없고 이쯤 되면 중학교 진학은 절망적이었다. 어린 나이지만 너무나 정신적 충격이 커서 그저 죽고 싶은 심정이었다. 입학 날이 되었는데 아무런 대책도 어떤 행동도 할 수 없는 내 처지가 너무나 서글펐다. 그날의 심정을 생각하면 지금도 숨이 막힐 정도로 답답함을 느낀다.

마침내 입학하는 날 아침이 밝았다. 윗동네 사는 친구가 새로 장만한 교복에 교모까지 쓰고 우리 집으로 왔다. 유난히 새까만 교복에 금색으로 '중'이라 박힌 모자가 빛나게 보였다. 친구가 학교 가자며 내 이름을 부르는데 마당에 멍하니 서 있던 나는 깜짝 놀라 숨고 말았다. 학교를 못 가는 것이 부끄럽고 창피해서 친구의 부름에 대답할 수 없었다. 숨어서 학교 가는 친구의 뒷모습을 부럽게 쳐다보았다. 그렇게 중학교 진학의 꿈은 물거품이 되었다.

그날 아침 부모님은 집에 없었다. 나를 학교에 보내는 것은 관심 밖이었다. 전날 밤이 외할아버지 제삿날이라 집에 계시지 않았다. 나 혼자서 애간장을 태우다 방구석에 처박혀 종일 울었다. 울다 울다 잠이 들었는데 깨어 보니 이미 한나절이 지났다. 입학하지 못한 날을 잊을 수 없고 지금 생각해도 눈시울이 뜨거워진다. 지금까지 살아오면서 그때만큼 가슴 아픈 기억은 없었던 것 같다.

그날 이후 나는 중고등학교 등하교 시간에는 밖에 나가지 않았다. 중학교에 진학한 친구를 만날까 두려웠기 때문이다. 참 한심한 신세가 되고 말았다. 중학교 진학도 좌절된 마당에 내가 할 수 있는 선택은 지게 지고 산으로 가는 꼬마 나무꾼이 되는 길밖에 없었다. 배우지도 못하고 절망적인 미래가 나를 기다리고 있는 듯했다.

꿈과 희망을 심어줄 사람은 부모님밖에 없는데 나의 부모님은 교육에는 전혀 관심이 없었고, 자식의 미래에 대해 조금도 관심이 없으니 정말 무정하게 느껴졌다. 그럴 바엔 차라리 내가 태어나지 않았더라면 좋았겠지만 모든 게 나의 운명인 것을 어떻게 하겠는가?

시간이 지나도 내 기분은 나아지지 않았고 주체할 수 없는 짜증만 쌓여 갔다. 부모님이 시키는 대로 하지 않고 투정을 부렸고, 부모님은 그런 나를 곱지 않은 시선으로 보곤 했다.

어느 날 부모님은 나에게 심각한 제안을 하셨다. 윗마을로 머슴살이를 하러 가라는 것이었다. 머슴살이하면 밥은 배불리 먹을 수 있으니 잘 생각해보라고 했다. 듣자마자 그동안 참았던 분노가 폭발하고 말았다. 죽어도 머슴살이는 하지 않을 것이고 머슴살이하러 갈 바엔 차라리 죽어버리겠다고 으름장을 놓았다. 윗마을에는 친구도 있고 초등학교 선후배도 많은데 어린 마음에도 창피해서 도저히 용납되지 않았다.

어린 마음에 희망을 심어주지는 못할망정 절망의 늪으로 빠지게 한 부모님의 제안에 큰 충격을 받았다. 무슨 말을 해도 허물없을 부모 자식 사이라지만 때로는 하지 않음만 못한 일도 있다. 내 반응이 너무 강해 부모님도 당황하셨는지 그 일은 그렇게 없었던 일이 되었고 다시는 머슴살이 이야기는 하지 않으셨다. 하지만 이미 내 마음에 깊은 상처를 남긴 후였다.

결국, 머슴살이는 가지 않았다. 하지만 평생 마음속에서 지워지지 않는 상처가 되었다. 그리고 지금 생각해도 머슴살이를 가지 않은 것은 잘했다는 생각이 든다. 내 인생에 오점을 남길 뻔한 사건이었다.

그렇게 한창 배워야 할 시기에 꿈도 없고 희망도 없는 꼬마 나무꾼으로 세상을 살아가고 있었다. 무슨 희망과 재미로 그때 그 시절을 보냈는지, 무엇을 목표로 살았을지, 지금 생각해도 내 인생에서 가장 절망적인 암흑기였다.

배움의 시작

🌿 암울하게만 느껴지던 때, 어느 날 신문에 실린 광고가 눈에 들어왔다. 중고교 과정을 학습할 수 있는 '중앙강의록'이라는 것이었다. 정규 과정에 진학하지 못했더라도 중고등학교 과정을 공부해 졸업 자격을 얻을 수 있다는 내용이었다. 그것도 단시간에 공부해서 검정고시를 거쳐 중학교 과정을 수료할 수 있다는 광고가 내 마음을 흔들었다. 그때는 신문이 귀한 시절이라 신문 보기가 힘들었다. 다행히도 동네에서 딱 한 집, 신문 보는 집이 있었는데 그 집 신문을 보고 강의록에 대해 알게 된 것이다.

강의록은 독학으로 중학교 과정을 공부할 수 있을 뿐만 아니라 강의록을 주문하면 중학생 모표, 배지 등도 같이 보내준다는 것이었다. 나는 정규 과정 중학생과 똑같이 해보고 싶었다. 교복과 모자도 사서 모자에는 모표도 달고 교복엔 배지도 달아서 외관상 중학생 모양을 갖추고 싶었다.

학교에 가지 않으니 배움의 열기는 조금 식었지만 그래도 주경야독 열심히 공부했다. 나중에 내가 어떤 인간이 될지 모르지만 일단 영어는 알아야겠다고 생각했다. 모자와 교복 상의는 벽에 고이 걸어 두었다. 보는 것만으로도 기분이 좋고 흐뭇했다. 그러나 그 교복과 모자를 쓰고 밖으로 나갈 수는 없었다. 맨날 거울 앞에서만 무게를 잡고는 다시 벽에 걸어 두었다. 끝내 그 모자와 교복은 벽에 걸어 둔 채 한 번도 입고 나갈 수는 없었다.

독학이 얼마나 어려운 일인지 직접 해보지 않으면 모른다. 영어는 발음이 제일 문제였고 수학은 문제 풀이가 안 되면 대책이 없었다. 어디 물어볼 데도 없고 가르쳐 줄 사람도 없었다. 돈이 없어서 중학교에도 못 갔는데, 참고서 살 돈이 있을 리 만무했다. 이해가 되는 것만 공부하고 도저히 이해가 되지 않는 것은 제쳐주고 다음으로 넘어가는 수밖에 없었다.

강의록은 중학교 전 과정의 내용을 집약해서 간단명료하게 한 권에 수록해 놓았기 때문에 상세한 내용은 없고 요점만 공부하는 식이었다. 그래도 중학교 1학년 과정은 쉽고 재미있어서 진도가 빨랐다. 동네 또래의 중학생들보다는 진도가 훨씬 앞서 나가는 편이었다. 나는 정규 중학교에 다니는 친구들의 숙제도 해주고 한 수 가르치며 한 단계 앞서 나가며 공부했다.

방학 때는 정규 과정 중학생들과 어울려 공부도 하고 토론도 하며 교류할 수 있어서 내 실력을 점검하는 시간이었다. 낮에는 농사일을 돕고 산에 가서 나무도 해야 하므로 공부할 시간은 많지 않았다. 오직 해가 넘어가고 어두워져야 공부할 수 있었다. 밤에만 공부하는 데도 6개월 정도가 지나니 중학교 1학년 과정을 마칠 수 있었다.

그럭저럭 세월이 흘러 중학교 과정을 마친 나는 다음 진로가 문제였다. 신문도 라디오도 없는 탓에 언제 어디서 중학교 과정 검정고시를 치르는지 알 수 없었다. 참으로 답답하고 안타까운 일이었다. 세상 소식을 접하려면 의령 오일장에 가야 신문도 사보고 하는데 그 당시 아이들은 시장에 갈 수가 없었다.

중학교 과정을 수료하고 검정 되지도 않은 채 나는 계속해서 고등학교 과정 강의록을 공부하기로 했다. 중학교 과정 검정고시는 검정고시 날짜를 알게 되면 그때 치르기로 했다. 중학교 과정은 마쳤는데 그냥 허송세월할 수 없었기 때문이다. 그런데 고등학교 과정은 차원이 달랐다. 영어도 잘못하는 데다 제2외국어로 독일어까지 해야 했다. 수학은 더욱더 어려워졌다. 첩첩산중이라더니 앞길이 캄캄해 잘 보이지 않았다. 게다가 농사일을 돕거나 산에 나무를 하러 가는 등 내 몫의 집안일 비중은 점점 더 커졌다.

그 당시에는 모든 가정이 나무를 땔감으로 썼기 때문에 나무하는 일은 매우 중요했다. 나무를 해서 내다 팔아 돈이 생기니 날만 새면 산에 가서 장작이나 땔감 나무를 했다.

틈틈이 공부해도 진도는 잘 나가지 않았다. 수학 문제 하나를 가지고 헤매다 보면 어느새 밤이 깊었다. 주경야독에 한계가 있었다. 주위 환경이 좋아야지 열악한 환경에서는 더욱더 어려웠다. 진도는 생각처럼 잘 나가지 않고 다람쥐 쳇바퀴 돌듯 제자리를 맴돌고 있었는데 머릿속은 복잡하였다. 때로는 짜증도 나고 공부가 싫증이 나기도 했지만 그래도 꾸준히 참고 견뎠다.

고향 친구들과 함께

험하고 멀기만 한 배움의 길

🌿 나의 부모님은 빈곤한 가정 형편에 쫓겨 자녀 교육에 대해 신경 쓸 겨를이 없어 보였다. 그저 자식들에게 삼시 세 끼 배부르게 밥만 먹이면 잘 키우는 것으로 생각했다. 궁핍한 가정 형편에 먹고 살기도 힘든데 공부가 대순가? 공부는 배부른 사람들이나 하는 사치스러운 것쯤으로 여기셨다. 자식을 교육해서 미래를 준비하는 데까지는 생각이 미치지 못하고 농사짓고 사는데 공부를 많이 한들 무슨 도움이 될까 생각하신 것 같았다. 내가 공부한다고 끙끙대고 있으면 어느 집 아들은 공부 안 해도 열심히 머슴살이도 잘하고 있는데 너는 왜 쓸데없는 짓을 하느냐고 잔소리를 하셨다.

나도 한계에 도달했다. 고등학교 과정은 강의록으로 하기에는 무리였다. 중학교 과정의 기초가 부실한 상태에서는 더욱 그랬다. 돈이 없어 중학교 진학도 못 하는 형편에 강의록으로 공부한다고 해서 어디서 돈이 나오는 것도 아니었다. 참고서 한 권을 사보려고 해도 돈이 필요하고 연필 한 자루도 귀한 시절이었다. 신문 한 장을 사서 보려면 의령 오일장에 가야만 했다. 그 시절 시골에서는 장날에 모든 필요한 물건을 구입했다.

산간벽촌인 내 고향에는 돈이 되는 것은 나무를 해서 파는 일뿐이었다. 식구는 많고 농경지는 적은 데다 일 년 농사를 지어도, 양식이 부족한 형편에 곡식을 시장에 내다 팔아 돈을 만들기는 더욱 힘든 일이었다. 그래서 나는 비포장 자갈길 삼십 리가 넘는 의령장에 나무를 지고 가서 팔고는 했다.

나무를 지게에 지고 30리(12km) 의령장에 팔러 가는 일은 그야말로 지옥 같은 고생길이었다. 처음 집에서 출발할 때는 짐이 가볍고 걸음도 경쾌했다. 그러나 2~3km만 가면 지게 멜빵이 어깨를 파고드는 것 같았고 팔이 저리고 다리도 아팠다. 검정 고무신을 신었으니 발바닥도 아팠다. 200~300미터씩 가다가 쉬어가고 또 쉬어가도 어깨는 점점 더 아팠다. 점점 쉬어가는 거리가 짧아지고 30리 의령장 가는 길은 멀기만 하고 땀을 짜내는 고행길이었다.

그렇게 고생고생해서 나무를 지고 가면 누가 기다렸다가 사주는 것도 아니고 팔릴 때까지 점심도 거르고 마냥 기다려야만 했다. 시골에서 태어나 중학교도 못 가고 비록 나무 장사를 하고 있지만 이미 나이는 남의 시선에 민감한 사춘기였다. 나무를 지고 와서 팔기 위해 기다리는 것이 창피하기도 하고 자존심도 상했지만 다른 방법이 없었다.

이른 새벽에 출발해서 시장에 왔으니 점심때까지 나무가 팔리지 않으면, 피곤한 것보다 참기 힘든 것은 허기였다. 그렇게 피땀을 짜내는 고통을 참고 견디며 나무를 팔아서 참고서 한 권을 사보는 어려운 공부를 했다. 그래도 배워야 산다는 나의 신념에는 변함이 없었다. 힘이 들어도 공부는 포기할 수 없었다. 어떻게 터득했는지 나는 배워야 미래가 있다는 것을 알았고 나를 채찍질하며 열심히 했다.

그러던 어느 날의 일이다. 아침밥을 먹고 나니 보슬비가 내렸다. 비가 오는 날은 '공치는 날'이라는 노랫말도 있듯 비가 오는 날은 공부하는 날이다. 그날은 미뤄두었던 수학 문제를 풀어보기로 단단히 마음을 먹고 자리를 잡았다. 책상도 없는 처지라 그냥 방바닥에 책을 다 펼쳐 두고 엎드려 공부에 열중했다. 오직 문제 풀이에 몰입하며 시간 가는 줄 몰랐다. 한참 문제 풀이에 몰두하고 있는데 바깥 분위기가 심상치 않았다. 아버지의 화가 난 음성이 방 안까지 들렸다. 뭔가 불안해서 엉거주춤 일어서는데 방문이 활짝 열리고 엄청나게 화가 난 아버지가 들어오시더니, 이 밝은 백주에 일하러 가지 않고 뭐 하는 짓이냐고 호통치며 방 가득히 널린 책들과 노트들을 주섬주섬 모아서 사랑방 가마솥 아궁이에 집어넣고 불을 붙이는 것이었다. 책은 불타고 있었다. 어머니가 황급히 달려와 아궁이에서 타고 있던 책들을 꺼내 서둘러 불을 껐지만, 이미 타다만 책은 군데군데 시꺼멓게 타서 보기 어렵게 되었다. 보슬비가 내려 공부를 시작했는데 어느새 날씨가 맑게 개어 햇빛이 쨍쨍했다.

그때가 4월이었나 보다. 그 좋은 날씨에 봄에 씨앗을 뿌려야 가을에 수확하는 것이 농부의 법칙인데 공부한다고 엎드려 있었으니 난리가 난 것이었다. 나는 어안이 벙벙하고 정신이 혼미해서 아무 말도 못 하고 멍하니 타다 남은 책들을 보았다. 불에 탄 책들을 어머니가 주섬주섬 모아 놓았지만 나는 타다 남은 책으로 다시 공부하기는 싫었다. 마음속에 불같은 반항심이 발동했지만, 아버지는 휑하니 어디론가 사라지고 나의 마음은 천길만길 낭떠러지로 굴러떨어졌다. 다시는 헤어나지 못할 깊은 수렁으로 빠져들었다. 어디에 항의해야 할지도 모른 채 멍해지고 말았다.

나는 더는 공부를 하지 않기로 마음먹었다. 분하고 억울한 마음에 반항심이 일었다. 그때부터 부모님과 대화하지 않고 침묵으로 일관했다. 보슬비가 내리던 날씨가 어느 틈에 갠 줄도 모르고 공부한 것이 그렇게도 큰 죄였는지 이해할 수 없었다. 여건도 되지 않는데 공부해보겠다고 몇 년을 노력했지만, 한순간에 물거품이 되고 말았다.

배움의 날개는 꺾이고

🌿 참담했다. 더 할 말도 없었다. 부모님의 마음을 확인한 이상 더는 공부하지 않기로 했다. 중학교 검정고시에 응시하려고 때를 기다리고 있었는데 이제는 모든 것을 내려놓고 편하게 살기로 마음먹었다. 모든 것 포기하고 내려놓으니 폭풍이 지나간 듯 내 마음도 조용히 가라앉았다. 나는 아무런 생각 없이 무아지경에 빠진 채 몇 날 며칠을 보냈다. 정말이지 먹기도 싫고 일하기는 더더욱 싫었고, 아버지와는 마주하기도 싫었다. 모든 걸 포기하고 나니 허탈하고 살기도 싫었다.

어머니는 날씨가 갠 줄도 모르고 한 짓인데 책을 아궁이에 집어넣었다고 아버지께 항의했지만, 이미 엎질러진 물이었다. 내가 공부를 접자 두 분 다 내심 좋아하시는 듯했다. 나도 이제 성장할 대로 성장했고 내 인생은 내가 개척해야 하는데, 진짜 어느 방향으로 가야 할지 엄두가 나지 않았다.

어릴 적에도 꿈이나 희망 같은 것은 생각해 본 적도 없지만, 이제는 정말 앞날이 보이지 않고 캄캄했다. 희망이 없었다. 저녁만 되면 책과 씨름했는데, 할 일이 하나도 없으니 허전했다. 한편으로는 모든 것에서 해방된 기분도 들었다. 호롱불 밑에서 영어 단어를 외우고 수학 문제를 풀어가며 열심히 노력했는데 이젠 그런 짓을 안 해도 된다고 생각하니 고민도 없었다. 덩달아 내일도 없어졌다. 오늘이 알차고 중요한 날이라야 내일이 있고 기다려질 텐데, 나한테는 더 이상 그런 기대가 없어져 버렸다.

사람이 계획이 없고 미래가 없으면 짐승과 뭐가 다를까? 그저 바람 부는 대로 물결치는 대로 살기로 했다. 이젠 의령 장날에 나무를 져다 팔 일도 없을 것이고 코 묻은 돈으로 책 사고 연필 사는 일도 없을 것이다. 비가 오나 눈이 오나 지게 지고 산으로 가서 그냥 놀다가 내려오든지, 나무를 하든지 자유였다.

나는 부모님으로부터도 해방되기로 했다. 간섭도 받지 않고 그냥 마음대로 내가 하고 싶은 대로 살며 옆으로 삐딱하게 엇나가기로 했다.

해가 지고 저녁이 되면 동네 형들이 모여 노는 사랑방을 찾아가서 심부름이나 하고 술이나 얻어 마시며 헤매고 다녔다. 밤이면 남아도는 시간 때문에 자연스럽게 좋지 않은 방향으로 빠져들어 말초적 즐거움만 쫓는 생활이 시작되었다.

그동안 나무를 해서 팔아먹는 요령도 생겨 읍내 장까지 지고 가지 않아도 트럭을 몰고 사러 오는 나무 판매 업자가 있었다. 나무를 팔아서 돈이 생기면 담배를 사서 피우고, 술을 사서 마시며 허송세월하기 시작했다. 그 시기가 내 인생에 있어서 가장 중요한 시기였는데 무의미하게 시간을 흘려보냈다. 황금 같은 청소년기에 못된 짓만 하고 다녔으니 곧 때늦은 후회를 많이 했다. 그러나 모두 내가 저지른 잘못이니 누구를 원망할 수도 없었다.

그 시절엔 키만 컸지 사고와 행동은 철부지였다. 동네 형들이 하자는 대로 따라서 하고 시키면 시키는 대로 하며 철저하게 망가지고 있었다. 담배 피우고 술 마시고 못된 짓을 골라서 했다. 산에 나무하러 가면서도 술병을 들고 가서 나무는 하지 않고 산속에서 술 마시고 놀다 그냥 하산하곤 했다.

밤이면 이웃집의 닭을 잡아먹었는데, 점점 판이 커져 이 동네 저 동네, 심지어 건너 동네 닭까지 잡아다 삶아 먹고 말 그대로 방탕한 생활의 연속이었다. 부모님과 한집에 살면서도 별로 대화가 없었으니, 밤마다 내가 무슨 짓을 하는지 부모님은 전혀 알지 못했다. 하룻강아지 범 무서운 줄 모른다는 말처럼 겁 없이 날뛰고 싸돌아다녔다. 무법천지가 따로 없었다.

하루는 밤늦게 술을 마시고 취해서 집에 들어왔는데 아버지가 화를 내시고 지게 작대기로 나를 후려치셨다. 나는 엉겁결에 팔로 막았더니 지게 작대기가 두 동강이 나며 부러졌다. 아버지는 어이가 없었는지 아무 말 없이 그냥 방으로 들어가셨다. 별로 아프지 않았는데 지게 작대기가 부러져 나도 내심 놀랐다. 아버지의 표정이 무척이나 당황스러워 보였다. 이놈은 이제 몽둥이로도 제압이 안 된다고 생각하신 것 같았다.

그 일이 있고 난 이후로 아버지는 내가 하는 일에 간섭하지 않으셨다. 그저 어머니의 잔소리가 부담스럽지만, 그 정도는 참고 견딜

만해서 자장가처럼 듣고 지내기로 했다. 그런 잔소리라도 없으면 재
미가 없을 것 같았다. 어머니의 잔소리는 나날이 심해졌지만 나는
불편하지 않았다.

밤거리의 방랑자 1

🌱 농촌의 밤은 칠흑같이 어둡다. 전기가 들어오지 않아 하늘의 별들을 가로등 삼아 석유 등잔불로 살던 시절이었다. 깜깜한 밤이면 자기 발등도 보이지 않을 만큼 어두운 골목길을 용케도 잘 돌아다녔다. 하지만 보름달이 뜨면 세상이 대낮같이 훤하게 밝아 마음 내키는 대로 돌아다닐 수 있는 밤도 있었다.

우리 고향은 산이 높고 골이 깊어 겨울이면 유난히 낮은 짧고 밤이 길다. 긴긴밤을 무의미하게 보냈다. TV나 라디오도 없었고 그렇다고 공부도 하지 않으니 이유도 없이 온 동네를 싸돌아다녔다. 인근에는 농사를 생업으로 하던 마을이 아홉 개나 있었다. 사람도 많았다. 집마다 아이들이 5~6명은 있었다. 동네 공터에는 고만고만한 아이들이 늘 바글바글했다.

우리 마을도 30호쯤 되었는데 나와 동갑내기만 해도 일곱 명이나 되었다. 그중에서 중학교에 다니는 친구는 단 한 명뿐이었다. 제일 부잣집 아들이었다. 그만큼 중학교 진학은 어려웠다. 밤이 되면 적게 모여도 동갑내기들과 아래위 한두 살 터울인 또래들 7~8명이 모여 짓궂은 장난과 쓸데없는 짓거리로 시간을 보냈다. 한참 배우고 공부하고 자기 계발을 위해 전심전력을 해야 할 시기에 밤거리를 방황했다.

밤은 우리들의 세상이었다. 아무도 간섭하는 사람이 없으니 하고 싶은 것은 다 하고 놀았다. 새벽이 오는 줄도 모르고 고성방가를 일삼고 남의 집 닭장을 통째로 들어다 산속에서 닭을 모조리 잡아먹고 그리고는 밤이 낮인 것처럼 어울려 다녔다.

어떤 때는 땅속에 저장해 둔 배나 무, 고구마도 훔쳐 먹었다. 저녁을 일찍 먹고 밤새도록 돌아다니다 보면 배가 고파서 뭐든지 먹어야 했다. 여름이면 남의 집 텃밭에 침입해 고구마나 콩, 옥수수 등 마구잡이로 훔쳐 와 삶아 먹기도 하며, 정성 들여 지은 농사를 한순간에 망가뜨리곤 했다.

내 고향엔 돌이 많아서 대부분 돌을 쌓아 올려 담장으로 삼았다. 이웃 동네엔 돌담이 수십 미터나 되는 곳도 있었다. 우리는 힘을 합쳐 한꺼번에 돌담을 3~4미터씩 무너뜨렸다. 와장창 쾅쾅하고 고요한 시골 밤하늘에 천둥소리처럼 요란하게 돌 무너지는 소리가 들리면 잠자던 주민들이 놀라서 잠옷 바람으로 뛰쳐나오기도 했다. 그러면 우리는 조용히, 소리도 없이 사라진다. 어두운 밤, 밤도 깊은데 누가 그랬는지 알 수가 없다. 우리는 이런 고약한 놀이를 하며 즐거워했다.

무리 지어 단체 행동을 하는 데는 분명히 골목대장이 있었다. 그가 아이디어를 내고 무리를 이끈다. 나쁜 방향으로 리드해 즐거움을 느끼는 것이었다. 이 시기에 나 역시 무서운 게 별로 없었다. 어른들은 우리가 하는 짓을 눈치채지 못했다. 그러니 더더욱 무서울 것도 두려울 것도 없었다.

학교도 못 가고 공부도 못 하니 아무런 희망이 없었다. 게다가 비뚤어지고 반항적인 행동을 일삼아도 아무도 모르고 있으니 매일 밤 되풀이했다. 낮엔 얌전히 지게 지고 산에 가서 나무나 하고 밤에만 말썽을 부리니, 아무도 눈치채지 못하는 것이었다.

우리는 매일 밤 새벽이 올 때까지 잠을 자지 않았다. 이 동네 저 동네로 점점 범위를 넓혀 가면서 놀았다. 수법도 점점 더 대범해지고 위험천만해졌다. 계속하다간 언젠가는 큰 사고 칠 일이 생길 것만 같았다. 유별나게 놀다가도 곰곰이 생각해보면 참으로 한심한 생각이 들기도 했다.

나중에 성인이 되어 누구를 원망하랴! 이 못난 내 청춘을 말이다. 이젠 그만해야지 하면서도 밤이 되면 어느새 하나둘 다시 모여들어 이 동네 저 동네 기웃거리며 누비고 다녔다. 아침에 밝은 태양이 떠오르면 희망이 없고 저녁에 어둠이 깔리면 어디에선가 힘이 솟아오르고 즐거운 야행성 인간으로 살았다.

밤거리의 방랑자들

밤거리의 방랑자 2

❧ 어느 날 밤 건넛마을 친구 집에 잔치가 있어서 술과 고기를 푸짐하게 얻어먹고 밤늦게 귀가하는데 어떤 사람들이 도로 가에서 모닥불을 피워놓고 트럭에 장작을 싣고 있었다. 밤늦은 시간에 장작을 싣는 걸 보니 수상한 생각이 들었다, 가까이 다가가서 따져보기로 했다.

그 시기는 군 산림계에서 산림 보호를 이유로 장작을 만들 거나 사고팔 수 없도록 금지하던 특별 단속 기간이었다. 장작을 만들지 않으면 우리도 수입이 없었다. 단속한다고 해서 유일한 수입원인 장작을 만들지 않을 수 없었고 단속을 피해서 비밀리에 사고팔았다. 단속의 강도가 높아지면 중단했다가 단속이 느슨해지면 다시 장작을 만들어 팔곤 했다.

장작은 산의 소나무를 베어다 톱으로 일정한 길이로 자른다. 토막낸 것을 도끼로 다시 일정한 크기로 쪼개서 만든다. 이렇게 만들어진 장작의 계량 단위는 1개를 1쪽이라 했는데 100쪽 단위로 사고팔고 거래했다.

가까이 다가가서 보니 장작을 사서 싣고 가려는 사람은 3명이었다. 가죽 잠바 차림에 언뜻 보아도 보통 사람들은 아닌 듯싶었다. 건장한 체구에 눈빛이 번쩍이는 게 예사 촌놈들은 아니었다. 옛날에는 가죽 잠바를 입은 사람은 경찰서 형사들이 많았다.

우리는 술도 얼큰하게 한잔하고, 일행이 일곱 명이나 되니 세상 두려울 게 없었다. 영웅 심리가 발동했다. 요즘 단속 기간인데 누구 마음대로 장작을 사서 싣고 가냐, 당신들은 누구냐, 신분을 밝혀라, 그렇지 않으면 이 장작을 싣고 갈 수 없다고 호기를 부렸다.

이러쿵저러쿵 따지다 결국 시비가 붙어 시끄러워지고 몸싸움으로 번졌다. 밀고 당기며 실랑이를 벌였다. 그 일행은 술을 마셨으면 남의 일에 참견하지 말고 곱게 집에 들어가 잠이나 자라고 타일렀지만, 이미 술이 잔뜩 오른 우리 귀에는 그런 소리가 들리지 않았다. 장작을 내려 두고 가라고 막무가내로 우기며 실랑이했다. 너희들은 무슨 특권으로 단속 기간에 장작을 싣고 가냐고 계속 따지고 덤비니까 이 사람들도 당황해서 결국 싣던 장작을 내려놓고 빈 트럭으로 도망치듯 달아났다.

서로 붙잡고 시비하는 과정에서 발길질이 오가고 멱살잡이를 하기도 했다. 그러나 나는 절대로 사람을 때리거나 폭행하지 않았다. 그냥 잡고만 있었을 뿐인데 그들이 도망가고 나니 닭 쫓던 개가 지붕 쳐다보듯 허망했다. 나중에 알게 된 사실이지만 그들은 형사들이었다. 깊은 밤에 남몰래 장작을 싣고 가려다 술 먹고 놀다 오는 우리 일행에게 발각된 것이었다.

그 이튿날 모여서 이야기를 종합해보니 약간의 주먹다짐도 있었던 모양이었다. 그들은 우리가 단체로 폭력을 행사해서 상해를 입었다고 주장했다. 그 당시 순사(형사)라고 하면 울던 아이도 울음을 멈추던 시절인데 순사를 건드렸으니 골치 아프게 된 것이었다.

법적으로 하면 장작을 몰래 빼내려던 그들의 잘못이 크지만, 법에 대해 아는 바도 없고 힘도 없는, 덩치만 크고 순진무구한 농촌 청년들이니 속수무책으로 당할 판이었다. 그다음 날부터 폭행 가담자를 잡는다고 경찰서 지프가 마을을 들락거리고 동네 사람들은 놀라서 혼비백산이었다. 우리는 아침 일찍 산으로 도망가서 마을을 내려다보고 있다가 밤이면 내려왔다. 빨리 자수하지 않으면 밀주 단속, 산림 단속으로 마을을 초토화한다는 말이 무성하게 떠돌았다.

주민들은 우리가 빨리 경찰서에 가서 자수하길 바라는 눈치였지만, 우리는 겁이 나서 경찰서에 스스로 걸어갈 수는 없었다. 그런 와중에 우리 일행 중 한 명이 중학교 3학년이었는데 학교 갔다 오던 길에 형사들에게 잡혀 우리 일행의 신상을 미주알고주알 전부 고해바쳤다. 유일한 학생이자 막내가 형사에게 붙잡힌 것이었다. 그다음 날 경찰서에 출두하라는 독촉장이 날아왔다.

밤거리의 방랑자 3

🌱 그 이튿날 우리는 마을 이장을 통해 경찰서에 출두하라는 통지서를 받았다. 학교에 갔다 오다가 혼자 붙들려 자초지종, 미주알고주알 다 고해바친 막내 친구가 원망스럽지만 언젠가는 탄로가 나고 말 일이었다. 그리고 누가 붙들려도 자초지종을 말하지 않을 수 없었을 것이다. 여럿이 모여 있으면 대담하지만 혼자서 형사 앞에 나가면 고양이 앞에 쥐처럼 기가 죽기 마련이었다.

원래는 장작을 싣고 가려고 했던 경찰이 불법을 저질렀지만 우리는 법에 대해 아무것도 모르고 무지몽매한 농민의 아들들이라 꼼짝없이 당한 일이 지금 생각해도 원통하고 억울했다. 그들이 맞아서 상처를 입었다고 하지만 우리 일행은 그렇게 때린 사람은 없다고 했다.

우리는 불안했다. 일이 커지면 진주 교도소로 가서 콩밥을 먹어야 할지 모른다고 소문이 났다. 콩밥을 먹는다는 것은 감옥에 갇히는 것을 뜻한다. 한 잔 먹고 큰소리칠 때는 좋았는데 정말 초라한 신세가 되고 말았다. 부모님들은 자식들이 일곱 명이나 한꺼번에 교도소에 가게 된다니 걱정이 태산 같았다. 사방팔방 연줄을 대서 도와달라고 하소연하고 온 동네가 야단법석이었다.

그러던 와중에 부산에 사는 동네 형님 되는 사람이 급히 올라와서 경찰서에 찾아가 철없는 동생들의 잘못이니 용서해 달라고 이야기를 잘해서 치료비를 물어주기로 하고 감옥에 가는 것을 면할 수 있었다. 감옥에 가는 것은 면했지만 부모님을 뵐 면목이 없었다. 하루하루 농사일로 힘드신데 밤에 돌아다니며 쓸데없는 짓을 해서 치료비를 물어주었으니 얼마나 속이 쓰리겠는가? 치료비를 얼마나 물어주었는지는 모른다. 염치가 없어 물어볼 수도 없고 그저 꿀 먹은 벙어리 신세가 되고 말았다. 벼룩도 낯짝이 있지 죄송한 마음은 이루 말할 수 없었다.

그 사건이 있고 난 후에 반성을 많이 했다. 부모님은 치료비를 물어주고도 한마디 말이 없으니 더더욱 죄송했다. 쌀 한 되가 20~30원 하던 시절, 몇천 원만 물어줘도 대단히 큰돈이었다. 나는 깊이 반성하고 또 반성했다. 똑똑한 척하며 돌아다니다가 딱 걸리니 결국 부모님이 해결하게 된 것이 정말 죄송하고 부끄러웠다. 나 자신도 계속 이런 식으로 살다가는 결국엔 무슨 일이 터질 거라고 생각될 때가 많았다.

언제까지 부모님 속을 썩이고 철부지 망나니 노릇을 하며 살아야 할지 참 한심했다. 나도 내가 지겨울 정도였다. 이젠 속 빈 강정처럼 텅 빈 내 머릿속도 채우고 마음을 바로잡고 실속 있는 삶을 살기로 했다. 밤마다 돌아다니다 집에 들어앉아 있기도 보통 일이 아니었지만, 온통 머릿속은 정리되지 않고 엉망이 되어버렸다. 그렇다고 뾰족한 대책도 없었다. 아무리 생각해도 앞길이 막막했다. 나아갈 길이 보이지 않았다.

동네 친구 한 명은 부산에 가서 중국집에 취직했는데, 출세라도 한 듯 잘 나가고 있는 것 같아 그 친구가 부러웠다. 수돗물을 먹고 살아서 그런지 피부도 하얗고 살이 통통하게 올라 보기에도 좋았다. 반면, 우리는 밤마다 남의 닭을 잡아먹어도 피부는 검고 삐쩍 마른 체구가 볼품이 없었다. 나도 돈을 벌어야 한다는 생각이 부쩍 들었다.

서울로 가든지 부산으로 가든지 발버둥을 쳐봐야 하는데 그 원수 같은 돈 버는 방법이 보이지 않았다. 날이면 날마다 소나무 둥치를 베어다가 장작만 해서 돈을 벌기에는 너무나 따분했다. 힘은 많이 드는 데 비해 돈이 되지 않았다. 나에게도 기회가 찾아와 주기를 하느님께 기도도 해봤다.

어디서 무엇을 하든지 돈 버는 일만 시켜준다면 열심히 할 수 있을 것 같은데 나라는 촌놈에게는 그런 기회도 주어지지 않았다. 그때 제일 인기 있는 직업이 중국집 배달원 아니면 철공소에 취직하는 것이었다. 직장을 구하기가 하늘의 별 따기보다 어려웠다.

한우산 목재 운반

🌿 한우산(찰비) 너머 백계계곡 옆 산골짜기에는 사람이 접근하기 힘든 심산계곡이 있다. 워낙 교통이 불편하고 계곡이 깊어 사람들의 발길이 닿지 않는 곳이다. 도로가 없어 일제 강점기에도 일본인들도 손을 대지 못한 곳이었다. 일본인들은 수많은 소나무를 벌목해갔지만, 그곳만은 어쩌지 못했다. 원시림이 그대로 보존되어 있어 소나무가 하늘을 다 가릴 정도로 빽빽이 들어차 있었다.

그곳 산골짜기에 목재 제조업자가 제재소를 차려놓고 목재를 생산했다. 제재소에서 생산된 각종 규격의 목재는 사람이 지게로 져서 한우산 정상까지 운반해야 했다. 한우산 정상까지 지게로 져서 운반된 목재는 다시 산 정상에서 도로가 개설된 봉림 마을까지 와이어로 매달아서 내렸다. 요즘 케이블카와 똑같은 원리이다. 나는 돈을 벌기 위해서 그 일에 뛰어들었다.

아무 목표도 없이 방황할 게 아니라 힘이 많이 들고 고생은 되겠지만 일단 한 번 부딪혀 보기로 했다. 돈을 벌어 내 앞길도 개척하기로 마음먹었다. 그 일에 참여한 일꾼들은 힘깨나 쓴다는 장정들이었지만 나는 열여덟의 어린 나이에 어른들과 어깨를 나란히 했다.

그들 중에는 내가 나이가 제일 어렸다.

그냥 맨몸으로 올라도 힘든 경사 30도의 비탈길, 가파른 계곡 길을 힘닿는 데까지 목재를 지고 올라야 했다. 가파른 양쪽 길가엔 싸리나무와 억새 등 이름 모를 나무와 잡초가 사람 키보다 높게 뒤엉켜 있었다. 이런 산비탈 길을 무거운 짐을 지고 오른다는 것은 무척이나 힘들고 고통스러운 일이었다.

제재소가 있는 산골짜기 바닥에서 각목이나 판자를 힘닿는 데까지 지고 한우산 정상까지 올랐다. 조금이라도 많이 지고 올라가야 돈이 되었다. 짐을 지고 산비탈을 오르는 사람들의 끙끙대는 신음이 계곡에 메아리쳤다. 심장이 터질 듯이 아팠다. 겨울인데도 땀이 비 오듯 흘렀다. 말 그대로 생지옥이었다.

제재소에서 정상까지 직선거리는 400미터쯤 되지만 꼬부랑 계곡 길은 끝도 없이 멀기만 했다. 도시락을 싸가서 먹으며 열심히 발버둥 쳤지만, 하루 열 번 왕복이 힘들었다. 한우산 정상에서는 제재소 직원들은 일꾼들이 지고 올라온 각종 목재의 부피를 측정해서 전표를 발행하고 돈을 지급하였다. 피와 땀을 짜내는 중노동이었지만 돈을 벌어 수입이 생긴다는 것은 즐거운 일이었다.

하늘만 보이는 심산계곡에서 잠깐 쉬는 중에도 온갖 생각이 뇌리를 스쳐 갔다. 잘 나가는 부잣집 아들이라면 고등학교에 다닐 나이인데 여기서 이런 고생을 한다고 생각하면, 참 인생이 불쌍하지만 그래도 또 마음 다잡고 심장이 터지도록 산비탈 길을 올랐다. 어디로 가면 조금이라도 쉽게 돈을 벌 수 있을까? 조금만 지고 올라도 숨이 턱 밑까지 차고 땀이 나는데 언제까지 이 일을 해야 할지 고민이었다. '도대체 언제까지 이 깊은 산속에서 무거운 짐을 지고 산비탈 길을 올라야 할까?' '나도 빨리 돈을 모아 도시로 나가보자.' '이렇게 무거운 짐을 지는 고통에서 벗어나 보자.' '조금이라도 좋은 환경에서 일하면 얼마나 좋을까?' 쉬는 시간만 되면 끝없는 공상에 잠기곤 했다.

나는 아직 힘이 부족했다. 어른들만큼 짐을 질 수도 없고 지구력도 부족해서 고생이 이만저만이 아니었다. 30일 정도 일을 하고 나니 온몸이 아프고 힘이 쭉 빠지는 것이 지게만 봐도 몸서리쳐지고 더는 그 일을 할 수 없었다.

체력의 한계를 느끼고 그 일을 그만두기로 했다. 돈도 조금 생겼으니 그것을 밑천 삼아서 다른 세상으로 가서 새로운 일에 도전해보기로 했다. 이 무거운 짐을 벗어 던지고 어디든 떠나기로 마음먹었다. 뚜렷이 갈 곳도 없지만 어디에 가서 무엇이든 못 할 게 없다고 생각되었다. 무거운 목재를 지고 산비탈을 오르는 일도 해냈는데 이 세상에 사람이 하는 일이라면 어떤 일이라도 못할 게 없을 것 같은 자신감이 생겼다.

취직 1

🌱 산이 높고 골이 깊어 하늘밖에 보이지 않는 산간벽촌에 살던 소년에게도 희망이야 있겠지만 실천 가능성이 희박하고 장래에 어떤 사람이 되어 살아갈 것인지조차 모른 채 맨날 밥만 먹고 나면 지게 지고 산으로 나무하러 갔다. 그 길밖에 아는 길이 없었다. 서울이고 부산이고 어디든지 가서 돈을 벌어 인간답게 살고 싶지만, 어디로 가서 어떻게 해야 할지 엄두가 나지 않았다.

돈이 있다면 손목시계도 사고 멋도 부리고 싶었지만, 나무 장사를 해서는 거금을 마련하기가 쉽지 않았다. 그나마 다행인 것은 내 고향은 2차선 도로가 뚫려있어서 교통은 시골치고 괜찮은 편이었다. 그 당시에는 마산에서 트럭을 몰고 장작을 사러 오는 사람들이 많은 편이었다. 부모님 몰래 장작을 만들어 팔아먹기도 했는데 몰래 팔아먹기란 쉬운 일이 아니었다. 장작은 부피가 커서 들키기 일쑤였다. 장작을 팔아먹다 부모님에게 들키면 전액 몰수였다.

어떻게든 자금을 모아야만 도시로 나갈 수 있는데 자금을 모으기가 쉽지 않았다. 나는 도시로 나가기로 계획을 세우고 열심히 자금을 모았다. 도시에만 나가면 무엇이든 될 것 같았고 일자리도 있을 것 같았다. 늦었지만 지금이 가장 빠르다는 생각으로 무작정 고향을 떠나기로 했다.

어느 해 봄날, 나는 서울로 가기로 마음을 먹었다. 나를 기다리는 사람은 없지만, 그냥 부딪혀 보기로 했다. 서울에는 삼촌이 살고 계셨다. 촌놈이 서울 삼촌 집을 무작정 찾아 나섰다. 철저한 준비를 하고 마음의 준비를 단단히 하고 새벽 일찍 부모님 몰래 집을 빠져나와 의령까지 30리 길을 걸어서 갔다.

새벽에 일찍 집을 나오다 보니 화장실도 못 가고 의령 버스 정류장에 도착해서 화장실을 갔다. 수세식인지 푸세식인지 그런 신식 화장실이었는데 일단은 볼일을 보고 물통에 매달려 있는 끈을 잡아당겼다. 물통에서 물이 콸콸 쏟아져 나와 변기는 깨끗이 처리되었는데, 물이 계속 쏟아지는 소리가 났다. 당기고 또 당겨도 물은 그치지 않고 계속 쏟아지는 소리가 나서 에라 모르겠다, 그냥 내버려두고 도망치듯 화장실을 빠져나왔다. 물이 계속 쏟아져 나오는 것 같아서 불안했지만, 처음 사용하는 신식 화장실이라 당황스럽고 갈 길도 급해서 어쩔 도리가 없었다.

기차를 타고 서울역에 내린 나는 어떻게 찾아갔는지 용하게도 삼촌 집을 찾아갔다. 삼촌은 나를 반갑게 맞아주셨다. 지금의 중구 신당동이다. 나는 돈을 벌려고 왔다고 자초지종을 이야기하고 삼촌 집에서 먹고 놀았다.

이틀 정도 지났는데 삼촌께서 각종 물품을 취급하는 잡화점 도매상에 가서 일해보라고 했다. 요즘의 슈퍼마켓 비슷한 곳이었다. 상점 주인과 면접을 했는데 자전거를 탈 줄 아느냐고 물었다. 못 탄다고 하면 취직이 안 될 것 같아 망설이다가 조금 탈 줄 안다고 거짓말을 했다. 사실 나는 자전거를 한 번도 타보지 못했다. 실제로 자전거 구경은 해봤지만 직접 만져볼 기회도 없었다. 우리 동네에서 자전거를 타는 사람은 우체국 배달부 아저씨밖에 없었다.

나는 토요일이나 일요일에 자전거를 빌려서 열심히 연습하고, 월요일부터 정식으로 출근하기로 마음먹었다. 일요일에 짐바리 자전거를 빌려서 인근 초등학교 운동장으로 끌고 갔다. 짐바리 자전거는 그 자체가 무거워 빈 자전거를 끌고 가기도 힘들었다. 온종일 학교 운동장에서 수백 번 넘어지고 엎어지고 자빠지고 악전고투했다.

어두울 때까지 연습했는데 온몸이 땀범벅이 되고 다리에는 시퍼런 멍 자국이 여러 개 생겼다. 쉬운 일은 없었다. 종일 열심히 기진맥진할 때까지 연습했지만 자전거를 손쉽게 다룰 수 없었다. 겨우 넘어지지 않고 빈 자전거를 타고 가는 데까지는 성공했는데, 짐을 싣고 자전거를 탈 수 있겠다는 자신감은 조금도 없었다. 마음 한구석에 꺼림칙함이 자리 잡고 떠나지를 않았다. 과연 짐을 싣고 자전거를 탈 수 있을까?

취직 2

🌱 서울에서 첫 잡화점 도매상 점원 생활이 시작되었다. 진열대에 꽉 들어찬 여러 가지 상품들을 정리 정돈하고 손님이 뒤적거려 엉클어진 물건들을 똑바로 정리했다. 정신없이 움직였다. 손님은 몰려오는데 대응 방법이 서툴러 몸만 피곤하지 내가 하는 역할은 미미했다.

온종일 서서 이리 뛰고 저리 뛰고 결코 쉬운 일은 아니었다. 가까운 거리는 물건을 둘러메고 따라가서 배달하며 몸으로 때울 수밖에 없었다. 자전거 타는 것이 아직은 겁이 나고 두려웠다. 무거운 짐도 어깨에 메고 가서 배달하고 자전거를 타지 않는 나를 주인은 마음에 들어 하지 않았다. 그래도 어영부영 며칠을 보냈는데 드디어 운명의 순간이 다가왔다.

주인이 50개들이 빨랫비누 한 상자를 배달하라는 것이었다. 비누 상자는 얇은 판자로 얼기설기 짜여 있는데 엉성하기 짝이 없었다. 금방 부서질 것 같았다. 도저히 자전거로 싣고 갈 자신이 없는데 메고 가려니 부피가 크고 무거워 불가능했다. 배달하는 장소도 멀어서 하는 수 없이 짐바리 자전거에 비누 상자를 실었다. 밧줄로 단단히 동여매고 서투른 자전거 솜씨로 한남동 약간 비탈진 도로를 살

살 조심스럽게 내려가는데 얼마나 떨리고 불안, 초조했는지 아무것도 보이지 않았다. 간신히 앞만 보고 비틀거리며 내려갔다. 차들은 옆으로 씽씽 지나가고 정신이 하나도 없었다. 옆과 뒤를 볼 겨를이 없었다.

그때 마침 시내버스 한 대가 내가 가는 길에 갑자기 끼어들어 내 앞에서 급정거하였다. 나는 브레이크를 잡을 줄도 잘 모르고 서툴러 '어어' 하다가 버스 꽁무니를 쿵 하고 살짝 들이받았다. 그 충격으로 나는 자전거와 함께 옆으로 넘어지고 자전거에 실린 비누 상자가 박살이 났다. 시내버스는 승객들을 내리고 승차시킨 후 휭하니 떠나버리고 길바닥에 넘어진 나만 낭패를 당했다. 그곳이 하필 시내버스 정류장이었다.

온 길바닥에 비누 50장이 널브러졌다. 나는 본능적으로 벌떡 일어나 흩어진 비누를 주워서 모았다. 상자가 부서졌으니 담을 그릇이 없었다. 배달해야 할 가게는 저만치 보이는데 옮길 방법이 없었다. 사람들은 오가는데 창피하기도 하고 정신이 하나도 없었다. 하는 수 없이 윗도리를 벗어 비누를 몇 장씩 담아 겨우 배달을 마칠 수 있었다.

그러나 비누가 몇 장 뭉개져서 잔소리를 듣고 꾹 참고 왔는데 가게 주인이 우리 도매상 주인에게 비누 상자가 박살 나고 비누가 모조리 뭉개졌다고 전화를 한 모양이었다. 비누 한 상자 배달하러 가더니 소식이 없고 비누가 모조리 뭉개졌다고 주인한테 야단을 맞았다. 그렇게 하면 같이 일하기 곤란하다는 뜻으로 이야기했다. 나도 한 번 혼이 나고 나니 자신이 없고, 계속 그 일을 하기가 싫었다. 한 번 사고를 치고 나니 정이 뚝 떨어지고 자전거를 보면 겁부터 났다.

도매상이라 배달이 대부분인데 자전거를 탈 줄 모르니 자신감이 뚝 떨어지고 당장 그만두고 싶어졌다. 짐 자전거는 짐을 싣고 타고 가야지 빈 자전거를 끌고 가기는 더더욱 힘이 들었다.

세상에 쉬운 일이 없구나! 남의 돈 벌기가 이렇게 힘이 든다고 생각하니 고향 생각이 절로 났다. 비록 지게 지고 산에 가서 나무나 하는 신세였지만 내 마음대로 자유롭게 산다는 것이 얼마나 소중한지 새삼 깨달았다.

나는 우물 안 개구리였다. 아는 것도 없을뿐더러 자전거 하나도 다룰 줄 모르는 무능한 사람이라는 사실에 힘이 빠졌다. 점원 생활을 시작한 지 일주일도 안 되어서 나 스스로 물러나기로 했다.

짧은 서울 생활을 마감하고 시골로 돌아왔다. 며칠이지만 바쁘게 돌아가는 서울 생활도 맛보았고 이젠 세상에 돈벌이가 얼마나 어려운 일인가도 알았다. 앞으로 자전거도 배우고 좀 더 쓸모 있는 사람이 되어서 다음에는 실패하는 일이 없도록 해야겠다고 다짐했다.

해군 지원 입대

🌱 바깥세상에 나가보니 나는 너무도 무능력했다. 어떤 사람들은 자전거에 엄청나게 부피가 큰 짐을 싣고 씽씽 달리는데 나는 그때까지 자전거도 탈 줄 모르는 바보였다. 지게밖에 질 줄 모르니 참으로 한심했다. 지긋지긋한 지게를 벗어 던지고 어디론가 떠나고 싶었지만, 그것도 뜻대로 되지 않았다.

어느덧 나이가 20세가 되면서 육군 징병 검사를 받게 되었다. 차라리 군대라도 빨리 가고 싶었다. 하지만 징병 검사를 받은 지 몇 개월이 지났는데 징집 영장이 나오지 않았다. 어차피 군에 간다면 빨리 가고 싶었다. 그래서 징집 영장이 나오기를 기다리지 않고 지원하기로 마음먹었다.

그때는 경남 병무청이 부산시 부산진구 부전동에 있었다. 나는 동네 친구와 같이 병무청에 찾아가서 해군에 지원했다. 부산 수산대학교에 가서 해군 입대 시험을 치르고 합격해서 해군에 입대하게 되었다. 이제는 확실히 지게를 벗어 던지게 되는구나 싶었다.

가고 싶어 가는 군대지만 입대 날짜가 하루하루 다가오니 걱정이 앞섰다. 돈 있는 사람들은 자식을 군대에 보내지 않으려고 온갖 노력을 다하는데 나는 군에 지원해서 간다고 해도 부모님은 별 반응이 없었다.

　군대란 규율이 엄격한 조직인데 나는 푸른 초원의 야생마같이 나하고 싶은 대로 자유분방하게 생활하다 잘 적응할 수 있을지 걱정되었다. 조직 생활을 해본 적이 없는 내가 과연 군인이 될 수 있을까 곰곰이 생각하다 보니 괜히 지원한 것이 아닌가 두렵기도 하였다. 속으로 걱정도 되고 어떻게 군 생활을 잘할 수 있을지 고민도 되었지만, 주위에선 관심을 두는 사람이 없었다. 군대에 가는 것을 이웃집 놀러 가듯 쉽게 생각하는 눈치였다.

　몇 년 전만 해도 군에 입대하면 동네 사람들이 모두 나와 배웅하고 태극기를 흔들며 야단법석이었는데 세상이 변한 건지 군대에 지원해서 간다고 해도 주위에서 관심도 없이 조용했다. 그래도 나는 멋진 해군이 되어 국방 임무를 수행하고 돌아오리라 다짐하였다. 지금, 이 순간에도 군 복무를 회피하려고 온갖 수단 방법을 동원해서 요리조리 빠지려는 사람들이 많은 세상인데 군에 지원 입대한다는 사실이 아주 조금은 자랑스러웠다. 나는 동네 친구와 같이 입대하기로 했다. 어려울 때 친구가 옆에 있으면 서로 위로가 되고 힘이 될 것 같았다.

　막상 군대에 입대하려니 매일 산에 올라 자유분방하게 나무를 하던 나무꾼 시절도 좋았던 것 같다. 산에 오르면 오를수록 산은 나를 포근히 감싸준다. 추울 때나 더울 때나 나를 반기는 산이 좋다. 추운 겨울, 눈보라가 휘몰아쳐도 산속은 포근하고 따뜻하다. 산에는 이름 모를 풀과 꽃과 나무들이 있고 아름다운 목소리의 산새들이 노래 부른다.

언제나 넉넉하고 포근하게 나를 안아주는 산을 이제는 떠나려 한다. 하루도 오르지 않으면 살 수 없을 정도로 친근한 산, 내 꿈과 삶의 원천인 산, 산을 두고 떠나려니 서운한 마음이 앞섰다. 이제 떠나면 언제 찾아올지 기약이 없었다. 왠지 다시는 찾을 수 없게 될지도 모른다는 예감이 들었다.

산은 내가 어릴 적부터 청소년기까지의 모든 것이 녹아있다. 허구한 날 오갈 데 없는 나는 산을 찾았다. 좋은 기억은 모두 산에 있다. 산봉우리마다 골짜기마다 정겨운 이름들이 있다. '원당골,' '갓등,' '벽덤,' '솔비,' '찰비,' '모과나무걸,' '쉬는 자리' 등 60여 년이 지난 지금까지도 그 이름들이 생각나고 눈 감으면 그 아름다운 풍경이 뇌리를 스쳐 간다. 나는 그 산속에서 소 먹이러 다니고 지게를 지고 나무를 하는 나무꾼이었다. 나무꾼이 지게를 벗어 던지고 산을 떠난다. 국방의무를 완수하기 위해 정들었던 산을 영영 떠나는 것이다. 그때 떠난 그 산을 60여 년이 지난 지금까지 다시는 찾을 일이 없었다.

언젠가 고향 부근에 모임이 있어 차를 타고 지나가다 먼발치에서 차창 밖으로 스쳐 지나가는 내가 오르던 그 산을 바라보았다. 산은 옛 산 그대로인데 송림이 너무나 울창해져서 옛 모습 그대로는 아니었다. 너덜경도 좁아지고 바위도 엄청나게 크고 높았는데, 작고 낮아 보이고 울창한 나무숲에 가려져 잘 보이지 않았다. 그때 떠난 그 산에 다시는 오르지 못했다. 그 산속 산등성이 골짜기가 너무나 그립다.

해군 입대하는 날

 🌿 1967년 3월 나는 해군에 지원 입대하였다.
희망 없는 현실을 빨리 벗어날 방법이 그 길밖에 없었다. 징병 검사
를 했는데 조금만 기다리면 육군에서 징집 영장이 날아오겠지만
나는 그 시간을 마냥 기다릴 수 없었다.

 내 주위에 나를 잘 아는 사람들, 동네 형들이나 친척들은 너는 네
마음대로 돌아다니며 하고 싶은 것 다 하고 놀다가 규율이 엄한 신
병 훈련을 잘 받을 수 있겠느냐, 잘 적응할 수 있겠느냐는 등 걱정
을 많이 했다. 그러나 돌이킬 수 없는 일, 내가 사회에 진출하는 길
이 그 길밖에 없으니 결코 후회는 하지 않았다. 군대는 모두 가기 싫
어하는데 많은 사람이 회피하는 군대를 네 발로 걸어 들어가느냐
고 회의적인 반응을 보인 사람들도 있었다. 이런저런 이야기를 들으
며 고향을 떠나는 내 마음도 사실은 무겁고 걱정이 되었다. 나는 부
모님과 동네 사람들의 조촐한 배웅을 받으며 정들었던 고향을 떠나
역사적인 입대의 길로 갔다.

 경남 진해 해군 신병 훈련소에서 전국 각지에서 모인 장정들과 함
께 새로운 세상에 발을 들여놓았다. 처음 모이는 과정부터 군대 냄
새가 물씬 풍겼다. 종대로 집합, 횡대로 집합, 헤쳐 모여 등 첫날부터

혼란스러웠다. 훈련소 조교의 서릿발 같은 말투와 고막을 찌르는 호각 소리가 내 마음을 이리저리 헝클어 놓았다. 조금만 마음에 들지 않은 행동을 하면 가만두지 않았다. "앉아, 일어서."를 반복시키며 심신을 괴롭혔다.

이것이 군대로구나! 모두 이게 싫어서 군대에 가기 싫어하나 보다 짐작이 되었다. 아무런 하는 일도 없는 것 같은데 피곤했다. 낮에 온종일 시달리다 밤이 되자 고향 생각이 절로 났다. 집에 있을 때 같으면 해가 지면 발 닦고 잠을 자든지 놀러 갔는데 그냥 그리 쉽게 넘어가질 않았다. 어두워져도 가만두지 않았다. '헤쳐 모여.'를 수없이 반복하고 인원 파악을 하면서 하루가 갔다.

입대 첫날 밤 아직 훈련소 입소식도 하지 않았는데 불침번이라는 것을 서야 한다고 조교가 설명했다. 귀에 들어오지도 않고 해서 대충 들었다. 한쪽 귀로 듣고 한쪽 귀로 흘려보냈다. 그런데 나더러 10시부터 12까지 불침번을 서야 한다고 했다. 나는 불침번이 무엇인지 잘 몰랐다. 출입문을 닫지 말고 열어놓고 문 옆에 서 있어야 한다는 것이다. 취침 시간이 되었다. 낮에 많이 시달리다 보니 모든 장정이 금방 깊은 잠에 빠져들어 코를 골아댔다. 나도 금방 잠이 들어 자고 있는데 불침번 설 시간이라고 나를 깨웠다.

내무반에 60여 명의 장정이 자는데 코 고는 소리만 요란할 뿐 오가는 사람은 없고 적막이 흘렀다. 뭐 도둑맞을 게 있다고 이렇게 졸리는데 보초를 서야 하나? 나는 출입문을 닫고 잠금장치를 꾹 눌러

문을 잠갔다. 그리고는 잠시 빈 침대에 누워있기로 했다. 그런데 금방 잠이 들었는지 달콤하게 자고 있는데 문밖에서 난리가 났다.

누군가가 출입문을 쾅쾅쾅 세차게 두드렸다. 그리고는 "문 열어." 하는 소리가 잠결에 어렴풋이 들렸다. 문이 부서질 것 같아 빨리 문을 열었다. 빨간 모자를 깊게 눌러쓴 훈련소 조교가 졸리는 내 눈앞에 저승사자같이 나타났다. 야구방망이를 질질 끌고 들어와서는 "야, 자냐? 자는 거야? 벽 보고 엎드려." 추상같은 명령에 나는 엉거주춤 벽을 보고 엎드리는데 야구방망이를 둘러메고 사정없이 때릴 자세였다. 나는 맞으면 허리가 부러질 것 같아 깜짝 놀라 황급히 일어나 "형님, 한 번만 봐 주이소. 다시는 잠을 자지 않겠습니다."라고 사정했다. 그러나 조교는 불침번이 문을 잠그고 잠을 자면 맞아야 한단다. 잠이 확 도망가고 정신이 번쩍 들었다.

조교는 다시 엎드리라고 한다. 나는 다시 엉거주춤 엎드리면 조교는 다시 야구방망이를 둘러메고는 때릴 자세다. 나는 야구방망이로 맞아본 적이 한 번도 없으니 맞으면 죽을 것 같았다. 허리가 부러지거나 병신이 될 것 같아 "형님, 딱 한 번만 봐 주이소." 하면서 엉겨붙었다. 계속 엉겨 붙어 "한 번만 봐 주이소."를 연발하니까 조교도 정말 성질이 많이 났는지, 그냥 복싱하듯 나를 무자비하게 두들겨 팼다. 나는 최대한 방어를 했지만, 많이 맞았다.

실컷 두들겨 맞다 보니 불침번 시간이 다 지나가고 잠자던 장병들도 모두 깨어나 구경하는 것이었다. 온몸이 열이 나고 후끈후끈하였다. 조교는 가고 조용히 누워 생각하니 첫날부터 이렇게 난리가 났으니 정말 앞날이 걱정되었다. 불침번이 뭐길래 이렇게 아무 죄 없는 사람을 무자비하게 개 패듯이 패는 걸까? 앞으로의 훈련소 생활이 순탄치 않을 것 같은 예감이 들었다.

훈련 1

___

🌱 민간인이 군인이 되는 과정은 힘들고 고통스러웠다. 산골에서 시간 개념 없이 살아온 나는 더욱더 그랬다. 시골에는 시계 같은 게 없었다. 해가 중천에 뜨고 그림자가 똑바로 서면 점심때이고 해가 서산 너머로 기울어져 산그늘이 내려오면 저녁때다.

나는 군대 입대할 때까지 달리기나 제식 훈련을 받아본 적이 없었다. 지게 지고 게걸음으로 어슬렁거리며 다니다가 훈련소 입소 첫날부터 선착순 집합에 진절머리가 났다. 세상 어디에 지게 지고 뛰어다니는 놈 보았나?

내무반을 나서면 3보 이상 구보라고 하면서 뛰어다니라고 한다. 하지만 쉽게 적응되지 않았다. 구보란 뛰는 것을 말한다. 매일 뛰어다니다 보니 더욱더 배가 고팠다. 식사량도 턱없이 적은 데다가 식사 시간도 짧아서 조금 주는 식사도 처음엔 다 먹을 시간이 없었다. 5분도 채 되지 않는 식사 시간, 먹으려고 무게 잡는데 "식사 끝."이라고 한다. 아직 뱃속에 기름기가 남아 있어서 그런지 처음엔 그런대로 견뎌낼 수 있었다. 그러나 연일 계속되는 제식 훈련에 목이 터지라 외쳐대는 구호 제창, 얼마나 소리를 질렀는지 뱃가죽이 당기고 아팠다. 아무리 소리소리 질러도 중대장은 소리가 작다고 악을 쓴다. 사람이 아니고 훈련하는 기계 같았다. 집에서는 영양가는 높지 않아도 배불리 먹었다. 훈련소에서는 식사하고 돌아서면 배가 고파 대책이 없었다.

배고픔은 정말 견디기 힘들었다. 온종일 눈만 뜨면 선착순 집합에 소리 지르고 뛰는데 배가 고프지 않을 수 없었다. 참고 견디고 또 참을 수밖에 없었다. 민간인이 군인이 되는 과정은 배고픔을 참고 견디는 훈련이 아닌가 싶었다.

점심시간이면 빨리 식사하고 매점으로 달려가서 찐빵을 사서 덜 채워진 배를 채웠다. 처음엔 빵을 사서 엉성하게 들고 먹다 옆에 있는 놈들이 낚아채 가는 바람에 먹지도 못하고 빼앗겼다. 다음부터는 요령이 생겨 모자를 벗어 모자 안에 빵을 넣고 입구를 단단히 거머쥐고 하나씩 꺼내 먹었다. 그래서 그런지 해군 모자를 빵모자라고 한다. 그때 그 시절 그 찐빵 맛은 상상할 수 없을 정도로 꿀맛이었다.

훈련소에 입소할 때 조금씩 피기 시작하던 벚꽃이 어느덧 만개해 훈련소 주위에 하얀 벚꽃 잎이 바람을 따라 함박눈처럼 쏟아졌다. 4월도 떨어지는 꽃잎과 함께 지나가는 것 같았다. 정말 좋은 계절이지만 민간인의 탈을 벗고 군인이 되는 중이라 마음의 여유가 없었다.

점심시간이 되면 벌써 햇살이 뜨겁다. 식사 후에는 파리를 10마리씩 잡아 오라고 하였다. 훈련병들은 화장실이나 음식 찌꺼기 통 옆에 몰려서 파리를 잡느라 야단법석이었다. 음식 찌꺼기 통에는 기간 사병들이 먹다 버린 하얀 밥이 쌓여 있었다. 훈련병들은 배가 고프니까 파리를 잡는 척하며 음식 찌꺼기 통에 있는 밥을 한 줌씩 집어 먹기도 했다. 잔반을 집어 먹다가 조교에게 들키면 엄청나게 얻어맞았다.

훈련소에서는 배가 부를 수가 없었다. 배가 부르면 뛸 수 없어서 훈련에 어려움이 있다. 항상 배가 고팠다. 언제나 배가 고팠던 훈련소 시절, 주린 배를 채울 기회는 없었다. 야간에 외곽 보초를 설 때 그 위치가 식당 부근이면 식당 안에 들어가 누룽지를 찾아 헤매다 잘라서 버린 배추 뿌리들을 주워 씹어 먹기도 했다. 지금 생각하면 훈련소 시절 가장 기억에 남는 것은 제식 훈련과 기합, 배고픔이었다.

엄청난 배고픔에 시달리던 어느 일요일, 해군에 먼저 입대해 하사관으로 근무하던 동네 친구가 진수성찬을 싸 들고 왔다. 누나가 차려준 것이란다. 친구가 가져온 음식을 화장실로 가지고 가서 변기에 걸쳐놓고 둘이서 얼마나 맛있게 먹었는지 모른다. 정신없이 먹어치웠다. 푸세식 화장실 똥통에서 올라오는 냄새가 장난이 아니었지만, 밥맛은 꿀맛이었다. 모처럼 배불리 먹어서 행복했다. 친구가 배고픈 훈련병 사정을 잘 알기에 먹을 것을 들고 나를 면회하러 온 것이었다.

지금 생각해도 친구의 마음 씀씀이가 새삼 고맙다. 일요일이면 자기 시간을 갖고 쉬고 싶었을 텐데 그 친구는 자신의 소중한 시간을 낸 것이다. 고맙다, 친구야. 지금까지도 고마움을 잊지 않고 있다.

훈련 2

🌱 훈련소의 밤은 고난의 연속이었다. 낮엔 고된 훈련에 기합이 있고 밤엔 이런저런 이유로 야구방망이로 엉덩이에 불이 나도록 맞는 게 일상이었다. 온종일 이리 뛰고 저리 뛰고 시달리다 보면 밤이면 지칠 대로 지쳤다. 낮에 열심히 훈련했으면 밤엔 편안하게 재워주면 좋으련만, 밤 9시에 실시되는 취침 점호 준비는 항상 눈코 뜰 새 없이 바빴다. 세수하고 발 닦고 양치질하고 바쁘게 움직이지 않으면 또 몽둥이가 뒤따랐다.

해군 신병 훈련소는 내무반이 3층 스프링 침대였다. 침대에 반듯이 누워서 점호를 받는다. 서 있어도 졸릴 판인데 누워서 점호를 받으니 저절로 눈이 감겼다. 졸음을 참기란 정말 고통스러운 일이었다. 눈을 크게 부릅뜨고 있어도 잠이 자꾸 쏟아졌다.

신록의 계절 5월, 낮에는 뜨거운 햇볕 아래 고된 훈련을 하고, 밤에는 시원한 공기에 저절로 졸리는 계절이다. 취침 점호 시에는 모포를 접어서 배만 가리고 반듯이 누워있어야 했다. 누워있는 모양이 오와 열이 맞아야 한다. 덮고 있는 모포나 베개의 모양이 일직선이 되고 흐트러짐이 없는지 점검하고 계속 매만진다. 그리고 코를 고는 사람이나 움직이는 사람은 계속 깨우고 주의시켜야 했다. 점호가 끝날 때까지 짧은 시간이지만 꼼짝하지 말고 누워있어야 한다. 그러니 잠이 오지 않을 수 없었다.

야간 당직 사령관이 와서 점호 중인데도 졸음은 사정없이 몰려왔다. 고요와 침묵 속에서 당직 사령관이 지나가는 와중에도 코 고는 소리가 들렸다. "잠자는 놈이 누구야?" 당장 끌려 내려와서 야구방망이로 엉덩이를 맞는다. 퍽퍽퍽 야구방망이에 맞는 소리가 나는데도 또 어디선가 코 고는 소리가 들리고 이래저래 점호 시간은 몽둥이를 맞는 시간이었다. 졸지 않을 수 없는 환경 탓이었다.

나는 조금은 예민한 편이라 훈련소 3개월 동안 한 번도 걸리지 않았다. 걸리지는 않았지만, 순간순간 졸지 않을 수는 없었다. 걸리지 않은 게 다행이었다. 밤이면 밤마다 단골로 몽둥이를 맞는 신경이 조금 둔한 친구들도 있었다.

점호 시간에는 국민교육헌장, 점호의 목적, 군인의 길 등 암기 사항도 많았다. 암기 사항을 외우지 못해 몽둥이를 맞는 친구들도 많았다. 나는 다행히 그 당시에 암기력은 좋았다. 한 번도 지적받지는 않았다. 암기 사항을 외우지 못해 매 맞는 친구들을 보면 대신 외워줄 수도 없고 마음이 아팠다. 지나고 보면 모두가 장난 같은 일들인데 그 당시에는 왜 그렇게도 어렵고 두렵고 고통스러웠는지, 아련한 추억으로 남았다.

훈련소 생활에는 오락 시간도 있었고 영화를 보는 재미있는 시간도 있었다. 그러나 좋은 일들은 잘 기억이 나지 않고 힘들고 어려운

일들만 기억이 생생하다. 천자봉 구보, 마진고개 구보 등은 나에게
는 악몽 같은 추억이다. 마진고개를 구보할 때는 체력이 완전히 소
진되어 걸음을 걸을 수조차 없어 기진맥진했는데 동료의 도움으로
끝까지 완주할 수 있었다. 그렇게 살벌하기만 하던 훈련소에도 어떤
때는 우리 훈련병끼리 장난을 치기도 하고 소소한 재밋거리를 찾기
도 했다.

　점심 식사가 빨리 끝나면 잠시 내무반에 들어와 침대에 누워있기
도 하고 가장 가까이 지내는 옆 침대 친구하고 매점에서 사 온 찐빵
을 나눠 먹기도 했다. 동네에서 같이 입대한 친구는 집안 형편이 넉
넉하고 막내라 훈련소에 입소할 때 지참금을 넉넉히 가지고 왔는지
내가 돈이 떨어져 찐빵을 살 수 없었을 때도 가끔 찐빵을 사와 내게
주기도 했다. 생각하면 참 고마운 친구였다. 서로 배가 고픈 처지에
친구와 나누어 먹는다는 것은 보통 우정으로는 하기 힘든 일이었다.
지금은 서로 멀리 떨어져 살지만, 가끔 전화 연락을 하며 지낸다.

훈련 3

🌿 해군 신병 훈련소 주위엔 벚꽃 나무가 매우 많았다. 훈련 기간 내내 벚꽃 나무 속에서 훈련했지만 고된 훈련 때문에 아름답다는 감정을 느낄 겨를이 없었다. 하얀 꽃잎이 휘날리던 벚꽃 나무는 어느새 녹음이 짙은 푸른색으로 변했고, 날씨는 햇볕이 따가운 초여름을 향해 치닫고 있었다.

5월에는 우리 132기 훈련병보다 4주 먼저 입소한 하사관 후보 1기생 수료식이 있었다. 같은 훈련소에서 훈련하므로 하사관 후보생 수료식에 우리 132기 훈련병의 부모님들도 면회를 오셨다. 신록의 계절 5월 훈련소 뒤편 산속에 있는 수많은 나무가 녹음이 우거져 짙은 그늘을 드리워 대낮에도 컴컴했다. 그 숲속 나무 그늘이 그날의 면회 장소라고 했다.

그날은 훈련복 대신 하얀 하복 차림으로 부모님을 만나는 것이었다. 몇 주 되지는 않았지만, 민간인이 해군이 되어 늠름한 모습으로 부모님을 만나는 만큼 멋진 모습을 보여드리고 싶었다. 우리는 하얀 하복을 입고 열심히, 신나게 예행연습을 했다. 내가 보아도 멋있는 해군이 되어있는 것 같아 뿌듯하고 자부심이 생겼다. 얼굴은 햇볕에 그을려 새까맣고 몸과 마음은 단련되어 하얀 제복만큼이나 밝고 단단했다.

전국 방방곡곡에서 면회객들이 하나둘씩 모여들었다. 우리는 질서정연하게 집합해서 수료식을 기다렸다. 드디어 수료식이 시작되고 열병식이 이어졌다. 잘 훈련된 해군의 열병식, 하사관 후보생 1기에 이어 우리 해군 132기도 열병식을 했다. 절도 있고 박력 있게, 그리고 일사불란하게 전 중대원이 한 몸같이 움직였다. 열병식이 끝나면 곧 부모님 면회가 시작된다고 생각하니 발걸음도 가볍고 경쾌했다.

우리는 혼신의 열과 성을 다해 가장 멋지고 박력 있는 열병식을 했다. 수료식이 끝나자 훈련소 뒤편 나무 그늘에 마련된 면회 장소에서 부모님들이 기다리고 있었다. 신나게 달려갔다. 부모님과 이모님, 동생이 와 있었다. 인사를 하는 둥 마는 둥 하고 먹을 것부터 챙겼다. 허겁지겁 이것저것 집어 먹고 난 후에야 주위를 둘러보았다. 모두 가족들을 만나 즐겁게 이야기꽃을 피우고 있었다. 배가 부르니 그제야 이야기도 하고 고향 소식도 물어보며 동네 친구의 부모님께도 인사를 했다.

면회객들을 둘러보니 시골에서 온 부모님들은 익힌 음식들을 대바구니에 담아 왔으나 도시에서 면회 온 부모님들은 석유 버너를 가지고 와서 즉석에서 고기도 구워 먹고 커피도 끓여 마시는 것이었다. 음식 재료들을 아이스박스에 담아 왔다. 나는 그때까지 석유 버너, 아이스박스를 한 번도 보지 못했다. 커피도 마셔본 적이 없었다. 촌놈은 촌놈인 것이었다.

부모님이 가져온 음식도 맛있게 먹었지만, 시골과 도시의 수준 차이는 한눈에도 커 보였다. 나는 부모님이 해 온 인절미를 배가 불러 더는 먹을 수 없어서 내무반 내 침대 매트리스를 찢고 나중에 배고 프면 먹을 요량으로 한 뭉치 숨겨 두었다.

면회는 끝나고 비상 나팔이 불어 우리는 연병장에 집합했다. 면회 온 부모님들이 돌아간 후 우리는 본연의 훈련병으로 돌아왔다. 연 병장에 모이기는 했으나 배가 불러 움직일 수 없었다. 터질 것 같은 배를 부둥켜안고 겨우 버티고 서 있는데 구보를 시켰다. 씩씩거리며 걷다시피 겨우겨우 연병장 두 바퀴를 돌았다. 그리고는 물이 흘러가 는 배수로에 일렬로 세웠다. 누가 먼저라고 할 것 없이 너도나도 억 억거리며 배수로에 조금 전까지 먹은 것을 모두 토해냈다. 속이 텅 비고 편했다.

배고프게 조금씩 먹고 훈련하다 갑자기 음식을 많이 먹으면 배탈 이 난다는 것이었다. 중대장이 그것을 미리 예방하기 위해 구보를 시킨 뒤에 배수로 부근에 집합시킨 것이다. 한바탕 토해내고 나니 금세 배가 고팠다. 배는 고팠지만 속은 편안했다. 먹는 즐거움만 추 억으로 남았다.

며칠 지난 후 매트리스에 숨겨 둔 인절미가 생각나 꺼내 봤더니 딱딱하게 굳었고 새파란 곰팡이가 생겨 있었다. 망설이다가 조용히 입에 넣어 하나씩 불려 먹었다. 혹시나 배탈이 나지 않을까 걱정했 지만, 워낙 배가 고픈데 먹어서 그런지 배탈은 나지 않았다. 나는 그 인절미를 두고두고 하나씩 꺼내 먹었다.

훈련 4

🌿 12주간의 고된 훈련을 마무리 짓는 수료식 전야였다. 모든 훈련병이 어두운 연병장에 모여 각자 고향 쪽 하늘을 향해 가장 보고 싶은 사람을 부르는 시간, 나는 어머니를 목이 터져라 외치면서 울었다. 그것을 끝으로 모든 훈련은 끝이 났다. 다음날이면 멋있는 한 사람의 해군이 탄생하는 수료식이다.

이른 봄, 벚꽃이 피기 시작하는 3월에 입소해 녹음이 우거진 6월까지 장장 3개월의 훈련을 모두 마치고 대한민국 해군 제132기 수료식만 남겨 놓았다. 해군 신병 훈련소는 주위에 담장도 철조망도 없다. 훈련을 포기하고 탈영을 하려고 몇 번을 망설인 적이 있었다. 하지만 탈영해서 집에 가 봐야 환영해줄 사람도 없을 것 같아, 참고 또 참아서 그날의 영광을 맞이한 것이다.

그 배고픈 날들을 거뜬히 이겨내고 수료식을 맞은 내가 대견하고 자랑스러웠다. 입대 첫날부터 불침번 서다 조는 바람에 한바탕 소동을 벌이고 매일 계속되는 고된 훈련을 이겨냈다. 천자봉 행군, 마진고개 구보 등, 힘에 겨운 훈련을 끈기와 인내로 버텨 이겨냈다. 나도 참으로 끈기 있고 인내력 있는 인간임을 느꼈다. 한 사람의 시골 나무꾼이 해군이 될 때까지 우여곡절도 많고 고통도 많았지만, 용케도 잘 참고 견디어 수료식을 맞으니 감개무량했다. 수료식 후 나는 어디로 배치될지도 전혀 모른 채 수료식이 진행되었다.

드디어 수료식 열병식이 시작되었다. 해군 제132기 장병들이 보무도 당당하게 사열대 앞을 지났다. 화려하고 절도 있게 일사불란한 동작으로 열병식이 거행되었다. 드디어 조국과 민족을 위해 몸과 마음을 바칠 수 있는 늠름한 해군으로 탄생하게 되었다. 이제는 우리가 3개월간 생사고락을 같이 한 훈련소와 동료들과도 헤어져야 하는 것이었다. 그렇게도 지겹고 지옥 같은 훈련소였지만 막상 떠나려고 하니 서운한 마음도 조금 생겼다.

정들었던 신병 훈련소, 찌그럭거리는 스프링 침대가 나에게는 난생처음 침대 생활을 제공한 신병 훈련소였다. 구석구석 어느 곳 하나 정 들지 않은 곳이 없었다. 3개월 동안 같이 고생한 동네 친구와도 헤어져야 했다. 끝까지 같이 갈 수 있다면 좋으련만 그저 희망 사항일 뿐이었다.

수료식이 끝나고 둘은 붙어 다녔지만, 병과를 부여하는 과정에서 헤어졌다. 훈련병 전체를 세워놓고 각 병과 별로 부대 배치를 한다. 키가 크던지 체격이 좋으면 의장대나 군악대 등 특기 부대 요원으로 차출되었다. 그러던 중 중대장이 고등학교 졸업자는 손을 들라고 했다. 그리고는 앞으로 나오라고 했다. 그 당시에는 대부분 중졸이라 고등학교를 졸업하면 좋은 병과를 받을 것 같아 무조건 손을 들고 앞으로 나갔다. 이 과정에서 동네 친구와 헤어지고 나는 의무병이 된 것이다. 나는 의무병이 된 나를 상상해 보았다. 병원에서 근무하면 많은 환자를 돌보고 깨끗한 환경에서 편하게 군대 생활을 할 것 같아 기분이 좋았다.

앞으로 어떤 일이 닥칠지 내가 겪어야 할 일에 대해서는 상상조차도 되지 않았다. 그러나 어떻게 굴러도 훈련소보다 못한 곳이 있겠나 싶어 크게 신경 쓰지 않기로 했다. 그렇게 날마다 "헤쳐, 모여." 하면서 소리소리 질러대며 아우성치던 훈련병들은 모두 어디론가 훌훌 떠나고 넓은 연병장은 텅 빈 채로 고요했다.

훈련소를 뒤로하고 훈련병을 싣고 떠나는 군용 트럭을 물끄러미 바라보는 중대장과 조교들, 악바리 저승사자 같았던 사람들이 그날은 왠지 정이 들어 헤어지기 아쉬웠다. 그러나 나는 떠나야 할 몸, '잘 있거라. 나는 간다.' 하고 손을 흔들며 해군 의무단으로 출발했다. 해군 의무단은 차로 5분 거리였다. 그곳에서 근무할 생각에 저절로 웃음이 나왔다. 새로운 근무지에 희망을 걸었다.

야전 위생 훈련

     🌿 해군 의무단에서 근무하는 것은 희망 사항이었다. 대구 육군 군의학교에 가서 야전 위생 과정을 교육받게 되었다. 해군은 야전에서의 의무병 교육 과정이 없어 육군에 위탁 교육하는 것이었다. 연줄이 있거나 훈련소 성적이 좋았다면, 해군 병원에 근무할 수도 있었겠지만 나는 이것저것 아무것도 가진 것이 없으니 바람 부는 대로 물결치는 대로 최하위 말단 보직으로 밀려났다. 해병대에 파견되어 근무하려면 야전에 필요한 보병 전투 훈련 등 전투 중에 필요한 응급조치 교육을 받아야 했다. 주간에는 주로 이론 교육을 받았다.

  교육 첫날 교관이 여러분들은 모두 고졸 이상의 학력이므로 그 수준에 맞춰 교육하겠다고 했다. 나는 마음속으로 불안했지만, 내색하지 않고 태연한 척했다. 흑판에 휘갈겨 쓰는 영어 문장이 길고 생소한 단어에 조금 당황했지만, 노트에 필기하랴 용어해석 들으랴 정신이 하나도 없었다.

  뭐가 뭔지도 모른 채 노트에 열심히 받아 적고 설명도 들었다. 이해가 되지 않아도 질문할 시간도 없었고 아무도 질문하는 사람이 없어 나 혼자 질문을 할 수도 없었다. 흑판에 써놓은 것을 다 적기도 전에 교관이 지워버린다. 그리고 다음 단계로 넘어간다. 나도 같이 흘러갈 수밖에 없었다.

교육 진행 속도도 빠르고 우리말도 알아듣기 어려운데 영어까지 섞어서 이야기할 때면 더욱 곤혹스러웠다. 그러나 나의 낙천적인 성격 탓인지 아예 포기한 탓인지 군대 교육이 어려우면 얼마나 어렵겠나 싶어 대충대충 따라가기로 마음먹었다. 그렇게 대충대충 필기하고 따라가다가 나중에 평가라도 하면 어떻게 해야 하나 걱정이 앞서기도 했다. 어쨌거나 열심히는 했지만, 마무리가 안 되고 머리에 남는 게 없었다.

옆에 같은 책상에 앉아 교육받는 친구는 경희대 재학 중에 군에 왔다고 했다. 그 친구는 교육 내용이 지루한지 교육 시간에 화장실을 들락거리고 담배도 피우러 나가고 교육에 별로 신경 쓰지 않는 것 같았다. 열심히 진지하게 교육받는 나에게, 열심히 해봐야 소용없으니 쉬엄쉬엄 쉬어가며 하라고 농담까지 했다.

그러던 어느 날 지금까지의 교육 내용을 평가하겠다고 한다. 그제야 옆자리 친구가 노트에 필기한 것을 잠깐 빌려달라고 했다. 하지만 나는 보여줄 수가 없었다. 영어 단어나 문장을 끝까지 필기한 것이 별로 없고 글씨도 형편없어 무식한 나의 내면이 탄로 날 것 같아 끝까지 보여주지 않았다. 열심히 필기한 내 노트는 내가 보아도 잘 알아보지 못할 정도로 내용이 엉망이었다. 노트를 보여주기 창피했다. 그러나 군대 시험이 별거 있더냐, 성적 나쁘면 몽둥이 몇 대 맞으면 그만이지, 그럭저럭 이론 교육은 적응되어 가고 있는데 야간이 문제였다.

악바리 중대장 김 모 씨, 아직도 그 이름이 잊히지 않는다. 밤만 되면 잠을 재우지 않고 어찌나 괴롭히던지 4주 동안 하룻밤도 제대로 잠을 못 잔 최악의 순간들이었다. 자정이 되면 비상을 걸어 선착순 집합, 5분 전이라고 하면 5분 내로 집합해야 했다. 5분 내로 전원이 집합을 못 하면 전원 단체 기합, 연병장 10바퀴 돌기와 갖가지 기합이 기다리고 있었다. 한쪽 발에만 군화를 신고 한쪽엔 맨발, 옷은 몽땅 벗고 베개 들고 집합, 오리걸음으로 연병장 돌기 등 별별 해괴망측한 기합을 다 주다가 마지막엔 엉덩이가 따뜻해야 잠이 잘 온다면서 야구방망이로 몇 대씩 갈겼다. 이렇게 저렇게 밤마다 맞아서 엉덩이에 굳은살이 박였다. 배고프지 않고 교육을 받는다는 것이 그나마 신병 훈련소보다 조금 나은 정도였다.

육군 군의학교는 현대식 건물이었다. 1960년대에 벌써 군의학교 화장실에 최신식 좌변기를 설치했는데, 요즘 일반적으로 사용하는 좌변기와 같은 수준이었다. 그때 그 시절 우리가 일반적으로 쓰는 변기는 좌변기가 아니고 물통을 천장에 매달아 놓고 끈을 잡아당기면 물이 콸콸 쏟아져서 대변을 씻어 내려갔다. 좌변기에 앉아서 일을 보는 게 아니고, 푸세식 변기에 쪼그리고 앉아서 일을 보면 물에 떠내려갔다. 정화조가 아닌 똥통에서 오물을 퍼내는 푸세식이 대부분이었다. 그러나 나는 처음에 좌변기에 군화를 신고 올라가서 쪼그리고 앉아서 일을 보았다. 얼마나 불편하고 고생스럽던지, 구둣 발은 미끄러지려고 삐걱거리지, 마땅히 잡을 손잡이도 없지 흔들리고 미끄럽고 어찌나 중심 잡기에 힘들던지 고생을 많이 했다. 왜 이렇게 손잡이 하나도 만들어 놓지 않았을까 원망도 해보고 불평불만을 품기도 했다.

그러던 어느 날 용변이 급해서 노크도 하지 않고 화장실 문을 확열었더니 어떤 병사가 변기에 올라가지 않고 그냥 엉덩이 까고 앉아서 볼일을 보면서 신문까지 보고 있었다. 나는 문을 잽싸게 닫아주고 생각하니, 아차 그러면 그렇지, 변기에 올라가는 게 아니었다. 그런데 세상에 앉아서 볼일 보는 놈은 처음 봤다. 그때야 좌변기의 사용 방법을 알게 되었다. 그리고 화장지가 왜 그렇게 부드러워야 하는지 그 이유도 알았다. 그 시절 시골에는 화장지라는 게 없었다. 신문지나 헌책, 비료 포대, 지푸라기 등을 사용했다. 재래식 화장실은 잘못하면 빠져 죽을 수도 있는 곳이었는데 편안히 앉아서 볼일을 본다는 게 상상이나 되었겠는가?

고문관

야전 위생학교 교육을 수료하고 해병대 2사단으로 배치되었다. 그때까지는 신병 훈련소 교육의 연속이었고, 이제야 완전한 한 명의 해군 의무병이 탄생해서 정식으로 부대 배치를 받은 것이다.

나는 의무대대로 배치되었다. 도착한 시간이 저녁 시간이라 해는 지고 어둑어둑 어둠이 깔리는데 우리가 배낭을 짊어지고 내무반에 들어가니 고참들의 시선이 주목된다. 우리는 기가 죽어 몸 둘 바를 모르고 쥐구멍에라도 들어가고 싶은 심정이었다. 고참들은 졸병이 많이 왔다고 함박웃음을 지으며 좋아했다. 자리 배치도 해주고 이것저것 친절히 가르쳐 주었지만, 완전히 위축되어 귀에 잘 들어오지 않았다.

고참들은 고양이가 쥐를 가지고 놀 듯 했다. "너 여동생 있냐, 누나 있냐?"라고 묻기도 하고 킥킥거리며 장난을 치지만 우리는 졸병이라 잔뜩 긴장한 채 경직되어 그저 시키는 대로만 했다. 그때 고참 한 명이 신고식을 해야겠는데 신고식은 아리랑 신고식으로 하겠다고 했다. 본인이 시범을 보일 테니 그대로 따라 하라는 것이었다. 아리랑 신고식은 아리랑 노래 곡조에 맞춰 엉덩이를 좌우로 살랑살랑 흔들면서 구성지게 하는 것이다. 시범을 보고 난 우리는 차례대로 신고식을 했다.

기억에 남는 대로 적어본다. "신고를 드려요, 신고를 드려요, 해군 이병 홍길동이가 신고를 드려요. 1967년 10월 4일부로 해병 2사단 의무대대에 명 받아 신고를 드려요." 그리고는 신병 환영회를 한다면서 타이어 내피로 된 깨지지도 않고 쭈그러들지도 않는 만능 고무 들통에 막걸리를 사 와서 밥그릇으로 퍼먹였다. 그 당시 부대 내에 있는 매점에서는 소주는 팔지 않았지만, 막걸리는 팔았다. 술을 좋아하는 나는 주는 대로 몇 사발 받아마셨다. 고참들의 배려로 술에 취한 졸병들은 일찍 잠자리에 들었다. 온종일 시달리다가 피곤한데 막걸리까지 몇 사발 마셨더니 금방 꿈나라로 가버렸다. 해병 2사단에서의 첫날밤이었다.

아침에 기상해서 청소 및 조회를 마친 우리는 신상명세서를 작성하라는 지시를 받고 양식을 한 장씩 받았다. 나는 그때까지 한 번도 신상명세를 작성해 본 적이 없었다. 다른 동료들과 함께 신상명세서를 작성했다. 빈칸을 다 채웠는데 마지막 우리 집 약도를 그려 넣는 칸이 있었다. 약도를 어떻게 그려 넣어야 할지 잠시 고민하다가 그냥 생각나는 대로 그려 넣었다. 미술에 약간 소질이 있다고 자부하던 나는 자신 있게 대한민국 지도를 그리고 경상남도 의령군 가례면 양성리 위치에 점 하나를 찍었다. 좁은 칸에 크게 그릴 수도 없고, 우리 집은 시골이고 주변이 농경지라 특별히 그릴 게 없었다. 그래서 점을 찍었는데 그것이 문제였다.

자신 있게 신상명세서를 제출했다. 다른 동료들도 거의 동시에 작성해서 모두 고참에게 제출했다. 적어낸 신상명세서를 검토하던 고참이 갑자기 박장대소하였다. 계속 웃으면서 내 이름을 불렀다. 나는 이유도 모른 채 어리둥절했다. 계속 웃어대는 걸 보며 엉거주춤 서 있는데 "야, 이런 약도가 어디 있어." 하며 계속 웃었다. 나는 이해가 되지 않았다.

약도가 잘못될 이유가 없는데 왜 그럴까? 정말 알 수가 없었다. 그때 고참이 "이 점을 찍은 데가 너희 집이냐?" 물었다. 그렇다고 했더니 이 점을 보고 어떻게 찾아가냐고 웃어댔다. 점 하나 찍어 놓고 찾아오라니 정말 웃기는 놈이란다. 점찍은 곳이 정확하게 너희 집이냐고 묻고는 그렇다고 했더니 또 한바탕 웃어댄다. 그때 고참 중 한 명이 약도는 그렇게 그리는 것이 아니고 너희 집을 찾아갈 수 있게 주변 도로나 건물 이름을 적고 그려야 한다는 것이었다.

다른 동료들이 적어낸 것을 보니 주변 도로나 학교, 우체국 상점 등 건물명들이 적혀 있었다. 나는 우리 집 주변이 논이나 밭이라 특별히 건물도 없어서 점 하나 찍었더니 그때부터 나만 보면 대한민국 지도에 점 하나 찍어 놓고 어떻게 너희 집을 찾아가냐고 놀려대는 것이었다.

짧은 인생을 살다가 간 동료

🌱 해병 2사단 의무대대에서 해병들과 함께 전투 수영 훈련에 참여했다. 뜨거운 8월의 태양이 이글거리는 양포 앞바다 백사장에서 해병대원들과 함께 PT 체조를 했다. 빨리 시원한 바닷물에 풍덩 뛰어들고 싶었지만 어디까지나 전투 수영 훈련이라 내 마음대로 바닷물에 들어갔다 나왔다 하는 것이 아니고 명령에 따라 움직여야 했다. 아무리 뜨겁고 무더워도 참고 견뎌야 했다. 나는 PT 체조를 열심히 했다. 조교의 구령에 따라 힘차게 구령을 부치며 땀을 비 오듯 흘렸다.

지루하게도 체조는 계속되었다. 언제 물에 들어가는지 기다리고 기다렸는데 드디어 입수 명령이 떨어졌다. 와아~ 함성을 지르며 시원한 바닷물에 뛰어들었다. 바닷물에 몸을 담그니 너무나 기분이 좋았다. 그러나 기분 좋은 것도 잠시, 30분 정도 지나니까 슬슬 추워졌다. 물 밖으로 나가고 싶지만 전투 수영 훈련이니 맘대로 나갈 수는 없었다. 가만히 서 있으면 더 추워진다. 춥고 힘도 빠지고 움직이기도 싫어지는데 수영을 독촉하는 조교의 호각 소리가 요란했다. 가만히 서 있지 말고 계속 헤엄을 치라는 것이다. 바닷물 위에 부표를 띄워놓고 계속 헤엄을 쳐서 돌아야 했다.

그런데 잔잔하던 파도가 자꾸만 거칠어지고 높아지는 것 같았다. 파도가 밀려와서 백사장으로 올라가는 높이가 점점 높아졌다. 파도가 밀려올 땐 수영하기가 힘들다. 점점 거세게 휘몰아치는 파도가 무서웠다. 파도가 빠져나갈 땐 가만히 서 있으면 몸이 바다 쪽으로 떠내려가려고 했다. 파도가 점점 높아져, 수영을 할 수 없을 정도인데 그렇다고 마음대로 백사장으로 나갈 수도 없어 얕은 곳에서 서성이고 있었다. 그때 수영장 관제탑에서 비상 사이렌이 울리고 조교의 호각 소리가 요란하였다. 전원 물 밖으로 빨리 나오라는 철수 명령이었다.

파도는 점점 거세지고 있었다. 나는 재빨리 백사장으로 철수했다. 백사장으로 밀려오는 파도의 높이도 엄청나게 높아져 있었다. 모두 바다에서 철수했는데 그 와중에 병사 한 명이 빠져나오지 못하고 파도에 휩쓸려 저만치 가물가물 멀어졌다. 바다에 떠 있는 병사의 모습이 보일락 말락 세찬 파도에 휘말려 떠내려가고 있었다.

급박한 상황에 관제탑에서는 난리가 났다. 방송은 계속되고 조교들은 발을 동동 구르고 재난 구조대의 고무보트가 병사를 구하러 갔지만 얼마 가지 못하고 세차게 밀려오는 파도에 뒤집히고 말았다. 이젠 그 병사의 모습은 파도에 묻혀 보이지 않는데 해군 UDT가 재차 투입되어 그 병사를 구조해 백사장으로 나왔다. 그 병사는 이미 축 늘어져 의식이 없었다. 백사장에 뉘어놓고 인공호흡을 하고 응급조치를 취하는데도 살아나지 않았다. 나는 멀찌감치 구경만 하다 누군지 알고 싶어 옆에 가서 자세히 보니 동료 장휘원이었다. 눈앞이 캄캄했다. 몇 시간 전에 점심을 같이 먹으며 우리가 졸병이라 전투 수영에 차출되었다고 서로를 위로해 주었던 친구였다.

참 안타까운 일이었다. 휘원이는 해군 132기 동기다. 다 같이 해군 의무병 보직을 받아 훈련도 계속 같이했다. 응급조치를 취해도 소생하지 않는 휘원이는 구급차에 실려 백사장을 떠났다. 혹시라도 병원에 가서 살아나기를 기도했다. 왜 하필 그 친구가 물에서 나오지 못했을까? 참으로 안타깝고 슬픈 일이었다. 의무병이라면 누구나 병동에서 환자 치료나 하면서 근무하고 싶어 한다. 훈련에 참여하는 것은 모두 싫어했다. 고참들이 훈련을 회피하니까 하는 수 없이 졸병들이 훈련에 차출되는 것이다.

구급차에 실려 간 친구가 어떻게 되었는지 궁금해하면서 쓸쓸히 전투 수영장에서 철수했다. 무척이나 떨리고 두려웠다. 바다가 그렇게 무서운 줄 미처 모르고 있었다. 많은 해병대원 속에서 해군은 단 둘이었는데 나 혼자 외롭게 부대로 귀대했다.

짧은 인생을 살다간 동료의 영안실

🍃 전투 수영장에서 철수한 나는 부대에 귀대한 후 구급차에 실려 간 휘원이의 안부를 물었는데 그 친구는 불행하게도 소생하지 못하고 의무대대 영안실에 안치되어 있었다. 나는 휘원이의 동기이기도 하고 또 졸병이라 영안실을 지켜야 했다. 저녁 식사를 하고 영안실에 가보니 그는 태극기에 덮인 채 고이 모셔져 있었다.

의무대대 영안실은 병동에서 한참 떨어진 나지막한 야산에 있었다. 아직은 초저녁이라 많은 사람이 영안실을 들락거렸다. 조문을 위해 들르는 사람도 있지만, 사고 수습을 위해 들르는 사람들도 있었다. 그 시절에는 시신 보관 냉동실이 따로 없었다. 시신을 그냥 태극기로 덮어 영안실에 보관했다. 시신 앞에는 커튼을 치고 조그마한 제상이 마련되어 있고 촛불과 술과 술잔이 있었다. 조문하는 사람들은 술잔을 올렸다. 그리고 그 시절 빠지지 않는 것이 담배였다. 담배에 계속 불을 붙여놓았다. 고인의 마지막 가는 길에 담배를 끊지 않는 게 예의였다. 주로 의무대대 인원들이 조문하면서 영안실이 제법 붐볐다.

그러나 밤이 깊어지자 세상은 조용해지고 오가는 병사도 없이 인적이 끊겼다. 늦여름이라 바람이 스르르 불어오니 나뭇잎 흔들리는 소리가 음산했다. 기온도 내려가 여름이지만 밤 날씨가 서늘했다. 곧 가을이 찾아오려는 듯 바람결에 흔들리는 온갖 나뭇잎 소리가 영안실의 분위기를 더욱 스산하게 만들었다.

둘이서 영안실을 지키는데도 어째 머리카락이 쭈뼛쭈뼛 서는 게 영 기분이 좋지 않았다. 기분이 좋지 않은 게 아니고 솔직히 무서웠다. 영안실 지킴이가 영안실에 있어야지 담배에 불도 붙이고 하는데 처음엔 영안실 안에 있었다. 조금 후엔 영안실 앞에 있다가 어찌 된 것인지 점점 깊어가는 밤만큼이나 영안실에서 멀어지고 있었다. 나 자신도 모르게 우리가 근무하는 병동 쪽으로 한 걸음 한 걸음 옮겨 가고 있었다.

어느새 영안실 촛불이 저만큼 멀어져 가물거렸다. 그런데 웬일인가? 한 가닥 회오리바람이 휙 불더니 저 멀리서 영안실을 밝히던 촛불이 한꺼번에 두 개가 꺼져버렸다. 왜 그리도 무섭고 소름 끼쳤는지 온몸이 굳어지고 한기가 엄습했다. 영안실에 촛불이 없으면 안 된다. 촛불이라도 있어야 덜 무서운데 큰일이다. 촛불이 꺼져 있으면 순찰하는 당직 사령관한테라도 적발되면 문책당한다. 빨리 촛불을 켜야 했다.

둘은 캄캄해진 영안실을 향해 M1 소총을 들고 낮은 포복 자세로 기어갔다. 살살 기어가면서 마음속으로 '휘원아, 휘원아!'라고 죽은 동료의 이름을 부르면서 접근했다. 귀신이라도 설마 동료를 해코지 하진 않을 것이라고 나 자신을 위로해가면서 기어갔다. 기어가다 총이라도 바닥에 부딪히면 소스라치게 놀라고 식은땀이 흘러 온몸이 흠뻑 젖었다.

천신만고 끝에 영안실 문 앞에 도착했다. 떨리는 손으로 성냥을 찾아 촛불을 켰다. 힐끗 커튼 사이로 시신을 쳐다보았다. 시신을 덮은 대형 태극기의 코와 입 부분이 촉촉이 젖어 있었다. 꼭 살아서 숨을 쉬고 있는 것 같았다. 가까이 온 김에 술도 한 잔 따르고 담배에도 불을 붙여놓고 정성을 다했다. 공포심을 떨쳐버리려고 온갖 짓을 다 해보았다. 애써 태연하려고 노력은 했으나 기어오면서 얼마나 가슴 졸이고 공포에 떨었는지 아랫도리가 후들후들 떨렸다. 이젠 영안실을 떠나지 말자. 멀리 갔다가 다시 돌아오기가 얼마나 힘든지 알았기 때문이다.

무슨 이유로 뭐가 그렇게 무서웠는지 죽는 줄만 알았다. 커튼 사이로 보이는 시신이 무섭지만, 그래도 자꾸만 눈길이 그쪽으로 갔다. 가끔 불어오는 늦여름 바람에 흔들리는 나무 잎사귀 소리가 스르륵 할 때마다 정신이 번쩍번쩍 들었다. 혹시나 또 촛불이 꺼지지 않을까 긴장의 끈을 놓을 수 없었다. 불과 몇 시간 전에 같이 전투수영을 했는데 이렇게도 무서운 것은 깊었던 전우애를 떼놓고 가려는 것이 아닐까 싶은 마음이 들었다.

그날 밤을 마지막으로 타오르는 담배 연기처럼 사라진 장휘원, 잘 가거라. 저세상에 가서는 물에 빠지지 말고 행복해라. 마지막 작별 인사를 하며 우리는 영안실을 떠났다.

새로운 보금자리

　　🌱 나는 의무대대에서 환자 치료도 하고 주사도 놓아주면서 의무병의 임무를 착실히 수행했다. 난생처음 링거도 놓고 찢어진 상처의 봉합 수술도 하고 군의학교에서 배운 것을 실천하면서 본격적인 군 생활을 착실히 했다. 그러나 나는 의무대대에 오래 있지 못하고 해병대 3연대 2대대 의무실로 발령이 났다.

　해병대 2대대 의무실에 파견되어 해병대 소속으로 근무하게 되었다. 의무대대는 병원급이지만 의무실은 응급처치 정도만 했다. 해병대와 같은 건물에서 생활하고 식당도 같이 쓰면서 해병대와 똑같이 실전과 같은 훈련에 참여해야 했다. 해병대는 군기가 엄격하고 기합도 많이 받는다. 밤이면 해병대의 기합 받는 소리가 우리 의무실까지 심심찮게 들려왔다. 살벌한 분위기가 연출되면 졸병인 나는 괜히 불안했다.

　우리 의무실은 군의관을 포함하여 7명이지만 서로 같이 근무할 기회가 적었다. 계속되는 훈련에 차출되었기 때문이다. 해병대원들 속에 해군은 의무실 인원뿐이기 때문에 항상 가족과 같은 분위기였다. 그렇지만 같은 건물에 있는 해병대가 기합 받고 몽둥이를 맞으면 우리 의무실에도 불똥이 튈까 걱정이 되었다.

어느 날 밤 점호 시간에 해병대원 한 명이 의식을 잃고 의무실에 업혀 왔다. 저녁 점호 시간에 총기 청소 검사를 시행했는데 총기 청소 불량 판정을 받고 총기를 검사관으로부터 되돌려 받는 과정에서 MI 소총의 개머리판으로 가슴을 맞았다는 것이다. 심장을 맞고 즉사한 것이었다. 의무실에서 응급 처치했지만, 소용이 없었다. 신속하게 구급차로 의무대대로 후송했다. 응급처치로 소생하지 않으면 빨리 후송할 수밖에 도리가 없었다.

그날 밤에 군의관이 다행히 퇴근하지 않고 근무 중이어서 우리는 책임감이 적었지만, 응급 환자가 오면 초를 다투는 매우 급한 상황이므로 모두 긴장할 수밖에 없었다. 한 생명이 오락가락하는 절체절명의 순간에는 우리 의무실 대원 전원에게 책임이 있는 것이다. 군의 성격상 불의의 사고로 다치거나 죽으면 억울한 죽음이 되고 만다. 군인은 모두 젊어서 더욱 그렇다.

1967년 포항의 겨울 날씨는 모질게 추웠고 바람도 많이 불었다. 포항에는 원래 먼지와 바람이 많기로 유명했다. 그때 그 시절 경남 의령과 포항과의 교통은 너무나 불편했다. 포항에서 의령으로 가려면 영천과 대구를 거쳐 가든지, 아니면 경주 부산 마산으로 돌아가야 했다. 그래서 나는 외출 외박으로 집에 간다는 것은 아예 꿈도 꾸지 못했다.

나도 어느새 일등병이 되었다. 한 단계 진급했지만, 의무실에서는 제일 졸병이었다. 의무실 대원은 식당에서 밥을 타가지고 와서 의무실에서 식사했기 때문에 식사 당번은 내 몫이었다. 고참 하사 이 모 씨가 하도 입맛이 까다로워 연대 부식 창고에 가서 멸치를 구걸해 내장을 까고 된장에 버무리기도 하고, 단무지를 얻어다 썰어서 고춧 가루에 무치기도 했다. 한 번은 두부를 얻어 단무지를 넣고 두붓국 을 끓였는데 국물이 노랗게 되어 똥물 같다고 고참 하사가 국그릇 을 엎었다. 나는 죄지은 것처럼 벌벌 떨고 있는데, 옆에 있던 다른 고 참이 다음부터는 단무지를 두붓국에 넣을 땐 물에 담가 노랑물을 빼야 한다고 일러주었다. 날씨는 춥고 손발은 시린데 식사 당번하는 졸병 신세가 처량했다. 정말 눈물겨운 졸병 생활이었다. 우리 집과 는 너무나 교통이 불편해서 외박 같은 것은 아예 나갈 수 없어서 괴 로운 졸병 생활의 돌파구는 없었다.

그런 와중에 1968년 1월, 북한 괴뢰군 김신조 일당이 청와대를 급습해 많은 사상자가 났다. 전군에 비상이 걸리고 24시간 출동 태 세라서 외출 외박 휴가가 전면 금지되었다. 졸병인 나한테는 별 영 향이 없었다. 평상시에도 부대에만 있었기 때문이었다. 하지만 고참 들은 답답해했다. 그러나 부대 외곽에 쳐진 철조망에 개구멍이 많 아 고참들은 그 개구멍으로 몰래 들락날락하며 이것저것 할 짓 다 하며 생활했다.

상륙 훈련

꽃 어디로 가든 졸병은 훈련을 도맡아놓고 해야 했다. 나는 해병대의 야간 기습 상륙 작전에 참여하게 되었다. 칠흑같이 어두운 밤에 우리는 LST 수송함을 타고 망망대해로 나아갔다. 몇 시간을 항해했는지 어디로 가는지도 모르고 해병대원들과 함께 군함을 타고 갔다.

나는 해군이지만 훈련소에서 충렬사에 참배 가면서 바지선 비슷한 배를 탔다. 그렇게 큰 군함을 타보기는 처음이었다. 군함의 내부는 각종 배관과 전선으로 얽혀있고 통로도 협소하고 복잡해 고도의 훈련이 필요할 것 같았다.

군함을 타고 얼마나 왔는지 모르지만, 갑판에 집합하라는 명령이 하달되었다. 갑판에 올라가 보니 깜깜한 밤바다 한복판에 정박해 있었다. 사방을 둘러보아도 아무것도 보이지 않았고 자세히 바다를 내려다보니 파도만 일렁였다. 우리는 갑판에 소속 부대별로 정렬하고 훈련 교관의 지시에 따랐다. 동아줄로 된 대형 그물이 갑판에서 바다로 드리워지고 그 그물을 타고 바다로 내려가 고무보트를 타고 적의 해안에 상륙한다는 것이었다.

곧이어 고무보트가 바다로 내려지고 우리는 차례대로 몇 사람씩

그물을 타고 바다로 내려갔다. 바다로 내려가니 잔잔해 보이던 바다에 높은 파도가 일어, 고무보트가 춤을 추고 있었다. 아차 실수하면 망망대해 밤바다에 빠져 죽을 수 있다고 생각하니 엄청나게 긴장되었다.

고무보트를 타야 하는데 고무보트가 파도를 따라 움직여 타기가 힘들었다. 자칫 한 발만 헛디뎌도 물귀신이 될 것 같았다. 그물에 매달려 한참을 망설이다 겨우 고무보트에 올라탔다. 두려웠다. 보트 하나에 12명이 타는데 먼저 타는 사람은 보트의 균형을 잡아야 했다. 전원이 탑승하는 데 시간도 오래 걸리고 진땀을 뺐다. 누구 한 사람이라도 실수하면 큰일 나는 것이었다. 조심 또 조심했다.

고무보트를 타고 조용히 노를 저어 깜깜한 밤바다를 전진했다. 적의 해안가로 신속히 움직여야 했다. 한쪽 발은 고무보트에 다른 한쪽 발은 바닷물에 담근 채 질서정연하게 해안가로 소리 없이 노를 저어 미끄러져 갔다. 나는 어디가 어딘지 모른 채 열심히 노를 저었다. 아무것도 보이지 않은 밤바다를 신속하게 진격해 갔다.

얼마나 시간이 지났을까? 어렴풋이 저 멀리 검게 육지가 보였다. 우리는 숨을 죽인 채 소리 없이 상륙했다. 신속하게 백사장을 통과하고 온갖 장애물과 철조망을 통과해 진격했다. 우리는 낮은 포복으로 고지를 향해 계속 전진했다. 저 멀리 동쪽 하늘이 희부옇게 밝아왔다. 먼동이 틀 무렵 고지가 저만치 보였다. 우리는 마지막 남은 힘을 쏟아 힘차게 공격했다. "돌격, 앞으로." "와~." 하는 함성과 함께 앞으로 돌격했다. 우렁찬 함성이 새벽하늘에 메아리쳤다. 우리는 순식간에 고지를 점령하고 정상에 태극기를 꽂았다. 훈련이지만 실전과 같은 전율 넘치는 과정이었다.

해군들은 군함으로 해병대를 수송할 때 훈련이 잘되어 있었다. 상륙 작전을 수행하는 해병들이 해안 가까이 안전하고 신속하게 이동할 수 있도록 최선을 다하는 모습이 다 같은 해군이지만 자부심이 느껴졌다. 나도 의무병이 아니었다면 군함을 타지 않았을까 생각했다. 난생처음 군함을 타고 고무보트를 타고 상륙 훈련을 했다. 밤새 잠을 못 잤지만, 업무를 완수했다는 자부심이 피로를 잊게 했다.

비타민 대신 수면제를

🌿 해병대 2대대 의무실에서 있었던 일이다. 군의관은 아침에 출근하면 캐비닛을 열고 무언가를 꺼내 먹었다. 무엇을 그렇게 챙겨 먹는지 궁금했다. 캐비닛에는 중요하다고 생각되는 약품이 들어있었고 항상 잠겨 있었다. 의무실은 대대 병력의 건강을 책임지는 곳이다. 병사들의 감기나 배탈, 사소한 외상 치료 등 병원 겸 약국인 셈이다. 그 당시만 해도 군대에 있는 약품은 미제가 많았다. 미국의 원조로 약품이 군대에 보급되던 시절이었다. 나는 궁금증을 참지 못하고 고참에게 군의관이 아침마다 캐비닛에서 꺼내 먹는 게 무엇인지 물었고, 고참은 비타민이라고 알려주었다.

나도 어릴 적에 원기소라는 것을 먹어본 적이 있다. 비타민도 그런 것이고 영양을 보충해서 살찌는 약이겠지 생각했다. 나는 항상 체중이 미달이라 스트레스를 많이 받는 편이었다. 키 171㎝에 몸무게 58kg으로 갈비씨였다. 청소년기에 살이 좀 통통하게 찌는 게 소원이었고 희망 사항이었다. 그게 마음대로 되지 않았다. 아무리 먹어도 살은 찌지 않았다. 살이 통통하게 찐 사람이 부러웠다. 그때는 배 나온 사람을 사장 틀이라고 부러워하던 시절이었다.

나는 마음속으로 나도 군의관이 먹는 비타민을 한 번 먹어보기로 했다. 살이 조금이라도 찌지 않을까 싶어 작전에 돌입했다. 어느 일요일 저녁, 우리는 의무실에서 막걸리 파티를 했다. 술이 얼큰하게 취한 나는 비타민이 생각났다. 다들 잠자리에 든 걸 확인하고 술기운을 빌려 캐비닛 문을 열기로 했다. 아직 졸병이라 캐비닛 문을 여는 것은 나에게는 허용되지 않았다. 그래서 평소에 군의관이 다이얼 돌리는 것을 유심히 보아 두었지만, 막상 문은 잘 열리지 않았다.

한참 고생한 끝에 캐비닛 문을 열었다. 열고 보니 약이 여러 가지 진열되어 있는데 전부 영어로 표기되어 있어 어느 것이 비타민인지 알 수 없었다. 영어가 부족한 나는 순간 당황했다. 그것도 도둑질이라고 마음은 급하고 가슴은 콩닥콩닥 뛰는데 이 일을 어찌하면 좋을지 혼란스러웠다. 그냥 포기할까 싶은 생각도 들었다. 지금 실력 같으면 비타민 정도는 알아보겠지만, 그때는 상황이 매우 급한지라 당황해서 잘 보이지 않았다. 에라, 문은 어렵게 열었겠다, 비슷한 거로 몇 알을 집었다.

비타민 몇 알 꺼내먹는다고 살이 찌는 것은 아닐 텐데 생각하니 먹을까 말까 망설여졌다. 어느 것이 비타민인지 확실히 몰라 더욱 망설여졌다. 그러나 이왕 꺼냈으니 먹어두기로 했다. 그리고는 콩닥거리는 가슴을 진정시키고 잠자리에 들었다.

얼마나 잤는지 깨워서 눈을 떠보니 모두 출근해서 근무 중인 월요일 오전 9시였다. 얼마나 깊은 잠에 빠졌는지 잠깐 자고 일어난 것 같은데 시간이 그렇게 많이 흘렀다. 주위에선 전날 저녁 막걸리 파티에서 술을 많이 마셔서 못 일어나는 줄 알고 일찍 깨우지 않았단다. 곰곰이 생각하니 그 정도 막걸리를 마시고 내가 못 일어날 정도는 아닌데 왜 그렇게 늦잠을 잤을까 혹시 전날 저녁에 먹은 비타민이 다른 약이 아닐까 의심이 들었다. 아무래도 그 비타민을 먹어서 일어나지 못한 것 같았다.

그러나 그것이 무슨 약인지 확인하는 데는 꽤 오랜 시간이 걸렸다. 군의관이 먹는 것을 유심히 살펴보고 관찰을 열심히 하고 공부도 열심히 한 결과 우스운 결론을 얻었다. 내가 먹은 것은 비타민이 아니고 미제 수면제였다. 막걸리를 실컷 마시고 수면제를 두 알 먹었으니 잠을 편하게 잔 것이었다. 비타민과 수면제는 약 모양이 비슷했다. 약병 바깥에 분명하게 표시되어 있었겠지만 나는 약 모양과 색깔만 보고 그냥 두 알을 집어먹었으니 큰일 날 뻔했다. 그 후에는 내가 비타민을 확실히 알고 몇 알씩 얻어먹곤 했다.

월남전 파병 지원

    🌱 매섭게 춥고 바람이 많이 부는 포항의 겨울, 그 추운 겨울도 지나갔다. 그날도 먼지 바람 휘날리는 연병장을 가로질러 연대 부식 창고로 가서 하사님 반찬용 멸치를 구걸하다시피 사정해 얻어왔다. 정말 하기 싫은 졸병의 일상이었다. 서당 개도 3년이면 풍월을 읊는다고 했다. 3년은 안 됐지만 군대 생활도 제법 익숙해졌다.

  이제 나도 각종 전투 훈련, 유격 훈련으로 단련된 진정한 군인이 되었다. 그런데 허구한 날 식사 당번을 면할 길이 없었다. 내 밑에 졸병이 들어오지 않기 때문이었다. 내가 이런 짓을 하고 있을 때가 아니라 현실을 벗어나기 위한 노력을 해보자 싶은 생각이 들었다.

  그 당시 해병대 3연대 2대대는 강제로 월남에 파병된다는 소문이 병사들 사이에 나돌았다. 그러면 나도 자동으로 월남으로 파병되는 건가 싶었다. 그러나 그것은 헛소문이었다. 월남에 가기 싫은 병사들은 큰 고민거리가 아닐 수 없었다. 헛소문이라고 말들 하지만 월남에 가고 싶은 병사들은 월남에 파병되면 전쟁터라 목숨은 위태롭지만 살아만 돌아오면 돈을 벌 좋은 기회라고 생각했다.

  나도 곰곰이 생각해보았다. 내가 월남으로 파병되어 돈을 벌어온다면 가족들이 좀 더 넉넉하게 살 수 있을 테고, 만약 전사한다면 많은 보상금이 나온다니 불행 중 다행한 일이었다. 내가 해군에 지원 입대한 것도 한시라도 빨리 지게를 벗어 던지고 가난의 굴레에서 벗어나고 싶어서가 아니었던가?

부모님과 형, 어린 동생 넷이 얼마 되지도 않는 농사를 지으며 궁핍하게 생활하는 모습이 떠올랐다. 내가 군대에 입대할 때만 해도 부모님은 소 한 마리 사서 키울 형편이 못되어 가난한 생활을 하고 있었다.

나는 지금 망설이고 있을 때가 아니라 적극적으로 월남으로 가는 길을 찾아야 한다고 생각했다. 맨날 식사 당번이나 하면서 허송세월하고 있을 때가 아니다. 가자 월남으로! 월남으로 가야겠다는 생각이 들었다. 나는 4남 2녀의 둘째로 태어났다. 나 하나쯤 없어도 문제없을 것 같았다. 내가 부모님을 가난의 굴레에서 벗어나게 해야겠다는 생각이 들었다.

월남으로 간다고 모두 죽는 것도 아니지 않은가? 생각을 정리한 나는 1968년 3월의 어느 날 햇볕이 따뜻한 오후 조용히 부대를 빠져나와 해병대 사단 사령부로 향했다. 월남 파병을 지원하기 위해 비장한 각오로 걸어가고 있었다. 의무병이 지원하면 무조건 받아준다는 소문에 힘입어 아무 생각 없이 발걸음을 옮겼다. 사단 사령부가 가까워질수록 마음의 동요가 생겼다. 정말 내가 월남으로 가야 하는 건가? 그러나 다시 다짐하였다. 가자 월남으로! 마음속으로 다짐하고 또 다짐했다. 나는 월남으로 가야 한다. 어느 틈에 사단 사령부 정문에 도착해 있었다. 정문 초소에 근무하는 해병이 월남 파병 지원자는 2층으로 가라고 안내하였다.

막상 도착하고 나니 월남 지원하러 왔다는 말이 잘 나오지 않았다. 멍해진 상태로 우물쭈물하고 있는데, "월남 파병 지원하러 오셨습니까?" 하고 묻는 해병대 병사의 말에 정신이 번쩍 들었다. 파병 지원서를 작성하는 손이 떨리고 어디에 손도장을 찍어야 하는지 눈물이 고여 아무것도 보이지 않았다. 해병이 나의 엄지를 끌어다 너무나도 선명하게 손도장을 찍었다.

너무나 허망하고 어지러웠다. 잠깐 의자에 앉아 정신을 차리고 생각해보았다. 나는 대범한 척, 씩씩한 척 살아왔는데 약해빠진 내 모습을 발견했다. 그렇게 굵고 짧게 살자고 외쳐왔지만, 하늘이 무너진 듯 아무 생각도 나지 않고 너무나도 슬프고 가슴이 아파 소리 없이 울었다. 왜 이렇게까지 해야 하는지 나도 모른다. 허탈할 뿐이었다. 22년을 살아왔지만 이렇게 허탈감에 괴로운 적은 없었다. 나는 이제 나무 관을 맞추어 놓은 것이나 다름없었으니, 너무나 절망적이었다.

운명은 하늘에 맡기고 죽고 사는 것을 두려워해서는 안 된다. 그저 바람 부는 대로 하늘에 둥둥 떠가는 구름처럼 가볍게 살자.

막상 지원하고 나니 세상에 새로 태어난 기분이었다. 내가 누구인지도 모르겠다. 이젠 세월이 지나가면 나는 월남이라는 전쟁터에 가 있겠지. 마음이 가라앉지 않고 흥분되었다. 이럴 때 사람들은 부처님이나 하느님을 찾는지 모르겠다.

전장(戰場)으로 가는 길목에서

🌱 월남전 파병 지원을 하고 난 이후 내 머릿속에는 총알이 빗발치고 포탄이 터져 화약 연기 자욱한 전쟁의 참상이 그려졌다. 어릴 때 동네 어른들의 6·25 전쟁 이야기를 너무나 많이 들었기에 전쟁이라면 무조건 비극이라고 생각했다. 전쟁에 참여한다는 것은 엄청난 고통을 헤쳐 나가야 한다고 생각하니 정말 앞으로 닥쳐올 일들이 걱정되었다. 그때 나는 어디서 군 생활을 하고 있는지 착각에 빠진 것 같았다. 온통 머릿속에는 전쟁의 참상만 그려졌다.

나는 월남 파병 지원 사실을 누구에게도 알리지 않고 비밀로 했다. 군의관 이하 의무실 대원 누구에게도 알리지 않았다. 부모님에게도 알리지 않았다. 좋은 소식도 아니고 걱정만 시킬 것 같아 차일피일 미루고 편지 한 장 하지 않았다.

그러던 어느 날 해병 2사단 사단 사령부에서 해병대 2대대 의무실 월남 파병 지원자 이동원 특별 포상 휴가 통지서가 날아왔다. 군의관 이하 의무실 대원 전원이 깜짝 놀랐다. 왜 월남을 지원해 가느냐? 무엇 때문에 위험한 전쟁터에 지원해서 가는지 이유를 물었다. 나는 마음속으로 이렇게 말했다. 허구한 날 식사 당번이나 하고 훈련이나 도맡아 참가하고 고생할 바엔 굵고 짧게 살기 위해 차라리 월남으로 간다고, 그러나 이렇게 말했다. 월남에 가서 죽어버리면 그만이고 살아 돌아온다면 시계도 사고 녹음기도 사고 소형 라디오도 사서 사람답고 멋있게 살기 위해 간다고 했다.

의무실 대원들은 의무병은 더욱 위험하다고 했다. 먼저 파병된 의무병 중에 누구누구가 전사하고 부상했다고 겁을 주었다. 그러나 이젠 돌이킬 수 없는 일, 죽어도 가야 했다. 속으로는 겁도 조금 나고 약간 후회스럽기도 했지만, 겉으로는 태연한 척했다. 이젠 나에게 무슨 위로의 말 같은 것은 아무 소용없는 일이었다.

나는 일주일의 포상 휴가를 받아 고향의 부모님을 찾아갔다. 부모님께 월남에 간다고 말씀드리고 꼭 살아서 돌아오겠다고 다짐했다. 고향에 와 보니 그렇게도 많던 친구들이 한 명도 없었다. 모두 군에 가거나 취직을 위해서 고향을 떠나고, 먹고 살기 위해 이리저리 뿔뿔이 흩어지고 없었다.

어쩌면 마지막이 될지도 모르니까 같이 놀던 친구들이 보고 싶었다. 그리고 되도록 부모님 곁에 하루라도 더 붙어 있으려고 노력했다. 일주일이라는 휴가 기간은 금세 지나가고 귀대하고 싶지 않은 귀대 날짜가 오고 말았다. 이제 떠나가면 언제 올까 영영 오지 못할 수도 있고 부모님과도 영원한 이별이 될지도 모른다고 생각하니 마음이 착잡해졌다. 어린 동생들이야 뭘 알겠는가? 내가 어디에 무엇하러 가는지도 모를 것이고, 그저 천진난만하게 뛰어놀고 있었다.

일주일의 휴가는 순식간에 지나갔다. 너무나 아쉽고 짧은 휴가였다. 이젠 모든 것 이별하고 떠나가야 했다.

정말 가고 싶지 않은 부대로 귀대했다. 떨어지지 않는 발걸음으로 고향 집을 뒤로하고 동네 앞 버스 정류장으로 가는 길목엔 안면 있는 동네 사람들이 여럿 지나갔다. 나는 생사가 넘나드는 싸움터로 간다는 절박한 마음에, 또 어쩌면 마지막일 것 같기도 해서 다정히 인사하고 그들을 유심히 쳐다봤지만, 그들이 내 속마음을 어떻게 알겠는가? 동네 어귀까지 따라 나온 어머님의 눈시울이 붉어지고 울먹일 때 나도 펑펑 한없이 소리 내어 울고 싶었다. 하지만 억지로 참고 웃으면서 작별 인사를 할 때 소리 없이 눈물이 흘러내렸다. '꼭 살아서 돌아오겠습니다. 어머니 건강하세요.'라고 말하고 싶었지만, 입만 벌리면 울음이 터질 것 같아 아무 말도 못 하고 눈물을 머금고 버스에 올라야 했다.

어머니와 동네 사람들의 배웅을 멀리하고 버스를 탔다. 스쳐 지나가는 창가에 고향 산천이 아른거렸다. '잘 있거라, 고향 산천아, 꼭 살아서 돌아오마.' 멀어지는 고향 집을 바라보면서 흐르는 눈물을 닦으며 정든 고향을 떠났다. 버스 차창에 스쳐 지나가는 고향 마을, 낯익은 골목들까지 모두 마지막인 것 같아 슬펐다. 하지만 다른 한편으로 살아서 돌아온다면 좀 더 멋있는 삶을 살 수 있다고 희망적인 생각을 하니 조금이나마 마음에 위로가 되었다.

나 꼭 살아서 돌아와, 사고 싶은 손목시계도 사고 라디오도 사고,

갖고 싶은 것 사서 멋지게 살리라 생각하며 서글픈 마음을 달랬다. 지금부터는 월남으로 가는 길이다. 시간이 지나가면 나는 월남에 가 있겠지. 고작 일주일의 휴가가 무슨 위안이 될까? 이젠 고향도 떠났으니 잠시 눈을 감아 본다. 벌써 소문으로만 듣고 상상하던 월남의 정글, 무더위 등 온갖 잡다한 생각들이 뇌리를 스쳐 갔다.

특수 훈련

🌱 휴가를 마치고 귀대한 나는 해병대 2대대에 작별 인사를 하고 월남 파병 특수 훈련소에 한 달간 입소했다. 훈련소엔 총성이 요란하고 수류탄 터지는 소리가 지축을 흔들어 전쟁터를 방불케 했다.

입소하는 첫날부터 화약 연기 자욱한 훈련소 분위기에 압도당했다. 전쟁이란 먼저 상대를 죽여야 내가 사는 처절한 생존 싸움이 아닌가? 실전과 같은 훈련이라지만 전쟁을 경험해 보지 않으면 알 수가 없다.

특수 훈련소엔 월남의 지형지물을 본떠서 온갖 장애물을 설치해 놓고 있었다. 부비트랩(지뢰)을 설치해 놓고 식별 방법과 피해 다니는 법을 훈련하고, 깊은 함정을 파 바닥에 쇠창살을 설치해 놓고 빠지면 찔려 크게 다치거나 죽게 해놓고 표면에는 풀이나 나뭇잎으로 덮어서 위장해놓았다. 지뢰를 나뭇가지에 매달아 놓고 지나가다 철모로 건드리면 폭발하게 해놓은 것과 길가 가장자리에 빈 깡통을 두 개 포개놓고 그것을 군홧발로 걸어차면 폭발하게 해놓는 등 여러 가지 위험 요소들을 설치해 놓고 피해갈 수 있도록 훈련하는 것이다.

월남전 환경과 비슷하게 만들어 놓고 실질적인 현장 체험을 하는 셈이다. 날마다 총을 휴대하고 실탄 사격을 하다 보니 이젠 총이 두렵지 않고 친숙해졌다. 그리고 화약 연기가 코에 배여 더 이상 아무런 거부감도 없어졌다. 유격 훈련과 같은 강도 높고 고된 훈련이지만 대우는 좋은 편이었다. 훈련이 끝나면 보초업무도 없고 다른 잡무도 일절 시키지 않았다. 일과 후엔 자유 시간이었다. 죽으러 가는 길인데 대우가 나쁠 리 없었다.

밤만 되면 PX로 달려가 막걸리 파티를 했다. 그냥 조용히 앉아 있으면 우울해지고 신세가 처량해졌다. 가만히 생각하면 시시각각 다가오는 파병 날짜가 두려웠다. 월남으로 가는 것은 확실한데 꼭 가는 건지, 언제 어디서 어떻게 죽을지 모르는 몸, 그런 생각을 하면 가슴이 답답하고 눈앞이 캄캄해졌다. 그래서 잠들기 전까지 막걸리로 시름을 달랬다.

막걸리가 몇 잔 들어가면 통이 커지고 이렇게 죽으나 저렇게 죽으나 한평생 살다가 죽는 것은 마찬가지다, 굵고 짧게 살자, 마음 편하게 살자고 외치다 잠이 들곤 했다.

돼지는 잔치에 쓰려고 키우고 군인은 전쟁에 써먹으려고 훈련시킨다고 했다. 어차피 가야 하는 길이라면 하루하루를 즐겁게 사는 것이 잘사는 것이지만 자꾸만 옥죄어오는 출국 날짜가 틈만 나면 가슴을 파고들었다.

매일 지급되는 훈련 수당이 있었다. 하루 200원씩이었다. 막걸리 한 되에 10원 하던 시절이라 막걸리는 얼마든지 사 마실 수 있으니 세월은 잘도 흘러갔다. 우리는 대한민국 군인 중 가장 최초로 M16 신형 자동 소총으로 훈련했다. M16 자동 소총은 20발 연발이다. M1 소총보다 무게도 가볍고 총기 분해 조립도 간편하게 설계되었고 총의 길이도 짧아 휴대하고 활동하기에 편리했다.

하루하루 지날수록 훈련소 분위기는 무거워졌다. 월남전에서 한국군이 많이 죽었다는 유언비어가 난무하고 있었다. 정신적 압박감은 점점 커졌다. 점점 다가오는 파병 날짜의 압박감에 훈련소 담을 넘어 도망가는 병사도 있다고 했지만 내 주위에는 없었다.

나는 죽어도 탈영은 없다고 생각했다. 내가 지원해서 온 것이 아닌가? 내가 지원해 놓고 가기 싫다고 하면 되겠는가? 죽어도 간다. 마음속으로 한 번 더 다짐했다. 고된 훈련으로 단련된 내 모습이 용감한 청룡부대의 일원이 된 것 같았다. 이젠 모든 준비가 끝나고 출국하는 일만 남았다. 조국을 떠나 이역만리 월남으로 가는 것이다.

매일 특수 훈련 수당으로 받아쓰고 남은 돈이 5,000원이었다. 매일 밤 막걸리를 마셨는데도 막걸리 한 되에 10원이라 돈이 쓰일 곳이 없어 남은 것이다. 2대대 박 중사가 위문차 면회를 왔기에 궁핍하게 사는 우리 부모님께 송금해 달라고 4,000원을 주었다. 1,000원은 기념으로 월남으로 가져갔는데 전쟁 통에 잃어버렸다. 귀국해서 알았는데 박 중사가 4,000원을 송금해 주어서 잘 썼다고 부모님으로부터 전해 듣고 박 중사가 새삼 고마웠다. 송금 수수료도 주지 않았는데도 잘 송금해 주었다.

점점 훈련도 막바지로 치닫고 있었다. 출국 날짜가 가까워질수록 훈련소 분위기는 무거워졌다. 곧 떠나야 할 신세들, '나 월남 안 가도록 할 수 없냐?'라고 무엇이라도 붙잡고 하소연하고 싶은 심정이었을 것이다.

면회

🌱 월남전 파병 특수 훈련 마지막 주말엔 면회가 허용되었다. 전국 방방곡곡에서 자식 보려고 오는 사람, 남편 보러 오는 사람, 애인 만나러 오는 사람들이 부대 내 정문 옆에 설치된 면회소에 많이 찾아왔다. 하지만 나한테는 면회 오는 사람이 없었다. 의령과 포항 간에는 교통이 너무나 불편하고 농사짓는 부모님이 찾아오기엔 어려울 것 같아 나는 집에 연락하지 않았다. 면회 한 번 하고 가서 죽는 거나 면회하지 않고 가서 죽는 것이나 별 차이가 없다고 생각하고 면회를 포기하고 있었다.

그러나 옆 동료가 부모님이 면회 온다고 해서 같이 따라나섰다. 면회소 주위에 가니까 벌써 울고불고 난리가 나 아수라장이었다. 다음 날 아침이면 출국한다는 말에 면회소는 눈물바다였다. 헤어지기 아쉬운 젊은 부부들이나 애인들은 서로 부둥켜안고 떨어질 줄 몰랐다. 보는 사람도 눈물 없이는 볼 수 없었다. 면회 온다고 음식을 싸 들고 와서 펼쳐놓고는 울고불고하느라 먹지도 못하고 있었다. 먹는 것이 목구멍으로 넘어갈 리가 없었다.

나는 그저 멍하니 눈앞에서 펼쳐지는 광경에 넋을 잃고 바라볼 뿐이었다. 동료도 부모님을 만났다. 부둥켜안고 울음을 터뜨렸다.

그들도 울고 나도 울었다. 그저 하염없이 눈물이 흘렀다. 나도 부모님을 생각하니 저절로 눈물이 나왔다. 한번 뵙고 갈 걸! 그런 생각도 들었다. 모두 실컷 울고 난 뒤에는 묵묵히 부둥켜안고 있었다. 무슨 할 말이 있겠는가? 몇 마디 대화를 나누고 나면 할 말은 한마디 꼭 살아서 돌아와라! 이 한마디밖에.

다음날이면 우리는 열차를 타고 부산항 제3부두로 간다. 전장으로 자식과 남편, 애인을 보내는 면회객들의 울음소리와 탄식하는 광경을 나는 그저 물끄러미 쳐다보고 있다가 동료를 면회 오신 부모님께 인사를 하고 먼저 발길을 돌렸다. 그냥 내무반으로 돌아왔다. 모두 헤어지기 싫어 몸부림치고 있었다.

아우성치고 소란스럽던 면회장을 뒤로하고 걸어가는 나의 발길도 천근만근 무거웠다. 동료들의 아픔이 곧 나의 아픔이었기 때문이다. 이제 모든 것은 끝났다. 월남으로 갈 준비는 다 되었다. 다음날 조국을 떠나기 위해 나는 배낭과 함께 월남으로 가져갈 물건을 챙기고 주변을 정리했다. 그리고 마지막 밤을 역시 막걸리 파티로 장식했다.

잠자리에 누워도 잠이 올 것 같지 않아 동료들과 함께 '부어라, 마셔라.' 하며 밤이 새도록 마셨다. 날이 밝으면 떠난다니 오히려 마음이 설렜다. 월남이 어디쯤 있는지, 어떤 곳인지, 낯선 전장으로 떠나는 것이었다. 너무나 궁금했다. 아, 생각하면 생각할수록 더욱 복잡해지고 상상의 날개가 펼쳐졌다. 살인적인 무더위, 전후방이 없는 전선, 베트콩이 있고 월맹 정규군이 있고 정말 사람을 죽이고 죽는 전장으로 내가 가는 것이었다.

'내일이면 간다. 잠을 조금이라도 자야지. 이젠 막다른 골목이다. 이 밤이 조국에서의 마지막 밤이다.' 조용히 잠을 청해보았다. 고향의 부모님과 동생들이 머릿속에 아른거렸다. 내일 떠나는 것을 모르고 계실 부모님, 부산항 제3부두엔 대대적으로 환송식이 있다는 소문이 있었다. 나는 이 환송식에도 부모님을 초청하지 않았다. 경남 의령에서 부산까지 올 수도 없었다.

그냥 조용히 떠나자. 죽어도 조용히 가서 죽는 게 낫다. 그런 생각이 들었다. 내일이면 떠나는 이 몸, 나도 부모님이 보고 싶은 건 다른 사람들과 똑같은데 왜 이렇게 독하고 모질게 연락도 하지 않고 떠나는지 나도 나 자신을 모르겠다. 그러나 마음에는 슬픔이 가득했다.

제3부두에서

🌱 드디어 그날이 왔다. 월남 땅으로 출국하기 위해 우리는 동해남부선 열차를 타고 포항역을 출발했다. 4월 아침 공기는 맑고 신선했다. 맑고 쾌청한 날씨가 대장정을 위해 출발하는 청룡부대 용사들을 축하해주는 것 같았다. 기찻길 옆 들녘에는 농부들이 일하고 있었다. 고향에 계신 부모님 같아 손을 흔들어 보았지만 아무런 반응이 없었다.

느릿느릿 가는 열차 안에서는 청룡부대 노래가 우렁차게 흘러나왔다. "삼천만의 자랑인 대한 해병대, 얼룩무늬 번쩍이며 정글을 간다. 월남의 하늘 아래 메아리치는 귀신 잡는 그 기백 총칼에 담고 붉은 무리 무찔러 자유 지키려 삼군에 앞장서서 청룡은 간다."라고 계속되는 군가 속에서 우리는 차창 밖을 초점 잃은 눈으로 멍하니 바라보며 지나갔다.

차창에 스쳐 지나가는 풍경마다, 산천초목마다 혹시나 마지막이 될까 봐 눈을 떼지 못했다. 지나가는 농촌 풍경을 놓칠세라 보고 또 보았다. 이제 가면 언제 다시 돌아올 수 있을까? 머나먼 월남 땅으로 가는 것이다. 유명 관광지로 놀러 가는 것이라면 얼마나 신나고 재미있었을까? 우리는 출전(出戰)하는 것이다. 자유 월남을 공산주

의자로부터 수호하기 위해 전쟁을 하러 가는 것이다.

열차를 타고 지나가도 사람들은 본체만체했다. 그들은 별로 관심이 없었다. 우리 열차는 마을을 지나고 들판을 지나 계속 달렸다. 지나가는 청룡부대 용사들을 위해 손 한번 흔들어 주는 사람도 없었다. 열차 안에서는 계속 군가만 흘러나오고 떠나는 청룡부대 용사들 사이에는 조용히 침묵이 흘렀다. 우리는 조금이라도 바깥을 보기 위해 차창을 열 수 있는 데까지 열어놓고 눈에 들어오는 건 하나도 놓치지 않고 그대로 담았다.

열차가 부산항 제3부두 근처에 도착했을 때다. 부두로 진입하기 위해 열차가 속도를 줄여 천천히 움직였다. 이때다 싶어 어디서 어떻게 알고 왔는지 철로 주변 양쪽엔 구름같이 많은 인파가 몰려들었다. 어떻게 만났는지 열차 안에 있는 장병과 찾아온 가족이 손을 잡고 열차와 같이 움직였다.

수많은 인파가 열차와 한 덩어리가 되어 제3부두로 서서히 진입했다. 아들 이름, 남편 이름, 애인 이름을 부르며 울부짖으며 아우성쳤다. 나는 부모님이 부산항 제3부두를 찾아오지도 못할 것 같아 연락도 하지 않았다. 그때는 편지로 연락하는 수밖에 없었는데 나는 그 편지를 하지 않았다. 괜히 찾아오시면서 부모님이 고생하실 것 같아서 그랬다. 그런데 어떻게 철로 주변에 그 많은 인파가 몰렸는지, 어떻게 열차 안에 있는 장병과 만났는지 이해가 되질 않았다.

부두에 열차가 진입해서 멈췄다. 헌병들이 열차에 매달린 환송 인파를 떼어 내느라 진땀을 흘렸다. 부두 광장에 모인 수많은 환송 인파, 바람에 휘날리는 현수막, 울부짖는 함성, 정신이 멍할 정도로 혼란스러웠다.

우리는 역 광장에 하차해서 간단한 환송식을 마치고 질서정연하고 씩씩하게 차례대로 군함에 승선해야 했다. 승선 전 7가지의 예방접종을 했다. 우리를 싣고 갈 군함은 엄청난 크기의 미군 함정이었다. 수많은 인파의 통곡과 울부짖음, 애타게 불러대는 이름, 이름들! 그 소용돌이 속에서 나도 헤어나지 못하고 울고 말았다. 나도 모르게 눈물이 흘러내렸다. 그러나 그렇게 많이 슬프지는 않았다. 그저 담담했다. 남들이 울고 있으니 나도 울었다. 광장에 모인 수많은 사람 중에 내가 아는 사람은 하나도 없었다. 나를 환송하러 나온 사람은 없다고 생각하니 조금은 쓸쓸하고 슬퍼졌다. 소리를 내진 않지만 나도 울면서 눈에는 눈물이 가득 고인 채로 갑판 위에서 멍하니 부두에 모인 수많은 인파를 물끄러미 내려다보았다.

나는 지금 월남으로 가기 위해 군함에 승선해 있지만, 고향에 계신 부모님은 모르고 계실 것이다. 한 달간 훈련받고 간다고 했으니 대략 추측만 하고 계시리라 생각했다. 군함 내부에서는 각자의 방이 배치되고 점심 식사도 준비되어 있었지만, 모두 갑판 위에 나와 환송 인파를 내려다보느라 시간 가는 줄 모르고 멍해져 있었다. 수많은 환송 인파의 울부짖는 함성에 모두가 흥분하고 제정신이 아니었다.

환송식

🌱 우리는 엄청난 규모의 대형 선박에 승선하고 있었다. 전체적인 모습은 파악할 수도 없고 갑판 넓이도 굉장히 넓었다. 앞만 보고 줄지어 승선하다 보니 어떻게 생긴 군함인지도 모르고 타고 있는 것이었다. 갑판의 높이가 아파트 3층 높이는 되어 보였다. 군함에 승선한 우리는 너나없이 부두 광장에 모인 환송 인파를 넋을 잃고 내려다보고 있었다.

인산인해라고 했던가? 빽빽하게 들어찬 환송 인파 중에서 그래도 자기가 찾는 사람을 찾아서, 소음 때문에 잘 들리지도 않는데 용케도 대화를 나눈다. 수많은 플래카드가 넓은 부두 광장을 꽉 메우고 있었다. 이기고 돌아오라 청룡부대 용사들아! 이기고 돌아오라 대한 건아들아! 필승 청룡! 이런 내용이었다. 대부분 개인 이름을 적어 승리하고 돌아오라는 염원이 담겨있었다.

어떤 사람들은 화물차를 몰고 와서 주차해 놓고 그 위에 올라가서 플래카드를 흔들고 있었다. 조금이라도 갑판 위의 병사가 더 잘 보이게 하려고 안간힘을 썼다. 청룡부대 노래가 우렁차게 울려 퍼진다. 부두의 환송 인파가 절규하는 소리와 함께 엄청나게 소란스럽고 어디를 봐도 몸부림치고 애타게 부르고 소리 지르고 그런 분위기밖에 없다. 그래도 부두 중앙엔 여고생들이 질서정연하게 줄지어 서서 계속 청룡부대 군가를 부르고 있었다.

아! 슬픈 이별의 순간 가슴이 터질 것 같았다. 젊은 여인들은 갑판 위의 남편, 애인의 이름을 부르며 몸부림치고 절규했다. 어떤 여인들은 군함에 승선하겠다고 돌진하는 바람에 헌병들이 이를 제지하느라 육탄 방어를 했다. 가만히 놔두면 군함에 승선해서 같이 월남으로 갈 것 같은 기세다.

어떤 환송객들은 마지막 가는 길에 음료수나 과자라도 먹여 보내려고 끈을 구해서 돌멩이를 매달아 갑판 위로 던져 올렸다. 갑판 위에 있는 병사가 그 끈을 잡으면 반대쪽 끈에 박카스나 과자, 음료수, 빵을 매달아 갑판 위로 매달아 올렸다. 처음에 몇 사람이 시도해서 음료수나 빵이 전달되니까 너도, 나도 끈을 구해 와서 갑판 위로 매달아 올리느라 야단법석이다. 매달려 올라오던 음료수나 과자, 박카스 상자가 마음이 급해 엉성하게 묶는 바람에 바다에 빠지는 것도 많았다.

나는 이런 북새통에 그저 멍하니 초점 잃은 눈으로 바라보기만 했다. 그 많은 사람 중에 내가 아는 사람은 있을 리 없기 때문이었다. 그래도 혹시나 아들을 찾는 플래카드에 내 이름이 적힌 팻말이라도 있나 살펴보았다. 그러나 그런 게 있을 리 없었다. 아예 연락도 하지 않았으니까.

부두에서 갑판으로 계속 음료수나 과자 같은 게 매달려 올라왔다. 그때만 해도 우리나라는 캔 만드는 기술이 없어 사이다, 콜라, 박카스 등이 전부 유리병으로 되어있었다. 기술이 없어서는 아니지만 지금도 박카스는 유리병이다. 갑판 위에는 매달려 올라온 음료수 병들이 깨지고 과일 과자 등이 여기저기 수북이 널려 있었다. 그래도 그것들을 누구 하나 집어 먹는 사람은 없었다. 음료나 과일이 목으로 넘어가겠는가? 이 절박한 순간 이별이 싫어서 발버둥 치는 수많은 사람, 그 절규하는 함성이 하늘을 찔렀다. 갑판 위에 있는 장병들이나 부두 광장의 환송객이나 점점 가까워지는 야속한 이별의 시간, 잠시 후면 떠나야 하는, 운명의 순간이 다가올수록 마지막 몸부림을 쳤다.

너도 울고 나도 울고 모두가 울먹이며 소리 없이 눈물이 흘러내렸다. 나는 누구 한 사람도 이별이 서러워 울어줄 사람도 없어 더욱 서럽고 서운한 마음에 가슴이 메고 아팠다. 고향에 계신 부모님 생각이 났다. 너무나 쓸쓸한 감정을 주체할 수가 없었다. 그 슬픈 마음을 어떻게 할지 가슴이 터질 것 같이 답답했다. 항상 굵고 짧게 사는 것과 간단하게 살고 가자는 것이 나의 좌우명이었는데, 마지막 떠나는 순간에는 마음이 너무나 약해졌다.

긴장되고 초조하게 기다려진 월남, 번쩍이는 섬광과 폭탄 터지는 소리에 모든 게 다

녹아내리는 것 같았다. 저 불바다가 펼쳐지는 곳이 우리가 가야 할 월남이다.

제2부

월남 전장에 첫발을

출정(出征)

🌿 뱃고동이 울렸다. 뚜뚜~ 떠나야 할 때가 왔다. 뱃고동이 울리자 부두 광장에 모인 수많은 환송 인파들은 통곡하고 절규했다. 울부짖는 소리는 더욱 커지고, 마지막 이별에 몸부림치는 젊은 여인들, 슬픈 이별의 광장, 눈물의 부산항 제3부두, 조그만 바지선들이 육중한 군함을 서서히 부두에서 바다 쪽으로 밀어냈다. 조금씩 멀어지는 부두 광장에서는 떠나는 병사들을 향해 마지막 작별 인사를 했다. "꼭 이기고 돌아오라 청룡부대 용사들아!" 그 절박하고 애절한 순간을 어찌 눈물 없이 버틸 수 있겠는가? 나도 한없이 울었다. 잘 있거라, 부산 항구야! 꼭 살아서 돌아오마, 조국 산천아!

군함은 점점 육지에서 멀어져 갔다. 하늘을 찌를 듯하던 부두의 함성은 아련하게 들리고 부두 광장의 인파들도 차츰 까마득하게 멀어져 갔다. 마음속으로 몇 번이나 되뇌었다. 잘 있거라 부산항 제3부두! 내년에 이 자리에 꼭 이기고 돌아오마! 갑판 위는 조용해졌고 그렇게 많은 사람의 함성과 아우성도 더는 들리지 않았다. 너무나 허전했다. 몸이 허공에 붕붕 떠가는 느낌이었다. 이 허탈함을 무엇으로 달랠까? 텅 빈 가슴에 무엇을 채울까? 너무나 큰 공허함에 쓰러질 것 같았다. 뱃고동이 울릴 때마다 이제는 가고 있구나, 월남으로! 가습이 찡하고 마음은 착잡했다. 자꾸만 부두 광장에 모인 수많은 인파와 함성, 바람에 휘날리는 플래카드들이 눈에 아른거렸다.

하얀 물보라를 남기며 어디론가 계속 나아가는 우리가 탄 배는 내 마음을 아는지 모르는지 묵묵히 전진했다. 이름 모를 섬들의 기암절벽이 아름다운 자태를 자랑하지만, 관심이 없었다. 그저 멍청하게 바다만 바라보았다. 어느덧 수평선에 저녁노을이 걸리고 여기저기 보이던 작은 섬들도 어둠 속으로 사라져 갔다. 바다는 점점 넓어져 끝없는 푸른 바다 망망대해다.

바다 한가운데서, 거기가 어딘지도 몰랐다. 부산항에서 꽤 멀리 떠나온 것 같았다. 몇 시간을 계속 갑판에 서 있었더니 피로가 엄습했다. 정신적, 육체적으로 피곤했다. 힘 빠진 다리로 갑판 위를 거닐었다. 그래도 선실 내엔 들어가기 싫어 어둠이 깔린 수평선만 바라보았다. 점차 깜깜해져 어렴풋이 보이던 수평선도 사라지고 아무것도 보이지 않는 밤바다! 하늘엔 수많은 별이 촘촘히 떠서 빤짝였다.

갑판에 더는 있을 수 없어서 하는 수 없이 선실로 들어갔다. 내가 자야 할 곳을 찾아야 했다. 아무것도 없는 널찍한 선실, 병사들은 여기저기 무질서하게 자리 잡고 있었다. 나는 한쪽 구석 환기통 옆에 자리를 잡았다. 뭔가 가슴이 답답하고 허전해서 아무것도 하기 싫었다. 그냥 멍하니 앉아 있었다. 선실 내에 있으면 밤인지 낮인지도 모른다. 너무나 피곤해서 조금 쉰다는 것이 잠이 들었는지 하룻밤이 지나간 것 같았다. 허무했다. 모든 병사가 희망이 없어서 그런지 내 눈엔 어깨가 축 늘어져 측은해 보였다.

지금, 이 시각이 행복한 시간인지도 모른다. 시간이 갈수록 가까워지는 월남, 그곳은 죽음이 기다리는 전쟁터가 아닌가? 나는 배가 고파 식당에 가보았다. 요즘은 뷔페 식당이 많지만, 그 시절 나에게는 생소한 식당이었다. 먹고 싶은 것들을 집어서 먹으면 되는데, 나는 그것도 모르고 입구에 달걀이 있길래 그것만 까먹었다. 그리고 앞에 가는 놈이 커피를 가져가길래 나도 큰 우동 그릇에 반 그릇쯤 커피를 따르고 거기에 설탕을 한 사발 푸짐하게 넣었다. 고향에서는 그렇게도 귀하고 먹고 싶어도 먹지 못했던 설탕이라 실컷 먹었다. 아예 커피와 반죽을 해서 숟가락으로 퍼먹었다. 설탕이 큰 스테인리스 용기에 수북하게 쌓여 있었다. 식당 안으로 계속 들어가면 맛있는 것들이 많았는데 그것도 모르고 몇 끼를 달걀하고 커피만 먹었더니 설사를 해서, 고생을 많이 했다. 그 이후부터는 식사시간에 식당 입구에 진열된 달걀과 커피는 쳐다보기도 싫어 그냥 지나쳐 식당 안으로 들어갔다. 각종 육류와 생선, 빵, 우유, 과일 등 여러 가지 메뉴가 차려져 있었다.

촌놈이라 먹는 것도 처음엔 제대로 챙겨 먹지도 못했다. 배탈이 나서 고생하고 선실에 누워 지내다 곰곰이 생각하니 내 신세가 꼭 화물차에 실려 도살장에 끌려가는 돼지 신세 같아서 씁쓸했다. 정말 재미도 없고 희망이 없었다. 어떤 병사는 뱃멀미가 심해 엄청나게 고생했다. 나는 다행히 뱃멀미는 하지 않았다.

시냇물에 떠내려가는 낙엽처럼

🌿 배탈이 진정 되고 나서 며칠 만에 갑판 위로 올라가 보았다. 햇볕이 쨍쨍 내리쬐는 낮이다. 선실(내무반)에 누워만 있을 게 아니라 정신을 가다듬고 활기를 되찾아야겠다는 생각이 들어 갑판 위로 나왔더니 밤이 아니고 낮이었다. 배가 어디쯤 가고 있는지 모르지만, 날씨는 초여름 날씨가 되었다.

저 멀리 수평선 너머로 푸른 바다와 하늘이 맞닿아 있었다. 수평선은 쟁반같이 둥글었다. 아~ 이래서 지구가 둥글다고 하는구나 싶은 생각이 들었다. 내 생애 처음으로 배를 타고 먼바다로 나와 쟁반같이 둥근 수평선을 보았다. 동서남북 어디를 둘러 봐도 바다와 하늘이 맞닿아 있고 수평선은 둥글기만 했다.

나는 지금 어디쯤 가고 있을까? 군함은 계속 하얀 물살을 가르며 어디론가 힘차게 나아가고 있었다. 며칠이나 되었는지 알 수 없었다. 시계가 없으니 시간도 몰랐다. 설사로 며칠 동안 고생하며 잠만 잤더니 정신이 오락가락했다. 옆에 있는 병사가, 지금 태풍이 불면 우리가 타고 가는 이 군함은 태풍을 피해 필리핀으로 피항하게 되고 그렇게 되면 우리는 월남에 한 달 후에나 도착한다고 말했다. 아예 가지 말아야지 한 달 후에 가면 뭐하나 그런 생각이 들었다. 어이없는 희망 사항이었다. 태풍이 불어주지도 않겠지만 한 달이나 늦을 이유도 없을 것 같았다.

　모두가 재미없는 함상 생활이지만 월남에는 조금이라도 늦게 가고 싶은 심정에서 그런 이야기를 하는 것 같았다. 한 달 늦게 간다고 무슨 소용이 있을까마는 나도 마음속으로는 하루라도 늦게 도착했으면 하는 마음이었다. 어차피 가야 하는 몸이지만 빨리 가고 싶지는 않았다. 그 순간에도 군함은 푸른 바다에 하얀 물보라를 남기며 계속 앞으로 나아가고 있었다.

　갑판 위에서 내려다보는 그 아름다운 바다 위를 군함이 지나가니 물속에 있던 물고기들이 놀라 20~30미터씩 날아올랐다. 물고기가 날아다니는 것도 처음 보았다. 날치라는 물고기라고 설명하는 병사도 있었다. 그리고 군함 뒤쪽에서는 상어인지 돌고래인지 엄청나게 큰 물고기가 군함과 같은 속력으로 헤엄쳐 따라왔다. 그것을 또 자세히 설명하는 병사가 있었다. 군함에서 버리는 음식 찌꺼기나 화장실에서 버리는 것을 먹기 위해 따라온단다.

　군함의 식당에서는 엄청난 양의 음식 찌꺼기가 바다로 버려지고 물고기들이 그것을 모두 먹어 치운단다. 바다 한가운데를 조용히 미끄러져 가는 군함, 저 멀리 소형 어선들이 보였다. 소형 어선에는 일본기가 게양되어 있었다. 일본 어부들은 이렇게 먼바다까지 와서 고기를 잡는구나 싶은 생각이 들었다. 그러나 태극기를 단 배는 보이지 않았다.

하염없이 바라보는 바다, 그래도 바다를 구경하면 그렇게 지루하지는 않았다. 선실에서 갑판으로, 갑판에서 선실로 왔다 갔다 하는 게 일과였다. 하루하루가 지루하지만 그렇다고 빨리 가서도 안 되었다. 빨리 가서 내리면 그곳이 전쟁터 월남이 아닌가? 지루해도 참아야 한다. 천천히 가야 한다. 이 순간이 가장 행복한 시간인지 누가 알겠는가?

아무 일도 하지 않고 매일 놀고만 먹으니 더욱 지루했다. 선실에는 바둑도 있고 장기도 있지만 아무도 그걸 들여다볼 엄두를 내지 못했다. 모두 고개를 푹 숙이고 앉아 말이 없으니 선실 내부가 조용했다. 착 가라앉은 분위기 탓인지 아무런 재미도 없고 하고 싶은 것도 없는 시간이었다. 선실 내 분위기가 우리의 심정을 대변하는 것 같았다.

좋은 것이라고는 하나도 없이 근심 걱정만 있는 순간순간들, 웃음이 없는 선실 내 분위기에 쫓겨 또 갑판으로 올라가 보았다. 파도는 호수같이 잔잔하고 햇볕에 물결은 반짝거렸다. 그리고 멀리 수평선에 유유히 지나가는 거대한 외항선들, 아름다운 바다 풍경이지만 아름다움보다는 초조와 불안이 엄습했다. 쫓기듯 조급한 마음을 떨쳐버릴 방법이 없었다. 그렇게 자꾸만 우울해지고 위축될 줄은 생각도 못 했는데 생각할수록 가슴이 옥죄이고 답답하고 무거워졌다. 아~ 가슴이 뻥 뚫릴 만한 시원한 희소식은 없을까? 굵고 짧게 산다고 월남 파병을 지원하던 그 패기는 어디 가고 자꾸만 위축되고 작아지는 내 모습이 너무 초라하게 느껴졌다.

하얀 물보라를 남기고

🌿 시간이 얼마나 흘렀을까? 한잠 자고 잠이 깨면 선실 내에 있다가 답답해서 갑판에 올라가 보면 깜깜한 밤이다. 아직 날이 밝지 않았구나, 밤에는 잠을 자야지 하면서 선실로 들어가서 자고 나오면 또 밤이다. 낮인가 밤인가 확인하기 위해서 갑판에 나와 봐야 한다. 군인이라고 하지만 훈련도 없고 업무도 없고 조회도 없고 그저 배고프면 먹고 먹기 싫으면 잠자고 바람 부는 대로 물결치는 대로 하루하루를 살고 있었다. 하루 세 끼 먹어도 되고 두 끼 먹어도 되는 게으름뱅이 인생이었다.

며칠이나 배를 타고 왔는지 얼마나 더 가면 월남인지 얼마나 남았는지 도대체 알 길이 없었다. 며칠이나 더 배를 타고 가야 하는지 궁금했다. 시계가 없으니 시간 개념도 없고 선실 구석에 자리 잡고 누웠다 앉았다가 졸리면 자고 배고프면 식당에 가서 먹고, 밤인지 낮인지 알고 싶으면 갑판에 올라가 보면 되었다.

어떤 때는 갑판에 나가보면 하늘엔 구름 한 점 없고 둥근 보름달이 밤바다를 환하게 비추고 있었다. 바다는 호수와 같이 잔잔하고 아름다웠다. 잔잔한 호수 같은 밤바다를 군함은 쉬지 않고 계속 나아가고 있었다. 밝은 달밤에 갑판에 홀로 서서 떠나온 고향 산천을 떠올려보았다. 내 고향에도 보름달이 두둥실 떠 있을까?

떠나온 지 얼마 되지도 않은 고향 산천이 그리웠다. 밤하늘에 불어오는 훈훈한 바람이 고향 생각을 더욱 부추겼다. 그렇게 아름다운 밤도 싫었다. 마음이 뒤숭숭해지고 괴롭기 때문이었다. 선실로 내려가서 잠이나 자자, 잠을 자야 꿈을 꾸고 꿈에라도 고향 산천을 보자.

선실에 있으면 초여름 날씨같이 후덥지근해졌다. 점점 더워지는 걸 보면 월남이 가까워지는 것 같았다. 낮에 갑판에 올라가면 이글거리는 태양이 완전히 여름 날씨였다. 날씨가 더운 걸 보면 열대지방에 가까이 온 것 같아 덜컥 겁이 났다. 월남에 가까이 온 게 아닌가? 월남에 거의 다 온 것 같은데 알 수가 없었다. 아직 월남에 도착한다는 소식은 없다. 얼마나 남았는지 눈만 뜨면 불안하고 궁금했다.

동그란 수평선 저 멀리 외항선들이 지나갔다. 육지라고는 아무것도 보이지 않고 오직 바다만 보였다. 파란 아름다운 바다, 잔잔한 물결, 그러나 낭만적인 바다를 감상만 할 순 없었다. 항상 긴장되고 쫓기는 기분이었다. 마음의 여유가 없었다.

우리가 타고 가는 군함이 고장이라도 나서 하루라도 늦게 목적지에 도착했으면 하는 바람뿐이었다. 모두 말은 안 해도 그런 심정이었을 것이다. 거기가 어딘지 모르지만, 바다의 물결이 너무나 잔잔하고 햇볕에 반짝였다. 시라도 한 수 읊어야 할 아름다운 바다였지만 마음은 삭막하기만 했다. 가끔 날아다니던 갈매기 한 마리도 보이지 않았다. 그래도 대충 어림잡아 부산항을 떠난 지가 일주일은 넘은 것 같은데 여기가 어디일까?

저 멀리 수평선 너머로 월남이 보인 것 같기도 하고 불안하고 초조한 마음이 불같이 일어나는데 바다의 물결은 점점 잔잔해지고 수평선은 둥글었다. 이제는 저 멀리 수평선만 바라보았다. 아무것도 없는 바다 한복판에서 동서남북도 모른 채 어디론가 계속 흘러가는 이 몸, 이 배는 틀림없이 월남으로 가고 있겠지만, 점점 마음이 초조해지고 불안한 이유는 무엇으로 설명해야 할까?

갑판에 올라가 저 멀리 가끔 지나가는 외항선들을 보았다. 그것들마저 없었다면 그 바다는 너무나 적막했을 것이다. 우리 아버지가 모든 재산을 다 팔아서라도 월남 파병을 취소하고 나를 다시 고국으로 데려갔으면 좋겠다고 상상하기도 했다. 웃음이 나왔다. 지원할 때는 무슨 마음이고 이제 와 후회한들 무슨 소용이 있겠는가? 시시각각으로 조여 오는 압박감에 쓸데없는 이런저런 생각이 맴돌았다.

군함은 쉬지 않고 월남으로 가고 있었다. 이 배를 되돌릴 수는 없을까? 후덥지근한 바람이 불어왔다. 뜨거운 열기가 느껴졌다. 말로만 듣고 미리 겁먹은 것은 아닌지 모르겠지만, 뜨거운 태양과 우거진 밀림의 월남에 정말로 가기 싫었다. 우리를 실은 배가 앞으로 가지 말고 계속 바다 위에 마냥 떠 있기를 바랐다.

아! 전쟁터 월남이다

🌱 부산항을 떠난 지가 얼마나 되었는지 알 수 없지만, 열흘 정도 된 것 같았다. 불어오는 바람이 후덥지근하고 무더운 것이 완전한 삼복더위 날씨였다. '이 군함이 제발 천천히 가서 하루라도 늦게 월남에 도착하게 해주소서'라고 마음속으로 빌어보았다. 하루하루 목숨을 연장해가는 사형수처럼 초조하고 불안한 마음이었다.

뜨거운 햇살이 내리쬐는 갑판 위를 마크도 선명한 미군 정찰기 한 대가 우리 머리 위를 한 바퀴 돌아서 갔다. 월남에 가까워져서 미군 정찰기가 우리가 타고 가는 군함을 호위하는 것이라고 했다. 그러면 우리는 월남에 거의 다 왔다는 것이 아닌가? 긴장되고 불안한 마음을 어떻게 표현할까? 갑판 위의 날씨는 무덥다 못해 뜨거울 지경이다. 미군 정찰기는 계속 우리가 타고 가는 군함 위를 선회하고 돌아갔다.

병사들은 웅성거렸다. 월남에 거의 다 왔다고 하지만 아무리 둘러봐도 보이는 것은 그저 수평선뿐이었다. 그날도 태양은 서쪽 수평선으로 사라지고 바다에는 어둠이 깔렸다. 갑판 위에는 후덥지근한 바람이 불었다. 초조하고 불안한 마음을 달래기 위해 갑판을 오가는 병사들이 많았다.

　모두 가까워진 월남을 피부로 느끼는지 갑판 위에는 많은 병사가 나와 저 멀리 수평선 너머 무엇이 나타나는지 유심히 살펴보고 있었다. 모두 선실에 있지 못하고 우왕좌왕했다. 초조함 때문이었을까? 모든 병사가 갑판 위에서 저 멀리 수평선의 밤하늘을 바라보고 있는데 어떤 병사가 '아~ 월남이다! 저기가 월남이다!'라고 외쳤다. 조용히 귀 기울여 들어보니 어디서 쿵쿵하는 대포 소리가 아련하게 들렸다. 우리가 타고 가는 군함은 계속 전진했다. 꼭 죽음의 불구덩이 속으로 들어가는 기분이었다.

　모두가 숨죽이고 소리가 나는 밤하늘을 올려다보고 있는데 저 멀리 밤하늘에 섬광이 번쩍거렸다. 하늘에서 땅으로, 땅에서 하늘로 예광탄이 줄을 잇는다. 아! 월남이다. 지금 전쟁을 하는 중이다. 점점 대포 소리가 가까이 들렸다. 야간인데도 전투 폭격기의 폭격이 있는 것 같고 베트콩이 전투기를 향해 총을 쏘는지 예광탄이 하늘로 줄줄이 올라갔다. 그리고 전투기에서도 기관총을 쏘는지 하늘에서 예광탄이 줄줄이 땅으로 내려갔다. 전투기의 폭격이 있는지 밀림의 밤하늘에 섬광이 번쩍번쩍 불기둥이 치솟고 버섯 연기구름이 하늘로 솟아올랐다. 계속 쿵쿵, 쾅쾅쾅, 폭탄 터지는 소리가 우리가 타고 가는 군함에까지 선명하게 들려왔다.

　우리는 벌어진 입을 다물지 못하고 조용히 귀 기울여 폭탄 터지는 소리를 들었다. 간이 콩알만 해지는 것 같았다. 군함도 더는 움직이지 않았다. 육지와 거리를 두고 바다에 정박한 것 같았다. 가까워진 월남 땅이 저 멀리 수평선에 어렴풋이 보이고 군함 주위엔 조그마한 고속정들이 주위를 맴돌며 호위하는 것 같았다. 군함 안에는 많은 청룡 부대원들이 비무장으로 승선해 있었기 때문이다. 우리는 저 멀리서 펼쳐지는 전투기의 야간 폭격과 폭탄이 터지는 굉음을 숨죽여 들으면서 얼마나 겁먹었는지 모른다. 꼭 한편의 전쟁 영화를 관람하는 것 같았다.

전쟁터 밤하늘을 수놓는 희뿌연 조명탄 연기가 보였다. 번쩍번쩍 빛나는 섬광이 전투기의 폭격임을 알 수 있었다. 섬광이 번쩍일 때마다 가슴이 철렁철렁 내려앉았다. 드디어 올 것이 왔구나! 그렇게 긴장되고 초조하게 기다려진 월남, 번쩍이는 섬광과 폭탄 터지는 소리에 모든 게 다 녹아내리는 것 같았다. 저 불바다가 펼쳐지는 곳이 우리가 가야 할 월남이다.

우리는 망부석처럼 굳어져서 저 멀리서 펼쳐지는 전쟁을 구경하고 있었다. 할 말을 잊었다. 저 불바다 속에서 살아남을 수 있을까? 앞으로의 내 운명이 걱정되지 않을 수 없었다. 한바탕 쿵쾅, 쾅, 쿵쿵 하던 밤하늘이 깜깜하고 조용해졌다. 전투가 끝난 모양이었다. 우리는 밤이 깊어지도록 깜깜한 밤하늘을 쳐다보고 있었지만, 더 이상의 전투는 없었다. 밤이 깊도록 갑판에 모인 병사들은 각자 어떤 생각을 했을까? 나도 그 속에서 절망에 휩싸이고 말았다.

월남 전장에 첫발을

🌱 지난밤은 공포 때문에 제대로 잠을 잘 수 없었다. 자는 둥 마는 둥 하다 아침 일찍 눈을 뜨자마자 갑판 위로 올라갔더니, 어느새 군함은 바지선에 밀려 다낭 부두에 정박 중이었다. 이른 아침인데도 이미 날씨는 더웠다. 갑판에서 내려다본 다낭 부두는 평온했다. 간밤에 섬광이 번쩍이고 폭탄 터지는 소리 요란하던 곳은 어딘지 짐작도 되지 않았다.

부두에는 한국군과 미군들이 분주히 오갈 뿐 총소리나 대포 소리도 들리지 않고 정적이 흐르는 아름답고 평화로운 항구였다. 부두 광장엔 군용 차량과 군인들만 분주히 움직이고 민간인은 보이지 않았다. 부두 뒤쪽엔 장갑차가 줄지어 움직이고 있고, 우리를 태우고 갈 군용 트럭들도 줄줄이 들어와서 정렬하고 있었다.

우리는 군함에서 내려야 했다. 부두에 발을 내딛는 순간 소총과 철모 그리고 찢어진 방탄복을 받았다. 철모는 구멍이 나 있고 방탄복엔 핏자국 같은 것으로 얼룩져 있었다. 우리는 다낭 부두에 정렬해서 인원 파악을 했다. 벌써 아스팔트의 열기가 대단했다. 땀이 비 오듯 흘렀다. 날씨도 더운데 피비린내 나는 방탄복에 철모까지 쓰고 있으니 더울 수밖에 없었다. 내릴 때 받은 수통으로 급수 차량 물

탱크에서 물을 받아 목을 축이는 일부터 시작했다. 갑자기 물을 너무 많이 마시면 설사한다고 조금씩 마시라는 지시가 있었지만, 목이 타는 것을 참기는 어려웠다.

우리는 군용 트럭에 올라타고 장갑차와 무장 헬기의 엄호를 받으면서 여단 본부가 있는 호이안으로 출발했다. 부두 주변엔 아름다운 야자나무숲, 대나무숲, 바나나 나무들이 빽빽이 들어차 이국적인 열대의 풍경이 펼쳐졌다. 처음 맞는 월남 풍경이었다. 그러나 차를 타고 다낭 항구를 조금씩 벗어나니까 전쟁의 참상이 그대로 드러났다. 참혹했다. 완전 초토화된 가옥들, 반쯤 부서지다 남은 건물들의 벽면엔 수많은 총알 자국이 나 있었다. 이리저리 아무렇게나 파헤쳐진 농경지, 벌겋게 녹슬어 고물이 된 장갑차와 전차 그리고 트럭들, 전쟁의 참상을 말해 주고 있었다. 지나가는 길가엔 온전한 가옥이 없고 전부 부서지고 찢기고 불에 타다 남아 시꺼멓게 그을린 가옥들뿐이었다. 이 많은 가옥이 폭파되고 불에 탔는데 이곳에 살던 사람들은 모두 어디로 갔을까, 죽었을까 살았을까 궁금했다.

길가엔 녹슨 포탄과 탄피들이 널브러져 있었다. 도로 가장자리엔 얼마나 크고 위력이 큰 폭탄이 떨어졌는지 엄청나게 큰 고목도 뿌리째 뽑혀 덩그러니 높은 곳에 올라앉아 있고 나무가 뽑힌 자리엔 큰 웅덩이가 생겨 있다. 트럭을 타고 지나가는 동네마다 부서지지 않은 가옥이 없고 모든 것이 부서지고 짓뭉개져 상처투성이였다. 가끔 부서지지 않은 가옥이 있어도 인기척 하나 없는 폐허로 변해버린 동네가 대부분이었다. 거기서 살던 사람들은 얼마나 희생이 되었을지 눈앞에 펼쳐지는 참혹한 현실에 우리는 할 말을 잃었다. 그리고 몰려오는 심리적 압박감에 가슴이 답답했다.

도로 양쪽에 펼쳐진 대나무숲과 야자나무 숲은 무서웠다. 꼭 그 속에서 베트콩이 튀어나와서 총을 쏠 것 같아 저절로 고개를 숙이고 자세를 낮추었다. 인명은 재천이란 말이 있지만, 한 방의 총알에 죽고 사는 게 전쟁이 아니던가? 사람은 너무나 간사해서 죽음 앞에서는 무한정 약해진다. 대범하게 나 죽어도 좋다는 사람은 이 세상엔 없을 것이다. 달리는 군용 트럭에 베트콩이 총을 쏘면 누가 맞을까? 생각만 해도 긴장되고 불안했다. 하늘엔 전투 헬기 소리가 요란하고 트럭이 오가는 소리가 요란해서 베트콩이 총을 쏘아도 알 수 없을 것 같아 불안, 초조, 긴장감 속에서 여단 본부로 향했다.

우리는 서로 말 한마디 나눌 여유도 없었다. 처음 맞는 월남의 참혹한 광경에 할 말을 잃었다. 그저 입이 쩍 벌어진 채로 다물지도 못하고 트럭에 실려 갔다. 저 건너편에 컴컴한 야자나무 숲속에는 베트콩이 얼마나 숨어 있을지 알 수 없었다. 트럭을 타고 얼마나 갔는지 모르지만 가는 도중에 민간인이나 군인이나 사람을 찾아볼 수 없었다. 보이면 모두 죽이는 것인지 정말 겁이 났다. 얼마나 긴장했는지 허리를 똑바로 펴고 앉지도 못한 채 트럭을 타고 여단 본부로 향해 달렸다.

실전 교육

🌿 여단 본부는 바닷가 모래벌판에 자리 잡고 있었다. 그냥 보기에는 아름다운 풍경이었다. 여기저기 가시 달린 선인장들이 군락을 이루고 있고 민가는 보이지 않았다. 원래부터 사람이 살지 않고 농경지도 아닌 황무지인 것 같았다. 곧, 모래 산이다. 선인장 군락 사이로 소나무와 비슷하게 생긴 나무숲 그늘에서 교육을 받았다. 일주일간의 교육을 받고 전방에 배치된다고 했다. 그러니 최소한 일주일은 월남 땅에서 살아남을 수 있을 것 같았다.

차를 타고 지나온 도로 주변의 처참한 광경을 보고 나니 일주일 이라도 살아있는 게 다행이라는 생각이 들 지경이었다. 교관에 의하면, 여단 본부에도 야간에는 베트콩이 접근해서 사격하고 도망간단 다. 월남에는 전후방이 없다는 뜻이다. 어디도 안전한 곳이 없으니 경계 근무를 철저히 해야 살아남는다는 것이었다.

그곳은 바닷가라 안전할 것처럼 보였다. 베트콩은 해군은 없으니까 바다 쪽은 안심해도 되는 것 아닌가 싶었다. 사방이 뻥 뚫려있어 경계 근무만 잘 서면 안전할 것 같고 오히려 배를 타고 올 때보다 마음은 편안했다. 날씨는 엄청나게 무더웠다. 더위를 핑계 삼아 전원이 전투복을 벗어버리고 팬티만 입고 교육을 받았다. 백사장이라 소변이 마려우면 화장실을 찾을 일이 없었다. 그 자리에서 소변을 보고 모래로 덮었다. 날씨가 더워 땀을 계속 흘리니까 물을 많이 마시게 되니 설사가 나서 대변도 물만 나왔다. 그것도 멀리 갈 것 없이 그 자리에서 처리했다. 전장은 전장이다. 교육이 끝나면 어디로 배치될지 걱정이었다.

교육 중이던 동료 병사가 등에 화상을 입어 입원하게 되었다. 덥다고 전투복을 벗어버리고 교육받은 게 화근이었다. 뜨거운 햇볕에 등 피부가 한 꺼풀 홀랑 벗겨져 일체 어떤 옷도 입을 수 없었다. 그는 병원에 입원하면 안전하게 몇 개월을 보내는 게 아닌가 싶어 부럽기까지 했다. 화상은 빨리 낫지도 않아 장기간 입원해야 한단다. 전방으로 배치돼 가야 하는 내 처지로서는 부럽지 않을 수 없었다.

집에서는 밥과 김치가 없으면 하루도 살 수 없었는데 이젠 C 레이션이라는 전투 식량을 먹고 산다. C 레이션에는 쇠고기, 말고기, 닭고기, 칠면조 등 육류와 과일 종류, 빵과 쨈, 비스킷, 우유, 커피, 담배, 껌, 화장지 등 다양하게 메뉴가 짜여 있었다. 육류를 좋아하는 나는 식사하는 데 지장이 없었다. 그러나 더운 날씨는 적응이 잘 안 되었다. 온종일 급수차에서 미지근한 물을 받아마시다 보니 배탈이 나서 거의 매일 설사를 했다. 물을 많이 마시니까 소화도 안 되고 식욕도 떨어져 먹고 싶은 것도 없고 삶의 의욕이 떨어졌다.

주간에는 앉아서 이론 교육만 받는 데도 피곤했다. 여단 본부의 밤은 비교적 평온했다. 밤에는 시원한 바닷바람이 불어 열대지방도

시원하다는 것을 알았다. 어둠이 깔리면 백사장에 새까만 놈이 엄청나게 많이 돌아다니는데 무엇인가 보았더니 도마뱀이었다. 밤이면 취침용 벙커 여기저기에서 귀국을 앞둔 월남 고참병들이 전방으로 투입될 신참들을 상대로 무용담을 쏟아냈다. 월맹 정규군과 육박전을 했다느니 베트콩을 여러 명 사살했다느니 가슴 서늘한 이야기를 자랑삼아 늘어놓았다. 그러나 그런 이야기는 우리에겐 공포 그 자체였다. 그들은 용맹하고 씩씩하게 싸우고 많은 전공을 세워 무공훈장도 받고 귀국한다고 열변을 토했다.

나는 용기가 나지 않았다. 나도 그렇게 용감하게 싸울 수 있을까 걱정이 앞섰다. 사람이 사람을 죽일 수 있을까? 나도 총으로 베트콩을 사살할 수 있을까? 나도 그렇게 할 수 있을까? 그리고 몇 명이나 죽여야 할까? 의문에 의문이 꼬리를 물었다. 생각할수록 자신이 없었다. 정말 끔찍한 일이었다.

작전 초기

전투 배치

      🌿 일주일간의 교육을 마치고 청룡 제2201부대 2대대 1중대에 배치되었다. 헬기를 타고 1중대로 갔다. 차량으로 이동하면 위험해서 헬기로 이동하는 것이란다. 2대대 1중대 의무실엔 중사 외에 하사 3명, 총 4명이 있었다. 해병대와 생활하려면 계급이 높아야 한다고 하사 계급장을 달아주었다. 나는 위생 하사였다. 나의 실제 계급은 상병이었다.

  우리 부대는 디엠반 군청과 담을 사이에 두고 있었다. 옛날 프랑스군이 구축한 진지로 삼면이 인공호수로 되어있고 한 면은 디엠반 군청과 맞닿아 있었다. 초소는 철근과 시멘트로 견고하게 구축되어 있었다. 중대 외곽엔 인공호수가 조성되어 있고, 그 바깥엔 철조망이 겹겹이 둘러쳐져 있는 난공불락의 철옹성이었다. 인공호수와 경비초소는 옛날 프랑스군이 구축한 것이란다.

  부대 주변은 월남의 전형적인 농촌 풍경이었다. 디엠반 군청 쪽은 도심 쪽이라 상가도 있고 시가지가 제법 크게 형성되어 있었다. 디엠반 군청에는 월남 정부군이 주둔해 있었으나 믿음직스럽지 못했다. 무장 상태도 열악해 보이고 칼빈 소총에 전투복도 허술해 그다지 군인 같지 않았다. 우리 청룡 부대와 비교가 되지 않았다.

디엠반은 북부 다낭에서 남부로 가는 국도가 지나간다. 월남의 전략 요충지로 높은 산도 없고 17고지 정도가 제일 높을 정도로 평야 지방이다. 그러나 저 멀리 라오스 국경 쪽은 산이 높고 험하다고 한다. 디엠반 지역은 비옥한 농경지다.

디엠반 지역의 공공건물이나 농가는 모두 지면보다 높게 지어져 있었다. 도로나 농경지보다 2~3m 높게 지어서 살고 있는데, 왜 그렇게 높은 곳에 집을 짓고 사는지 나중에서야 설명을 들을 수 있었다. 그곳의 농부들은 대부분이 여자였다. 남자들은 군 복무를 위해 집에 없고 여자들이 농사를 지으며 살고 있었다.

농부들이 사용하는 농기구는 나도 처음 보는 것이었다. 벼를 탈곡하는데 탈곡기는 없고 옛날 조선 시대에나 볼 수 있는 아주 원시적인 농기구를 쓰고 있었다. 벼농사를 짓는데 수확량이 보잘것없는 수준이란다. 전쟁 중이라 수로 같은 게 모두 망가져 농사를 제대로 지을 수 없기 때문이다. 멀쩡한 볏논도 전차나 수륙양용차 같은 궤도 차량이 한 번 지나가면 논바닥에 깊게 골이 생겨, 그것을 평평하게 고르는 데 삽과 괭이를 사용하는 사람의 힘으로는 불가능해 보였다.

옛날 프랑스 군인들을 비롯해 미군의 진출 등 외국 군인들이 많이 활동한 탓인지 월남의 농촌에는 젊은 여자는 보이지 않았다. 여자들은 경계심이 너무 강하고 의심이 많아 집 마루 밑에 꼭 방공호를 파놓고 인기척이 나면 방공호로 들어가서 숨는다고 했다.

특히 중년 이상 비교적 젊은 여자들은 이름 모를 나뭇잎을 껌처럼 질겅질겅 씹어 이빨이 수박씨처럼 새까맣고, 붉은 침을 길바닥에 찍찍 내뱉고 다녔다. 침이 뻘겋다. 우리가 지나가면 일부러 붉은 침을 찍~ 뱉어 더럽게 보이려고 하는 것 같았다.

디엠반 시 외곽으로 흘러가는 송카우강 기슭엔 야자나무, 대나무 숲이 울창했다. 그늘이 얼마나 짙은지 대낮에도 컴컴했다. 그러나 그 나무 그늘에 한 번도 들어가 보지 못했다. 풍경이 아무리 아름답더라도 그 속엔 우리들의 목숨을 노리는 베트콩이 있을지 모르기 때문이었다. 그림 속의 떡이나 마찬가지였다.

나는 의무실에서 작전 중에 꼭 필요한 부상자 처치 요령, 부상자 수송 요령 등을 교육받고 새로 받은 신형 자동 소총(M16)도 손질했다. 그리고 작전 중에 꼭 필요한 구급낭, 전투 식량을 챙기는 요령과 배낭에 얼마나 넣고 가야 하는지 등 실질적인 교육을 받았다. 정말 실감 나는 말은 베트콩의 총 한 방에 귀중한 생명이 달려있고 모든 것이 끝난다는 것이었다. 지금까지 계속 교육만 받아왔지만 이젠 당장 다음날부터 작전에 참여해야 한다니 무척이나 긴장되는 순간이었다.

그렇게 평화롭고 아름다운 땅에서 왜 전쟁을 해야 하는지 안타까운 일이었다. 이젠 모든 준비와 교육은 끝났다. 막다른 골목에 다다른 느낌이었다. 실전에 투입되면, 죽느냐 사느냐로 고민하게 되어있으니 진정 월남전의 시작인가 싶었다. 지금까지 받아온 실전과 같은 전투 훈련을 실전에 응용할 때가 온 것이었다. 매사에 행동을 신중하게 해서 살아남아야 하는 책임이 나에게 주어졌다. 고귀한 생명은 하나뿐이기에!

휴식 중에

도로 정찰 1

🌿 처음 참여한 작전은 도로 정찰이었다. 도로 정찰은 도로에 지뢰가 묻혀있는지, 도로 가장자리에 이상한 흔적은 없는지, 또 차량 통행에 지장이 없는지를 살피는 것이다. 도로 정찰이 끝나야 미군 수송 차량들이 보급품을 싣고 안전하게 이동할 수 있기 때문이다. 도로 정찰 중 개인 사이의 거리는 10보다. 개인 간 거리를 충분히 확보하고 행군해야 한다. 오밀조밀 뭉쳐서 가면 베트콩의 공격에 여러 명이 다치기 쉽기 때문이다.

총소리가 나면 최대한 빠르게 도로 옆 경사면, 낮은 곳으로 굴러 몸을 숨기고 총소리 나는 방향으로 대응 사격을 해야 한다. 그렇지만 총소리가 나면 그대로 가느냐 도로 옆으로 굴러 내려가 몸을 숨기느냐 망설여질 때도 있었다. 우리 부대 첨병은 맨 앞에 앞장서 가면서 베트콩이 숨어 있겠다고 판단되거나 위험하다고 생각되면 사격할 권한이 있기 때문이다.

우리 부대 첨병이 사격하면 그냥 걸어가도 되는데도 신참들은 총소리만 나면 놀라서 숨기 바쁘다. 총소리만 나면 엎드리고 숨다 보면 엄청나게 살기 위해 발버둥 치는 것 같아서 동료들 보기에 창피하기도 하고 민망할 때도 있다. 막상 베트콩이 '따콩' 한 방 날리면 유유히 걸어가다가 총을 맞을 수도 있는 것이다. 그래서 상황 판단이 느린 신참들은 목숨이 위험한 것이다.

신참들은 많은 시행착오를 겪는다. 우리 첨병이 위험 지역에 '따따따' 몇 발 사격하면 신참들은 모두 도로 아래로 내려가 숨는다. 그러나 고참들은 유유히 행군한다. 신참들은 우리 청룡부대 M16 총소리와 베트콩의 AK45 자동 소총 소리를 구분 못 하기 때문이다.

그러나 총소리 구분이 안 되면 일단 엎드리고 숨는 게 제일 좋은 방법이다. 누가 귀중한 목숨을 함부로 내던질까? 겁쟁이 같고 창피한 점도 있지만, 목숨을 지키고 보는 것이 상책이다. 나도 빨리 총소리를 구분해야 하겠다고 생각했지만, 하루아침에 되는 일은 아니고 4개월은 걸려야 한단다. 실제 월남 파병 군인들은 4개월 이내에 죽을 확률이 높고 4개월이 지나면 잘 죽지 않는다고 한다.

전쟁이라고 해서 함부로 총을 쏘아대지 않는다. 총을 쏘면 총소리에 부대 위치가 노출되기 때문에 조용히 전진하고 후퇴한다. 베트콩은 절대로 총을 함부로 쏘지 않는다. 실탄도 부족할뿐더러 그들의 위치가 노출되면 청룡부대의 엄청난 화력에 살아남을 수 없기 때문이다. 정글 속에서나 도로 정찰 시에 우리가 그들 앞을 지나가도 도망갈 퇴로가 없으면 그들은 총을 잘 쏘지 않는다. 그렇지만 막다른 골목에 갇히면 죽기 살기로 저항한다.

그들은 정글 속으로 은밀하게 이동하고 다람쥐 같이 헤집고 다닌다. 어떤 때는 땅굴 속으로 사라지기도 한다. 땅굴 속으로 들어가면 수류탄을 집어넣어 폭파해도 죽었는지 살았는지 알 길이 없다. 우리는 땅굴이 비좁아 들어갈 수가 없으나 베트콩은 체격이 왜소해 잘도 다니기 때문이다. 도로 정찰 중에 베트콩의 총소리가 났다 하면 우리 병사 중에 누군가가 다치는 경우가 대부분이다. 그들은 숲 속에 숨어서 조준 사격을 하기 때문이다.

그러면 우리는 총소리가 난 방향으로 집중 사격을 해서 그 일대를 초토화한다. 우리는 실탄도 많고 보급도 잘되기 때문에 건드리기만 하면 대량 사격으로 일대를 쑥대밭으로 만들어버린다. 조준 사격할 겨를도 없다. 무작정 갈기고 본다.

도로 정찰을 할 때 도로에서부터 길게 멀리까지 숲이 펼쳐지거나 독립가옥이 띄엄띄엄 있으면 긴장된다. 언제 어느 방향에서 총알이 날아올지 모르기 때문이다. 월남의 독립가옥은 대부분 숲속에 가려져 잘 보이지 않는다. 열대 지방 나무들은 잎이 넓어 나무 하나만 있어도 나무 뒤에 무엇이 있는지 모른다.

우리는 아스팔트 도로 위를 줄지어 이동하는데 숲속에서 베트콩이 다 보고 있는 것 같아서 정말 불안하고 기분이 나빴다. 그러나 도로 정찰 중에 공격당하는 일은 드물다고 한다. 건드렸다간 그들도 살아남기 힘들기 때문이다. 처음 참가한 작전이라 너무 긴장되고 겁도 났지만, 무사히 임무를 마치고 귀대할 수 있어서 기분 좋은 첫 출발이었다.

도로 정찰

도로 정찰 2

🌿 우리 소대는 디엠반 시내를 벗어나 호이안 쪽으로 25번 국도를 따라 도로 정찰을 나갔다. 아침 공기는 시원했다. 상쾌한 기분으로 행군을 했다. 도로 양쪽은 밀림이 우거지고 밀림 사이사이 농경지가 펼쳐져 있어 도로를 정찰하기엔 까다로운 지형이었다. 숲 사이로 민간인들의 독립가옥이 띄엄띄엄 흩어져 있어 함부로 사격도 할 수 없는 곳이었다. 전투 중에 비무장 민간인이 다치면 우리에게 책임이 있어 그런 곳은 전투하기 가장 어려운 지역이었다.

그 도로는 최근 미군 공병대가 새로 건설한 도로였다. 다낭 공항에서 남부 월남으로 가는 주요 보급로였다. 도로가 주변 지형보다 2~3m 높이 건설되어 있어 그 위를 걸어가면 위치가 완전히 노출되어 굉장히 위험했다. 베트콩이 마음만 먹으면 언제든지 공격할 수 있는 완전 표적이나 마찬가지였다.

베트콩은 정글 속에 숨어서 우리를 머리부터 발끝까지 훤히 볼 수 있겠지만 우리는 정반대로 정글 속에 숨어 있는 베트콩을 볼 수가 없다. 이런 위험한 도로 정찰이지만 상쾌한 아침 공기를 마시며 깨끗이 새로 포장된 아스팔트 도로 위를 행군한다는 것은 기분 좋은 일이었다.

도로 양쪽에는 베트콩이나 월남 민간인들이 함부로 출입할 수 없게 철조망이 쳐져 있었다. 우리 도로 정찰 소대는 평소와 다름없이 개인 거리를 확보하고 행군하고 있었다. 항상 긴장된 상태로 언제든 대응 사격이 가능한 허리총 자세로 행군하고 있는데 갑자기 베트콩의 기습 공격이 시작되었다. AK 자동 소총 소리가 고막이 찢어질 듯 요란하고 아스팔트 도로 위에는 총탄 튀는 것이 여름날 굵은 소나기 오듯 했다.

순간 우리는 도로 양쪽으로 굴렀으나 중간쯤 쳐진 철조망 때문에 더는 낮은 곳으로 굴러 숨을 곳을 찾을 수 없었다. 나는 대응 사격할 겨를도 없고 옆에 동료 병사가 어떻게 하는지 상황 파악할 시간도 없었다. 그냥 혼비백산 도망치는 수밖에 방법이 없었다. 기습공격을 받은 곳은 부대에서 1.5km 정도 떨어진 곳이었다.

나는 숨을 곳을 찾기 위해 뒤돌아 뛰었다. 가는 길을 되돌아 부대가 있는 디엠반 쪽으로 뛰었다. 조금 뛰다 보니 주위엔 동료 병사들이 한 명도 보이지 않았다. 나보다 먼저 도망을 쳤는지 현장에서 싸우고 있는지 앞으로 나갔는지 어디로 갔는지 알 길이 없었다. 요란한 총소리에 너무나 당황해서 무조건 내달렸다.

총소리는 계속 요란한데 주위에는 아무도 보이지 않고 나 혼자였으니 덜컥 겁이 났다. 이렇게 혼자 남아 있다가 베트콩에게 생포되는 것은 아닌지 순간적으로 공포감이 몰려왔다. 단 몇 초의 시간이지만 생사의 갈림길에서 나 스스로 판단하고 행동해야 했다. 혼자서는 숨어 있을 수도 없었다. 우선 살고 보자. 뛰자.

부대가 있는 디엠반 쪽으로 삼십육계 줄행랑을 쳤다. 걸음아 날 살려라. 뒤돌아볼 여유가 없었다. 온 힘을 다해 달렸다. 정신이 하나도 없었다. 무사히 부대에 도착하고 보니 나 혼자였다. 아무도 돌아온 동료가 없었다. 아직 신참이라 상황 판단이 안 되었고 잘못된 판단이었다.

빗발치는 총탄 속에 분명 누가 부상을 당하거나 전사자가 나올 수도 있는데 위생 하사가 도망치고 없으니 누가 처치를 할까 생각하니 너무나 큰 잘못을 저지른 것 같아 불안했다. 그러나 다행히도 그날은 한 명의 부상자도 없었다. 정말 하늘이 도왔다.

나는 전장에서 도망친 죄로 군법에 따라 일일 영창을 살게 되었다. 월남 전장에서의 영창은 연병장에 동그라미를 그려놓고 그 원안에서 내리쬐는 폭염과 싸우면서 나오라는 명령이 있을 때까지 참고 견뎌야 했다. 동료들이 C 레이션을 갖다 주면 먹고 야자나무 잎사귀라도 꺾어다 주면 그것으로 햇볕을 가리고 앉아 있어야 했다.

월남전 16개월 동안 작전 지역에서 부대까지 도망쳐 온 것은 처음이자 마지막이었고, 내 생애 그렇게 빨리 달려보기도 처음이었다. 월남전 신참이라서 그런 일이 발생했는데 참으로 부끄러운 일이었다.

전쟁이란?

🌱 이번에는 아스팔트 길을 가는 도로 정찰이 아니었다. 어떤 지역을 평정하고 그 지역의 월맹 정규군이나 베트콩을 소탕하는 작전이었다. 드디어 진짜 전쟁을 하러 가는 것이었다. 5일 정도 걸린다는데 준비를 철저히 해야 한다고 고참이 일러주었다.

나는 전투 식량 상자에서 꼭 필요한 C 레이션(전투 식량)만 골라서 배낭에 담았다. 전투 식량은 전부 캔으로 되어있다. 날씨도 더운데 배낭이 무거우면 고생이다. 내가 좋아하는 것만 골라 담았다. 캔은 영어로 표시되어 있어 식별이 어려워 흔들어 보고 소리와 무게로 대충 판단해서 골라 담았다. 처음 참가하는 작전이라 겁도 나고 가슴이 쿵쿵 뛰었다. 나는 방탄복에 수류탄도 두 발 매달고 실탄도 탄창에 장전하고 만반의 준비를 했다.

나에게는 배낭 외에 구급낭도 필수품이다. 구급낭에는 압박붕대와 모르핀 등 부상자 응급조치에 필요한 물품을 챙겨 넣었다. 그리고 작전 나가기 3일 전까지는 이발도 하지 않고 손톱 발톱도 깎지 않는다는 미신이 있어 나는 아예 세수도 하지 않았다.

드디어 오전 7시쯤 부대를 출발했다. 아침 기온은 서늘하고 상쾌했다. 앞으로 어떤 일이 벌어질지 몰라 초조한 마음으로 행군을 했다. 숲과 숲 사이로 펼쳐져 있는 개활지(평평한 땅)를 따라 전진하는데 아침이라 기온은 높지 않고 활동하기에 적합했다. 우리가 지나가는 곳은 농사를 짓던 논이었다. 벼농사를 지은 흔적이 그대로 남아 있었다. 그러나 전쟁 와중에 농사를 짓지 않아 폐허가 된 논이었다.

잡초가 키만큼 자라서 헤집고 나가기 힘들었다. 어디로 진격하는지도 모른 채, 오직 소대장 지시에 따라 전진할 뿐이었다. 좌우로 아무것도 보이지 않는 정글 속에서 꼭 총알이 날아올 것만 같았다. 정글 속은 그늘이 짙어 컴컴하게 아무것도 보이지 않았다.

전진하다 보면 밀림 속에서도 꽤 넓은 오솔길도 나왔다. 길가에는 실제로 깡통이 포개져 있었다. 이것을 군홧발로 뻥 차면 폭발할 것 같았다. 훈련소에서 배운 것이 현실로 나타난 것이다. 절대 깡통을 건드리지 않고 피해서 갔다. 길 폭이 좁아지는 곳에는 풀을 서로 붙들어 매어 지뢰를 매설해 놓은 것도 있었다. 그러나 그 누구도 그것을 건드리지 않았다.

우리는 계속 전진하면서 숨소리도 조용하게 진격했다. 위치가 노출되면 안 되기 때문이었다. 점점 정글 깊숙이 진격해 들어갈수록 바람도 불지 않고 후덥지근했다. 정오가 가까워지니 기온은 점점 상승해서 숨이 턱턱 막힐 지경이었다. 땀은 비 오듯 흘러내리고 목은 말라 물을 계속 마셨다. 물맛이 꿀맛이었다. 수통을 입에 대면 물이 저절로 입속으로 빨려 들어가고 수통을 입에서 떼기가 싫었다.

앞에 가는 첨병은 수신호를 하면서 오리걸음으로 가다가 걷다가를 반복하면서 전진을 계속했다. 우리는 소리 없이 정해진 경로를 따라 목표지점을 향해 계속 앞으로 진격했다.

'따따따' 우리 첨병이 쏘는 총소리에 깜짝 놀라서 나는 잽싸게 엎드렸다. 총소리만 나면 무조건 납작 땅바닥에 엎드렸다. 살고 보자는 것이다. 그러나 총소리를 구별하는 고참들은 태연하게 걸어갔다. 그들은 총소리를 구별할 줄 알았기 때문이다. 우리 첨병이 쏘는 총소리에는 그냥 전진해도 되는데 나는 총소리만 나면 엎드리고 숨고 또 일어나고 하다 보니 땀도 많이 나고 그래서 물도 더 많이 마셨다.

우리 첨병이 쏘는 총소리에 엎드려 있으면 뒤에 따라오는 고참 보기에 창피할 때도 있지만 그래도 나는 계속했다. 월남에서 신참은 정신적 육체적으로 피곤하다. 총소리 구분이 안 되니까 그렇다. 앞으로 얼마나 있으면 총소리를 구별할 수 있을지 모르겠다.

첫 작전이라 경험도 없고 헤매다 보니 체력 소모도 심하고 땀을 많이 흘리고 물을 계속 마셔 벌써 수통 2개가 바닥이 났다. 앞에 가는 고참의 수통에서는 발걸음을 옮길 때마다 물소리가 찰랑찰랑 나는데 내 수통은 벌써 비었고 목은 마르는데 앞으로 목마름을 어떻게 해결해야 할지 걱정이었다.

아무리 둘러봐도 물이 있을 만한 곳은 없었다. 코앞에 강물이 있어도 수많은 나무와 넝쿨이 얽혀진 정글 속에선 보이지 않았다. 하도 목이 말라 고참에게 물 한 모금 달라고 했더니 내 얼굴을 빤히 쳐다보며 물은 줄 수 없으니 자기 피를 빨아먹으라고 말했다.

나는 섬뜩했다. 어째 전우 사이에 이렇게 심한 말을 할 수 있을까 싶었다. 뒤에 알았지만, 월남 전쟁터에서 절대 물은 빌려주지 않는 것이 철칙이고 물은 스스로 해결해야 한단다. 물은 작전기간이 아무리 길어도 수통 2개로 목마름을 해결해야 한단다. 물 보급이 올 때까지는 아껴 마시는 길밖엔 없다는 것이다.

오직 물! 물! 물!

🌿 물 한 모금 달라는데 피를 빨아먹으라고 하니 죽어도 물은 줄 수 없다는 뜻이다. 그 말을 듣고 물을 달라고 할 수도 없었다. 월남 전장에서 물을 찾아 돌아다니다 죽은 놈이 한두 명이 아니란다. 나는 이를 악물고 갈증을 참고 또 참았다. 배낭에 있는 C 레이션 중에 액체가 있는 것은 다 골라 먹어도 갈증은 해소되지 않았다.

나는 오줌이라도 받아 마실 요량으로 비스킷 깡통을 따서 비스킷을 버리고 소변을 짜내보았다. 목이 마르니 소변도 나오지 않았다. 반 숟가락 정도 나왔는데 혀끝으로 맛을 보았다. 너무 짜고 써서 죽어도 먹을 수 없었다. 목이 너무 말라 다른 음식물은 아무것도 넘길 수 없었다. 정말 목이 말라 죽을 지경인데 대책이 없었다. 물이 없어 그대로 죽게 될 것 같았다. 너무나 큰 고통이었다.

월남전에서는 식사시간이 따로 없었다. 배고프면 시간 있을 때 적당히 배낭에서 꺼내먹는다. 그런데 목이 말라 아무것도 넘어가지 않는다. 오직 물이 있어야 하는 절박한 순간이었다. 고참들 수통엔 아직 물소리가 찰랑찰랑 나는데 나만 물이 떨어진 것이다. 햇볕은 쨍쨍 내리쬐고 이 울창한 정글에서 어디 가서 물을 구한단 말인가? 그래도 행군은 계속되고 쉬지 않고 앞으로 진격하는데, 폭격으로 폐허가 된 조그만 마을이 나타났다. 혹시 우물이 있나 해서 부서진 건물마다 기웃거렸다.

물 찾는다고 헤매고 다니다 지뢰를 밟으면 인생 끝이다. 또 행군 대열에서 자꾸 빠져나와 물을 찾는다고 이집 저집 기웃거리다간 베트콩의 표적이 될 수 있어 물 찾기는 대단히 위험한 일이었다.

이리저리 헤매다 폭격으로 부서진 건물 자재 밑에 있는 절구통을 발견했다. 들여다보니 물이 반쯤 고여 있었다. 소나기가 와서 고인 물 같았다. 얼마나 반가웠는지 몰랐다. 그냥 수통을 푹 박아 물을 담아 마셨다. 밑에 시커먼 찌꺼기가 있었지만 개의치 않았다. 갈증을 해소하고 나니 정말 살 것 같았다. 시꺼먼 물이지만 수통 하나를 채우고 수통에 크로칼키(물소독 약) 한 알을 집어넣었다. 그리고는 다시 행군 대열에 합류했다.

갈증을 해소하고 나니 몸에 생기가 돌았다. 40도나 되는 무더운 날씨에 땀이 흐르다 흐르다 더는 흐를 게 없는지 축축하던 전투복 상의가 바싹하게 말랐다. 그리고 등엔 하얗게 소금이 붙어 있었다. 또 목이 말라 수통 물을 마시는데 뭔가가 입에 걸렸다. 수통 안에서 죽은 올챙이가 한 마리 나왔다. 절구통 물을 담고 물 소독약을 넣었더니 올챙이가 죽은 것 같았다. 썩은 물도 목마를 땐 생명수 역할을 한다.

월남 날씨는 변덕이 심하다. 햇빛이 쨍쨍하던 날씨가 갑자기 하늘이 어두워지더니 소낙비가 쏟아진다. 시원하다. 진작 소나기라도 왔으면 그렇게 목말라 고생하지 않았을 텐데. 나는 바나나 잎사귀로 홈을 만들어 쏟아지는 빗물을 받아마셨다. 그러나 수통에 채울 여유는 없었다. 쏟아지던 소나기는 금방 그치고 다시 햇볕이 내리쬐는 뜨거운 날씨로 변했다.

행군은 계속되었다. 전쟁터에서는 물을 어떻게 아끼며 마셔야 할까? 고참들의 말에 의하면 수통의 물을 요령 있게 마셔야 한단다. 목이 말라도 참다가, 도저히 참을 수 없을 때 물을 마시되 수통을 직접 입에 대면 안 되고 수통 뚜껑에 물을 부어서 한 뚜껑만 마셔야 한단다. 그리고 작전이 끝나고 돌아올 때까지 수통에 항상 물이 남아 있어야 한다는 것이다.

우리 부대는 베트콩의 아무런 저항 없이 목적지에 도착했다. 소대장의 지시에 따라 야영지를 정하고 분대별로 위치를 정해서 진지 구축 작업에 들어갔다. 나는 소대장 주변에 호를 파고 야영 준비를 했다. 해병대원들은 진지 전방에 클레이모어(탄알이 720개 박힌 소형 폭탄)와 조명 지뢰를 설치하고 분주하게 움직였다. 조명 지뢰는 베트콩이 침투하다 건드리면 대낮같이 불을 밝힌다. 우리가 야영하는 곳은 나무가 울창한 곳이 아니고 키 큰 나무가 듬성듬성 있는 나지막한 야산이었다.

아직 어둠이 깔리기 전 헬리콥터가 보급품이 든 그물망을 매달고 나타났다. 야영지 상공에 와서 통신병과 연락을 하더니 야영지 한복판에 보급품을 떨어뜨리고 휭하니 떠났다. 보급품이 들어있는 그 물망이 키 큰 나뭇가지들을 부러뜨리면서 와장창 요란한 소리를 내면서 떨어졌다. 우리는 재빠르게 실탄과 C 레이션, 물통을 배분받아서 그제야 깨끗한 물을 실컷 마셨다. 이제는 물을 아껴 마셔야지 다짐하면서 수통 2개에 가득 물을 채웠다.

로켓포의 위력

🌱 헬리콥터가 보급품을 떨어뜨리고 떠난 자리에 베트콩의 122mm 로켓 포탄이 떨어졌다. 짜짜짜 쾅! 고막을 찌르는 예리한 폭발음과 함께 화염이 치솟고 파편에 맞은 나뭇가지가 비 오듯 쏟아졌다. 베트콩들이 헬리콥터가 보급품을 내리는 것을 보고 정확하게 로켓포로 공격한 것이었다. 화염이 치솟았다.

만약 보급품을 나누고 있을 때 우리의 머리 위에 포탄이 떨어졌다면 많이 죽거나 다쳤을 것이다. 그러나 재빨리 보급품을 분배하고 각자 진지로 돌아갔기 때문에 한 명도 다치지 않았다. 다행히도 로켓 포탄은 아무도 없는 공터에 떨어진 것이었다. 천만다행이었다.

그러나 우리 주위에 베트콩이 있어 로켓포 공격을 한 것이기 때문에 우리는 즉각 주변 숲속을 향해 박격포로 공격하고 소총 사격을 했다. 우리들의 위치가 이미 노출되고 베트콩에게 포위되어 있으므로 가만있을 수는 없었다. 통신병이 즉각 포병 대대에 지원 요청을 하고 어느새 어둠이 깔린 야영지 주위에 포병 대대에서 105mm 곡사포 공격이 시작되었다. 건너편 정글을 향해 밤새도록 포병 부대의 공격이 계속되었다. 포탄이 날아오는 소리, 정글에 떨어져 폭발하는 소리가 쾅쾅쾅 지축을 흔들고 포탄이 폭발하는 소리를 자장가 삼아 전선에서의 밤은 깊어갔다.

우리는 야영할 때 위치가 노출되면 포병 부대의 포사격 지원을 받는다. 통신병이 포병 대대에 연락해서 주위에 베트콩이 숨어 있을 만한 곳을 초토화하는 것이다. 작전은 베트콩의 저항이 없으면 순조롭게 진행되어 목표 지역을 차질 없이 평정하고 정해진 일정에 따라 부대에 귀대하지만, 저항이 있으면 작전 기간은 길어지고 상황에 따라 서로 간에 사상자도 발생하는 것이다.

월남도 해가 지면 기온이 내려가서 정글 속은 시원했다. 그러나 모기가 너무 많아 야영 땐 모기와의 싸움도 보통 일이 아니었다. 그날은 우리가 모두 죽을 고비를 넘긴 하루였다. 아무리 호를 깊이 파고 있어도 하늘에서 떨어지는 로켓 포탄이나 박격포탄을 막을 길은 없었다. 날아오면 죽는다. 목숨을 하늘에 맡기고 있어야 했다.

그러나 죽고 사는 데 대한 애절한 마음은 없었다. 두렵고 가슴 졸이는 공포 가득한 밤을 무사히 보내고 또다시 정글 사이로 빛나는 태양이 솟아올랐다. 아침은 언제나 날씨가 시원하고 상쾌했다. 그러나 해가 뜨면 기온은 급속도로 올라간다. 어제 하루 죽고 사는 것이 뭔지도 모르고 열심히 쫓아다녔다. 아직도 전쟁이 뭔지 실감 나지 않았고 목마름에 시달린 스스로와의 싸움이었다. 전날 저녁 로켓 포탄이 떨어졌을 때는 정말 무서웠다. 이 넓은 하늘 어디에서 포탄이 날아올까 생각하니 하늘을 쳐다보기가 두려웠다.

아침에 일어나면 C 레이션부터 까먹고 배낭 챙기고 또 목표지점으로 진군했다. 양치질 세수 같은 것은 사치였다. 벌써 조금만 움직이면 땀이 나서 자동으로 세수하게 되었다. 비누, 칫솔, 치약, 수건 같은 것은 아예 없었다. 시계가 없으니 시간 개념도 없었다. 나의 수통에도 물이 가득 있으니 만반의 전투 준비 태세였다. 물만 있으면 살 것 같았다.

또다시 행군은 시작되고 기온도 서서히 달아올랐다. 이제는 아무리 목이 말라도 물은 수통 뚜껑에 하나씩만 마시기로 다짐했다. 우리는 행군 중에 월남 정부군을 만났다. 그들은 작전 중에 식사 시간이 되면 쌀을 씻어서 야전 밥통에 넣고 나무를 주워서 불을 때어 밥을 했다. 대나무 죽순을 꺾어다 나물을 무쳤다. 여럿이 나무를 줍느라 돌아다니고 시끄럽게 떠들어 대고 난장판이었다. 오합지졸같이 보였다.

그들은 밥해 먹는 시간이 굉장히 많이 걸렸다. 쌀을 씻으려면 물이 있는 곳을 찾아야 하고 나무로 불을 때니까 여기저기 연기가 피어오르고 위치가 노출되고 개판이다. 우리는 그 월남 정부군을 지나쳐 계속 전진했다.

하루가 별다른 상황 없이 무사히 목표 지점에 도착해서 우리는 야영 준비를 했다. 그날도 잡초가 무성한 평평한 농경지 같은 곳에 자리를 잡았다. 옛날에는 논이었던 것 같다. 풀뿌리 때문에 호를 파려고 해도 팔 수가 없어 나는 그냥 수풀 속에서 야영하기로 했다.

어둠이 시작될 무렵 외곽에 설치해 놓은 조명지뢰(건드리면 밝은 빛을 내는 지뢰)가 터졌다. 일제히 그쪽으로 집중 사격이 시작되었다. 나도 전날 공급받은 실탄으로 열심히 사격했다. 엄청난 공격을 퍼부었다. 하지만 무엇이 조명지뢰를 터트렸는지 알 수 없었다. 야생 고양이나 멧돼지일 수도 있고 베트콩일 수도 있지만, 어둠 속이라 확인되지 않았다. 집중 사격에 무엇이 맞아 죽었는지도 더더욱 모른다.

전날과 같이 또다시 포병 부대의 포 사격이 시작되었다. 밤새도록 우리 야영지 주변을 지켜주는 포병 부대의 도움으로 포탄 터지는 소리를 자장가 삼아 하룻밤을 보냈다. 이렇게 해서 이번 작전을 무탈하게 참가하고 부대로 귀대해서 생애 첫 전쟁을 경험하게 되었다.

정글은 노란 낙엽으로

🌱 월남에서 작전 중에 야영을 많이 했다. 작전이 며칠 계속되면 정글 속에서 며칠 밤을 새워야만 했다. 야영할 때 공동묘지는 잠자리로 아주 좋은 곳이었다. 벌초해서 풀이 짧고 잔디가 부드러워 그냥 드러누우면 된다. 묘지의 봉분이 있어 봉분 사이에 누워있으면 날아오는 총알도 막아주기 때문에 야영하기 최적의 장소였다. 호를 파지 않아도 좋고 만약 한판 붙는다면 엎드려 사격하기도 좋고 그래서 야영지를 찾을 땐 공동묘지 같은 곳을 찾게 된다.

그날도 야간 전투가 치열했다. 미군이 야간 작전을 하면 우리도 조심해야 했다. 야영하다 미군 무장 헬기에 발각되어 베트콩으로 오인되면 우리도 다칠 수 있다. 미군 무장 헬기는 한 대는 높게 고공비행하면서 엄청나게 밝은 서치라이트를 켜고 환하게 비추면서 비행하고, 그 아래 중무장한 헬기 2대는 라이트도 켜지 않고 저고도로 따라가면서 지상에서 움직이는 것은 무조건 공격한다.

이때 우리 해병대도 야간에 이동하다 미군과 교신이 잘 안 되면 공격을 받을 수도 있다. 실제로 미군의 오판으로 야간 전투 중인 아군을 공격해서 많은 사상자가 난 일이 있다는 소문도 있었다. 무장 헬기 한 대의 화력은 보병 한 개 중대의 화력과 맞먹는다고 했다.

우리는 공동묘지에서 밤을 새운 후 고엽제 살포와 함포 사격으로 초토화된 작전 지역으로 진격했다. 지난밤에 미 해군의 엄청난 함포 사격으로 정글이 불탔고 아직도 연기가 피어오르는 곳도 있었다. 고엽제 살포로 큰 고목이 가지만 앙상하게 남았다. 노랗게 변색하여 떨어진 나뭇잎으로 온천지가 노란빛이었다. 그 속에 생명체는 있을 수 없었다. 짐승이건 사람이건 베트콩이건 다 죽거나 도망가고 없었다.

우리와 같이 합동 작전을 하는 미군은 전차를 앞세워 함포 사격과 고엽제 살포로 초토화된 밀림을 종횡무진 빠른 속도로 진격하고 있었다. 미군의 전차포는 그 위력이 대단했다. 전차 포탄은 사람이 한 방 맞으면 시체가 산산조각이 나고 아예 시체는 찾을 수도 없다.

청룡부대는 전차도 장갑차도 없고 오직 보병 부대다. 그래서 걸어서 라오스 국경 쪽으로 계속 진격했다. 끝없이 펼쳐지는 정글 속에서 빠져나오니 개활지가 나타났는데 그곳에서 밤을 쉬어가기로 했다.

개활지는 정글과 정글 사이에 있는 농경지로 전쟁 중이라 농사를 짓지 않아 잡초가 무성해서 이동하기 좋고 몸을 숨기기에도 좋다. 그러나 풀뿌리가 너무 뒤엉켜 호를 파기에 어려움이 크다. 다른 해병들은 땀을 흘려 가면서 호를 열심히 파는데 나는 게을러 호를 파지 않고 하룻밤을 보내기로 했다. 자신의 생명은 스스로 지키는 것, 호를 파던 파지 않던 아무도 간섭하지 않았다.

우리 소대원들은 개활지에 원형으로 진지를 구축하고 외곽에 조명지뢰와 클레이모어를 설치했다. 클레이모어는 실탄이 720발이나 들어있는 일종의 소형 폭탄이다. 베트콩이 이동할 만한 길목에 설치해 놓고, 베트콩이 침투하다 조명지뢰를 건드리면 스위치만 누르면 폭발한다. 폭발력이 엄청나다.

어둠이 짙게 깔리고 고요한 적막이 흘렀다. 조용하면 더 불안한 게 전쟁터다. 그 찰나에 1분대 앞에 설치해 놓은 조명지뢰가 터졌다. 깜깜한 정글의 밤하늘이 대낮같이 밝아졌다. 조명지뢰는 베트콩이 이동할 만한 위치에 설치해 놓는데 야생 개나 고양이, 돼지가 터트릴 때도 있다.

조명지뢰가 터지면 즉각 클레이모어를 폭발시키고 그곳에 집중사격한다. 베트콩이었다. 베트콩의 로켓포와 박격포탄 공격이었다. 포탄들이 섬광을 번쩍이며 우리 야영지 내 여기저기서 폭발했다. 화염이 자욱했다. 베트콩의 기습 공격에 우리들의 M16 자동 소총 LMG 기관총이 일제히 불을 뿜었다. 깜깜한 밤이라 어디에 베트콩이 있는지 보이지 않았지만, 일제히 숲속을 향해 사격했다.

예광탄이 밤하늘을 수놓았다. 통신병이 다급하게 포병 대대에 포사격 지원을 요청했다. 베트콩이 막강한 화력으로 우리를 공격한다고 다급한 목소리로 포병 부대에 현황을 보고했다. 어느새 포병 대대에서 야영지 상공에 대낮같이 조명탄을 쏘아 올렸다. 그리고 화집점(포 사격 위치점)을 잡는 신호탄이 날아와 밤하늘에 하얗게 연기가 피어올랐다.

　통신병은 포병 대대에서 발사된 포탄의 낙하 지점을 전후좌우로 교정해주고 교정이 끝나면 밤새도록 우리들의 야영지 주위 360도를 105mm 포로 지원 사격해 준다. 포탄은 한 번에 3발씩 날아와 야영지 외곽의 베트콩이 있을 만한 지점에 정확하게 떨어져 폭발한다. 쾅쾅쾅 포탄이 날아와 폭발하기 시작하면 그제야 우리는 한숨 돌린다.

　포병 대대의 지원 사격이 시작되면 우리는 사격을 멈추고 전투 상황에서 경계태세로 들어간다. 포사격이 시작되면 베트콩도 살고 싶으면 도망가는 길밖에 없다. 다시 정글은 적막 속으로 빠져들고, 한바탕 전투는 끝나는 것이다. 그날 밤도 베트콩의 대대적인 로켓포와 박격포 공격이 있었지만, 우리는 한 명도 다치지 않고 한바탕 전투를 끝낼 수 있었는데 베트콩은 몇 명이 죽었는지 알 길이 없다.

전우를 잃고

🌱 언제나 포병 부대의 포 사격이 시작되면 베트콩의 기세는 꺾이고 그들은 도망간다. 우리 포병의 포 사격술이 고도로 발달한 데다 충분한 포탄 보급에 힘입어 포 사격이 한번 시작되면 밤새도록 이어지기 때문에 도망가는 게 사는 길이다. 베트콩의 공격에도 아무런 피해를 보지 않은 우리는 다시 고요 속으로 빠져들어 갔다.

그러나 얼마나 지났을까 갑자기 비가 억수같이 쏟아졌다. 장대비가 쏟아지니 우리가 구축한 진지 내에는 삽시간에 물이 차올랐다. 캄캄한 밤이라 높고 낮은 곳을 알 수 없어 답답했다. 우리가 주둔한 곳은 논바닥이었다. 온 천지가 물바다가 되었다. 일어서면 머리가 수풀 위로 노출되고 앉으면 물에 잠겼다. 무릎까지 물이 차오르는데 깜깜한 밤이라 오갈 데도 없었다. 비를 흠뻑 맞으니 물에 빠진 생쥐 꼴이었다.

새벽이 다가오니 비는 그쳤는데 왜 그리 추운지, 열대 지방이지만 밤에는 기온이 내려가 시원한데, 비를 맞으면 매우 춥다. 바닥에는 물이 고여 앉을 수도 없었다. 엉거주춤 서서 시간을 보내야 하니 정말 고통스러웠다. 철모와 구급낭을 포개놓고 앉아 있었다. 온몸이 물에 흠뻑 젖어 엄청나게 추웠다. 월남 날씨가 그렇게 추운지 미처 몰랐다. 밤새 추위와 싸워야 했다. 아침이 밝아 태양이 떠오르자 그렇게도 반가울 수 없었다.

비 맞은 장비를 점검하고 총기도 손질해서 다음 작전 지역으로 진격해 갔다. 인근에 주둔해 있던 미군은 밤에 야영지를 옮겼는지 진지 내에는 하얀 연기만 모락모락 피어오르고 온데간데없이 사라지고 없었다. 지나간 밤에는 우리도 베트콩에게 엄청난 공격을 당했는데 미군도 베트콩의 공세에 밀려 후퇴했는지 궁금했다.

그 당시 월남에서 입고 전투하는 청룡부대의 얼룩무늬 전투복이 문제가 많았다. 전투복이 흰색으로 탈색되는 것이다. 땀에 젖고 비 맞고 강렬한 태양 아래 입고 다니니까 탈색이 되어 얼룩무늬는 없어지고 흰색으로 변색 되었다. 밤에 보면 흰옷을 입고 있는 것 같이 보였다. 전투복으로서 기능을 상실한 것이다. 후에 귀국해 알게 되었는데 탈색되는 불량 전투복을 납품한 관계자들이 처벌받았다고 한다.

그날도 오전 10시쯤 되니까 기온이 상승하여 무더위가 계속되었다. 전날 밤 추위에 고생한 것이 거짓말 같았다. 온몸이 축 늘어져 행군하는데 갑자기 첨병의 총소리가 '따따따' 요란했다. 또 한바탕 전투를 해야겠다고 생각했는데 다시 조용해졌다. 날씨는 점점 더워지고 힘은 빠지고 더는 행군하기가 힘들었다. 그때 이동 중인 현 위치에서 전 중대원이 쉬어가기로 했다. 각자의 위치에서 그늘을 찾아 앉아 쉬고 있었다.

우리가 쉬던 곳은 울창한 정글의 가장자리로 삼면은 정글이고 앞쪽만 탁 트인 개활지였다. 모두 시름시름 졸고 있는데 '따콩' 하면서 정적을 깨뜨리는 베트콩의 AK 45구경 자동 소총 소리가 고막을 찢을 듯 강타했다.

총소리와 함께 한 병사가 외마디 비명을 질렀다. "아이고 나 죽는다." 위생 하사를 찾았다. 정글 속의 고요를 깨고 터져 나오는 외마디 비명에 나는 깜짝 놀라 달려가 보았다. 동시에 다른 병사들은 일제히 총소리가 난 방향으로 집중 사격을 시작하였다. 순식간에 밀림 속은 총소리가 요란해지고 화약 냄새가 진동하는 전장으로 변했다.

한편 총을 맞은 해병은 나무에 비스듬하게 기대어 쓰러져 있었는데 고통을 호소했다. 나는 총상을 입은 곳에 압박붕대를 처치했지만, 총상 입은 부위가 아랫배 배꼽 밑이라 치명상을 입은 듯했다. 진통제를 주사해서 고통을 줄였지만, 아무래도 예후가 좋지 않았다.

부상병은 의식이 혼미해 보였다. 빨리 헬리콥터를 불러 병원으로 후송하는 길이 최선이었다. 한 사람의 생명이 걸린 문제였다. 통신병이 헬기를 불렀는데 높은 상공에서 내려오지를 못했다. 착륙을 시도하면 베트콩이 총을 쏘는 것 같았다. 착륙을 시도하다 또다시 올라가고 몇 번을 되풀이하다 정글과 정글 사이의 계곡으로 저공비행을 해서 겨우 비상 착륙을 했다.

일제히 헬기의 안전을 위해 엄호사격을 했다. 부상자를 재빨리 태운 헬기는 이륙할 때도 바로 올라가지 못하고 정글 사이 계곡으로 빠져나가면서 프로펠러에 나뭇가지가 부딪히는 소리를 요란하게 내면서 이륙했다. 나는 헬리콥터로 작전 지역에 투입된 적이 몇 번 있는데, 헬리콥터를 타보면 바닥에 총탄 구멍이 많이 나 있다. 그만큼 베트콩의 공격을 많이 받는다는 증거다. 헬기 조종사도 정말로 위험한 고비를 많이 넘긴다.

헬기 작전

베트콩의 기습 공격

🌿 그날은 라오스 국경 쪽으로 더 깊숙하게 진격해서 베트콩 소탕 작전을 벌인단다. 정글 사이사이로 농경지가 펼쳐져 있는데 논바닥은 바싹 말라 있고 군데군데 잡초가 무성했다. 최근까지 농사지은 흔적으로 보아 베트콩이 지배하고 있는 지역임이 분명했다.

우리는 울창한 정글을 피해 농경지를 가로질러 진격해 들어갔다. 정글 속을 가로질러 헤집고 들어가는 것은 불가능했기 때문이다. 그러나 바로 옆에 울창한 숲이 있는데 논바닥으로 행군하는 것은, 참으로 위험하게 생각되었다. 날씨는 무덥고 땀은 계속 흘러 행군하는 데 힘이 많이 들었다. 가물어서 그런지 논바닥에는 흙이 드러나 있고 풀도 시들시들했다. 지열이 후끈후끈 올라와서 숨이 턱턱 막혔다. 잡초가 듬성듬성 나 있는 논바닥으로 한창 진군하고 있었다.

그때 갑자기 베트콩의 기습이 시작되었다. '따따따 펑펑 따따따.' 바싹 마른 논바닥에 흙먼지가 풀풀 일어나고 베트콩의 총탄이 비 오듯 쏟아졌다. 여기저기 박격포탄이 떨어져 흙먼지가 자욱했다. 우리는 혼비백산 흩어지고 당황했다. 잽싸게 몸을 숨기고 대응 사격을 했다. 그렇지만 베트콩의 집중 사격에 우리 병사가 다쳤다. "위생 하사! 위생 하사!" 빨리 오라고 소리소리 질렀다. 부상자와 나와의 거리는 30~40m 정도였다. 빤히 보이는 거리지만 논바닥이라 접근하기엔 너무나 위험했다.

나는 낮은 포복으로 조금 접근하다가 총탄이 너무 많이 날아와 박격포탄이 떨어져 움푹 팬 곳에 일단 몸을 숨기고 부상병을 관찰했다. 부상병은 계속 위생 하사를 불렀다. 그러나 섣불리 접근할 수 없었다. 총탄이 빗발치는데 접근하면 틀림없이 죽을 것 같아 사태를 관망하고 있는데, 부상병은 계속 비명을 지르고 있었다. 빨리 부상병에게 접근해서 응급 처치해야 하는데 진퇴양난이었다.

베트콩은 급하게 부상병을 응급처치하러 오는 위생 하사를 사살하려고 노리고 있다는 것을 고참들로부터 들어서 알고 있었다. 나는 쏟아지는 총탄을 피해 숨어서 머뭇거리고 있는데 이번에는 소대장이 위생 하사 어디 있냐고, 빨리 안 나오면 죽여 버린다고 호통을 쳤다. 숨 막히는 순간이었다. 총소리는 요란하고 정신이 하나도 없는데 소대장까지 독촉하니 하는 수 없이 부상병에게로 접근해야 했다.

단 몇 초의 짧은 시간이지만 몇 시간 걸린 것 같았다. 빨리 부상병을 치료해야 할 의무가 나에게는 있었다. 그러나 비 오듯 쏟아지는 총탄 속으로 논바닥엔 먼지가 여기저기 올라오는데 어떻게 무모하게 돌진한단 말인가? 하지만 더는 머뭇거릴 여유가 없었다. 쏟아지는 총탄 속을 낮은 포복으로 접근했다. 부상병은 팔에 관통상을 입고 비명을 지르고 있었다. 신속한 동작으로 부상병을 압박붕대로 처지하고 모르핀(진통제) 주사를 놓아 진정시켰다.

우리 청룡부대 장병들의 신속한 반격으로 한바탕 전투 상황은 끝이 났다. 베트콩은 기습공격을 하고 도망간 모양이었다. 우리는 부상병을 후송하기 위해 헬리콥터를 불렀다. 통신병이 계속 호출했지만 한참 후에야 후송 헬기(메드백)가 우리 머리 위 상공에 까마득히 멀리 보이기 시작했다. 헬기를 유도하기 위해 우리는 논바닥에 연막탄을 터트려 위치를 알려 주었다. 그러나 베트콩이 헬기를 향해 총을 쏘는지 좀처럼 착륙하지 못하고 높은 하늘에서 빙빙 돌고 있었다. 헬기 조종사는 미군인데 겁이 많아 좀처럼 내려오지 않았다. 헬기는 오르락내리락을 반복하다가 드디어 논바닥에 착륙했다. 부상병을 다낭 102 후송 병원으로 후송하고 우리는 다시 다음 작전 지역으로 진격했다.

목표 지점까지 진격해 들어가서 담당 지역을 평정해야 작전이 끝나는데 중간에서 베트콩의 저항이 심하고 부상병이 생기면 많은 시간이 소요되기 때문에 작전에 차질이 생기고 작전 기간도 길어진다. 정해진 기간 안에 작전을 성공적으로 완수하려면 부상자나 사망자가 없어야 한다. 사상자가 생기면 후송에 많은 시간이 소요된다.

미군 헬기가 착륙을 시도하면 베트콩은 헬기를 격추하기 위해 사격을 하므로 헬기 조종사들은 착륙하지 못하고 총탄이 미치지 않는 높은 상공에서 배회하다가 기회를 포착하여 착륙한다. 그들도 기체에 총탄을 수없이 맞아가면서 목숨 걸고 위험한 비행을 한다.

무모한 착륙은 시도하지 않는다. 헬기 착륙 지점 반경 500m 내에는 베트콩이 없어야 헬기가 안전하다고 한다. 그리고 헬기가 착륙할 때 우리는 엄호사격을 한다.

　다시 우리는 목표 지점을 향해 더욱 깊고 깊은 정글 속으로 계속 진격해 들어갔다. 라오스 국경 쪽으로 들어가면 갈수록 정글은 원시림 상태로 험하고 날씨도 더워졌다.

절친의 죽음

🌿 작전 중 잠시 쉬는 시간이었다. 소대장 전령 중환이와 나는 물이 흐르지 않는 폐쇄된 수로에 비스듬히 기대서 휴식을 취하고 있었다. 나무들이 빽빽이 들어찬 정글이라 몇 발짝만 떨어져도 동료 병사들이 서로 잘 보이지 않았다. 고목들이 하늘 높이 치솟아 뒤엉켜 하늘이 잘 보이지 않고 그늘이 짙어 정글 속은 대낮인데도 햇볕이 들지 않아 어둡고 시원했다.

수로는 물이 흘러간 지 오래되었는지 잡초가 사람 키만큼 자라 다니기 어려웠다. 옛날에는 농사를 짓느라 물이 흘렀겠으나 지금은 들녘 전체가 무성한 잡초에 묻혀 초원으로 변해 버렸다. 수로에 비스듬히 누워 하늘을 보았다. 울창한 거목들이 하늘을 가려 햇빛 쨍쨍 맑은 날인데도 전혀 빛이 들지 않았다. 낮인데도 어둑어둑했다. 이름 모를 아름드리나무들과 넝쿨이 뒤엉켜 시야를 가려 동료 병사들이 어디서 휴식을 취하는지 잘 보이지 않았다.

소대장 전령 중환이는 부잣집 아들이라 손목시계를 차고 있었다. 직전에 한바탕 전투를 한 탓인지 모두 지쳐있었다. 나는 중환이와 나란히 누워 모처럼 이런저런 이야기를 하고 있었다. 그때 중환이가 시계를 보더니 "아, 12시가 넘었네. 소대장님 점심 드려야지." 하면서 배낭을 뒤적였다. 캔 맥주가 있었다. 둘이서 캔 맥주 한 캔을 나누어 마시고 나는 그냥 누워있고 중환이는 소대장한테 가겠다며 일어섰다.

그 찰나에 '따콩, 퍼억' 하는 한 방의 AK 45 자동 소총 총성이 울려 정글의 정적을 깼다. 베트콩이었다. 그리고 바로 내 옆에서 일어서던 중환이가 코와 입에서 피를 뿜으며 말 한마디 못하고 가쁜 숨을 몰아쉬었다. 얼마나 가까운 거리에서 쏘았는지 철모가 벗겨지고 총알이 뒤통수를 관통하고 풀숲에 골수가 허옇게 묻어 있었다. 머리에 압박붕대를 감았지만, 순식간에 그는 숨을 거두고 말았다.

중환이는 소대장 전령이라 실탄은 많이 안 가지고 다녀도 소대장 C 레이션과 음료수는 배낭에 지고 다녔다. 쉬고 있던 병사들이 깜짝 놀라 무차별 사격이 시작되었다. 요란한 총성과 화약 냄새로 고요하던 숲속에 또 한바탕 전투가 벌어졌다.

울창한 정글 속이라 하늘이 잘 보이지 않아 후송 헬기를 부를 수도 없고 착륙 지점에 연막탄을 터뜨려야 하는데 빽빽이 들어선 나무들 때문에 중환이를 하늘이 보이는 넓은 개활지로 옮겨야 했다. 한바탕 사격이 있었기에 가까이에는 베트콩이 없을 것 같았다.

다시 조용해진 정글, 개활지에 중환이를 눕혀놓고 후송 헬기를 기다렸다. 다른 때와 달리 헬기는 빨리 나타나서 우리 머리 위 상공을 한 바퀴 돌더니 잽싸게 착륙했다. 헬기에 실어 다낭 102 후송 병원으로 가기 위해서였다. 영원한 이별이었다. 조금 전까지 음료수를 나누어 마시던 김중환 해병 일병, 나와 가장 가까이 지내던 22살 중환이는 꽃다운 나이에 그렇게 저세상으로 갔다.

이름 모를 어느 정글 속에서 누구를 위한 전쟁인지 모르지만 아까운 목숨이 저 멀리 하늘나라로 간 것이다. 중환이가 저세상으로 간 이후에도 충청도 어느 곳에서 중환이 부모님의 편지가 계속 왔다. 그리고 그의 사랑하는 애인한테서도 편지가 계속 왔다. 그 당시에는 우편 사정이 좋지 않아 월남에서 편지를 쓰면 한 달 정도 걸려 조국의 부모님께 도착할 수 있었다. 주인 없는 편지가 계속 왔을 때 정말 가슴이 아팠다.

나는 월남에 와서 신참이라 부모님께 편지를 자주 하지 않았다. 월남에서는 신참들이 죽는 경우가 많기에 편지를 하고 죽느니 차라리 편지하지 않고 죽는 게 낫지 않을까 싶어 6개월 동안 편지를 하지 않았다. 그렇게 작전 중에 절친을 잃고 부대에 귀대하게 되니 말할 수 없이 허전하고 충격이었다. 중환이 부모님 편지는 내가 대신 답장을 해줄까도 생각했는데 한 달 후에나 답장이 도착하면 그때는 이미 전사 통보가 갈 것 같아 대신 답장하지는 않았다. 그리고 친구가 전사했다는 답장을 하기는 정말 어려운 일이었다.

평상시에는 아무 생각 없이 비실비실 졸면서 작전에 참여하고 죽음에 대한 두려움이나 공포 같은 것이 없다가도 옆에 있던 동료가 죽거나 다치면 마음이 흥분되고 정신이 번쩍 든다. 복수심이 불같이 일어나 어느 방향으로 돌격해서든지 베트콩을 사살해야 분이 풀리는데 돌파구를 찾지 못해 발버둥 치게 된다.

그나마 20대 초반의 철없는 시기라 모든 것을 금방 잊어버리고 끓어오르던 복수심도 곧바로 진정이 되었다. 나도 언제 죽을지 어떻게 될지 모르는 일이지만 그때는 그랬다. 죽고 사는 데 대한 간절한 애착은 없었다. 그저 죽으면 죽고 살면 살고 바람 부는 대로 물결치는 대로 사는 인생이었다.

도로 부라킹(경비)

🌿 특별한 작전이 없는 날은 도로 정찰이나 미군 보급품 수송 차량 경계 근무에 동원되었다. 다낭 항구나 비행장에서 남쪽으로 내려가는 보급품 수송 차량을 보호하는 것이다. 미군 보급품 수송 차량이 대열을 이루어 집단으로 남쪽으로 이동했다. 미군이나 청룡부대의 보급품은 대부분이 다낭 항구나 비행장으로부터 보급되었다.

우리는 도로 주변 숲속이나 민가가 있는 지역, 베트콩이 출몰할 만한 위험 지역을 골라서 배치되었다. 배치된 장소가 민간인이 사는 곳이라면 온종일 시간 가는 줄 모른다. 생소한 월남 사람들의 생활 방식이나 음식 문화 등을 구경하느라 재미있지만, 아무것도 없는 숲속에 배치되면 지루하고 따분하기 그지없다.

보급품 수송 차량을 경비하다 죽은 사람은 하나도 없을 정도로 비교적 안전한 작전이었다. 월남의 농가는 조금 잘사는 집은 나무로 기둥을 세우고 흙벽돌로 벽을 쌓아 우리나라 농촌 집과 비슷하지만 가난한 집은 대나무나 바나나 잎으로 지어 집이라기보다는 원두막에 가까웠다. 시멘트나 벽돌로 지어진 집은 거의 찾아보기 어려웠다. 지붕은 초가지붕보다 더 허술했다. 날씨가 더운 탓에 벽은 대부분 풀이나 대나무로 엮어놓았다.

월남 농가에서 밥을 얻어먹은 적이 있다. '후~' 하고 불면 밥알이 날아갈 정도로 찰기가 없는데, 그 쌀이 안남미다. 엽차는 항상 끓여 마셨다. 물 주전자를 천장에 매달아 놓고 원두막 같은 집안에서 불을 때는데, 아궁이는 따로 없었다.

마당 구석에는 작은 고추가 열려 있었는데 엄청나게 맵기로 유명한 월남 고추다. 날씨가 춥지 않아 고추나무가 죽지 않고 버텨 고목이 되어있었다. 월남 농촌 사람들은 숙주나물을 익히지 않고 대부분 생으로 먹었다.

집안 내부에는 큰 평상을 설치해 놓고 온 가족이 그곳에서 생활했다. 평상 구석에 커튼 하나를 달아 탈의실 겸 부부 방으로 사용하고, 평상을 설치하고 남은 공간은 실내 마당으로 이용했다. 밥솥은 주전자같이 손잡이가 달려있어 천장에 매달기 편리하게 되어있다.

집마다 평상 밑에는 방공호가 있어 외부인이 나타나거나 위험한 일이 있으면 방공호에 들어가 숨었다. 그리고 젊은 여자들이나 남자는 아예 없고 늙은 남자나 여자, 어린아이들만 있었다. 월남에는 비공식적으로 일부다처제가 존재했다. 한 집에 여러 명의 여자가 같이 살기도 했는데 모두 한 사람의 부인이란다. 첫 번째 부인과 막내 부인은 나이 차이가 많이 나서 때로는 모녀처럼 보이기도 했다.

월남의 농가에는 어린애들이 5~6명씩 있었다. 부인이 여러 명이다 보니 애들도 많았다. 우리가 집에 들어가면 큰 아이들은 모두 숨어버리고 병아리들만 바글바글했다. 월남 민간인은 낮에는 월남 편이고 밤에는 베트콩 편이라는 말이 있을 정도로 사상이 애매하기 때문에 전후방의 경계가 없었다. 누가 베트콩인지 어디에 숨어 있는지도 알 수 없었다.

우리는 민간인들과 접촉하고 있지만, 그 집 지하 방공호에는 베트콩이 숨어 있을지도 모를 일이었다. 우리가 주둔해 있다 철수하면 뒤따라 나와, 도로에 지뢰를 설치하고 차량이 지나가면 폭파할 수도 있다.

베트콩은 미군이나 청룡부대가 사용한 포탄 중에 불발탄이 있으면 주워서 교묘하게 지뢰를 만들어 설치해 놓고 지나가는 보급 차량이나 군용 차량을 폭파하기도 했다. 전쟁답지 않은 전쟁이지만, 그들도 죽고 우리도 죽는다.

도로 정찰과 같이 비교적 안전한 작업을 마치면, 위험하거나 긴박한 상황 없이 무사히 임무를 완수할 수 있어 감사할 따름이다.

도로 부라킹 중에

총 없는 전쟁 1

🌿 베트콩이 야간을 이용해 대규모로 특정 지역을 이동한다는 정보가 입수되었다. 부대 내에 상주하는 월남 민간인 정보원이 제공한 정보를 바탕으로 중대 전체가 작전에 돌입하게 되었다. 대규모 이동이라면 월맹 정규군일 가능성도 있었다.

월남전은 남부 월남(민주주의)과 북부 월맹(공산주의) 간의 전쟁인데, 베트콩은 월남의 반정부군이자 공산주의자들로 북부 월맹군과 협력해 월남 정부군과 우리 청룡부대를 포함한 미군 연합군을 상대로 게릴라전을 벌였다.

우리는 중대 병력 전체가 정찰 임무를 수행하는 것처럼 그 지역을 통과하다, 베트콩이 이동할 만한 목표 지점에 매복조를 남기고 나머지 부대원들만 복귀하기로 했다.

매복조에 차출된 나는 다른 동료 병사들과 같이 호를 구축하고 만반의 준비에 들어갔다. 해병들은 베트콩이 지나갈 것으로 예상하는 길목에 클레이모어 지뢰(탄알이 720발이나 되는 무서운 폭발물)와 조명 지뢰를 설치하고 어둠이 내려앉은 정글에 매복해 있었다. 베트콩이 나타나기만 하면 모조리 사살할 수 있도록 만반의 준비를 하고 때를 기다렸다.

매복 근무 시에는 어떤 소리도 내서는 안 된다. 기침 소리나 담배 역시 금지였다. 목이 간질거려도 잔기침도 할 수 없어 무척이나 답답했다. 교대로 스타 나이스코프(별빛을 이용해 전방을 볼 수 있는 야간 망원경)를 이용하여 전방을 관찰했다. 숨소리도 크게 내지 못하는 침묵의 시간은 계속 흘러갔다.

모기는 사정없이 달려들고 (월남 모기는 전투복을 뚫고 피를 빨아 먹는다.) 날씨는 후덥지근하고 죽을 지경이었다. 얼굴에 모기약을 세수하듯 발라도 모기가 덤벼들었다. 무더운 날씨에 땀이 비 오듯 흘러내려 모기 약통을 앞에 놓고 계속 발라 보지만 소용없었다. 모기와의 전쟁도 베트콩과 싸우는 것만큼 힘들었다.

새벽 2시쯤 되었을 때, 스타 나이스코프로 전방을 주시하던 해병 병사가 베트콩이 나타났다는 신호를 보내왔다. 나도 조용히 총을 거머쥐고 사격 준비를 했다. 심장이 쿵쿵 뛰고 극도로 긴장되는 순간이었다. 앞으로 어떤 상황이 벌어질지 두려웠다. 몇 명이나 사살할 수 있을까?

희미한 초승달빛 아래 2차선 도로 위를 자세를 낮춘 걸음걸이로 지나가는, 움직이는 물체가 시야에 들어왔다. 베트콩이었다. 바로 우리 앞을 지나가는 게 아니고 20~30m 떨어진 거리로 약간 비켜서 대각선으로 도로를 가로질러 지나갔다.

최대한 가까이 올 때까지 기다렸다 사격해야 했다. 단 몇 초의 시간이지만 기다리는 게 길게만 느껴졌다. 드디어 사격개시 신호가 떨어지고 클레이모어가 굉음을 내면서 폭발하고 M16 자동 소총이 불은 뿜었다. 따따따 따따따! 엄청난 화력으로 집중 사격이 시작되었다. 수십 명이 한꺼번에 사격하니 귀가 먹먹할 정도로 총성이 요란했다.

그런데 나의 M16 소총은 '따콩' 한 번만 발사되고 방아쇠를 당겨도 다음 총탄은 발사되지 않았다. 다급하고 중요한 순간에 총이 작동하지 않았다. 노리쇠를 후퇴시켰다 놓아도 안 되고 완전 먹통이었다. 아예 실탄 장전도 안 되고 방아쇠를 당겨도 소용없었다.

탄창을 뺐다 다시 장전해도 마찬가지였다. 그렇다고 총구를 들여다볼 수는 없었다. 혹시 총알이 튀어나올 수도 있기 때문이었다. 그렇게 헤매고 있는데 동료 병사들은 도망가는 베트콩을 추격하며 계속 사격했다. 나도 총탄도 나가지 않는 총을 메고 같이 움직일 수밖에 없었다. 실탄이 발사되지 않는 총은 나무 막대기나 마찬가지였다. 내 앞에 베트콩이 나타나면 맨손으로 때려잡아야 하는 처지가 되었다.

나는 앞에 동료 병사의 꽁무니만 따라다녔다. 남이 뛰면 뛰고 엎드려 사격하면 나도 엎드려 사격하는 척했다. 맙소사 전쟁터에서 총이 고장 나다니 말이나 되는가? 정말 기막힐 노릇이었다. 도망가는 베트콩을 추격하기 위해 하늘엔 조명탄이 대낮같이 밝혀지고 베트콩의 퇴로엔 포병 부대에서 105mm 포탄을 퍼붓고 있었다. 고장 난 총 때문에 다른 전우들 꽁무니만 열심히 따라다니다 작전은 끝이 났다.

베트콩을 더 추격하지 말라는 지시에 따라 우리는 베트콩이 도망가면서 버리고 간 시체와 무기들을 확인하고, 확인사살 00명, 노획무기 00정의 전과로 무사히 작전을 성공했다. 그날의 작전 성공으로 모두 축제 분위기였지만, 나는 마냥 기뻐할 수만 없었다. 총이 왜 고장 났는지, 또 총이 고장 났다고 대놓고 이야기할 수도 없었기 때문이다.

총 없는 전쟁 2

🌱 어찌 되었건 딱 총 한 방 쏘고 성공한 매복조의 일원이 되었다. 부대에 귀대해서 나는 조용히 의무실 구석에 앉아 총을 자세히 살펴보았다. 총구를 꽂을대(총구 청소하는 도구)로 쑤셔보고, 탄창을 살펴보고, 노리쇠를 후퇴시켜 보아도 아무 이상이 없었다. 마지막으로 약실 뚜껑을 열어보니 새파랗게 녹슨 탄피가 꽉 끼어 눌어붙어 있었다. 탄피가 약실 바깥으로 배출되지 않으니 다음 실탄이 탄창에서 약실로 장전되지 않았던 것이다. 맙소사, 너무나 어이없고 분통이 터졌다.

밤새도록 마음 졸이며 남의 꽁무니를 따라다니느라 얼마나 고생했는지 생각하니 어이가 없었다. 전쟁터에서는 총이 제2의 생명이란 말이 새삼 뼈저리게 와 닿았다.

나는 평소에 총 손질에 게으름을 부렸다. 사격해도 총구도 닦지 않고 그냥 처박아 두었다가 다음 작전 때 들고 나가곤 했다. 소총을 우습게 알았기에 한 번도 총에 대해 진지하게 생각해보지 않고 그냥 메고 다녔다. 메고 다니다 필요할 땐 쏘고 총기를 손질하는 건 모르고 생활했다. 총탄의 총알은 구리이고 탄피는 신주다. 신주는 우리나라 놋그릇 만드는 재질이라 닦지 않으면 새파란 녹이 슨다.

나는 탄피를 한 번도 닦아보지 않았다. 그 무덥고 습기 많은 월남 날씨에 탄피가 얼마나 녹이 슬었으면 약실에 박혀 빠져나오지 않았을까? 내가 탄띠에 넣어서 다닌 실탄이나 탄창에 있는 실탄 모두 새파랗게 녹슬어 있었다. 무심하게도 한 번도 닦아 본 일이 없었다. 그날 밤도 첫발은 총알이 잘 빠져나가서 발사되었으나 탄피가 약실에 눌어붙어 버린 것이다. 녹 때문이었다. 그리고 약실에 탄피가 들어 있으니 탄창에 있는 다음 실탄은 올라가서 장전이 안 된 것은 당연한 일이었다.

전쟁터에서 총이 고장 나면 죽은 목숨이다. 다른 사람들도 나와 같이 총이 고장 나서 고생한 사람이 있는지도 모른다. 왜냐하면, 총이 고장 나도 남에게 말을 하지 않으니까 다른 사람은 잘 모른다. 나도 누가 그 긴박한 상황에서 고장 난 총을 들고 남의 꽁무니만 따라다니게 될 줄 알았겠는가? 총을 쏘는 시늉을 하며 따라다니는데 누구도 알 수 없는 것이다. 낮이면 눈치챌 수도 있겠지만 밤이라 아무도 몰랐을 것이다.

나는 마음속으로 굳게 맹세했다. 내 몸은 씻지 않아도 총과 실탄은 깨끗이 청소하고 닦아서 반질반질하게 해서 다니겠다고 말이다. 그 뒤부터 나는 작전 나갈 때는 미리 실탄을 수백 발씩 수건으로 닦고 총도 깨끗이 청소해서 작전에 참여했다. 실탄은 탄피가 신주라 미리 닦아 놓아도 녹이 슬어 못쓴다. 작전 나가기 바로 전에 닦아야 한다. 고장 난 총을 들고 베트콩을 잡겠다고 이리 뛰고 저리 뛰고 밤새도록 쇼를 하고 정글을 누빈 그 심정, 만약 베트콩과 마주쳤다면 막대기나 다름없는 고장 난 총으로 어떻게 했을까? 육탄전을 했을까? 생각만 해도 소름 끼친다.

작전이란 특정 지역을 순찰하고 평정하는 것인데 우리 청룡부대가 진격하는 진로에 숨어 있던 베트콩이나 월맹 정규군이 도망가면 그만이고 그들이 퇴로가 없어 저항하면 전쟁이 벌어지는데 우리 청룡부대는 엄청난 화력으로 베트콩이 한 방 쏘면 수천 발씩 대응 사격을 했다. 베트콩은 죽으면 그냥 죽는 게 아니고 수십 발의 총알을 맞고 죽는다. 누구 총에 맞아 죽는지도 구분이 안 된다.

베트콩의 시체에는 항상 수십 발의 총탄 자국이 있게 마련이다. 처음엔 시체를 보면 섬뜩하고 무서웠지만 몇 번 보고 나면 아무런 감정도 들지 않았다. 그저 '몇 놈 죽었구나.' 하는 정도였다. 우리 동료들만 다치지 않으면 그만이다. 전후방이 없는 월남전, 아무리 우리가 작전을 전개하고 지역을 평정해도 청룡부대가 철수하고 밤이 되면 다시 그 자리에 베트콩이 돌아온다는 것이다.

위문편지를 읽으며

첫 번째 오발 사고

🌱 하루는 중대 병력 전체가 도로 정찰을 나갔다. 오전 7시경 부대를 출발했다. 도로 정찰은 즐겁다. 디엠반 시내를 벗어나 왼쪽으로 가면 호이안으로 가는 길이고 오른쪽으로 가면 다낭으로 가는 국도다. 그날은 다낭 공항 쪽으로 도로 정찰하러 갔다. 도로 양쪽이 농경지로 띄엄띄엄 독립가옥이 흩어져 있고 군데군데 대나무 숲과 야자나무가 뒤엉켜 있는 전형적인 월남의 농촌이다. 쭉 뻗은 일직선 도로 양쪽으로 중대 병력 전체가 두 줄로 행군했다. 개인 간 거리 10보를 확보하고 M16 자동 소총은 허리 총 자세로 행군을 했다.

월남 날씨도 아침 기온은 시원했다. 상쾌한 아침 공기를 마시면서 걸어가는데 내 바로 뒤에 따라오는 해병 하사 용종만이 장난을 걸어왔다. 나도 위생 하사다(가짜 하사이긴 하지만). 계급이 같으니 둘은 친하게 지내는 사이였다.

그는 내가 발걸음을 떼어놓을 때마다 "하나, 둘, 셋, 넷." 하고 구령을 붙였다. 처음엔 장난으로 알고 그냥 꾹 참고 가는데 계속해서 "하나, 둘, 셋, 넷." 구령을 붙였다. 그만하라고 해도 소용없었다. 병정놀이한단다. 그 당시에는 내가 걸어가는 발자국마다 구령을 부치는 게 왜 그렇게 약이 오르던지. 내가 성질을 부리며 하지 말라고 해도 소용이 없었다. 그래도 그는 계속 구령을 부치면서 따라왔다. 나는 갑자기 홱 돌아서며 자꾸 약 올리면 쏘겠다고 하면서 총을 겨눠봐도 소용이 없었다. 내가 빨리 걸어가면 빨리 구령을 부치고 느릿느릿 걸어가면 느릿느릿 구령을 부치고 계속 약을 올리면서 따라왔다. "용종만, 그만해라! 진짜 쏜다. 너 죽고 싶으냐?"라고 해도 "쏠 테면 쏴라. 어디 한번 쏘아봐." 하면서 히죽거렸다.

행군은 계속되고 대여섯 번 돌아서며 조용히 하지 않으면 쏜다고 엄포를 놓아도 계속 구령을 부치며 약을 올렸다. 그렇다고 크게 소리 지를 수도 없었다. 바로 뒤에는 소대장도 따라오고 그 한참 뒤에는 중대장도 있었다. 나는 홱 돌아서며 입 다물지 않으면 쏘겠다고 위협만 하려던 행동이었는데 그만 탕탕 두 발의 총성이 울렸다. 방아쇠가 당겨진 것이었다.

M16은 연발 자동 소총이라 방아쇠를 건드리면 두 발은 기본이다. 총탄이 뒤쪽으로 길게 줄지어 따라오는 중대원들의 머리 위로 쌩 지나갔다. 모든 중대원은 베트콩이 공격하는 줄 알고 깜짝 놀라 도로 아래로 피신해 대응 사격 자세를 취하고 있는데 나와 용종만 하사 두 명만 마주 보고 서서 조용한 시비가 붙었다.

용종만 하사는 자기를 진짜 죽이려고 총을 쏘았냐고 따지면서 불같이 화를 내고 덤볐다. 그때 소대장이 달려와서 중대장이 알기 전에 빨리 도로 아래로 내려가서 따지라는 것이었다. 도로 아래로 내려와서도 거칠게 항의하는 용종만 하사를 소대장이 설득해서 실수로 그런 것이니 없던 일로 하고 다시 도로 정찰에 임했다.

아차 실수로 한 생명을 잃을 뻔했다. 그의 이야기로는 목 옆 부분이 뜨끔했다는 것이었다. 실탄이 바로 목 옆을 스쳐 지나간 것이다. 그러나 다행히 아무런 상처는 없었다. M16 소총은 자물쇠가 있는데 잠가 놓으면 방아쇠를 당겨도 총이 발사되지 않는다. 도로 정찰 때는 보통 자물쇠를 잠그고 다니는데 그날은 실수로 자물쇠가 열려 있었던 모양이다.

오발 사고로 동료 병사가 죽거나 다치면 영창(營倉)을 가게 된다. 아찔한 순간이 아닐 수 없었다. 오발 사고는 수시로 발생한다. 부대 안이라고 해서 예외가 아니다. 항상 총과 실탄을 휴대하고 만지다 보면 작은 부주의로 오발 사고가 빈번하게 일어난다. 총구를 들여다보며 청소하다가 방아쇠를 건드려 즉사한 예도 있었다. 사격 후에 탄창도 빼지 않고 총구 청소한다고 꽂을대(총구 청소 도구)로 총구를 쑤시다가 방아쇠를 건드려 사고가 발생하기도 한다. 내가 월남에 온 이후 첫 번째 오발 사고였다.

총이 전쟁터에선 필수품이지만 정신 똑바로 차리지 않고 다루면 내가 죽거나 동료들을 다치게 할 수 있다. 항상 자만하지 말고 초심으로 돌아가야 한다.

특공대 조직

🌱 우리 부대는 삼면은 농경지이고 한 면만 디엠반 군청과 담을 사이에 두고 붙어 있었다. 부대 정문 앞에는 조그마한 독립가옥이 한 채 있었는데, 우리 부대 병력을 상대로 장사하는 월남 원주민의 가게였다.

야간 통행금지 때문에 주로 낮에만 가게를 열었는데 우리는 그곳에서 주로 C 레이션(전투 식량)을 갖다 주고 라면이나 과자 등으로 맞바꿔 먹었다.

그 집에서 검정 개를 한 마리 키우고 있었다. 그런데 이 개는 낮에는 없는 듯 조용한데, 밤에는 작은 움직임에도 민감하게 반응해 짖어댔다. 부대 외곽 초소에 근무하는 병사들이 야간 근무를 하던 중 공교롭게 개가 짖으면 부대 정문 멀리 숲속에서 불빛이 깜빡인다는 사실을 발견했다.

중대장은 근무자의 보고를 받고 철저한 현황을 파악해 보고하라고 명령했다. 외곽 초소 근무자들은 조사에 들어갔다.

조사 결과 정문에서 개 짖는 소리만 나면 불빛이 정기적으로 깜박이는 것이 사실이라는 것을 확인할 수 있었다. 정문으로 병력이 이동하면 개가 짖고, 개가 짖으면 숲속의 독립 가옥에서 불빛이 깜박였다. 부대에서는 건너편 독립 가옥 불빛은 베트콩들이 서로 신호를 주고받는 것으로 판단하고 특공대를 조직해 그들을 사살하거나 생포하기로 했다.

불빛이 깜박이는 곳은 가까워 보이지만, 앞에 물이 고인 볏논이 펼쳐져 있어 쉽게 접근할 수 없었다. 사람이 다닐 수 있는 길로 돌아서 가려면 꽤 먼 거리였다.

특공대는 10명으로 구성되었고 나도 포함됐다. 야간에 일반 통행하는 길로 접근하면 베트콩의 공격을 받을 수도 있으므로, 우리 특공대는 볏논을 가로질러 접근하기로 했다. 우선 정문을 통과해야 했다. 정문을 통과하면 개가 짖을 테고, 개가 짖고 나면 바람잡이 조는 되돌아오고, 특공대는 물이 고인 볏논을 가로질러 숲속에 있는 독립 가옥으로 접근하기로 했다.

군화 신은 발이 무논에 푹 박혀 잘 빠져나오지 않았다. 숨소리를 죽인 채 조용조용히 볏논을 통과하는 것이 보통 일이 아니었다. 물이 고인 볏논에 발은 푹푹 빠지고 빠진 발을 빼내면 쭈르륵 쭈르륵 물 빠지는 소리가 크게 나서 볏논을 통과하기가 여간 어렵지 않았다. 땀을 비 오듯 흘리며 힘이 쭉 빠졌다. 고생고생해가며 겨우 볏논을 무사히 통과해 숲속의 독립 가옥 근처로 접근했다.

가까이 접근해 보니 작은 바나나 나무숲이 있고, 예상과 달리 독립 가옥이 아니라 집이 세 채나 되었다. 도착하고 보니 어느 집에서 불이 반짝였는지 알 수 없었다. 그때 마침 부대 정문에서 개 짖는 소리가 들리자 대형 촛불이 켜지는 집이 있었다. 우리는 소리 없이 불 켜진 집으로 접근해서 완전히 포위하고, 덮쳐 체포할 신호를 기다렸다.

그때 또 부대 정문 근처에서 개 짖는 소리가 나자 대형 촛불을 가렸다 뗐다 하기를 반복했다. 대여섯 번 깜빡깜빡했다. 집 안에는 여러 명이 있는 것 같았다. 살기가 감돌고 긴박한 순간이었다. 만약 그들이 눈치를 채서 반항한다면 한바탕 육박전을 피할 수 없었다. 이때 우리 특공대 4명은 경계를 하고 6명은 전광석화같이 신속히 집 안으로 쳐들어가서 촛불 앞에 있던 남자 2명과 주변에 있던 여자 3명을 모두 생포했다.

말이 통하지 않아 무조건 총구를 가슴에 들이대고 체포했다. 남녀 모두 40대로, 젊어 보였다. 그들도 놀라서 입을 다물지 못했다. 은밀한 침투 작전으로 감쪽같이 생포하는 바람에 그들은 방공호에 숨을 엄두조차 내지 못했다.

다섯 명의 손을 뒤로 묶고 머리엔 모래주머니를 씌워 부대로 압송했다. 모든 걸 포기했는지 너무나 태연하고 무표정한 그들의 모습에 화가 났다. 죽인다고 해도 사정하거나 애원하는 모습은 전혀 보이지 않았다. 맞아 죽어도 그냥 무표정하게 맞아 죽겠다는 식이었다. 배짱을 부리는 모습이 얄밉기까지 했다. 젊은 여자들이 3명이나 있어 부대 임시 감옥에 가두고 중대장의 지시로 혹시 불미스러운 일이 생기지 않도록 특별 경계 근무를 했다.

하룻밤을 보낸 그들은 월남인 통역사가 있는 대대 본부로 압송되었고 특공대 임무는 끝이 났다. 5명을 잡아 왔지만 진짜 베트콩인지 아닌지 우리는 알 수 없었다. 월남 농촌 사람은 낮에는 월남 정부 편이고 밤에는 베트콩이라는 말이 횡행하니, 모든 가능성을 열어두고 확인해야 했다.

추석 대공세

🌱 월남에도 추석이 있다. 그곳의 추석은 우리 나라같이 시원한 결실의 계절이 아니었다. 안개가 자욱하고 습도 높고 무더운 추석이었다. 1968년 추석 월맹 정규군이 대규모로 공격해 온다는 첩보가 있어 총동원령이 내려졌고 우리들은 특별 경계 근무에 들어갔다. 베트콩이나 월맹군은 설날과 추석, 명절이나 기념일 등 특정한 날 대규모 군사 행동을 많이 한다고 했다.

우리 중대는 전원이 비상 경계 근무에 들어갔다. 외곽 초소에 병력을 보강하고 초소와 초소 사이의 갱도에도 임시 초소를 만들어 총력 경계 태세에 돌입했다. 의무실 인원도 각 소대에 배치되어 경계 근무에 들어갔다. 평상시에는 의무실에서는 경계 근무를 하지 않는데 베트콩의 대공세가 예상되니 비상이 걸린 것이다.

날씨는 더운데 달은 휘영청 밝았다. 어슴푸레한 밀림의 그림자가 달빛 아래 움직이는 것 같았다. 으스스했다. 꼭 베트콩이 기어들어 올 것 같았다. 바람이 스르르 불 때마다 기분이 스산했다. 그렇지만 추석이라고 생각하니, 마음은 설렜다.

고향의 추석이 생각났다. 하늘을 쳐다보면 휘영청 밝은 둥근 보름달이 고향의 추석을 닮았다. 밝은 달빛 아래 바람에 일렁이는 나무 그림자가 베트콩인지 유심히 살펴보았다. 하지만 수십 겹 철조망을 뚫고 어떻게 기어들어 오겠나 싶어 안심했다. 만약에 기어들어 온다면 내가 가진 M16 자동 소총이 불을 뿜을 테고 그들은 살아남지 못하리라. 생각이 거기까지 미치자 나는 조용한 밤을 그냥 보내기 아쉬웠다.

PX에 가서 맥주 24캔짜리 한 상자를 들고 나왔다. 시원한 컨테이너 냉장고에 있던 것이라 무척이나 시원했다. 무더운 날씨에 후덥지근한 갱도 안에서 시원한 맥주를 한 캔 두 캔 마셨다. 나중에 삼수갑산 갈망정 그 순간은 너무나 행복했다. 이곳이 전장인가 아닌가, 술이 적당히 오르자 긴장이 풀렸다. 한 캔, 두 캔 마시다 보니 취기도 오르고 나는 점점 대담해지고 통이 커졌다. 이젠 베트콩이든 뭐든 모르겠다 싶은 마음에 남은 맥주 상자를 들고 대담하게 갱도 밖으로 나와 풀 속에 숨겨 두고 맥주를 즐겼다.

갱도 바깥은 갱도 안보다 바람이 불어 한결 시원했다. 이 밝은 달밤에 베트콩이나 월맹군이나 어떻게 저 겹겹이 쳐진 철조망을 뚫고 인공호수를 건너와 나의 목을 벨 것인가? 어림도 없다. 도저히 불가능한 일이다. 나는 마시다 남은 시원한 맥주를 머리에 뒤집어쓰기도 했다.

열대의 밤, 시원한 바람이 불어왔다. 밤은 깊어가고 온갖 이름 모를 벌레들의 울음소리가 요란했다. 아직 교대 시간은 많이 남았는데 슬슬 졸음이 밀려왔다. 모기약을 겹겹이 바르고 잠시만 졸기로 했다. 맥주 1박스를 거의 다 마셨으니 술에 취해 간이 커질 대로 커져 경계심이 없어졌다. 졸고 있는데 순찰 장교가 오면 곤란해질 수 있으니 잠깐 5분만 졸기로 하고 허리띠를 풀어 총을 꽁꽁 붙들어 매고 조용히 꿈나라로 갔다.

잠깐 졸다가 일어났는데 허리띠에 붙들어 매 놓은 총이 없었다. 큰일 났다! 누군가 허리띠를 풀고 총을 빼내 갔다. 베트콩이 왔다면 내가 죽었을 것이란 생각이 들자 틀림없이 순찰하는 사람들이 총을 가져간 것 같은데 한밤중에 찾아다닐 수도 없고 걱정이 태산이었다. 그나저나 술이 얼마나 취했으면 허리띠를 풀고 총을 가져가도록 몰랐을까 난감했다.

총을 잃어버리면 영창감이다. 잠이 오질 않지만 일단 밤이 지나가야 총을 찾을 수 있을 것 같아 의무실로 와서 자고, 다음 날 아침 6시에 일어나 중대 본부 상황실로 가서 전날 밤 10시에서 12시 사이의 순찰자를 파악해보니 106mm 직사포 분대장이었다. 나는 곧바로 106mm 직사포 벙커로 가서 내 총을 찾아보았으나 총은 보이지 않고 순찰 하사는 그때까지 쿨쿨 자고 있었다. 나는 구석구석 열심히 찾다가 야전 침대 밑에 한쪽 구석에 M16 소총 하나가 숨겨진 것을 발견했다. 나는 아무 말 없이 조용히 들고 나왔다. 총을 찾았으니 날아갈 듯이 기뻤다.

그 이후로 내 총을 가져간 순찰 하사도 남의 총을 가져가 잃어버렸으니 말이 없고, 나는 총을 찾았으니 말이 없고 그냥 없던 일로 지나갔다. 순찰 하사도 남의 총을 가져가 잃어버렸으니 당황했을 것이다. 둘은 서로 아는 척 모르는 척 그렇게 흘려보냈다. 비상 경계령이 내려진 추석날 밤, 크게 즐겁지는 않았지만 별다른 문제 없이 시원한 맥주와 함께 무사히 경계 근무를 마칠 수 있었던 사건이었다.

망중한(忙中閑)

🌱 장기간의 작전 수행이 끝나면 우리는 부대에서 꿀맛 같은 휴식을 취한다. 빨래도 하고 민가에서 얻어온 쌀로 밥도 해먹는다. C 레이션만 먹다 보니 밥과 김치 생각이 날 때도 있었다. 고추장도 생각났지만, 월남에는 매운 고추가 있어 매운 음식은 그런대로 만들어 먹을 수 있다. 아주 작고 매운 월남 고추는 조금만 넣어도 엄청나게 맵다. 쇠고기 캔이나 닭고기, 말고기 캔에 조금만 넣고 끓이면 훌륭한 매운탕이 된다.

1968년까지만 해도 우리나라는 캔 만드는 기술이 없었다. 1969년이 되어서야 위문품으로 국산 김치 통조림, 김, 오징어 통조림 등이 월남으로 공수됐다. 일명 K 레이션이다. 그때부터 국산 쌀도 공급되어 밥도 해 먹고 김치도 먹을 수 있어 아주 좋았다.

월남 쌀은 낱알이 길쭉하고 가벼워 밥을 지어 놓으면 푸석푸석해서 '후~' 하고 불면 날아간다. 찰기가 전혀 없다. 우리가 밥을 해먹을 때는 밥솥이 따로 없다. 그래서 LMG(기관총) 실탄 통에 밥을 해 먹곤 했다. LMG 실탄 통을 돌멩이에 걸쳐놓고 나무를 주워다 불을 때어서 밥을 해 먹는다.

그런데 문제는 LMG 실탄 통의 뚜껑에 고무 패킹이 붙어 있는데, 이걸 떼어 내지 않고 밥을 하면 아무리 불을 때도 김이 나지 않아 계속 불을 때게 된다. 그러다가 밥이 됐나 확인하려고 뚜껑을 열면 안에 있는 밥알이 폭발해서 파편이 되어 얼굴에 박히면 3도 화상을 입고 사망하는 사고까지 일어난다. 고무 패킹을 빼내지 않으면 김이 나지 않고 실탄 통이 팽창해서 불룩해지는데, 그럴 때 뚜껑을 열면 폭발물이 따로 없는 것이다. 고참들이 신참들에게 알려줘야 하는데 전쟁터에서 그렇게 자상하게 알려주는 사람이 없다. 각자 알아서 사는 세상이다 보니 그런 사고가 발생한다.

나도 처음에 밥을 해 먹는데 쌀을 씻어 실탄 통에 넣고 불을 땠다. 옆에 고참과 같이 밥을 짓기 시작했는데 고참은 벌써 밥을 먹고 있는데 내 것은 아직 김도 나지 않았다. 고참에게 내 밥솥은 아직 김도 나지 않는데 벌써 밥을 먹느냐고 했더니 고참이 깜짝 놀라며 밥솥 뚜껑에 고무 패킹을 빼냈냐고 물었다. 뚜껑에 고무 패킹이 있는 줄도 몰랐다고 했더니 큰일 날 뻔했다며 완전히 식을 때까지 손도 대지 못하게 했다. 결국, 그날 나는 밥을 못 해 먹고 C 레이션으로 한 끼를 때워야 했다.

월남전에서 야간 작전을 하면 항공기에서 엄청난 크기의 조명탄을 작전 지역 상공에 투하해서 약 30~40분 동안 대낮같이 밝혀준다. 일반적으로 포병이 쏘는 105mm 포에도 조명탄이 있지만, 비행기에서 투하하는 조명탄은 연소하면서 내려오는 것으로 시간도 길고 엄청나게 밝다. 그래서 항공 조명탄이라 이름 붙였다. 항공 조명탄은 엄청난 크기의 낙하산에 매달려 천천히 지상으로 내려오면서 불을 밝힌다. 병사들은 그 낙하산을 귀국할 때 가져오려고 수거하기 위해 애를 많이 쓴다.

항공 낙하산은 흰색에 무게도 가벼워 휴대하기도 간편하다. 낙하산이 야자나무나 대나무 숲 위에 떨어져 있으면 우리는 그것을 수거할 방법이 없고 다행히 농경지나 길가에 떨어진 것은 수거할 수 있었다. 낙하산 줍는다고 숲속에 들어가다 지뢰를 밟는 수도 있어 이래저래 위험한 행동이었다.

나는 작전 중에 지뢰 폭발의 위험을 무릅쓰고 낙하산 하나를 수거해서 배낭에 넣었다. 펼치면 엄청나게 큰데 돌돌 말면 부피가 조그마한 베개만 했다. 낙하산이 떨어진 것을 베트콩이 먼저 보았다면 지뢰를 설치할 수도 있으니까 대단히 위험한 짓이었다. 우리나 베트콩이나 그것을 서로 갖고 싶어 하지만 먼저 보는 사람이 임자인 셈이다.

월남에 파병된 신참들은 귀국 날짜가 까마득하니까 그런 것이 있어도 무관심했다. 그런 거 주워놓고 죽으나 그냥 죽으나 마찬가지이기 때문이다. 나는 농촌에 살기 때문에 우리 집 마당에 텐트 대용으로 쳐 놓으면 동네 사람들이 모두 그 밑에서 놀 수 있을 것 같아 위험을 무릅쓰고 하나를 챙기게 되었다.

생사를 오가는 전쟁터지만 고참이 되면 귀국 날짜를 하루하루 짚어보고 꼭 살아서 돌아가겠다는 일념으로 자신도 모르게 행동을 더 조심하게 되고, 귀국할 때 갖고 갈 물품을 하나둘 챙기게 된다.

망중한

구정 대공세

🌿 1969년 설날 새벽에 월맹군의 기습 공세로 우리 중대는 완전히 포위되고 디엠반 시내가 함락되었다. 디엠반 군청도 월맹군에 완전히 포위되었다. 안개가 자욱하게 끼고 습도도 높아 가시거리가 30m도 되지 않았다. 중대 안에는 여기저기 월맹군의 박격포탄이 떨어졌다. 어디서 날아오는지 모르지만 가까운 거리인 것은 분명해 보였다.

우리는 꼼짝도 못 하고 진지 내에서 철저한 경계에 들어갔다. 중대 안에 있는 105mm 대포 2문도 안개에 묻힌 부대 주변 정글 속으로 계속 포탄을 퍼부었다. 포 사격 사정거리가 짧아서 그런지 날아가는 포탄이 맨눈으로 보였다. 평소에 도로 정찰을 자주 나가는 지점인데 밤사이 월맹군이 전 지역을 장악하고 말았다.

105mm 대포의 포격 지점이 가까워서 날아가는 포탄이 새까맣게 보였다. 그만큼 월맹군이 디엠반 시내에 가까이 쳐들어왔다는 뜻이다. 105mm 대포는 가까운 거리에서 사격할 때는 탄피에 장약을 빼기 때문에 탄두의 날아가는 속도가 느리고 육안으로도 볼 수 있다.

우리 중대와 붙어 있는 디엠반 군청의 빨간 기와지붕에도 박격포탄이 떨어지는지 먼지가 퐁퐁 솟아올랐다. 우리 중대와 디엠반 군청만 남기고 디엠반 시내 전역은 월맹군에게 함락되었다.

그러나 날이 밝으면 미군 코브라 헬기의 지원 사격이 시작되고 우리 청룡부대와 월남 정부군의 합동 작전으로 연합군이 디엠반 시내로 진격하면서 월맹군은 기세가 꺾이고 공세가 주춤해진다.

밤새도록 베트콩과 치열한 전투를 벌이던 월남 정부군은 서서히 퇴각하는 베트콩과 월맹군에게 총공세를 가하고, 미군 코브라 헬기의 기총소사(기관총 사격)에 더더욱 기가 꺾인 베트콩과 월맹군은 도망가기 시작했다. 우리는 도망가는 월맹군을 향해 엄청난 화력으로 집중 사격을 가하면서 추격했다.

디엠반 시내는 포연과 안개로 자욱했다. 미군의 코브라 헬기는 우리들의 머리 위에서 도망가는 월맹군을 향해 계속 공격했다. 마지막 격렬한 전투가 서너 시간 계속되었다. 월맹군은 코브라 헬기의 공격과 우리 청룡부대와 월남 정부군의 합동 작전에 더는 버티지 못하고 수십 구의 시체를 남기고 완전히 퇴각했다.

월맹군은 물러갔지만, 시내 곳곳에서는 파괴된 건물에서 연기가 피어오르고 파손된 건물 잔해들이 여기저기 흩어져 아수라장이었다. 디엠반 시내 중심가에서도 TV가 길바닥에 나뒹굴고 건물들과 상점들이 무너져 내렸다.

시내 여기저기엔 월맹군 시체가 널브러져 있었다. 더운 날씨라 시체는 이미 부패하기 시작했고 악취가 풍겼다. 거의 알몸 상태인 월맹군의 시체에는 총탄 구멍마다 똥파리가 꽃송이처럼 붙어 있었다. 우리가 지나가면 윙윙거리며 날아올랐다. 어떤 시체는 팔과 다리를 묶고 그 사이에 대나무를 넣어 시체를 메고 도망가다 버리고 가기도 했다.

우리는 그들의 시체는 손대지 않는다. 시체 처리는 전부 월남 정부군의 몫이다. 즐비한 시체 더미는 전쟁의 참상을 그대로 보여줬고 죽은 인간은 쓰레기보다도 못하게 비참했다.

월맹 정규군은 짧은 반바지에 소매가 짧은 상의로 된 연초록색의 군복을 입고 있었다. 무기는 AK 자동 소총이다. 가끔은 칼빈 소총 같은 것도 메고 쓰러져 있다. 시내 곳곳에 똥파리만 윙윙거리는 전쟁의 참상, 참으로 비참했다. 우리 중대는 한 사람의 부상자도 없이 디엠반 시 외곽까지 월맹군을 완전히 몰아내고 철수했다.

구정은 우리나라에서도 설 명절이다. 설날에도 이렇게 치열한 전투를 하는 것이 군인인가 보다 생각하면서 송장 썩는 냄새 가득한 디엠반 시내를 지나갔다.

오후가 되자 날씨는 맑고 쾌청해졌다. 자욱한 안개도 걷히고 뜨거운 태양이 작열했다. 뜨거운 태양은 월맹군 시체의 부패를 더욱 빠르게 해, 온 시내가 송장 썩는 냄새가 나는 것 같아 숨쉬기조차 힘들었다. 이렇게 송장 썩는 냄새 진동하는 전투를 치르고 난 후에 우리는 한 단계 더 용감해지고 대담한 군인이 되어 있었다.

월남의 우기, 온 세상이 물바다

🌿 1969년 3월, 일주일 내내 비가 내렸다. 우기가 시작된 탓이다. 일주일 정도 비가 계속 내리면 월남의 무더운 날씨도 기온이 내려가 썰렁해진다.

어느 날 밤, 잠을 자다 화장실에 간다고 연병장에 나와 보니 넓은 연병장에 물이 군데군데 고여 있었다. 비가 많이 내려 그런가 보다 생각하고 용변을 보고 다시 들어와서 잠을 잤다. 한숨 자고 일어나니까 의무실 벙커 안에도 물이 30cm 정도 차고 정글화가 물에 둥둥 떠다녔다.

의무실 벙커 구석에 포개놓은 C 레이션 상자도 폭삭 내려앉아 흙탕물 속에 잠겨 있었다. 아직 날이 새지 않아 그대로 야전 침대에 누워있는데 야전 침대 아랫부분에 점점 물이 차올랐다. 하는 수 없이 옷 보따리(더플백)를 챙겨 메고 벙커 지붕으로 피신했다.

벙커 지붕에 올라와 보니 온 중대 안이 흙탕물투성이로 연병장도 호수처럼 변해있었다. 중대 본부의 중대장 벙커는 물을 퍼낸다고 야단법석이었다. 중대 전체가 물에 잠기고 온 세상이 뻘건 황토물로 뒤덮여 있었다.

아직 완전히 날이 밝지 않아 함부로 움직일 수도 없었다. 수위가 점점 높아져서 벙커 안에는 들어갈 수도 없었다. 차츰 먼동이 트고 날이 밝아오는데 비는 계속 내리고 날씨는 썰렁하다 못해 추웠다. 벙커 지붕에 한참 있다 보니 추워서 견딜 수가 없었다. 연병장은 어느새 물이 허리까지 차올랐다. 모두 벙커 지붕으로 올라와 있었다.

그러나 중대 외곽 초소는 침수되지 않았다. 날이 완전히 밝은 후 주위를 살펴보니 온 세상이 누런 황톳물에 잠기고 부대 주위에 있는 모든 농경지는 물론 도로가 물에 잠겨 가로수만 남아 있었다.

부대 주변에 수십 겹 둘러싼 철조망도 물에 잠기고 어디쯤이 도로 인지 농경지인지 분간하기 힘들 정도였다. 도로가 완전히 물에 잠겼 으니 보트나 배가 아니면 움직일 수도 없었다. 그런데도 비는 내렸 다 그치기를 반복하고 수위는 점점 높아져서 두려운 마음까지 들었 다. 붉은 황톳물이 라오스 국경 쪽 정글에서 해안 쪽으로 강물처럼 계속 흘러 내려왔다.

우리가 작전 시에 정글에 버린 쓰레기(빈 깡통, 화장지)가 모두 홍수 에 떠밀려 부대 안으로 들어오는 것 같았다. 엄청난 쓰레기였다. 우 거진 숲들과 키 큰 나무들만 황톳물로 변한 호수에 떠 있는 것 같았 다. 한 폭의 그림 같았다.

우리들이 그렇게 물에 잠겨 곤란을 겪고 있는 동안 월남의 농가 는 전혀 물에 잠기지 않았다. 신라 왕릉처럼 흙을 모아 놓고 그 위 에 집을 짓고 살기 때문이었다. 왜 그렇게 흙더미를 모아 놓고 그 위 에 집을 짓고 사는지 궁금했는데 홍수가 나자 바로 의문이 풀렸다.

매년 되풀이되는 홍수인데 우리만 몰랐다. 이젠 벙커 안에는 사람이 들어갈 수 없고 C 레이션도 물에 잠겨 있으니 물속에 들어가 발로 더듬어 음식을 건져 먹어야 했다. 또 먹고 나면 배설이 문제였다. 합판으로 뗏목을 만들어 멀리까지 타고 나가서 우거진 나무 숲속에 들어가서 볼일을 보고 와야 했다.

베트콩이 모터보트를 타고 기습 공격을 한다는 소문이 나돌고 있어 추위에 덜덜 떨면서도 총은 거머쥐고 경계해야만 했다. 있는 옷을 다 껴입고 벙커 지붕에서 추위와 싸웠다. 밤에는 더욱 고통스러웠다. 이틀을 벙커 지붕에서 죽을 고생을 하고 나니 3일 만에 물이 빠지기 시작하고 태양이 구름에서 나왔다. 물이 빠지기 시작하니 빠른 속도로 빠졌다.

월남의 우기를 모르고 당하는 고통이 대단했다. 벙커 안은 완전히 질퍽한 진흙탕이었다. 대청소를 했다. 인간은 자연 앞에서는 너무나 나약하고 보잘것없는 존재였다. 자연 앞엔 전쟁도 없었다. 인간이 저항할 수 있는 것이 아니었다. 자연에 순응하며 사는 것이 인간의 도리가 아닌가 싶었다.

월남의 우기, 홍수

베트콩의 기습 박격포 공격

　　🌿 그날도 아침 7시경에 도로를 정찰하기 위해 연병장에 집합했다. 간단한 주의 사항과 중점 경계 사항을 전달받고 있었다. 연병장이라기에는 좀 그렇고 대략 400평쯤 되는 공간이었다. 연병장 주위로 중대 본부가 있고 그 옆에 의무실 벙커, 105mm 포대 2문이 있고 포대 옆에 보급(C 레이션) 창고가 있었다.

　주의 사항 전달이 끝나고 첨병 소대가 정문을 나서려는 순간, 꽝꽝 일곱에서 여덟 발의 박격포탄이 여기저기에 떨어졌다. 흙먼지가 자욱하고 순식간에 아수라장이 되었다. 나도 포탄이 떨어진다고 느끼는 순간 정신을 잃었다. 바로 앞에 박격포탄이 떨어져 흙먼지를 얼굴 전체에 뒤집어쓰고 군데군데 파편을 맞았다. 눈에는 흙이 들어가 아무것도 보이지 않고 숨도 쉬기 어려웠다.

　나는 쓰러진 채로 정신을 차리려 애썼다. 가만히 누워서 팔과 다리를 움직여보니 부러진 곳은 없는 것 같은데 얼굴은 여기저기 쓰리고 눈을 뜰 수 없었다. 나는 가만히 눈을 감고 누워있었다. 다른 병사들은 혼비백산 흩어졌다가 다시 모여 부상자를 수습하느라 바빴다. 조금 누워있으니 나를 들것에 실어 의무실로 데려갔다. 구급차 소리도 들리는 것을 보니 중상자도 있는 것 같았다.

눈에 들어간 흙먼지를 셀라인으로 씻어내자 쓰라리긴 해도 정신이 돌아오고 사물이 정상적으로 보이기 시작했다. 그리고 얼굴에 박힌 몇 개의 파편을 빼내는 치료를 받았다. 천만다행이었다. 다른 병사들도 1명만 병원으로 후송할 정도로 중상을 입었고 나머지는 경상이었다.

전 중대원이 출발하기 전 집합해 있을 때 포탄이 떨어졌다면 최악의 상황이 될 수도 있었지만, 출발한 다음에 포탄이 떨어져 그나마 부상자가 적었다. 출발 후에 일렬로 개인 간 거리를 유지하며 행군했기 때문에 베트콩의 기습 공격에도 우리는 피해가 적었다. 그런 이유로 월남에서는 집합을 거의 하지 않았다.

베트콩이 어떻게 우리가 도로 정찰 나가는 시간을 정확히 알고 박격포를 쏘았는지 이해할 수 없었다. 그래서 한시라도 마음을 놓을 수 없었다.

이렇게 박격포 공격을 받았을 때 죽지는 않고 어디 팔다리가 조금 부러지면 병원에 가서 몇 개월 쉴 수도 있으니 적당히 다치는 것도 행운이고 살아남는 방법이라고 할 수 있다. 그러나 만약에 죽는다면 다낭 102 후송 병원으로 옮겨져 화장되고 재 봉지는 비행기로 귀국하는 것이다.

군대에서는 가끔 아프거나 적당히 다치는 것도 살아남는 엄청난 행운이었다. 나는 신병 훈련소 시절에도 12주 동안 그 흔한 배탈도 한 번 나지 않았다. 그때도 배라도 아프면 의무실에 가서 편히 쉴 수 있을 텐데 하는 생각을 종종 했다. 그러나 나에게 그런 기회는 주어지지 않았다. 월남에 와서도 재수가 있는 것인지, 없는 것인지 포탄이 코앞에 떨어져도 흙먼지만 뒤집어썼다. 덕분에 그날 하루는 도로 정찰을 나가지 않고 편히 쉬었다.

월남에서는 유언비어인지 몰라도 작전에 참여하기 싫어 자기 총으로 자기 발등이나 손등같이 신체적 손상이 적을 만한 곳을 자해하고 병원에 입원한다는 소문도 나돌았다. 실제로 작전 중에 목은 마르고 수통에 물은 없고, 날씨는 끔찍할 정도로 더워 차라리 죽고 싶은 마음이 들었던 경험이 생각났다. 하지만, 괴롭고 힘들 때 잘 버텨내는 것이 군인 정신이고 사는 길이 아닌가 싶어 인내심으로 참고 견디는 것이다.

월남에는 정말 전후방이 없다. 언제 어디서 총알이 날아올지 포탄이 떨어질지 모른다. 월남에 온 지가 8개월이 넘어가고 있었다. 어느새 중고참이 되었다. 지금까지 고생한 것이 아까워서라도 살아 돌아가야 하는데 부대 내까지 박격포탄이 날아오니 안심할 수도 없다. 하늘에서 떨어지는 포탄을 어떻게 피할 수 있겠는가? 목숨은 하늘에 맡겨야지 살기 위해 발버둥 친다고 살아 돌아가는 게 아닌 것 같았다.

부대 철조망 바깥은 전부 베트콩 세상이었다. 전쟁터에서 살아남는 건 오직 행운이 따르고 신의 가호가 있어야 했다.

고엽제 살포

───────────────────────────────

🌿 어느 날 부대에서 안내 방송이 흘러나왔다. 미군이 항공기로 고엽제를 살포하니 벙커 밖으로 나오지 말라는 경고 방송이었다. 그러나 날씨는 덥고 벙커 안에만 있을 수 없어 지시대로 할 수 없었다. 벙커 바깥에 나와서 앉아 있는데 하늘을 쳐다보니 잿빛 하늘이다. 흐린 것인지 고엽제를 살포해서 그런 것인지 햇빛은 없고 하늘에서 안개비 같은 것이 솔솔 내리고 있었다. 휘발유 냄새 같기도 하고 소독약 냄새 같기도 해서 우리는 그냥 시원하게 얼굴에 맞았다. 더운 날씨에 얼굴에 안개비 같은 걸 맞으니 기분이 좋았다. 그런데 나중에 알고 보니 그것이 그 무서운 고엽제였다.

고엽제를 맞으면 고혈압, 당뇨, 백혈병, 암 등에 걸린다는 것을 귀국한 다음, 몇 년이 지난 후에야 알았다. 나는 어릴 때부터 휘발유 냄새를 좋아해서 별 거부감 없이 그 무서운 고엽제를 시원하게 뒤집어 맞았으나 그 당시는 젊어서 그런지 별다른 후유증은 없었다. 다른 월남 참전용사들 가운데 많은 사람이 고엽제 후유증에 시달리고 있다. 그 당시에는 고엽제가 인체에 그렇게 해로운지 우리들은 몰랐다.

고엽제를 살포한 직후 미군은 호이안 인근 바다에서 라오스 국경 쪽 밀림으로 함포 사격을 하고 있었다. 우리 부대는 바다와 가까운 거리에 있어 미 해군 전함에서 함포 사격하는 소리를 직접 들을 수 있었다. 쿵쿵 지축을 울렸다. 하늘에는 함포에서 발사된 포탄이 새까맣게 라오스 국경 쪽으로 날아갔다. 사거리가 짧아서 맨눈으로 포탄 날아가는 것이 보였다. 그러나 포탄이 떨어지는 소리는 들리지 않았다. 저 멀리 라오스 국경 쪽 정글 속에 있는 월맹 정규군을 향한 함포 사격이라고 했다. 고엽제도 살포하고 함포 사격도 하고 초토화하는 것이었다.

라오스 국경 쪽 하늘에는 함포 사격 때문인지 고엽제 살포 때문인지, 희뿌연 구름 같은 연기가 자욱했다. 함포 사격이 끝나고 고엽제 살포도 끝난 지역으로 우리는 미군과 합동 작전에 들어갔다. 라오스 국경 쪽으로 월맹 정규군의 보급로 차단을 위해 밀림 깊숙이 쳐들어가는 것이었다.

밀림 속으로 진격해 들어가니 울창하고 거대한 고목들의 잎이 노랗게 변색해 있고 수많은 나뭇잎이 낙엽이 되어 떨어지고 있었다. 함포 사격으로 불이 붙은 고목은 연기를 내뿜고 있었다. 나무와 숲은 겨울처럼 잎이 떨어지고 줄기만 앙상하게 남아 있었다. 그 앙상한 나뭇가지 아래에 생명체는 없었다. 야생동물도 없고 베트콩도 없고 월맹 정규군도 없었다.

우리는 밀림 속으로 종횡무진 계속 진격해 들어갔다. 다른 방향에서 미군들도 전차를 앞세워 작전 중이었고 하늘에는 코브라 헬리콥터가 지원 사격을 하고 있었다.

미군들은 작전을 개시하면, 우선 작전 지역에 함포 사격으로 초토화한 후에 전차를 앞세우고 진격한다. 그리고 직사포 부대도 같이 작전을 하며 엄청나게 막강한 화력으로 전투에 임한다. 우리는 작전 중 미군과 스쳐 지나가면서 그들의 호화로운 전투 장비를 구경하기도 했다.

미군들은 LVT(수륙양용 장갑차) 전차 안에 코카콜라도 싣고 다니면서 마신다. 물은 시원한 냉장고 안에 있다. 우리는 수통에 물도 아끼고 아껴 마신다. 함부로 마셨다가는 큰 낭패를 본다.

미군과 헤어져 송카우 강변에서 휴식을 취하고 있었다. 그때 강 건너편 숲속에 숨어 있던 베트콩이 놀라서 사슴같이 팔딱팔딱 뛰어 도망하는데 전 소대원이 집중 사격을 했지만, 정글 속으로 사라져 놓치고 말았다.

어느덧 해가 저물어 우리는 야영지를 찾아 행군 중인데 미군은 벌써 야영지를 잡고 호를 파는 대신 텐트를 치고 텐트 안에는 9인치 흑백 TV까지 켜놓고 있었다. 전쟁이 아니라 마치 호화 캠핑을 하는 것 같았다.

그 시절 야전에 9인치 흑백 TV가 등장하다니 정말 우리와의 수준 차이는 상상을 초월했다. 야전에서 모기장까지 쳐 놓은 것을 보니 우리 청룡부대 전투 장비와는 비교할 수 없을 정도로 호화스러웠다. 그들이 부러웠다.

화염

원시와 현대의 각축장

🌿 월남전에는 엄청나게 폭발력이 큰 항공 폭탄이 사용되었다. 미군들은 어마어마하게 큰 폭탄을 사용했다. 길가에 불발탄이 나뒹굴고 있으면 보기만 해도 소름 돋고 공포에 질린다. 요즘 흔히 이야기하는 미사일 같은 대형 폭탄이다. 길이가 2~3m나 되고 지름도 40~50cm 이상 된다. 폭탄의 꽁무니에는 방향키가 십자(+)로 달려있고 파손된 폭탄 내부에는 전자 회로 기판이 들어있었다.

폭탄을 투하했는데 폭발하지 않고 불발탄으로 남은 것이다. 폭탄이 떨어지면서 강한 충격으로 파손되어 내부가 드러나 있는데, 내부는 전자 회로 기판과 전선이 복잡하게 뒤엉켜 있었다. 대형 폭탄이 불발탄으로 밀림 속이나 길가에 방치되어 있으면 혹시나 폭발할지도 몰라 잔뜩 긴장해야 한다. 공포 때문에 가까이 가지도, 건드리지도 않는 것이 상책이다.

그러나 베트콩은 그런 불발탄을 주워서 미군들이 다니는 도로나 청룡 부대원이 다니는 도로변에 옮겨놓고 지뢰로 만들어 배터리를 연결해 폭발시키는 것이다. 이 대형 폭탄은 한 발만 폭발해도 파괴력이 엄청나서 몇백 년 된 고목도 뿌리째 뽑혀 몇 미터씩 날아간다.

그리고 뽑힌 자리에 큰 구멍이 생기고 소나기가 오면 물이 고여 웅덩이가 생기고 지형을 완전히 바꾼다.

한번은 작전 지역 근처에서 대형 항공 폭탄 지뢰가 폭발하는 것을 목격했다. '쿵' 하는 폭발음이 들려오고 버섯구름이 하늘로 치솟았다. 지나가던 미군 트럭이 산산조각이 나고 조각난 파편이 수십 미터 상공까지 올라가 퍼지고, 찢어진 타이어 조각이 새까맣게 하늘을 뒤덮었다. 그 트럭에 있던 미군 병사들은 어떻게 되었을지 생각만 해도 끔찍했다.

이 무서운 지뢰 폭발을 예방하기 위해 우리는 비가 오나 바람이 부나, 날이면 날마다 도로 정찰을 한다. 베트콩은 이렇게 원시적인 방법으로 미군이나 우리를 괴롭혔다. 밤에는 도로 주변의 논이나 밭에서 흙을 파서 아스팔트 위에 수북이 쌓아놓았다. 흙을 파서 도로 위로 옮긴다고 왔다 갔다 한 발자국 흔적이 길이 되어 남아 있다.

수북이 쌓아놓은 흙무더기를 아침에 도로 정찰 나가다 만나면 황당하다. 흙무더기를 조사하기 위해 공병이 출동하고 지뢰 탐지기로 조심스레 흙무더기를 조사한다. 그리고 이상이 없을 때 어떻게 치울 것인가 고민한다. 얼마 되지 않는 흙이지만 함부로 건드릴 수는 없기 때문이다. 결국, 불도저가 와서 흙을 도로 밑으로 밀어낸다.

이렇게 말로 하면 간단하지만, 불도저가 출동하려면 시간이 걸리고 그사이에 전 중대원은 사방으로 흩어져 사주경계를 해야 하고 흙무더기 하나 치우는 데 반나절이 걸린다. 흙무더기 하나 때문에 엄청난 시간 손실을 보는 것이다.

밤이 되면 월남은 베트콩 세상이다. 이렇게 야간에 준동하는 베트콩을 사살하기 위해 우리는 주로 매복 작전을 한다. 베트콩은 월남에서 청룡부대와 정면 대결을 하지 않는다. 청룡부대가 전진하면 그들은 후퇴했다. 우리가 진격하면 베트콩은 물러나고 우리가 부대에 귀대하면 야간에 부대 철조망 근처까지 따라와서 그들의 세상을 만든다.

베트콩을 생포하거나 사살한 시체를 보면, 열악한 장비와 왜소한 체격에 소총 하나만 달랑 들고 다니는 게 보잘것없어 보인다. 그러나 그들은 그곳에서 태어나 살아온 토박이들이라 지형지물에 능숙하다. 특히 체격이 작아 대나무숲 밑으로 수백 개의 땅굴을 파놓고 신출귀몰하게 동에 번쩍 서에 번쩍한다. 그들은 좀처럼 모습을 드러내지 않는다. 막강하고 화려한 미군의 공격에도 꿈쩍도 하지 않고 버텨낸다. 청룡부대가 가는 곳에도 정면 반격을 하지는 않지만, 완전히 물러나 도망가지도 않는다.

강아지와 원숭이도 키우고

🌿 전쟁터에도 한가한 날이 있고 망중한을 즐길 때도 있다. 나는 강아지를 한 마리 키웠다. 주인을 잃고 부대 내 쓰레기장을 뒤지고 있는 놈을 잡아다가 키웠다. 월남의 농촌에는 주인 잃은 가축들이 가끔 있다. 돼지나 닭도 주인을 잃고 마음대로 돌아다녀 완전히 야생화 되어 어찌나 동작이 민첩한지 그냥 맨손으로는 도저히 잡을 수가 없다. 총으로 쏘아서 잡으면 잡을 수 있지만, 처치가 곤란하다. 우리가 먹는 C 레이션도 전부 고기 메뉴인데 돼지나 닭을 잡아봐야 먹을 수가 없다. 쓸모가 없다.

강아지를 한 마리를 키우는 데는 큰 어려움이 없었다. C 레이션에 있는 햄이나 소고기, 말고기, 닭고기 같은 게 있어 먹고 남은 것들로 강아지를 키웠다. 모든 병사가 먹다 남은 C 레이션을 쓰레기장에 버리기 때문에 쓰레기장엔 음식물이 넘쳐났다.

C 레이션은 먹기 싫어도 통째로 버리는 것은 금지였다. C 레이션이 외부에 나가면 베트콩이 주워 먹기 때문이었다. 그래서 먹지 않는 C 레이션도 항상 뚜껑을 열어서 버려야 했다. C 레이션 뚜껑을 따서 버려야 하는 또 다른 이유도 있었다. 쓰레기장을 소각하면 뚜껑을 따지 않은 캔들은 폭발하기 때문이다. 여기저기서 뻥뻥 소리가

나고 파편이 튄다. 쓰레기를 소각하다 다칠 수도 있었다.

　내 강아지는 무럭무럭 자라 어느새 성견이 되어있었다. 내가 작전 나가면 내가 키우는 강아지도 쓰레기장을 뒤져서 먹고 사는 수밖에 없다. 어느 날 작전 나갔다 돌아오니 내 야전 침대 밑에 새끼를 네 마리나 낳아서 젖을 먹이고 있었다. 참으로 신기하고 대견했다. 흰색과 검은색 강아지가 어찌나 예쁘던지 우유도 먹이고 고기도 먹이고 정성껏 키웠다. 강아지는 통통하게 살이 올라 모든 병사들의 사랑을 받았다.

　강아지가 몇 개월이 되면 젖을 떼야 하는데 나는 잘 몰라서 그냥 내버려 두었다. 강아지는 통통하게 살이 쪄서 예쁜데 어미 개는 다 큰 새끼 4마리에 젖을 빨리다 보니 삐쩍 말라서 곧 죽을 지경이 되었다. 어미 개는 너무나 야위고 비실비실해서 보기가 안타까웠다. 그래서 부랴부랴 강아지를 어미 개에게서 떼어 내 분양했다. 디엠반 군청에도 한 마리 주고 모두 공짜로 여기저기 나누어 주었다. 그러나 어미 개는 끝내 기력을 회복하지 못하고 생을 마감했다.

　그렇게 해서 개를 키우는 일은 끝나고 원숭이를 한 마리 키우게 되었다. 강아지들을 분양하고 허전하던 참에 작전 중 총에 맞은 어미 등에 업혀 있는 원숭이 새끼를 가져와 지극정성으로 우유를 먹여 키웠다. 원숭이의 이름은 재순이었다. 귀여운 짓을 할 때마다 의무실 벙커는 웃음꽃이 피었다. 어린놈을 데려다 우유를 먹여 키웠더니 사람을 어미로 생각하는 것 같았다.

삭막한 전쟁터에서 즐거움을 주는 재순이가 너무나 귀여워 벙커 천정에 그네도 만들어주고 조그만 캔으로 물지게도 만들어주었더니 아장아장 지고 다녔다. 재순이는 잠잘 때 꼭 사람 겨드랑이에 꼭 끼어서 체온을 느끼면서 잤다. 불을 끄고 자도 당황하지 않고 사람과 같이 생활했다.

원숭이는 본능적으로 밀림 속으로 도망가는 습성이 있다. 항상 목줄을 해놓거나 의무실 벙커문을 닫고 실내에서만 키워야 했다. 귀국할 때 재순이를 데려올까도 생각해보았지만 10일 이상이나 배를 타고 오는데 숨겨오기가 만만치 않을 것 같아 일찌감치 포기했다.

월남에서 개나 고양이를 키우는 것은 정서적으로 도움이 되었다. 작전 나갔다 돌아오면 항상 반갑게 맞아주는 게 귀엽고 예뻤다. 그리고 주인을 알아본다는 게 얼마나 기특한지 모른다. 옛날부터 전해오는 속담 중에 짐승을 도와주면 은혜로 갚는다는 말이 있지 않은가!

대대 본부로

🌱 드디어 발령이 났다. 몇 번이나 연기 또 연기 되다가 대대 본부 의무실로 발령이 났다. 1중대 의무실에는 중사가 책임자지만 대대 본부에는 대위 군의관이 근무한다. 전년도 5월 중대로 배치된 지 거의 1년 만에 살아서 왔던 길을 되돌아가는 것이다.

전쟁이 무엇인가? 죽고 사는 게 무엇인가? 생사를 넘나드는 전장에서 정신없이 일 년이 지났다. 일 년 동안 수많은 작전을 하면서 생사고락을 같이한 동료들을 두고 나는 대대 본부로 나왔다. 월남에서는 전후방이 없다지만 그래도 대대 본부는 후방이다.

작전 지역에서 수많은 야영도 하고 헬리콥터로 공수해온 위문편지를 읽으면서 언제쯤 살아 돌아갈 수 있을까 까마득했는데, 좀 더 안전한 후방으로 발령이 나고 보니 곧 귀국하는 것만 같은 기분이 들었다.

대대 본부에는 나같이 귀국길에 오르는 사람들도 있었지만, 나 대신 중대로 들어가는 사람들도 있었다. 그런 만큼 인원도 많았고 작전뿐만 아니라 부상자 치료도 같이 해서 업무가 다양했다. 나는 예비 귀국자 명단에 올랐다. 이젠 살아서 돌아가야만 한다는 욕심도 강해지고 중대에 있을 때보다는 희망찬, 새로운 삶이 시작되었다.

대대 본부 주변에는 나이니라는 조그만 마을이 있고 민가가 몇 채 흩어져 있었다. 정문 옆 철조망 바깥엔 피난민들도 모여 살고 있었다. 대대 본부는 바다 쪽으로는 거의 사막이 펼쳐져 있었고, 육지 쪽으로는 길게 정글과 농경지가 이어져 있었다. 정글에는 띄엄띄엄 농가가 있었고 대대 정문 앞엔 다낭에서 호이안으로 가는 도로가 있었다. 도로 건너편엔 제법 큰 호수가 있어 이곳에서 수륙 양용 장갑차가 훈련을 하곤 했다.

대대 본부에서 여단 본부로 가는 길은 백사장이었다. 선인장 숲이 여기저기 군락을 이루고 얼마 떨어지지 않은 곳에 포병 대대가 있었다. 포병 대대 주위 백사장 도로에는 105mm 포탄 탄피로 도로 포장이 되어있었다. 포탄 탄피를 거꾸로 박아 포장을 한 것이다. 얼마나 포사격을 많이 했길래 탄피가 저렇게 많을까 싶은 생각이 들었다.

중대에 있다가 대대 본부에 들어오니 우선 총소리와 대포 소리가 작게 들리고 조용했다. 그리고 각 중대에서 보낸 난민들이 많았고, 작전 지역에서 데리고 온 월남 민간인들도 부대 내에서 천막을 치고 생활하고 있었다. 이들 난민을 위해 C 레이션 상자로 화장실도 지어주고 천막도 만들어주었다.

난민들은 C 레이션은 잘 먹는데 배설하는 게 문제였다. 화장실을 지어줘도 절대 사용하지 않았다. 이들은 화장실을 사용하는 데 무슨 미신 같은 게 있는 것 같았다. 화장실을 사용하지 않고 아침에 우리가 도로 정찰을 나가기 위해 철조망을 열면 전원 선착순으로 달려나가 여기저기 숲속에 흩어져 용변을 봤다. 너무도 급한 사람은 우리가 지나가는 데도 도로변에서 끙끙거리며 볼일을 보고 어린 애들은 도로변에 그냥 배설했다. 며칠 지나면 온 들판에 허연 화장지가 여기저기 나뒹굴었다.

월남 민간인들은 대부분이 맨발로 생활하고 슬리퍼를 끌고 다니는 사람도 가끔 있었다. 그들은 발바닥이 구두 밑창같이 두껍고 딱딱해서 가시 같은 게 박히지도 않을 것 같았다. 남자들의 옷차림은 너무나 허술했다. 팬티 하나 걸치면 끝이었다. 윗도리는 입지 않는 남자들이 대부분이었다. 여자들은 반대로 아래위 옷은 챙겨 입고 살았다.

대대 본부로 나오니 민간인들과의 접촉이 대단히 많았다. 부대 내에도 많이 있지만, 철조망 바깥에도 피난민들이 몰려와 살고 있었다. 대대 본부에서도 매일 반복되는 도로 정찰이 가장 큰 위험 요소였다. 그곳에도 어느 구석에 베트콩이 숨어 있는지 알 수 없었기 때문이다. 살아서 돌아가려면 한순간도 긴장을 풀어서는 안 되겠다는 생각이 들었다. 중대에 있을 때는 죽고 사는 데 그렇게 연연하지는 않았는데, 귀국일이 가까워질수록 반드시 살아서 돌아가겠다는 욕망이 강해졌다.

북한 괴뢰군의 공작

🌿 어느 날 밤 대대 본부 철조망 밖 정글에서 구성진 노랫소리가 들려왔다. 울창한 정글 속에서 한국어로 너무나 또렷하게, "양놈의 총알 방패가 되지 말고 고국으로 돌아가라." 하는 소리였다. 그리고 이어 "나의 살던 고향은 꽃피는 산골."이라는 고향의 봄을 시작으로 "앵두나무 우물가에 동네 처녀 바람났네." 등 애절하고 그리운 노래를 방송했다. 우리들의 향수를 자극해서 사기를 떨어뜨려 전투력을 상실하게 하려는 공작이었다.

북한 괴뢰군 심리전 요원이 월남까지 파견되어 대대 본부 철조망 밖에서 방송을 했다. 그렇게 한다고 마음의 동요가 있거나 슬퍼지거나 할 리 만무하지만, 그곳까지 북한 괴뢰군이 따라 왔다고 생각하니 정말 지독한 놈들이구나 싶은 생각이 들었다. 1968년에만 해도 북한이 우리나라보다 잘살았다. 방송이 시작되고 조금 시간이 지나니 방송의 진원지쯤 되는 곳에 포탄이 떨어지기 시작했다. 우리 포병 대대에서 포 사격을 가한 것이다. 쿵쿵 정글 속에서 계속 포탄이 폭발하는 소리가 들렸다. 깜깜한 정글 속에 섬광이 치솟고 굉음이 지축을 흔들었다.

한참 동안 포 사격이 계속되니 방송이 중단되고 정글 속은 고요하게 적막이 흘렀다. 희미한 달빛 아래 바람에 일렁이는 정글 속의 거대한 고목들의 그림자가 포탄을 피해 도망가는 북한 괴뢰군 심리전 요원 같았다. 초소 통신병이 포병 대대에 연락해 방송이 나오는 정글에 포 사격을 유도한 것이었다.

한동안 적막이 흐르던 정글 속에서 또다시 방송이 흘러나왔다. 양놈들의 총알 방패가 되지 말고 부모 형제가 기다리는 고향으로 돌아가라고 반복했다. 방송과 함께 구성진 노래가 다시 흘러나왔다. 또다시 포병 대대에서 포탄 세례가 시작되었다. 이렇게 수시로 방송이 들려오고 포탄 세례가 반복되면 신참들은 불안해서 뜬눈으로 밤을 새우게 된다. 나 같은 고참들은 수시로 듣던 포탄 소리라서 새삼스러울 것은 없지만, 포탄 소리는 우리가 전쟁의 한가운데 있다는 사실을 상기시켰다.

우리 포병이 포 사격을 하는 것은 그만큼 안전하다는 것이기도 했다. 자장가 같은 포 사격 소리에 월남 온 지 일주일 되는 선임 하사(윤모 상사)는 계급만 상사지 전쟁 경험이 없어 베트콩이 쳐들어오는 줄 알고 불안해서 뜬눈으로 밤을 새웠단다.

나는 편안하게 누워서도 우리가 대포를 쏘는 소리인지, 베트콩이 박격포나 로켓포를 쏘는 소리인지 구분이 되었으므로 단잠을 잘 수 있었다.

이튿날 나는 귀국 준비용 비닐을 구하기 위해 81mm 박격포 포탄 창고에 숨어들었다. 포탄 상자를 뜯고 그 안에 있는 포탄을 싼 비닐을 빼내서 귀국할 때 포장용으로 쓰기 위해서였다. 창고 안은 대낮인데도 어두컴컴했다.

포탄용 나무 상자는 너무나 견고하게 짜여 좀처럼 뜯기지 않았다. 창고 안에서 불도 켜지 않고 탄약 상자 위에 기어 올라가서 한창 뜯고 있는데, 소리가 바깥까지 들렸는지 지나가는 순찰 장교가 들어왔다. 포탄 창고가 폭발하면 어떻게 하려고 이렇게 위험한 짓을 하느냐는 것이었다. 무단으로 포탄 창고에 들어와 포탄 상자를 파손했으니 일일 영창을 살아야 한다는 것이었다.

나는 작열하는 태양 아래서 그늘 한 점 없는 뜨거운 연병장 한복판에 원을 그려놓고 그 안에서 하루를 지내야 했다. 정말 뜨거워서 죽는 줄 알았다. 1중대 근무하던 시절 도로 정찰 나갔다가 베트콩의 기습 공격을 받고 부대까지 삼십육계 줄행랑을 쳐서 되돌아와 일일 영창을 살았다. 그리고 그때가 두 번째였다.

귀국하려면 나무 상자가 필요하고 비를 맞아도 무사할 수 있도록 비닐로 싸야 하는데 어느 것 하나 스스로 구하지 않으면 안 되었다. 합판과 각목을 구해서 상자를 만들기 위해 이리저리 동분서주해야 했다.

전쟁터에서 귀국용 물품을 구하기란 쉬운 일이 아니었다. PX에 가면 전자 제품이 있었으나 그 당시 우리 집엔 전기가 들어오지 않아 가전제품은 크게 쓸모가 없었다. 귀국용 상자 두 개를 채우느라 꽤 고생했다. 그러나 부모 형제가 기다리는 고향으로 돌아가기 위해서 하는 일이라 모든 일이 즐겁고 행복했다.

월남 고참

🌱 나는 이제 귀국 날짜만 손꼽아 기다렸다. 원래 1년 근무하면 귀국하게 되어있는데 1년하고도 3개월이 지났건만 소식이 없었다. 당장이라도 귀국 발령만 나면 출발할 수 있도록 만반의 준비를 하고 매일 여단 본부 쪽 하늘을 바라보며 귀국 발령이 나기만을 기다렸다. 귀국할 때 가지고 갈 상자도 규격대로 2개를 만들어 상자에 페인트로 주소를 큼지막하게 써 놓았다. 상자에는 자물쇠를 채워놓고 쓸 만한 물건이 생기면 집어넣고 잠그곤 했다.

그런데 이게 무슨 날벼락인가? 한 날은 밤에 본부 중대에서 매복 작전을 나가는데 선임 하사(월남 신참 윤상사)가 경험이 많은 나더러 참석하라신다. 맙소사! 정말 어이가 없었다. 오늘내일 귀국 날짜만 기다리는 고참을, 월남에 온 지 일주일 남짓한 선임 하사가 매복 작전 명단에 올린 것이었다.

매복 작전에는 꼭 위생병이 참여해야 했다. 혹시나 전사자나 부상자가 생기면 응급조치를 해야 하기 때문이었다. 그러나 나는 단호히 거절했다. 하늘이 두 쪽 나도 참가하지 못한다고 했다. 월남전 의무 복무 기간인 1년이 지났고 의무실엔 신참도 많은데 왜 내가 매복 작전을 나가야 하냐고 강력하게 항의했다. 나는 작전에 너무나도 많이 참여해서 이젠 더는 참가할 수 없다고 군의관한테도 항의했다.

나는 귀국 발령을 기다리는 고참병인데 대우는 해주지 못할망정 매복 작전 명단에 올릴 수 있냐고 항의했다. 의무실 구석에 있는 귀국용 상자가 보이지 않느냐고 노발대발 큰 소리로 떠들어 대니 윤 상사는 선임 하사에게 들이대는 것은 명령 불복종, 하극상이라고 했다. 그래도 나는 조금도 후퇴 없이 계속 밀어붙였다.

나는 윤 상사에게 선임 하사님이 전투 경험도 쌓을 겸 참가하는 게 어떻겠느냐고 말했다. 내가 하도 완강하게 저항하니까 선임 하사도 당황하고 있는데 본부 중대에서는 위생병 명단을 빨리 보내라고 독촉했다. 선임 하사는 하는 수 없이 신참 1명을 참가시키고 사건은 봉합되었다. 그러나 선임 하사는 좀처럼 분을 삭이지 못하고 명령 불복종이니, 귀국해서 보자는 둥 씩씩댔다. 나는 살아서 돌아오시면 그때 보자고, 부디 살아서 돌아오시라고 했다.

귀국 시간을 넘기고 귀국 명령만 학수고대하고 있는 내가 무서울 게 뭐가 있겠는가? 매복 작전에 참여해서 어떤 일이 생길지 누가 예단할 수 있나? 나는 죽어도 더는 작전에 참여하지 않기로 마음먹었다. 대대 본부에서의 생활은 비교적 안전했다. 작전에 참여하지 않고 주로 도로 정찰에만 참여했다. 후방이라 밤이면 PX에 가서 맥주도 마시고 여유 있는 생활을 했다.

그러던 어느 날 밤 해병대 친구 3명과 벙커 안에 앉아서 잡담하고 놀면서 권총을 가지고 놀았다. 38구경 권총은 탄창을 장전하여 노리쇠를 후퇴시키면 실탄이 한 발씩 튀어나온다. 그걸 재미로 철커덕 철커덕 노리쇠를 후퇴시키고 튀어나오는 실탄을 손으로 받고 하면서 놀고 있는데 갑자기 쾅 소리가 났다. 귀가 먹먹했다.

좁은 벙커 안에서 권총 실탄이 발사되었으니 화약 연기가 자욱하고 냄새가 진동했다. 건너편 벽의 모래주머니가 총알을 맞아 구멍이 나서 모래가 흘러내렸다. 정신을 차려보니 총 맞은 사람은 없고 모두 무사했다. 천만다행이었다. 하늘이 도왔다. 귀국을 눈앞에 두고 사고가 났으면 어떻게 될 뻔했는가? 권총 노리쇠를 계속 후퇴시키다가 방아쇠를 당긴 모양이었다. 누구라도 맞았으면 죽음뿐이다.

월남에서는 총기 오발 사고가 자주 일어난다. 항상 실탄을 휴대하다 보니 조그만 실수가 있어도 사고가 난다. 1중대 시절 M16 자동소총 오발 사고에 이어 권총 오발 사고가 두 번째였다. 아찔한 순간이 또 한 번 지나갔다. 귀국 날짜도 얼마 남지 않았는데 생각할수록 아찔한 순간이었다. 조심 또 조심해야 한다고 스스로 다짐했다.

갈수록 총을 만지기가 겁이 났다. 총이라는 것은 전쟁터에서 꼭 필요한 물건이지만 아차 한 번 실수하면 저승길로 갈 수도 있고 인생이 송두리째 바뀌는 것이다.

대민 지원

🌿 대대 본부는 낮에는 평온하다. 부대 주위에 피난민들이 많이 모여 살고 있고 제법 큰 마을이 형성되어 있었다. 그러나 밤이면 나이니 마을 뒤로 이어지는 정글 속에서는 가끔 북한 괴뢰군 심리전 요원들이 장난을 쳤다. 그리고 베트콩도 박격포나 로켓포로 대대 본부를 공격했다.

대대 본부에서는 월남 민간인을 상대로 대민 지원 사업을 하고 있었다. 부대 인근 주민들에게 쌀과 C 레이션도 나누어주고 의무실에서는 부대 철조망 바깥 나이니 마을에 간이 진료소를 차려놓고 이틀에 한 번씩 월남 피난민을 진료했다.

열대 지방이라 그런지 주민들에겐 주로 피부병이 많았다. 무좀, 습진, 옴 등이었다. 그리고 신발과 양말을 신지 않고 맨발로 다니기 때문에 발에 상처가 많고 모기 등 해충에 물린 자리가 낫지 않고 염증으로 발전하는 일이 잦았다.

환자 중에는 장기간 치료해야 하는 중증 환자도 많았다. 치료를 해주어도 맨발로 다니고 상처 부위에 흙먼지나 물이 들어가 치료 효과가 별로 없었다. 생활 환경이 불결하고 위생 관념이 없어 이틀에 한 번씩 치료를 받아도 피부병은 계속 재발하고 상처는 아물지 않았다.

환자는 주로 여자와 어린애들이었다. 남자는 나이 많은 사람도 잘 보이지 않았다. 여자들이 주로 애를 업고 많이 오는데 처음에는 할머니가 손주를 업고 오는 줄로 착각했는데 알고 보니 엄마가 아기를 업고 오는 것이었다. 생활환경이 열악하고 의복은 남루하고 무척이나 야윈 얼굴에 주름이 자글자글하니 착각하지 않을 수 없었다. 아이를 등에 업고 오면 우리는 C 레이션에 있는 비스킷이나 과자 등을 나누어 주었다.

우리가 담배를 피우면 엄마들이 담배를 달라고 했다. 그래서 담배에 불을 붙여주면 엄마는 담배를 등에 업힌 어린아이에게 준다. 아이들이 너무도 자연스럽게 담배를 빠끔빠끔 피운다. 월남의 농촌에서는 어린아이가 담배를 피우면 몸에 유익하다고 믿는, 그런 미신 같은 게 있는 듯했다.

우리나라에서는 어린이들이 담배를 피우는 것은 상상도 할 수 없고 성인이 되어도 어른 앞에서 조심하는 데 반해, 월남은 어린애들이 담배를 너무나도 천연덕스럽게 잘 피웠다. 등에 업혀서 담배를 피우는 애들이 신기해서 담배에 불을 붙여주면 엄마는 등에 업힌 아이에게 담배를 계속 넘겨주었다.

대민 진료가 있는 날은 진료소 주변에 동네 꼬마들이 많이 모여들어 북새통을 이룬다. 우리가 C 레이션에 있는 과자를 나눠 주니까 그걸 받아먹기 위해서다. 나눠 주다 보면 턱없이 모자랄 때가 있다. 그냥 애들 모인 곳에 뿌려주면 그걸 집어먹기 위해 한바탕 소동이 벌어진다. 육박전이 벌어지는 것이다. 우리도 어린 시절 6·25 전쟁 때에 먹을 것이 부족하여, 미군이 던져준 비스킷을 주워 먹기 위해 목숨 걸고 덤비던 시절이 있었다.

진료받으러 오는 민간인 중에 가끔은 비교적 수준이 높은 환자도 있었다. 신발도 신고 복장도 단정하고 우리가 나누어준 C 레이션이나 과자에 대한 보답으로 바나나 상추, 월남 고추 등을 가지고 오는 환자도 있었다. 우리는 짧은 베트남어로 대화를 시도해 보지만 몇 마디 말 외에는 통하지 않고 손짓, 발짓 다 동원해도 대화는 이어지지 않았다.

평온한 것 같은 대민 진료소 일이지만 환자들 속에도 베트콩이 있는지도 모를 일이다. 항상 경계심을 늦출 수는 없었다. 우리는 3명이 진료에 참여하지만 1명은 주로 경계 근무를 했다.

대민 지원 중

포탄이 떨어지면

✿ 대대 본부에는 미군 수륙양용장갑차(LVT) 부
대가 주둔하고 있었다. 그들은 청룡부대와 합동 작전을 하거나 미
군들의 단독 작전을 지원하기 위해 주둔하고 있었는데 청룡부대의
철통 같은 경비 속에 안전하게 생활하고 있었다.

미군들의 병영 생활은 우리 청룡부대원들과 비교가 되지 않을 만
큼 호화로운 편이다. 미군은 두 종류의 집을 지어 놓고 생활했다. 하
나는 벙커다. 박격포나 로켓포의 공격에 안전하도록 반지하에 모래
주머니로 벽을 쌓고 그 위에 철주를 얹고 철주 위에 모래주머니를
여러 겹 쌓아서 포탄이 떨어져도 끄떡없이 안전하게 만들었다.

다른 하나는 스트렁백이라는 건물을 지어 놓고 생활하는데 목재
와 합판으로 집을 짓고 창문에는 방충망을 설치해 시원한 게 장점
이지만 지붕이 함석이라 포탄이 떨어지면 바로 관통할 수도 있었다.
가장 큰 단점은 하늘에서 떨어지는 베트콩의 로켓포나 박격포탄에
무방비라는 것이다. 평소에는 시원한 스트렁백에서 생활하다 베트
콩의 박격포 공격이 있으면, 벙커로 피신하는 방법으로 병영 생활을
하고 있었다.

그러나 우리는 모래주머니와 철주로 벙커만 짓고 살았다. 아무리

더워도 벙커 안에서 생활하고 가끔 바깥에 나와서 바람을 쐰다. 우리에겐 호화로운 스트렁백 같은 건물은 그림의 떡이었다. 그런 건물을 지을 자재가 보급되지 않았기 때문이다.

실내에도 야전 침대에 모기장, 9인치 흑백 TV에 정글화, 청바지, 닭털 침낭 등 온갖 물건들을 갖춰 놓고 웬만한 가정 살림살이 같이 차려놓고 살았다. 전쟁터 같지 않은 생활이었다. 그렇지만 베트콩의 박격포 공격이 있으면 잠을 자다가도 재빨리 벙커로 피신해야 했다. 우리는 이 틈을 노려서 그들의 물건을 훔쳤다. 해병대 말로 '긴바이(도둑질)' 하는 것이었다. 적당한 긴바이는 삶을 풍요롭게 했다.

어느 날 오후, 날씨는 덥고 후덥지근하게 바람도 불지 않아 벙커 밖에 나와 앉아 있는데 갑자기 베트콩의 박격포 공격이 시작되었다. 여기저기 부대 내에 포탄이 떨어지는데 우리도 벙커 안으로 잽싸게 피신했다가 베트콩의 공격이 뜸해질 때 미군의 스트렁백으로 달려가 보니 한 명도 남아 있지 않고 모조리 벙커로 도망가고 없었다. 이때다 싶어 야전 침대에 모기장, 정글화, 닭털 침낭 등을 모조리 얹어서 갖고 나왔다. 아예 야전 침대에 모든 걸 닥치는 대로 쓸어 담아 통째로 들고 나왔다. 필요한 모든 것을 단번에 해결할 수 있었다.

우리끼리는 신속하게 협조가 잘 돼서 물품 훔치는 것이 눈 깜빡할 사이에 이루어진다. 이렇게 훔친 물건을 사용하다 후배들에게 물려주기 때문에 우리 청룡부대원도 고참은 거의 야전 침대, 모기장, 닭털 침낭 등이 있었다. 미군들은 사용하던 물건을 분실하면 즉시 보충이 되는 것 같았다. 그들은 찾을 생각도 하지 않았다. 찾으려야 찾을 수도 없겠지만 우리들은 그렇게 나라를 위해서 알아서 잘 챙겨서 생활했다.

나는 어느 날 미군 스트링백 앞에서 한가하게 앉아서 놀다가 스트링백 안을 들여다봤더니 아무도 없었다. 야전 침대 옆에 누런 종이봉투가 하나 보였다. 무엇인지 궁금해서 주워왔는데 봉투 안에는 38구경 권총 1정이 들어있었다. 은박 봉투 안에 기름을 입힌 분명한 권총이었다. 아주 신품이었다.

월남에서는 총이 생명이다. 나는 이 권총이 필요할 때가 있을 것 같아 고이 간직했다. 그 이후 권총 실탄 50발까지 챙겨 함께 보관했다. 그 권총은 이 세상에서 나만 아는 비밀로 유지하고 은밀히 감추어 두었다. 그때는 총이 필수품으로 생각되었다. 귀국해도 총이 필요할 것만 같았다.

귀국 발령

🌿 기다리고 고대하던 귀국 발령이 났다. 군의관이 직접 전달해 주었다. 나의 귀국 준비는 이미 끝나 있었다. 귀국용 상자(규격 70㎝×80㎝×150㎝) 2개에는 이것저것 잡다한 물건들로 가득 채워져 있었다. 귀중한 물건은 없고 이리 뛰고 저리 뛰면서 필요한 물건으로 채웠지만 돈 주고 산 것은 소형 라디오 몇 개와 시계 정도뿐이었다.

누런 종이봉투 속의 기름칠한 신품 권총도 실탄과 함께 챙겨 넣었다. 총 하나만 있으면 세상에 두려울 게 무엇일까 싶었고 그 당시에는 총 하나만 있으면 잘살 수 있을 것 같았다. 총이 제2의 생명이니까.

월남 생활 16개월 생사를 넘나드는 고비도 많이 겪었지만, 드디어 며칠만 있으면 그리운 부모님이 기다리는 고국으로 갈 수 있었다. 너무나 감격스럽고 설렜다. 월남 파병 지원을 해놓고 후회를 했다가 '아니 잘했어.'라고 자화자찬도 했다가 혼란스러워하던 시절이 엊그제 같은데 세월이 빠르긴 했다. 드디어 영광스러운 귀국 발령을 받은 것이다.

그 지루하고 힘든 시기가 언제 지나갔는지 놀라웠다. 작전 중에 수통에 물이 떨어져 목이 말라서 아무것도 먹지 못하고 온종일 사경을 헤매던 그 시절, 그만 죽고 싶었던 그 순간도 지나가고, 총소리와 포탄 떨어지는 소리가 구분이 안 되어 헤매던 시절, 베트콩 총소리인지 우리가 쏘는 총소리인지 구분 못 해 남들이 엎드리는데도 그냥 행군하고, 어떤 때는 남들이 행군하는데도 혼자 엎드리고, 고생하던 시절이 내 머릿속을 스쳐 지나갔다.

연일 계속되는 작전에 살아갈 희망도 없고 동료 병사들을 따라다니기도 힘들어, 사는 걸 생각할 마음의 여유가 없었던 시절도 주마등처럼 스쳐 지나갔다. 벌써 귀국이라니 만감이 교차했다. 두 번의 오발 사고, 두 번의 영창 생활도 기억에 남고 두 번의 오발 사고로 동료를 다치게 하지 않은 게 정말 다행스럽게 생각되었다. 앞으로 일주일, 정말 조심 또 조심해야 한다고 마음속으로 다짐했다.

나는 귀국 기념으로 수송반 친구와 가까이 지내는 해병대 친구하고 셋이서 호이안 시내로 귀국 기념 드라이브를 하러 가기로 했다. 시원한 바람을 맞으며 군용 트럭을 타고 송카우강 다리 위를 지날 때였다. 강변에 드리워진 야자나무 그늘이 너무 짙어 대낮인데도 컴컴했다. 아, 이 아름다운 강변 야자수와 대나무숲 아래로 유유히 흐르는 강물, 그 푸른 강물에 풍덩 빠지고 싶은 심정이었다. 귀국한다고 생각하니 강기슭의 경치가 더욱더 아름답게 보였다. 그림 같은 경치에 매료되어 아! 송카우강이여 잘 있거라. 마지막 인사를 했다.

이 아름다운 풍경도 이제 마지막이구나 생각할 때 '따따 콩'하고 어디선가 베트콩의 AK 자동 소총 소리가 귓전을 울렸다. 아, 큰일 났다. 재빨리 트럭 바닥에 납작 엎드렸다. 그런데 배꼽 부분이 따끔

했다. 아이고! 총탄을 맞았다는 생각이 들어 벌떡 일어나 앉아서 배를 만져보았다. 그러나 운전병은 총성을 들었는지 못 들었는지 트럭은 여전히 쾌속 질주 중이었다.

총소리에 놀라 엎드릴 때 친구가 피던 담배꽁초가 복부에 깔려 배꼽 옆에 가볍게 화상을 입었다. 상의는 아무것도 입지 않고 방탄복만 걸치고 소총만 들고 나왔더니 벌어진 일이었다. 방탄복을 잠그지 않고 열어놓아 담뱃불이 살갗에 직접 닿아 총탄을 맞은 줄로만 착각했던 것이다. 한바탕 웃었다. 마지막 기분 내려다가 저승길로 가는 줄 알았다. 베트콩이 어디선가 강가 숲속에서 달리는 트럭을 향해 한 방 날렸는데 트럭이 워낙 고속으로 질주해서 명중되지 않은 것 같았다.

어쨌거나 우리는 호이안 시내를 한 바퀴 돌아오면서 마지막 드라이브를 즐겼다. 한순간도 방심은 금물이었다. 담배꽁초 위에 엎드린 것이 마지막 위기였다. 그날 저녁 PX에서 대대 본부 의무실 송별식을 했다.

PX에는 미군들도 많이 있었다. 우리는 전방에서 경험했던 무용담을 쏟아내며 엄청나게 시끄럽게 떠들어 댔지만, 옆 테이블의 미군들은 조용했다. 우리는 맥주를 시키면 상자 단위로 시켜서 엄청나게 많이 마셨지만, 미군들은 각자 개인이 한 캔씩 사다 조용히 대화를 나누면서 마셨다. 술 먹고 떠들고 시끌벅적하게 노는 것이 우리 문화라면, 미군들은 조용히 대화하면서 즐기는 게 그들의 문화인 것 같았다. 대대 본부에서의 마지막 밤을 즐겁게 보냈다. 다음날이면 여단 본부로 가서 귀국에 필요한 절차를 밟고 귀국하는 일만 남았다. 그리고 고국으로 금의환향하게 된다.

귀 국

🌱 여단 본부 백사장에 각자의 귀국용 상자를 2개씩 정리해 놓고, 상자 안의 물건은 모두 꺼내서 백사장에 늘어놓았다. 귀국 장병들의 물품은 검열관이 검사한 후 합격하면 다시 상자에 집어넣어 밀봉한다. 나는 은밀히 보관해 온 권총과 실탄을 백사장을 조금 파고 묻었다. 검사가 끝나면 상자 속에 넣을 계획이었다. 검사는 순조롭게 끝났다. 모두 각자의 상자를 준비된 망치와 못으로 밀봉했다.

그런데 권총을 어떻게 해야 할지 고민이 컸다. 상자 안에 넣기만 하면 집까지 무사히 가져갈 수 있을 것 같은데, 우리나라는 개인이 권총을 소지할 수 없고 총기 관리가 엄격해서 가져가도 쓸 수 없을 것 같아 망설여졌다. 옆 사람들은 상자를 밀봉한다고 망치 소리 요란한데 고민만 하고 있을 수는 없는 일, 결국 권총과 실탄은 백사장에 그대로 묻어둔 채, 상자 두 개를 밀봉하였다. 아직도 그 권총과 실탄이 백사장에 묻혀있는지 궁금하다. 깊이 묻지 않아 금세 누군가에게 발견되어 신고되었는지, 다른 사람이 발견해 가져갔는지 알 수 없다.

귀국 상자 검사가 끝난 우리는 여단 본부의 환송식에 참석한 후 귀국 장병용 트럭에 몸을 실었다. 여단 본부에서 다낭 항구까지 이동하면서 스쳐 가는 월남의 풍경이 새삼 아름답게 다가왔다. 월남에 처음 갈 때는 전쟁터로 간다는 공포감에 짓눌려 부서지고 찌그러지고 불타고 남은 전쟁의 흔적들만 눈에 들어왔는데, 일 년 동안 복구되었는지 아름답게 느껴지고 총알이 어디서 날아올까 불안하던 마음도 사라졌다. 기분이 좋아서 그런지, 적응이 돼서 그런지 날씨도 덥지 않고 상쾌한 기분으로 다낭 항구로 향했다.

다낭 항구에는 이미 귀국선이 정박하고 대기 중이었다. 귀국선에 올라타고 부두를 내려다보니 이제는 살아서 돌아가는구나 하는 생각에 날아갈 듯 기뻤다. 월남으로 갈 때는 그렇게 지루하고 초조하고 불안하고 온갖 생각으로 머릿속이 복잡했는데 귀국할 때는 시간도 잘 가고 함상 생활이 즐겁기까지 했다. 월남으로 갈 때는 없던 나의 손목에는 일제 세이코 사각 시계가 채워져 있고 신발은 미제 정글화를 신고 있었다.

갑판에서 가슴으로 시원한 바람을 맞았다. 지나가는 원양 선이나 고기잡이배들도 모두 우리의 귀국을 환영하는 듯했다. 기분이 날아갈 듯 가벼웠다. 편안한 마음으로 먹고 자며 시간을 보내는데 왜 그렇게 잠도 많이 쏟아지던지 모든 일이 그냥 즐거울 뿐이었다. 가만히 누워있어도 행복했다.

월남으로 갈 때는 선실에 있는 바둑판이나 장기를 쳐다보지도 않았는데, 올 때는 군데군데 모여서 바둑 장기를 두고 있었다. 식당에서도 끝까지 가서 디저트까지 챙겨 먹곤 했다. 갈 때는 하루하루 갈수록 날씨가 더워지고 가슴을 옥죄어 숨이 막힐 지경이었지만, 올 때는 날씨가 갈수록 시원해지고 쾌청했다. 워낙 더운 곳에서 생활하다 귀국하니 날씨가 시원한 봄 날씨 같았다. 귀국할 때가 7월 말 한여름인데도 더운 줄 모르고 오히려 서늘할 지경이었다.

아! 드디어 살아서 돌아왔다, 부산항에! 떠나갈 때 꼭 살아서 돌아오겠다고 맹세하던 그때가 엊그제 같은데, 건강하게 살아서 돌아온 것이다. 부산항 제3부두야! 안개가 자욱이 끼어 앞이 보이지 않는 부산항에 귀국선이 정박하고 갑판에서 부두를 내려다보니 안개 속에 수많은 환영 인파가 우리를 기다리고 있었다. 부두 광장 중앙에는 군악대와 여고생들이 질서정연하게 도열해 군가를 부르고 있었다. 일 년 넘게 깡마르고 새까만 피부의 월남 사람들만 보다가 하얀 피부의 여고생들을 보니 정말 예쁘게만 보였다.

"이기고 돌아왔다." "청룡부대 용사들 이기고 돌아왔다. 대한 건아들." 등이 적힌 현수막이 즐비했다. 월남으로 갈 때와 마찬가지로 많은 환영 인파가 있지만 내가 아는 사람은 없었다. 일찌감치 단념했다. 살아서 돌아오니 정말 기분 좋고 감개무량했다. 눈물 날 일도 없었다. 다치지 않고 아픈 데 없이 건강하고 씩씩하게 돌아왔으니 하루빨리 그리운 고향 부모님을 만나는 일만 남았다. 정말 날아갈 듯이 기쁘고 뿌듯했다.

일주일 내로 결혼하자는 그 순간부터 나는 혼자가 아니었다.

영원한 동반자를 만난 것이었다.

제3부

영원한 나의 동반자를 만나다

금의환향

🌿 포항 해병 사단에서 일주일간의 교육을 마치고 15일간의 휴가를 받아 고향으로 출발했다. 8월 초라 한참 뜨거운 여름이지만 별로 덥게 느껴지지 않았다. 워낙 더운 곳에 있다가 와서 그런지 아침저녁은 오히려 서늘하게 느껴졌다. 포항역에 갔더니 월남에서 가져온 상자 2개가 무사히 도착해 있었다. 천일 화물로 의령까지만 보냈다. 고향 마을까지는 배달되지 않았다.

설레는 마음으로 대구행 버스를 탔다. 그 시절 의령으로 가려면 포항에서 대구 동부 정류장을 거쳐 서부 정류장으로 가서 의령행 버스를 타야 했다. 복잡했지만 가장 가까운 길이 그 길밖에 없었다.

1년 4개월 만에 금의환향하는 기분을 누가 알겠는가? 한시라도 빨리 집에 가서 부모 형제를 만날 생각에 들떠 있는데 포항에서 대구로 오는 길에 문제가 생겼다. 문제가 생긴 것이 아니라 헌병들이 순수하고 착한 귀국 장병에게 무엇을 뜯어 먹으려고 못된 장난을 친 것이다.

경북 영천 검문소를 지날 때 헌병이 버스를 세우고 검문을 하다 나를 보더니 내리라고 했다. 헌병이 내리라고 하니 영문도 모르고 따라 내렸다. 내가 무엇을 잘못했나 생각하며 따라 내렸다. 아무리 생각해도 잘못은 없는데, 헌병이 내리라는데 그냥 갈 수는 없었다. 내가 내려야 버스가 출발한다. 갈 길도 바쁜데 하는 수 없이 내려서 헌병 초소에서 대기하고 있는데 아무런 조치가 없었다. 잘못이 있으면 잘못을 지적하고 벌칙을 가하든지 해야 하지만 갈 길이 바쁜 사람을 그냥 내리라고 해놓고는 감감무소식이었다. 나는 빨리 고향으로 달려가고 싶어 애간장이 탔다.

내 고향 의령까지 가려면 갈 길도 멀고 시골이라 버스도 자주 없는데, 정말 답답해서 미칠 지경이었다. 소중한 시간이 자꾸 흘러가는 게 애가 타서, 용기를 내서 왜 그러느냐고 물었더니 부대 마크가 없단다. 나는 황당했다. 휴가가 끝나면 해군 의무단으로 발령이 나 있고, 귀국해서 보충대에서 일주일간 교육을 받고 고향에 가는데, 군복에 무슨 부대 마크를 부착해야 하는지 알 수 없었다. 그래서 어떻게 하라는 것인지 그냥 대기만 하고 있는데 헌병들이 내 주위를 서성댔다. 왜 안 보내주느냐고 재차 물었더니 대답이 어물어물 명확하지 않았다.

시간은 자꾸 흘러가고 나는 속이 타들어 갔다. 월남에서 귀국해서 일주일 동안 교육을 받고 휴가 가는데 무슨 부대 마크를 달아야 하는 건지 재차 물었더니 눈치가 없다고 그들도 답답해했다. 또다시 침묵의 시간이 흐르고 있는데 헌병 한 명이 와서는 노골적으로 뭘 좀 주고 가라는 뜻으로 말했다. 정말 괘씸했다. 귀국하는 장병을 환영은 못 할망정 노골적으로 뭘 좀 주고 가라니 기가 막혔다. 괘씸하지만 답답한 것은 나였다. 그럼 시간 끌지 말고 처음부터 그렇게 나오든지 2시간이나 시간을 보내고 나니 정말 억울하고 분했다. 그렇지만 하는 수 없었다.

군법을 잘 모르고 빨리는 가야 하니 할 수 없이 양담배 두 보루를 주고 영천 검문소를 오후 3시에 빠져나왔다. 억울하고 분한 심정을 억누르고 서둘러 버스를 타고 대구로 향했다. 버스에서 곰곰이 생각하니 영천 검문소를 통째로 폭파하고 싶었다.

영천 검문소에서 시간을 뺏긴 나는 발길을 재촉하고 서둘렀지만, 시간이 지체되었다. 대구 동부 정류장에서 황급히 서둘러 서부 정류장으로 택시를 타고 갔으나 이미 의령행 버스는 막차가 떠난 뒤였다. 서부 정류장에 도착하니 저녁 8시가 넘었다. 긴긴 여름날인데도 이미 어둠이 깔리기 시작했다. 나는 간신히 대구와 의령 중간에 있는 신반까지 가는 막차 버스를 탈 수 있었다. 신반에 밤 10시쯤 내렸는데, 군인들이 해병대 전투복과 똑같은 얼룩무늬 전투복을 입고 카빈총을 들고 파출소 앞에서 보초를 서고 있었다. 나는 순간적으로, 여기도 전쟁이 난 건가 싶어 엄청나게 놀랐다.

나는 약간 공포에 떨며 서둘러 신반에서 고향 마을까지 가는 택시를 잡아탔다. 택시를 타고 가면서 곰곰이 생각했다. 여기도 전쟁이 났는데 나만 모르는 건 아닐까 이런저런 생각이 들었다. 뒷좌석에 비스듬히 누워 최대한 자세를 낮추고 숨소리도 죽인 채 고향으로 향했다. 고향 가는 길목에 있는 가례파출소 앞에 도착하니 밤

11시가 다 되었는데, 아차 전투복을 입은 예비군과 순경이 또 택시를 세운다. 아이쿠! 큰일 났다. 이곳에도 확실하게 전쟁이 났구나! 이젠 꼼짝없이 죽었다. 나는 바짝 긴장하고 있는데 택시 기사가 순경한테 뭐라고 몇 마디 한다.

뒷좌석에 반쯤 누워 숨어서 들으니까 월남에서 귀국하는 청룡부대 장병이라고 자랑스럽게 큰 소리로 이야기하는 것 같았다. 그러자 순경이 "수고하셨습니다." 하면서 나한테 거수경례를 했다. 나는 너무나 황송해서 몸 둘 바를 몰랐다. 마음속으로 바짝 겁먹고 위축되어 있다가 어리둥절했다. 혼이 반쯤 빠져나가고 어안이 벙벙했다가 그제야 마음이 놓였다.

그때부터 택시 기사와 대화가 시작되었다. 우리나라에도 예비군이 창설되었다는 것을 알 수 있었다. 칠흑같이 어두운 농촌의 밤, 개구리 소리 요란한, 적막이 감도는 우리 동네 앞 도로변에 나를 내려 준 택시는 횡하니 떠났다. 나는 어둠 속에서 저만치 건너다보이는 고향 집을 바라보며 긴 한숨을 내쉬었다. 휴~ 이제야 살아서 돌아왔구나! 밤은 깊어 12시가 넘었는데 논둑길을 더듬어 고향 집으로 갔다.

부모님 상봉

🌱 나의 고향 집은 동네에서 제일 앞집이다. 택시에서 내려 주변을 살펴보니 저 멀리 희미한 등불이 보인다. 그때 나의 고향엔 전기가 들어오지 않아 석유 등잔불이 전부였다. 일명 호롱불이다. 구름이 꼈는지 주위가 너무나 어두웠다.

그 시절은 새마을 운동도 시작하기 전이라 도로에서 마을로 들어가는 진입로는 논두렁길이었다. 논두렁은 볏논에 물을 가두기 위한 폭 30cm 정도 되는 조그마한 논둑이다. 그 논두렁에 콩을 심었다. 폭 30cm의 좁은 논두렁에 콩까지 심었으니 어찌 사람이 걸어 다닐 수 있겠는가? 깜깜한 밤에 논두렁길을 더듬어 겨우겨우 집 앞 냇가에 도착했다. 여름이라 홍수가 났었는지 냇물이 많이 흐르고 개울은 천길만길 낭떠러지로 패여 어디로 건너가야 물에 빠지지 않고 건널 수 있을지 혼란스러웠다.

옛날에 있던 나무로 만든 다리나 길은 떠내려갔는지 없어지고 냇물만 세차게 흐르고 있었다. 도저히 개울물을 건너갈 방법이 없었다. 돌 징검다리라도 있어야 냇물을 건너갈 텐데 어두운 밤이라 아무것도 보이지 않았다. 아래위로 한참을 헤매다 겨우 개울물을 건넜는데 개울이 너무 깊게 패어 빠져나갈 길이 없었다. 이리저리 다녀도 길은 보이지 않고 낭떠러지였다. 큰물이 나서 몽땅 떠내려가고 아직 복구 작업이 되지 않은 것 같았다.

배낭을 둘러메고 옛날 기억을 되살려 낭떠러지 한가운데를 기어올랐다. 돌맹이가 굴러떨어지는 소리에 나는 깜짝깜짝 놀랐다. 요란하게 돌맹이 소리에 꼭 베트콩이 나타날 것 같아 소름 끼치게 무서웠다. 언덕에 가만히 붙어 있어 보았다. 돌맹이 소리가 나지 않으니 온갖 벌레와 개구리 우는 소리만 요란하고 세차게 흘러가는 개울물 소리가 귀가 멍할 정도로 크게 울려 퍼졌다. 겨우 낭떠러지 언덕을 기어올랐다. 동네 입구다. 100m 정도만 더 가면 집이었다.

길가에 쭉 늘어선 버드나무가 바람에 스르르 소리를 냈다. 그리고 그 앞으로 펼쳐진 넓은 콩밭, 뽕나무 잎새 소리도 늦여름이라 바람만 불면 스르륵 스르륵 소리를 내어 스산했다. 늦여름엔 모든 나무의 잎사귀가 억세져서 바람이 조금만 불어도 스르륵 스르륵 소리를 냈다.

집 앞에 도착하니 마루 끝에 등불 하나가 고요한 밤에 외로이 나를 기다리고 있었다. 방에서는 코 고는 소리만 새어 나오고 아무도 내가 온 줄 몰랐다. 나는 어머니 불러보고 싶어도 목이 메어 말이 나오지 않았다. 어떻게 해야 할지 난감했다. 입만 벌리면 울음이 먼저 터져 나올 것 같아 끙끙대고 있는데, 어머니가 인기척을 느끼셨는지 밖으로 나오셨다. 나는 그저 부둥켜안고 울었다. 눈물의 상봉을 했다. 아버지도 일어나시고 온 식구가 단잠에서 깨어버렸다. 밤이 새도록 우리 가족은 살아서 돌아온 기쁨을 누리고 또 누렸다.

어머니는 내가 월남으로 출국하는 시점부터 집에 돌아오는 날까지 새벽마다 찬샘(찬물이 나오는 샘)에 가서 목욕재계하고 정화수를 떠놓고 무사히 살아서 돌아올 수 있게 해달라고 비셨단다. 그리고 한 달 전에 귀국한다는 편지가 도착해서 그때부터 밤마다 마루 끝에 등불을 켜놓고 나를 기다리셨다. 하도 기다려도 오지 않아서 돌아오는 길에 무슨 사고라도 난 건 아닌지 걱정이 많으셨단다. 그런데 이렇게 살아서 돌아왔으니 얼마나 고맙고 경사스러운 일이냐며 눈물을 글썽이셨다.

울다가 웃다가 밤새 이야기꽃을 피우다 깜빡 잠이 들었다. 눈을 떴다. 분명히 살아서 돌아왔다. 전날 밤 동네 앞, 개울을 건너 언덕을 기어오르면서 얼마나 고생을 했던지 날이 밝자 한 번 가보았다. 며칠 전에 태풍이 와서 엄청난 홍수로 길과 농경지가 모두 떠내려가고 사람이 다닐 수 있는 길은 형체도 없이 사라져 버렸다.

날이 밝자 동네 친척들과 이웃 사람들이 축하 인사차 찾아왔다. 내가 귀국하면 잔치한다고 막걸리를 독에 담아두셨다. 밀주였다. 동네 어른들과 막걸리를 나누어 마시며 즐겁게 놀았다. 월남에서 가져온 항공 조명탄 낙하산도 텐트 대신 마당에 펼쳤더니 모두 좋아했다. 온 동네 사람들이 그 밑에서 풍물놀이를 하면서 놀았다.

늦여름이라 아직도 무더위는 계속되었지만 나는 더운 건 고사하고 이상하게 한기가 느껴졌다. 나는 두꺼운 겨울옷을 입고 놀아야 했다. 전날 잠도 별로 못 잤는데도 동네 사람들과 어울려 노는데 피곤한 줄도 몰랐다. 그만큼 즐거움이 넘쳐나는 행복한 순간이었다.

어려운 현실 적응

고향의 8월 상순은 월남 기온보다는 서늘했다. 특히 아침 기온이 낮아 두꺼운 옷을 입어야 했다. 산골이라 그런지 물도 차갑고 기온이 낮아 적응하기 힘들었다. 아침에는 활동하기 불편하고 오전 10시쯤 햇살이 퍼지고 기온이 상승해야 활동할수 있었다. 모든 긴장이 풀린 탓인 것 같았다. 동네 사람들과 같이이야기하고 놀 때는 다른 사람들은 그늘에 앉아 놀고 나는 햇볕에앉아 놀았다.

나는 휴가 기간 내내 악몽에 시달렸다. 밤에 자는데 베트콩이 나타나 대검으로 나의 복부를 사정없이 찌르고 도망가는 꿈을 꾸었다. 대검이 나의 복부에 쑥 들어올 때는 나는 외마디 비명을 지르며잠에서 깨어났고, 잠이 들면 또 꿈이었다. 너무나 실감 나는 꿈을 꾸고 나면 잠은 도망가고 잠이 오질 않았다.

또 내가 사람을 죽였는데 살인자가 되었는지, 아니면 죽여도 되는지 밤새도록 고민하다 깨어보면 꿈이었다. 깊은 잠을 이룰 수 없었다. 수시로 잠자다 비명을 지르고 벌떡 일어나는가 하면 식은땀을흘리고 그러다 다시 잠이 들곤 했다. 밤새도록 잠을 잤는데도 악몽때문에 피곤했고 잠을 잔 것 같지 않았다. 이렇게 악몽과 싸우면서 휴가 기간을 보냈다.

휴가를 며칠 보내고 나니 월남에서 가져온 귀국용 상자가 의령에 도착했다는 통보가 왔다. 경운기를 빌려 형님과 같이 의령 천일 화물에 가서 찾아왔다. 그 시절 고향엔 전기가 들어오지 않아 배터리로 작동하는 것만 사용할 수 있었다. 라디오와 시계 같은 것은 쓸 수 있고 전기다리미, 선풍기 등은 무용지물이었다.

나는 동네 사람들과 월남에서 가져온 일제 라디오를 틀어놓고 뉴스나 연속극을 들으면서 놀았다. 그때 고향 마을엔 라디오가 한 대도 없었고 면사무소에서 보내주는 똑같은 유선 방송만 청취할 수 있었다. 이집 저집 똑같은 스피커에서 같은 소리가 흘러나왔다. 면사무소에서 방송하면 듣고 그렇지 않으면 깜깜무소식이었다. 그러나 우리 집은 내가 사 온 일제 라디오로 채널을 골라가며 방송을 들을 수 있었다.

즐거운 휴가도 며칠 남지 않았다. 물도 차고 기온도 낮아 마음대로 활동할 수 없었다. 자꾸만 추워지고 건강에 이상 신호가 와서 두꺼운 옷을 입고 체온 관리를 했다. 거울을 보니 내 얼굴이 너무나 새까맣게 보였다. 꼭 베트콩 같았다. 새까맣게 반짝반짝 빛나는 얼굴이 언제쯤이나 희게 될까 고민이 아닐 수 없었다.

월남에서야 얼굴이 검든 희든 신경 쓰지 않았는데 이젠 살아 돌아왔으니 멋도 부려야 하고 사람답게 살아야 하는데 고민이 아닐 수 없었다. 하루에도 여러 차례 세수하고 미제 다이얼 비누로 씻어도 영 희어질 기미가 보이지 않았다. 거울을 아무리 들여다보아도 치아만 하얗게 빛났다. 월남을 가보지도 않은 사람들이 나를 보고 꼭 베트콩 같단다.

며칠 전까지도 월남에서 총 들고 정글을 헤매면서 죽지 않으려고 긴장 속에서 살다가 집에 와서 죽고 사는 걱정 없이 놀고먹으니 몸과 마음이 너무나 해이해지는 것 같았다. 아직도 군 생활이 많이 남아있는데 꼭 제대한 기분이었다. 총을 메고 배낭 짊어지고, 죽느냐 죽이느냐의 갈림길에 있을 때가 군인이고 군 생활이지, 그런 죽고 사는 걱정이 없으니 힘이 빠졌다.

며칠 쉬고 나니 무기력해지고 오히려 더 피곤해지는 것 같았다. 월남과 기온 차로 활동도 불편하고 귀국해보니 옛날 동네에 몰려다니던 친구들은 모두 군에 가고 없었다. 군에 갔다 와서 제대한 친구들은 취직하러 떠나고 이젠 맞장구치고 놀아줄 친구도 없었다. 귀국만 하면 희망에 차 즐겁고 바쁘게 지낼 줄 알았는데, 며칠 쉬고 나니 꿈도 희망도 사라지고 남은 군 생활이 신경 쓰였다. 자꾸만 허탈해졌다.

살찌는 보약

🌱 나는 귀국 휴가를 마치고 해군 의무단에 복귀했다. 신병 훈련소 수료 후 의무병과를 택해서 해군 병원에서 근무할 것을 기대했는데 해병대 파견근무만 하다 제대 말년이 되어서야, 친정으로 돌아온 것이다. 나는 다시 해군 병원에서 해군 병원 분원으로 파견되어 근무하게 되었다. 분원은 그 유명한 진해 벚꽃장 옆에 있었다.

나는 해군에 입대해서 의무병이 되었지만, 병원에는 처음 근무하게 되어 신병 같은 기분이 들었다. 해병대에서 월남전까지 참전하고 야전에서 주로 근무했으니, 병원 근무는 생소하고 서툴렀다. 분원은 군인 가족들을 치료하는 곳이었다. 민간인들의 출입을 쉽게 하려고 정문은 시내 방향, 바로 벚꽃장으로 통하게 되어있었다. 낮에는 군인이지만 근무시간 이후에는 민간인같이 생활할 수 있어서 좋았다.

해군 병원 분원은 정문 경비가 자체 경비다. 나는 월남 참전용사이기도 하지만 고참이었다. 정문 경비 같은 것은 아예 서지 않았다. 밤에 정문을 나서면 군항제로 유명한 진해 벚꽃장 길 양쪽으로 포장마차가 줄지어 있었다. 내가 분원으로 파견된 시기가 벚꽃장 개장을 하는 4월이었다. 낮에는 각자 맡은 바 업무에 바쁘지만, 퇴근 후엔 벚꽃장을 누비며 즐겁게 지냈다.

분원에는 내과, 외과, 이비인후과, 치과, 산부인과가 있었다. 나는 치과 보조원으로 배치되어 박 모 소령과 근무했다. 치과 업무는 오후 5시면 끝났다. 치과 과장은 퇴근길에 꼭 나와 시내로 가서 식사하고 따끈한 청주를 즐기는 애주가였다. 나도 술이라면 싫어하지 않아 파트너 노릇을 확실히 했다.

어느 날 오후 산부인과 보조원으로 있는 동료 병사가 아기 태반을 싸 들고 와서는, 근무 후 벚꽃장 포장마차 참새구이 집에서 철판에 구워서 소주 한잔하자고 했다. 아기 태반을 먹으면 살이 통통하게 쪄서 사장같이 된다는 것이다. 그 당시 우리들의 체중은 60kg이 넘는 사람이 드물었다. 그 시절에는 살찌는 것이 소원이었다. 아기 태반은 피를 싸고 있는 보자기인데, 아무리 빨아도 계속 피가 나왔다. 이 태반을 세면장에서 얼마나 빨았던지 아기 태반이 하얀 빨래같이 되었다.

우리는 그것을 싸 들고 퇴근 후에 벚꽃장의 참새구이 집으로 가져갔다. 포장마차 주인이 무슨 고기냐고 물었지만 묻지도 말고 따지지도 말고 구워달라고 했다. 철판에 노릇노릇 구웠지만 좀처럼 젓가락이 가지 않고 먹고 싶지도 않았다. 셋이서 서로 먹지 않고 미적거리다 누가 먼저랄 것도 없이 거의 동시에 소주 한 잔을 마시고 한 점씩 집어 먹었다. 식감이 좋지 않았다. 질기기도 하고 목구멍으로 넘어가질 않아 억지로 소주와 함께 삼켰다. 세 사람은 사장님같이 살이 찔 것이라는 희망을 품고 한 점 한 점 삼켰다. 아무 맛도 없거니와 먹을수록 속이 불편하고 메스꺼웠다. 속이 뒤틀리고 기분이 좋지 않았다.

그래도 사장님같이 배가 불룩하게 나올 것을 생각하며 꾹 참고 거의 다 먹어갈 무렵 한 명이 슬그머니 포장마차 바깥으로 나갔다. 남은 둘은 소변보러 갔겠지 하고 앉아 있는데 어렴풋이 밖에서 '어~억' 소리가 났다. 분명히 토하는 소리였다. 나도 속이 울렁거려 토하고 싶었지만 먹은 것이 아까워 억지로 소주로 눌러서 참고 있는데 바깥에서 들려오는 소리에 갑자기 속이 확 뒤집혀 올라왔다. 도저히 참을 수가 없어 둘은 서로 얼굴을 마주 보는데, 도저히 더는 버틸 수 없다는 듯이 나를 쳐다보았다. 그래 우리도 버리자. 포장마차 뒤에 셋이 다 모였다. 먹은 것을 깨끗이 토해냈다. 다 버리고 나니 속이 개운했다.

사장님같이 살쪄보겠다고 억지로 먹었지만 결국 실패했다. 빨아도 계속 피가 나오는 태반을 씻은 것이 억울했다. 먹기만 하면 살찐다는 말에 억지로 삼켰는데 계획대로 되지 않았다. 먹는다고 고생하고 먹은 것 버린다고 고생하고 결과는 엉망이었다. 우리는 다시는 그런 짓을 하지 않기로 했다.

해군 의무단

닭장 신세

분원 근무는 일과 시간이 끝나면 자유로운 분위기였다. 밤이면 사복을 입고 진해의 중심가인 중앙극장 골목을 누볐다. 그 시절 진해 중앙극장 골목은 젊은이들의 공간이었다. 우리는 거의 매일 저녁 거리를 활보하고 다녔다.

하루는 시내 음식점에서 우리 일행들의 회식이 있었다. 술이 거나하게 취하고, 한창 분위기가 무르익을 때 동료 한 명이 화장실을 다니러 갔다. 화장실을 갔다 오다 하얀 와이셔츠에 넥타이를 맨 사람과 어깨가 부딪혀 시비가 붙었다. 사소한 시비가 큰 싸움으로 번졌다. 그쪽에도 동료가 있어 양측은 패거리 싸움이 되었다. 아무것도 아닌 것을 가지고 술에 취해 서로 죽기 살기로 덤비다 보니 분위기가 험악해졌다.

옆방에서 술을 마시던 그쪽 친구들은 해군 법무관들이었다. 그들은 3명인데 숫자에 눌려 불리하니까 자기들이 법무관이라고 신분을 밝혔지만, 우리 일행 7명은 공갈친다고 무시해버리고 실컷 두들겨 팼다. 우리 일행은 몽땅 그 팀의 방으로 가서 술상을 뒤집어엎고 육박전을 벌였다. 출입문이 박살 나고 난장판이 되었다. 우리는 이럴 때 법무관 놈들의 버르장머리를 고쳐주어야 한다고 세차게 밀어

붙이니 그들은 전부 도망가고 그렇게도 거칠고 난폭하게 날뛰던 우리 일행도 모두 사라지고 사방이 갑자기 조용해졌다.

우리 일행 일곱 명 중에 달랑 촌놈 두 명만 남고 모두 사라졌다. 남은 두 명은 조용해졌으니 먹다 남은 술을 마저 즐기기로 하고 다시 자리를 잡고 앉았다. 둘이 마주 앉아 아무 일도 없었던 것처럼 기분 좋게 한 잔 더 하는데 갑자기 헌병이 들이닥쳤다. 술김에 봐도 헌병은 확실했다. 헌병의 하얀 헬멧이 술 취한 눈에도 확연했다. 술 마시고 행패 부린다고 식당 주인이 헌병대에 신고한 모양이었다.

약삭빠르고 눈치가 있는 놈들은 모두 도망가고 순진한 촌놈 둘만 남아서 한잔 더 하고 간다고 앉아 있다가 헌병대에 붙들려가게 된 것이다. 밖으로 끌려나가니 헌병대 백차가 대기하고 있었다. 조수석에 올라탔더니 건방지게 앞 좌석에 탄다며 뒷자리로 가란다. 호루라기 소리 삑삑 나고, 헌병이 여럿이 부축해주니 정신이 얼떨떨하고 혼미했다. 어떻게 되는 건지도 모르고 시킨 대로 뒷자리에 올라탔다. 술은 취했겠다, 헌병 백차를 타고 12월 겨울밤 진해 시가지를 달리는 기분도 괜찮았다. 잠깐이지만 기분이 좋았다.

헌병대에 끌려간 두 사람은 바깥 찬 공기에 있다가 난로를 피워 후끈한 실내에 들어서자 갑자기 취기가 빠른 속도로 올랐다. 헌병 중대장이 차렷하는데 차렷이 되지 않았다. 중심이 잡히지 않아 자꾸만 넘어지고 비틀거렸다. 차렷하면 보내준다는데도 차렷 자세가 되지 않았다. 하는 수 없이 닭장으로 들어갔다. 닭장은 철망 안에 가두어 놓는 임시 구금 시설이다.

허리띠 풀고 신발 벗고 들어가서 한잠 푹 자고 깨어보니 새벽녘인데 얼마나 추운지 온몸이 덜덜덜 떨리고 추워서 죽을 지경이었다. 너무 추워서 얼어 죽는다고 소리소리 질러도 헌병 중에서 대꾸하는 놈이 하나도 없었다.

헌병대와 내가 근무하는 분원은 200m 거리였지만 그렇게 추워서 고생을 하는데도 대책이 없었다. 평소에는 헌병들도 치료차 분원에 들락거리고 사이가 좋았지만 아무런 소용이 없었다. 밤새도록 죽을 고생을 하고 아침에서야 신원을 파악해보니 해군 병원 분원에 근무한다니까 '진작 이야기를 했어야지.'라는 것이다. 하지만 때늦은 후회였다. 전날 밤에 보내줄 수도 있었는데 분원에 근무하는 줄 몰랐다는 것이다. 그리고 닭장 맛을 한 번은 봐야 다시는 오지 않으려고 한다는 것이다.

다른 놈들은 모두 도망가고 촌놈 둘만 걸려서 밤새도록 톡톡한 대가를 치르고 나서 내린 결론, 다시는 술 먹고 싸움도 하지 말아야 하지만, 싸움이 나더라도 헌병이 출동하기 전에 재빨리 삼십육계 줄행랑쳐야 한다는 것을 한 수 배웠다.

친구 결혼식

🌱 나와 같이 해군에 입대한 동네 친구가 현역 군인이던 1969년 겨울에 결혼했다. 나는 토요일 외박을 나와서 일요일 친구 결혼식에 우인 대표로 참석하고 일요일 오후 부대로 귀대할 예정이었다. 그때 참석자는 네 명이었는데 두 명은 해군이고 한 명은 공군, 한 명은 민간인이었다.

우리는 군복 차림으로 결혼식에 참석했다. 식이 끝나면 간단한 피로연에 참석하고 일찌감치 부대에 복귀할 예정이었다. 결혼식은 의령 신붓집 마당에서 전통 혼례식으로 성대하게 치러졌다. 결혼식이 끝난 후 피로연이 시작되었는데 진수성찬으로 차려진 잔칫상에서 술을 얼마나 마셨는지 기억이 나지 않는다. 말 그대로 필름이 끊겼다. 우리 동네 또래 친구들 가운데서 처음 하는 결혼식인데, 친구로서 갖추어야 할 예의와 격식 같은 것은 아무것도 모른 채 그저 죽지 않을 만큼 술을 마신 모양이었다.

군인이라는 신분도 망각하고 부대에 복귀해야 한다는 것도 까마득하게 잊어버리고 해가 져서 어두울 때까지 계속 마신 것이다. 그래도 한 가닥 희망이 있었다. 군인 정신이었다. 군인이니까 부대에 귀대해야 했다. 누가 가라고 지시를 했는지 스스로 나섰는지, 일단 그 집을 나와서 출발했다. 이미 날은 어두워지고 술은 너무나 취했는데 본능적인지 머리에 메모리가 되어있었는지 꿀벌이 벌집 찾아가듯이 부대가 있는 진해로 찾아간 것이 생각할수록 신기했다. 완전히 필름이 끊겨 기억이 없다.

겨울이니까 해군 외투도 입었는데 신붓집에 벗어두고 가방 안에 모자와 상의, 외박증이 다 들어있는데, 가방을 통째로 신붓집에 두고 몸만 빠져나와 진해(부대)로 찾아간 것이었다. 군인이 모자도 안 쓰고 외투도 입지 않고 꼴이 말이 아니었을 것이다. 어떻게 찾아갔는지 버스 정류장으로 갔다. 다행히 마산으로 가는 버스가 대기하고 있었다. 마산으로 가서 진해로 넘어가야 하니까 일단 마산으로 가야 했다. 버스는 겨울이니까 난방을 틀어놓고 대기하고 있었다.

버스 문을 열고 올라서는데 버스 안 공기가 후끈후끈했다. 공기가 따뜻하니까 그때까지 마신 술이 한꺼번에 '어억 쫘악' 하고 구토가 나왔다. 출입문 맞은편 의자 밑으로 바닥에 질펀하게 사정없이 쏟아냈다. 그 향기로운 냄새에 놀라서 의자에 앉았던 손님이 잽싸게 뒤편으로 도망갔다. 나는 손님이 피해서 도망간 그 자리에 쓰러지듯 앉아서 그대로 잠이 들어버렸다. 그 자리에 쓰러진 것까지만 기억에 남고 그 뒤로는 아예 생각이 나지 않는다. 그리고는 얼마나 잠을 잤는지 어쨌는지 하여튼 찬바람이 쫘~ 몰려 들어와서 아차 정신을 차려 눈을 떠보니 마산 버스 정류장에 도착한 것 같았다.

손님이 모두 내리고 있었다. 깊은 잠을 자다 깨어 아직도 사물이 똑바로 보이지 않는데 내려야 한다는 것까지는 알 수 있었다. 바짝 정신을 차려보니 어둠 속 어디론가 사람들이 흩어졌다. 나는 방향을 모른다. 그리고 내린 곳이 어딘지도 몰랐다. 어디로 가야 할지도 몰라 비몽사몽 꿍꿍대고 있는데, 그때 바로 앞에 하얀 해군 모자를 쓰고 가는 사람이 보였다. 무조건 따라붙었다. 다른 생각할 겨를이 없었다. 놓치면 큰일이다. 그 사람을 따라가야 했다. 그 사람이 서울로 갔으면 나도 서울로 갔을 터였다.

그 사람의 하얀 해군 모자를 죽기 살기로 따라갔더니 한참 가다가 또 다른 버스를 탔다. 나도 탔다. 저 사람이 해군이니까 진해로 가겠지, 무조건 믿고 따라갔다. 차표는 무임승차를 했는지 어떻게 구했는지 기억이 없다. 아마도 무임승차를 한 것 같았다. 차를 타자마자 또 의자에 처박혀 잠이 들었다. 잠이 들었는지 기절을 했는지 기억이 없을 뿐이다.

어떻게 되었는지 또 찬바람이 쏴~ 몰려와서, 눈을 번쩍 떠보니 이젠 정신이 조금 드는데 버스는 통로에까지 손님이 빽빽하게 들어서서 초만원이었다. 뒤쪽 중간쯤에서 잤는데 찬바람이 들어와서 정신을 차려보니 그때 아이코 큰일 났구나! 진해 마산 사이 마진 터널 입구 검문소에서 헌병이 검문 중이었다. 헌병이 앞에서 차례차례 신분증, 외출증을 확인하고 들어오고 있는 것이 아닌가?

그 찰나에 마셨던 술이 소변이 되었는지 오줌통이 터질 지경이었다. 얼른 일어나 뒷문으로 내려 멀리 갈 틈도 없이 버스 뒤에서 버스를 붙잡고 한참 열심히 실례하는데 소변 양이 너무 많아 멈출 수가 없었다. 술도 많이 마셨지만 몇 시간이나 소변을 하지 않았기 때문이었다.

아직 소변도 끝나지 않았는데 버스가 슬금슬금 움직였다. 소변도 마무리되지 않은 채 끊고 버스를 손으로 탕탕 쳤다. 그러니까 버스가 섰다. 잽싸게 버스에 올라탔다. 타고 보니 헌병 검문이 끝나 나는 무사히 헌병 검문소를 통과할 수 있었다. 헌병은 검문을 마치고 초소로 들어가면서 버스 뒤에 있는 나를 발견하지 못했고 더욱이 밤이니까 발견되지 않았을 것이다.

그날 그 악명 높은 마진 검문소를 통과한 것은 소변 덕분인데 기막히게 타이밍이 맞았다. 워낙 소변이 급해서 버스 뒤에서 버스를 붙잡고 소변을 해서 망정이지 소변 하러 멀리 갔으면 버스를 놓쳤을 수도 있고, 그도 아니면 검문에 걸려 감방에 가는 일이 벌어질 뻔한 사건이었다. 두고두고 생각해도 희한한 일이었다.

마진 헌병 검문소는 철저한 검문으로 유명한 곳이다. 터널 입구에 자리 잡고 있어서 피해갈 길도 방법도 없다. 외출, 외박, 휴가 군인들이 왕래할 때 복장 위반이나 외박, 외출 휴가증을 철저히 조사한다. 조그마한 잘못이 있어도 단속 대상이다. 나는 아무것도 없이 군복도 제대로 입지 않고 맨머리에다 맨손이었다. 모자도 쓰지 않고 외박증도 없고 외투도 입지 않았다. 나는 무사히 진해 버스 정류장에 내렸다. 이제는 조금 정신이 들어 방향감각을 회복했다.

택시를 잡아타고 부대에 도착하니 정문에서 근무 서는 졸병 놈이 위병소에 엎드려 졸고 있었다. 일요일 밤이라 조금은 정신 상태가 해이해질 수도 있겠지만 그래도 그렇지 하늘 같은 고참이 들어오는 줄도 모르고 졸고 있다니 말이 되나 싶어 좌석식 전화기의 수화기로 머리통을 한 대 갈겼더니 수화기가 박살 났다. 위병소 수화기를 박살 냈으니 큰일이지만 아직도 술이 덜 깨서 정신이 몽롱하고 제정신이 아니었다. 에라, 모르겠다. 내무반에 들어와서 잤다.

아침에 일어나니 머리가 너무 아프고 무겁고, 어제 일이 가물가물했다. 기억이 났다 안 났다 하는 것을 보니 혹시 사고라도 쳤나 싶어 걱정되었다. 정신이 들면 들수록 점점 괴로워졌다. 전날의 기억이 토막토막 되살아났다. 정신이 똑바로 돌아올수록 복잡해졌다. 전날 저녁 위병소에 들어오면서 수화기를 박살 낸 것이 기억이 났다. 어렴풋이 기억이 되살아나면서 위병소에 나가봤더니 졸병 놈이 검은색 테이프로 조각조각 기가 막히게 잘 맞춰놓았다. 미안하다고 사과하고 위로했다.

그날 우인 대표로 갔던 친구들은 함께 피로연에 참석했지만 어떻게 헤어졌는지도 기억이 없고 신붓집에 무슨 실수를 얼마나 저질렀는지도 모른다. 항상 미안한 마음뿐이다.

지금도 이야기한다. 친구야, 너 결혼할 때 우인 대표로 참석했다가 술을 너무 많이 마셔 제정신이 아니었고 맨몸으로 부대에 복귀하면서 악명 높은 마진(마산과 진해) 헌병 검문소를 절묘하게 통과했던 일이 기적에 가깝다고 자랑스럽게 이야기한다.

참전 용사답게

🌱 나는 월남전 참전용사라는 게 자랑스러웠다. 청룡부대의 일원으로 월남 전쟁에 참전하고 무사히 귀대했으니 어깨가 으쓱해질 때도 있었다. 그 당시는 젊은 기분이라 뭔가를 으스대고 싶었다.

해군은 의무병과가 아니면 월남전에 참전할 기회가 없었다. 나는 전쟁을 경험했다는 자부심에 기회만 있으면 전쟁 이야기를 했다. 우리 세대도 전쟁을 모르는 세대라 전쟁 이야기를 하면 재미있게 들어주었다. 그래서 항상 주위에 동료들이 모이고 술좌석이 벌어지면 나의 월남전 참전 무용담(武勇談)을 풀어놓느라 다른 사람들은 이야기할 기회가 별로 없었다. 나는 이때 제대 날짜도 얼마 남지 않은 고참이라 군대 생활이 꽤 자유로운 시기였다.

그날도 토요일이라 부대에 있어 봐야 따분해, 외박증을 끊어 진해에서 마산으로 넘어왔다. 마산 버스 정류장 부근에서 동료들과 술을 마시고 놀았다. 군인들은 지갑에 돈이 적으니, 싸구려 막걸리를 마셨다. 그런데 의령까지 가야 하는데 차비도 한 푼 남기지 않고 지갑을 탈탈 털어 술을 마셔 버렸다. 고향 가는 길에 무임승차할 계획이었다.

우리는 마산 버스 정류장에서 각자 고향으로 가면서 헤어졌다. 나는 의령으로 가는 버스를 탔는데 차장이 차표 개찰을 했다. 나는 차표 개찰이 끝날 때까지 버스에서 내려 눈치만 보다가 버스가 출발할 때쯤 다시 승차했으나 차장이 차표를 보자고 했다. 의령에 가서 줄 테니 조용히 그냥 가자고 했다. 차표 개찰에 순순히 응하지 않았다. 차비가 없었다.

차장의 불쾌한 기분이 얼굴에 쓰여 있었다. 이놈 내릴 때 보자는 식으로 인상을 쓰고 의령까지 왔다. 의령 버스 정류장에서 다른 사람들은 모두 내려주고 차장이 나만 가로막고 못 내리게 했다. 차비가 한 푼도 없었다. 마산에서 막걸리 마시고 돈이 없으니 오늘 딱 한 번 눈감고 선처를 바란다고 통사정을 해도 막무가내로 내려주지 않았다.

나 혼자 버스 안에 갇혀 있으니 창피하기도 하고 성질이 슬슬 났다. 다시 한 번 내리자고 사정을 해도 통하지 않았다. 인내심을 가지고 내가 월남 참전용사인데 오늘 술을 마시다 보니 돈이 떨어졌으니, 한 번만 봐달라고 사정해도 그냥 문을 가로막고 내려주지 않았다. 마산서 친구들과 먹은 술이 아직 깨지도 않았는데 차장이 성질을 건드린 것이다. 이젠 나도 화가 머리끝까지 치솟았다. 그 순간 "비켜!" 하면서 차장을 밀쳐 처박아 버리고 강제로 내렸다. 차장이 고래고래 소리 지르면서 달려들고 운전기사와 매표소 직원이 나오고 난리가 났다. 버스 기사는 나를 붙잡고 차장을 폭행했다고 들이댔다. 나는 그냥 내린 것뿐이고 폭행은 무슨 폭행이냐고 소리 질렀다.

버스 기사와 나는 시비가 붙었다. 버스 기사가 먼저 나의 멱살을 잡았다. 나도 잡고 늘어지며 엉겨 붙었다. 나는 "야! 이놈아 파월 장병, 역전의 용사를 몰라보느냐? 감히 누구의 멱살을 잡느냐?" 소리지르며 버스 앞을 가로막고 비켜주지 않았다. 버스 기사가 먼저 나의 멱살을 잡았으니 사과하고 용서를 빌면 비켜주겠다고 하면서 버스를 출발시키지 못하게 가로막았다.

그 시절 월남에 갔다 온 참전용사들이 조금 으스대던 시절이었는데 그때 딱 걸렸구나 싶었다. 청룡부대 참전용사를 뭐로 알고 함부로 대하느냐고 떠들어대니까 주변에 있던 해병대 예비역들과 길 가던 사람들이 나를 해병대인 줄 알고 꾸역꾸역 모여들었다. 버스 앞에서 내가 비켜주지 않고 난동을 부리는 바람에 의령 중심가 상, 하행 도로가 꽉 막혀 버렸다. 구경꾼들이 구름같이 모여들어 주변 일대가 아수라장이 되었다. 차가 한 대도 지나갈 수 없으니 구경꾼들은 더욱 많아지고 교통이 마비되었다.

그 당시는 우회도로가 없던 시절이었다. 의령 시가지를 통과하는 길이 외길이었다. 지나가던 월남 참전용사 한 명이 말리는 척하고 끼어들더니 나더러 잘한다, 통쾌하게 본때를 보여주라고 격려했다. 도로가 막혔으니 구경꾼은 많아지고 주변 시장에서 장사하던 해병대 예비역들이 청룡부대 명예를 위해서 '화이팅' 하면서 힘을 실어주었다.

나는 버스 기사와 차장이 와서 정중히 용서를 빌고 사과하면 길을 비켜주겠다고 큰소리로 외쳤다. 나는 해병대 예비역들과 한 덩어리가 되어 월남에서 목숨 걸고 싸웠는데 대우가 이렇게밖에 안 되냐고 생각나는 대로 떠들었다.

처음 시작할 땐 나 혼자 버스 앞을 가로막았는데 이제는 해병대 예비역들이 모여들어 청룡부대의 명예를 위해 한판 싸우는 모양새가 되었다. 왜 이렇게 판이 커졌는지 누가 누굴 어떻게 하겠다는 건지 모르게 되었다. 수십 명이 한 덩어리가 되어 버스 앞을 가로막고 버스 기사와 차장은 나와서 사죄하라고 외쳐댔다.

나는 버스 앞에서 한 발짝도 비켜주지 않고 계속 버텼다. 어떻게 소문을 들었는지 청룡부대의 월남 참전용사가 난동을 부린다고 소문이 나서 해병대 예비역들이 술과 안주를 갖고 와서 나누어 먹어가면서 소리 지르고 떠들어댔다. 이제는 누가 주동자인지 왜 시비가 붙었는지도 분명하지도 않고 해병대 예비역들과 버스 앞에서 군가를 합창하고 야단법석이 났다.

교통이 마비되었으니 경찰서에서도 심각하게 생각하고 경찰도 여러 명이 배치되었다. 그러나 경찰도 버스 관련 그 누구도 나에게 접근할 수가 없었다. 해병대 예비역들이 나를 둘러싸고 보호막을 쳐놓고 있었다. 옆에서 계속 나에게 술을 먹였다. 주는 대로 계속 마셨더니 이젠 술도 너무 많이 취하고 피로도 몰려오는데, 언제까지 이렇게 해야 하는지 출구가 보이지 않았다. 큰소리 뻥뻥 치다가 그냥 조용히 끝내고 사라질 수도 없는 진퇴양난이 되었다. 어떻게 명예롭게 빠져나가야 하는데 명분이 없었다. 그냥 술 취한 김에 군가나 부르고 소리소리 지르고 있었다.

그 시절 경찰서에서는 우리 집 대문에 파월 장병 가족이라는 명패를 붙여놓고 관리하던 시절이었다. 교통이 마비되고 사태가 심각해지니 경찰에서 나의 신상을 파악한 모양이었다. 내가 귀국은 했지만 얼마 전까지만 해도 파월 장병 가족 문패를 달아놓고 관리하던 집이라 내가 누구인지는 파악하고 있었다.

나는 고향 집까지 가려면 아직 30리 길을 더 가야 했다. 사실 수중에 돈이 한 푼도 없는 실정인데 큰소리만 치고 있었다. 해병대 예비역 전우들의 응원만 없었다면 이렇게 판이 커지지는 않았을 것인데 마음속으로 점점 걱정되었다. 해병대 전우들은 기세등등해서 나보다 더 군가를 크게 부르고 소리치며 나를 응원했다. 경찰도 나를 어떻게 제지하고 집으로 보내려고 했겠지만 현역 군인이니까 뾰족한 묘수가 없었던 것 같았다. 주객이 바뀌어 나는 이젠 조용해지는데 옆에서 더더욱 날뛰었다.

이젠 힘도 빠지고 점점 피곤해지는데, 갑자기 고향 집에 계셔야 할 어머니가 내 앞에 나타나셨다. 분명히 어머니였다. 어머니가 여기서 왜 이런 짓을 하느냐, 빨리 집으로 가자고 하셨다. 경찰이 나를 집으로 보낼 방도를 생각하다 어머니를 모시고 온 것 같았다. 나는 어머니가 어쩐 일로 여기 오셨냐고 물었더니 경찰이 아들이 술에 취해 의령에서 도로를 가로막고 있으니 빨리 데리러 가자고 해서 왔다고 하셨다. 그렇지 않아도 빠져나갈 기회가 없어 전전긍긍하고 있는데 정말 다행이다 싶었다.

　나도 몇 시간 떠들고 나니 피곤하고 지쳤다. 그리고 집에 가야 하는데 차비도 없는 형편에 잘됐다. 빨리 빠져나가자. 나는 어머니 손에 이끌려 사람들을 헤치고 나왔다. 사람들이 보기에는 꽤 효자인 것처럼 보였을 것이다. 어머니 손에 이끌려 나오니까 경찰 지프가 대기하고 있었다. 나는 어머니와 경찰 지프를 타고 의령에서 고향 집까지 왔다. 구세주가 따로 있나? 그때 어머니가 나타나셔서 차비도 없는 나를 데리고 집으로 온 것이었다.

　파월 장병 용사라고 의령 최대의 교통마비를 일으켰으니 소문이 크게 났다. 의령 시장통에서 조금 논다는 사람들은 나를 알아보게 되었다. 그 이후 내가 의령 버스 정류장에 나타나면 매표소 직원이나 차표 개찰하는 친구들 모두가 나를 극진히 형님이라고 불렀다.

　세월이 흘러 나도 결혼을 하고, 어느 날 마누라와 택시를 타고 처가를 가는데 택시 기사가 나를 알아보고 형님 어디 가시느냐고 인사를 할 정도로 유명해졌다. 그때 버스 차표 개찰하던 친구가 세월이 흘러 택시 기사를 하고 있었다. 마누라 보기에는 좀 점잖지 못한 것 같았을 것이다. 깡패 출신도 아닌데 왜 저런 사람이 형님이라고 하면서 알고 지낼까 하고 생각했을 것이다.

만기 제대

🌱 해군 입대 42개월 만에 전역을 통보받았다. 원래 해군은 36개월 복무이지만 북한 김신조 일당이 1968년 1월 청와대를 기습 공격하는 바람에 제대가 늦어진 것이다. 김신조 일당의 기습 공격으로 많은 인명 피해도 있었다. 이때부터 예비군이 창군되고 북한 괴뢰군의 기습 공격에 대한 방어에 만반의 준비 태세를 갖추고자 육해공군 전군의 만기 제대 일자가 몇 개월씩 연기되었다.

제대 말년 왕고참의 생활은 너무나 편했다. 아무런 불편이 없었다. 이렇게 생활하다가 제대해서 사회에 나가면 어떻게 적응할지 불안해지기까지 했다. 아침에 일어나면 식사 당번이 식사를 타서 덮어 놓았다 가져다주었다. 매일 아침 늦잠을 자기 때문에 식당에 갈 시간이 없었다. 양치질하면 칫솔과 치약을 대령하고 세수하면 졸병이 수건 들고 기다렸다. 이렇게 생활하다가 제대하면 어떻게 살 것인지 정말 걱정이 앞섰다.

채 한 달도 남지 않은 군 복무 기간을 어떻게 멋있게 마무리하고 사회에 새롭게 적응해 나갈 것인지 고민해야 할 시점이 되었다. 장기 복무를 신청하자니 군 생활은 하기 싫고 제대를 하자니 이렇게 불편함 없이 생활하다가 앞으로 사회에 나가서 어떻게 무엇을 하고 살아가야 할지 진로가 불투명했다. 다시 지게 지고 산으로 갈 수는 없는 일이기에 마음이 심란했다. 아무리 곰곰이 생각해도 대책이 없었다.

가장 행복해야 할 제대 말년, 날이 갈수록 속마음은 새까맣게 타들어 갔다. 밤잠이 잘 오지 않았다. 일단은 여태까지 이리저리 부딪히며 큰 사고 없이 병역 의무를 마치려는 그 순간에 다시 옛날 생각이 났다. 한 명의 시골 나무꾼이 해군이 되고 월남전 참전까지 하고, 많은 변화가 있었다. 또 한 번 도전해보자. 나는 더는 망설임 없이 제대하고 다시 초심으로 돌아가 새로운 세상에 부딪혀 보기로 마음먹었다.

1970년 6월 9일 전역이 확정되었다. 이젠 해군 생활도 1주일 남았다. 마음이 바빴다. 진해 시내에 깔린 외상 술값도 떼어먹고 도망가야 하고, 신변 정리를 해야 할 시기가 촉박해졌다. 술값 정도야 계산할 돈은 있지만 이제 제대하고 떠나면 진해는 다시는 오지 않을 것 같아서였다. 그냥 외상 술값은 영원한 외상 술값으로 두기로 했다. 그렇지만 진해 시내 술장사는 정보가 빨라 몇 월 며칠 해군 몇 기수가 제대하는지, 제대식은 몇 시에 하는지 훤히 알고 있다고 했다. 그리고 제대하는 날 꽃다발 들고 와서 외상 술값을 받는다는 것이다. 곰곰이 생각하니 술값 떼어먹는 것도 녹록지 않을 것 같았다. 나도 잔머리를 굴릴 수밖에 없었다.

그래서 나는 고민 끝에 제대 하루 전날 외출증을 받아 진해를 떠나기로 마음먹고 차근차근 준비했다. 만기 전역에 필요한 행정적인 절차를 마치고 예비군복, 예비군화, 제대증 등을 받고 하루 전날까지 모든 절차를 마치기로 계획을 세워 준비했다.

　나는 제대 하루 전날 해군 통제부를 떠났다. 잘 있거라 해군 의무단! 정들었던 해군 의무단! 42개월간의 긴 군 생활을 마무리하고 떠나려니 너무나 시원섭섭했다. 또한, 새로운 세상에 대한 희망으로 마음이 설렜다. 택시를 타고 마진 터널을 넘어오면서 진해시를 바라보았다. '잘 있거라 해군 의무단아!' 마지막 작별 인사를 했다. 제대하고 집으로 가는데도 왠지 마음이 기쁘지 않고 착잡했다. 당장 다음날부터 정해진 진로도 없이 불투명했기 때문이다.

　42개월간 떠나 있었던 고향에 돌아왔지만 변한 건 별로 없고 옛날 그대로 정지된 것 같았다. 집에 와서 하룻밤을 자고 고향 산천을 둘러보았다. 예나 지금이나 하늘만 보이는 내 고향, 내가 지고 다니던 지게가 그대로 보관되어 있었다. 아직도 전기가 들어오지 않고 정말 답답했다. 또다시 과거로 돌아갈 수밖에 없는가? 할 일은 없지만, 마음은 바빴다. 나는 하루를 쉬지 못하고 부산으로 갔다. 새로운 삶의 길을 찾기 위해서였다. 아~ 이제부터 고생 시작인지도 모르겠다는 생각에 마음이 무거웠다. 앞으로 어떤 시련이 기다리고 있을지 모르기 때문이다.

해군 의무단 제대

첫 직장

🌱 나는 군복을 입은 상태로 부산을 몇 번이나 왕래했다. 군인은 차비가 반값이라 직장을 얻을 때까지 군인 행세를 하기로 했다. 그러다 지인의 소개로 부산 영도 제일 외과의원에 취직했다. 그 의원은 부산 시내에서 영도다리를 건너 조금 가면 왼쪽 바닷가에 있었다. 외과의원이라 수술 보조나 의무 행정 같은 업무를 하는 것으로 생각하고 출근했다. 그런데 첫날부터 별다른 교육도 없고 야간 당직을 해야 한단다. 야간 경비였다.

그날따라 하필이면 연고가 없는 익사자의 시신이 병원 응급실로 실려 왔는데 이미 사망한 사람이라 영안실에 안치했다. 영안실에 시신을 안치해 놓고 촛불을 켜고 술 따라 놓고 연고자가 나타날 때까지 지키는 일이었다. 첫날부터 영 찜찜하고 기분이 좋지 않았다. 첫 직장이 너무나 실망스러웠다. 원장은 시신을 도난당할 수 있으니 잘 지켜야 한다고 훈시했다. 수술 연습용으로 시신을 사고판다고 하니 졸지 말고 철저히 지키라고 당부했다. 참 한심했다. 월남에서 시신을 많이 접하긴 했지만, 사회에 첫발을 내딛는 날부터 야간에 영안실 지킴이로 일한다는 것이 재미가 하나도 없었다.

병원이라고 해서 주사나 놓고 치료하는 줄 알았지, 그런 일은 상상도 하지 않았다. 제대하고 천신만고 끝에 얻은 직장이 이게 뭐란 말인가? 그 직장도 나 스스로 얻은 것도 아니고 지인의 소개로 얻은 직장인데 그냥 도망갈 수도 없고 밤을 지새우자니 한심했다. 그냥 도망쳐버릴까 생각도 해보았지만 소개해준 사람 체면도 있고 해서 억지로 하룻밤을 새웠다.

이튿날도 또 야근이었다. 야근하고 아침에 퇴근하니까 낮에 잠이 오지 않아 피곤하기가 이루 말할 수 없었다. 3일을 버텼다. 4일째 되는 날, 나는 출근하지 않았다. 일찌감치 집어치우기로 했다. 결론은 굶어 죽어도 그런 일은 할 수 없다는 것이었다.

며칠을 놀다가 남포동 제일치과 기공소에 취직했다. 아침 8시부터 밤 10시까지 열심히 치과 기공소 일을 배웠다. 점심은 무조건 라면으로 때우고 저녁은 늦지만 퇴근해서 먹었다. 치과 기공소 일은 해군 병원 분원에서 경험이 있어 적응하기가 쉬웠다. 서너 평 되는 좁은 공간에서 소장님과 다른 직원 한 명과 함께 3명이 일을 했다. 다행스럽게도 적성에 맞는 일이었다.

열심히 하다 보니 세월이 빨라서 어느새 일 년이 흘러갔다. 일 년이 지나고 2년 차에 들어서서 기술도 향상되고 하니까 소장님이 열심히 해서 치과 기공 기능사 자격시험을 쳐서 합격하면 기공소를 차려서 독립할 수도 있다고 했다. 그러니 요령 피우지 말고 열심히 하라는 소리였다. 나는 열심히 했다. 자격증을 따기로 마음먹었다.

자격증을 따기 위해 시험에 응시하기로 하고 동분서주하고 있던 차에 무허가 치과를 하는 사람이 나더러 자기 집에 가서 일하자고 하면서 파격적인 조건을 제시했다. 한 번 두 번 이야기하니까 자꾸만 마음이 약해졌다. 그때 내 월급이 만원인데 그 사람은 3만 원을 주겠다고 했다. 숙식도 제공하고 현재보다는 파격적인 대우였다. 나는 돈을 많이 벌어야겠다는 생각에 그 사람을 따라가기로 했다.

그래서 부산 남포동 치과 기공소 생활을 접고 경남 함안 무허가 치과로 직장을 옮겼다. 시골 무허가 치과라 시설은 열악하고 할 일은 많았다. 모든 일은 내가 알아서 처리하는데 돈은 주인이 챙겨 가는 것 같아 그것도 마음이 편치 않았다. 그래서 그곳에서도 오래 있지 못했다. 지나간 일이지만 잘못된 판단이었다. 부산에서 아니 제일치과 기공소에서 좀 더 기술을 배우고 치과 기공사 자격증을 취득했어야 하는 건데 푼돈에 눈이 어두워 섣부른 판단으로 직장을 옮겨 뒷날 후회를 많이 했다.

맞 선

🌿 나는 무허가 치과에서 더는 일을 하지 않기로 하고 사의를 표했다. 모든 일은 내가 다 처리해주고, 내가 벌어들이는 돈에 비교해서 월급이 턱없이 적어 보이고 손해 보는 기분이었다. 이젠 나도 기술이 있는데 왜 남 좋은 일만 시키는가 싶어 하루도 더 일할 생각이 없었다. 나도 무허가 치과를 차리기로 마음먹고 일단 그만두었다. 며칠간 쉬면서 천천히 심사숙고해서 시작하기로 했다. 당장 나가는 직장도 없고 집에서 쉬는데 부모님이 결혼하라고 성화였다.

아직은 결혼에 대해서 생각해 본 적이 없고 준비도 없어 시기상조라 생각되어 관심이 없었는데, 맞선을 보라고 하였다. 중매 자가 하루에 네 군데를 보고 골라서 결정하라는 것이었다. 겉으론 싫다고 반대했지만 내심 그렇게 싫지는 않았다. 선을 본다는 게 어색하고 나한테 어울리지 않는 것 같았다. 아무런 마음의 준비도 안 되었는데 갑자기 맞선을 보라고 하니 조금은 당황스러웠다. 하지만 그냥 장난삼아 경험도 쌓을 겸 맞선을 보기로 했다.

첫 번째 가는 집이 용덕면 이목리라는 곳인데 우리 집의 뒷산인 신덕산 높은 재를 걸어서 넘어 산골짜기에 있는 수도사 계곡을 따라 내려가면 이목리였다. 이왕 날 잡아 나섰으니 네 군데를 모두 보기로 했다. 옛날 그 시절 맞선은 남자 측이 여자 측 집으로 가서 맞선이 이루어졌다. 난생처음 보는 맞선이라 마음이 설렜다. 아가씨를 만나면 어떤 이야기를 하고 어떻게 해야 할지 걱정이 앞섰다. 연습도 없이 실전에 투입되는 것이다. 아무런 순서도 격식도 모르고 그냥 중매자를 따라 아가씨 집으로 갔다.

우리 일행은 나, 어머니, 중매자 3명이었다. 세 사람이 아가씨 측 집안의 사람과 마주 앉았다. 어른들끼리 잠시 대화를 나누다 어른들은 모두 밖으로 나가고 나는 아가씨와 단둘이 마주 앉아 있는데 별로 할 이야기가 없었다.

잠시 침묵이 흐르는데 아가씨도 어색한 분위기라서 그랬는지 모르지만 나가서 술상을 차려 들고 들어왔다. 술을 한 잔 따라 주는데 마셔보니 술맛이 기가 막히게 좋았다. 아가씨는 따르고 나는 마시고 할 이야기는 없고 죄 없는 술만 마시다 보니 술 한 주전자를 모두 비웠다. 시간이 꽤 지나간 것 같았다. 바깥에서 이제 그만 헤어지라는 신호가 왔다. 나는 어머니와 중매자와 함께 그 집을 나섰다.

술이 얼큰하게 취한 상태로 기분 좋게 다음 집으로 향했다. 나도 촌놈같이 생긴 그대로 다녔지만, 다음 집 아가씨도 순수한 시골 아가씨 그대로였다. 양측 집안의 사람이 방에 마주 앉았는데 무슨 이야기 끝에 아가씨 어머니가 하시는 말씀이 아가씨가 발에 무좀이 있으니 봐 달라고 했다.

월남에서 대민 지원하면서 많은 사람의 무좀 치료를 해주었지만 맞선 보러온 내가 약이 있는 것도 아니고, 할 수 있는 게 없어서 약국에 가면 좋은 무좀약이 있으니 발을 깨끗이 하고 약을 사서 바르라고 했다. 이 집에는 고만고만한 아가씨의 꼬마 동생들이 많아 떼거리로 우르르 몰려다니고 온 집안이 북새통이었다. 아이들이 많아 혼란스러워 서둘러 그 집을 빠져나왔다.

세 번째는 다릿골이라는 동네인데 꽤 거리가 멀었다. 걸어서 다니기엔 힘이 들었다. 먼 길을 걸어 아가씨 집을 찾아갔다. 대문 안에 들어서는데 어떤 아가씨가 방문을 열고 나왔다. 첫인상이 이마에 주름이 많고, 노숙해 보이는 것이 이 아가씨가 주인공이 아니었으면 했다. 그런데 방에 들어가서 이야기를 나누다 보니 그 아가씨가 주인공이었다. 첫인상이 틀렸다 싶어 중매자 보고 빨리 가자는 눈치를 보냈다. 시간 끌지 않고 별다른 이야기 없이 세 번째 집을 나왔다.

그날 첫 번째 이목리 아가씨는 내가 술을 너무 많이 마셔서 아가씨 집에서 퇴짜를 놓아서 안 될 것 같고 나머지 두 군데는 내 마음에 들지 않아 그날은 헛수고만 한 것 같았다. 그날 네 군데를 보기로 했는데 한 군데는 오지 말라고 했다는 것이다. 퇴짜 맞은 것 같아 자존심이 조금 상했지만 어쩔 수 없었다. 그런데 사람의 마음이 이상하게도 오지 말라는 아가씨가 보고 싶었다. 그러나 오지 말라고 했으니 잊어버리기로 했다.

영원한 나의 동반자를 만나다

🌱 한 번 혼담(婚談)이 들어오니 계속되었다. 또 중매자가 찾아왔다. 궁유면 어느 동네에 아가씨가 있으니 맞선을 보러 가자고 했다. 내가 사는 곳도 산간벽촌이지만 궁유면은 더더욱 교통이 불편한 오지(奧地)다. 마음에 내키지는 않지만 한 번 가보기로 했다. 아가씨 집이 궁유면에서 칠 부자인데(칠 부자가 무슨 뜻인지 지금도 모른다.) 좋은 혼처이니 꼭 결혼하도록 하라는 것이었다. 중매자가 의령 사람이라 의령읍에서 만나기로 하고 아침 일찍 나 혼자 의령으로 갔다. 처음엔 어머니하고 갔는데 이번에는 나 혼자 가기로 했다. 한 번 경험이 있으니까 자신이 있었다.

의령초등학교 앞 삼촌 집에서 중매자와 만나기로 약속했다. 아침 일찍 삼촌 집으로 갔다. 그런데 삼촌이 나를 보더니 연락도 안 했는데 참 잘 왔다고 반겼다. 삼촌은 좋은 아가씨가 있으니 아무 소리 말고 시키는 대로 하라는 것이었다. 나는 삼촌에게 궁유면에 아가씨가 있어 맞선을 보기로 하고 지금 중매자를 만나서 선보러 가는 길이라고 했더니 그곳에는 다음에 가고 오늘은 자기가 소개하는 용덕면 가락리로 가자는 것이었다. 그렇게 이야기하던 중에 궁유면 아가씨 중매자가 왔다. 삼촌이 그 중매자에게 궁유면에는 다음날 가고 오늘은 용덕면 가락리로 가야 한다고 설득해서 돌려보냈다.

그리고는 삼촌이 사진 한 장을 내게 보여주면서 어떠냐고 물었다. 사진을 보니 아가씨는 예쁘게 생겼는데 그렇다고 예쁘다, 마음에 든다고 할 수는 없고 잘 모르겠다고 얼버무리고 있는데, 백모님과 숙모님 그리고 큰집 이웃에 사는 아주머니가 들이닥쳤다. 나는 어찌 된 영문인지 잘 모르지만 세 분은 이미 사전에 준비했던 모양이었다. 우리는 네 사람이 함께 걸어서 용덕면 가락리로 갔다. 알고 보니 큰집 이웃 아주머니가 중매자였다.

나는 꼭 결혼해야 하는 절박한 처지도 아니고 시간이 있으니 경험도 쌓고 그냥 이리저리 장난삼아 다녀보는 것이었다. 그때까지 나는 철부지였다. 그냥 인생살이에 자신감은 어느 정도 가지고 있었지만, 앞으로 어떻게 살아갈 것인지 그리고 어떤 시련이 닥쳐올 것인지 깊게 생각해보지도 않았다. 남의 집 예쁜 아가씨를 만나서 결혼하면 그저 좋을 줄만 알았지 어떤 어려움이 기다리고 있는지 생각해본 적도 없는, 풋내기 총각이었다. 오직 천진난만하게 맞선보고 다니는 게 좋기만 했다.

가락리에 도착해서 네 사람이 좁은 방에 들어앉으니 방이 꽉 찼다. 한참 이야기하다가 아가씨가 건넌방에 있으니 들어가 보라고 했다. 건넌방엔 예쁜 아가씨가 기다리고 있었다. 사진을 보고 와서 그런지 처음 만나는 것 같지 않고 덜 서먹서먹했다. 무슨 이야기를 해야 할지 어떻게 행동해야 할지 많이 고민했지만, 아가씨를 만나서 일단 기분은 좋았다.

한 가지 기억에 남는 것은, 연탄 구멍이 몇 개인지 물었더니 모른다고 했다. 나는 연탄 구멍을 세어본 일이 있다. 시골에는 연탄이 없는데 연탄 구멍의 갯수를 모르는 것은 당연한 일이었다. 그 질문에는 나는 그래도 도시 물을 좀 맛본 사람이라는 뜻도 담겨있었다. 처음 만났어도 대화 분위기는 남자가 끌고 가야 한다는 것은 알고 있었지만, 그것도 쉽지 않았다. 그래서 이런저런 쓸데없는 이야기로 재미나게 시간을 보내고 있는데 바깥에서 만남의 시간을 끝내라는 신호를 보냈다. 남녀가 처음 만났는데 무슨 이야기가 그렇게 길어지느냐는 뜻이었다. 선보는 데 신경을 많이 쓰고 있는 것 같았다. 나는 장난삼아 연습으로 다니지만, 백모님과 숙모님, 그리고 그 중매자 아주머니는 매우 진지했다.

우리는 차려주는 음식을 맛있게 먹고 나 혼자 대문 밖에 나왔더니 동네 아주머니들이 선보러 온 총각이냐고 물었다. 그렇다고 했더니 별말이 없었다. 그래도 나를 유심히 살펴보는 눈치였다. 나는 '보고 싶으면 얼마든지 보시오.'라는 심정으로 온 동네를 둘러보았다. 당당하게 행동하려고 애썼다. 별로 못난 데도 없으니 자신감에 차 있었다.

순간의 판단

🌱 맞선 보러 간 아가씨 집에 총각이 오래 머물 수는 없었다. 우리는 인사를 하고 동네 앞길을 서서히 걸어서 나왔다. 중매하는 아주머니는 좀 늦게 따라와서는 나에게 아가씨를 만나보니 어떠냐고 물었다. 나는 막상 대답할 말이 생각나지 않았다. 어떻게 대답해야 좋을지 망설여졌다. 좋다고 하면 결혼을 하자는 것이고 마음에 들지 않는다고 하면 결혼을 하지 말자는 것인데, 아가씨가 싫지는 않았다.

실제로 아침에 궁유면 칠 부잣집으로 가기로 하고 집을 나왔는데 한편으로는 궁유면 칠 부잣집 아가씨도 어떤지 궁금하기도 하고 집에 계시는 부모님은 궁유면으로 갔을 것으로 생각하고 있을 것을 생각하니 머리가 복잡해졌다.

어찌하면 좋을까? 정말 난감했다. 모든 선택은 나한테 있는 것 같았다. 백모님과 숙모님이 같이 왔지만 잘되면 그만이고 잘못되면 내 책임이라 생각하니 말이 나오지 않았다. 아무 말 없이 계속 걸어오면서 순간적이지만 정리를 해보았다. 지금부터는 신중하게 말해야 할 것 같았다. 그때까지는 장난삼아 선보러 다녔을지 몰라도 옆에 어른들이 두 분이나 계시고 함부로 말하기는 어려웠다.

아가씨 집에서 점심을 먹고 마루 밑을 보니 흰 고무신이 한 켤레 있는데 다 떨어졌는데도 깨끗이 씻어 고이 보관하고 있었다. 우리 집 같으면 벌써 엿 바꿔 먹었을 것이다. 나는 어릴 적에 아버지와 어머니가 점심을 먹고 계시는데 신던 고무신까지 모두 걷어다 주고 엿을 바꿔 먹은 적이 있었다. 점심 식사를 하고 나오시는데 고무신이 몽땅 없어진 것을 보시고 어머니가 엿장수한테 달려가서 신는 고무신을 애들이 가져왔는데 엿 바꿔주었다고 엿장수를 혼내주고 신발을 되찾아 온 적이 있었다. 나는 눈치도 없이 엿을 맛있게 먹고 있었다. 엿장수만 손해를 본 기억이 났다.

그리고 화장실 퇴비도 다른 어떤 집보다 깨끗이 정리되어 있었는데 이 정도로 정리, 정돈하는 환경이라면 가정교육도 제대로일 것 같았다. 이 아가씨와 결혼을 하기는 해야 하겠는데 어떻게 표현할까? 또 내가 아가씨가 예쁘고 마음에 들고 좋다고 결혼하자고 했을 때, 아가씨가 나를 싫다고 하면 그 또한 개망신이 아닌가? 여태껏 대충대충 다니다가 그날은 막다른 골목에 갇힌 기분이었다. 내 말 한마디가 그렇게 중요할 줄 모르고 다녔다.

계속 걸어가면서 골똘히 생각하다 동네 어귀에 멈춰 섰다. 나의 대답을 기다렸다. 백모님과 숙모님은 이런 가정에 장가가지 않으면 어느 곳에 장가들 것이냐고 다그쳤다. 나는 그래도 망설여졌다. 나는 아직 나이가 어리니까 '아가씨 집에서 허락하면 결혼하고, 싫다고 하면 없던 일로 해야지.' 하는 생각이 들었다. 그래서 나는 당돌하게 중매 아주머니께 일주일 안으로 결혼하려면 하고 싫으면 없던 일로 하자고 했다. 그것이 대답이라고 하자 아주머니는 오던 길을 되돌아갔다.

나는 마음속으로 많이 긴장했다. 거절당하면 자존심이 상하는 일이고 결혼을 하자고 해도 걱정이었다. 그리고는 아주머니가 돌아올 때까지 동네 어귀에 서 있는데 백모님과 숙모님은 결정을 잘했단다. 그렇게 소뿔은 단김에 빼는 것이라고 빨리하는 게 좋단다.

한참 있다 숨을 헐떡이며 돌아온 아주머니 말씀은 아가씨 집에서는 한 달 내로 하자고 한단다. 그 말에 오히려 내가 당황했다. 나는 일주일 내로 결혼하자고 하면 그렇게 빨리는 불가능하니 생각해보자는 식으로 답이 올 줄 알았다. 아무 준비도 되어있지 않은데, 그쪽 반응에 나의 고민도 깊어갔다. 이렇게 빨리 결혼을 해도 되는지 알 수 없지만, 어찌 되었든 혼인은 성사된 것이다.

의령 삼촌은 아주 잘했다고 칭찬이다. 나는 엄두가 나지 않았다. 집에 와서 부모님께 이야기했더니 네가 벌어서 하는 결혼이니 알아서 하라는 것이다. 내가 결혼을 해도 되는 건지 너무나 크나큰 결정을 하고 나니 어리둥절하고 흥분되었다. 이렇게 나의 결혼은 속전속결로 결정이 났다.

세상에 그 많은 사람 중에 용덕면 가락리에서 예쁜 아가씨가 나를 기다릴 줄은 꿈에도 몰랐다. 엉겁결에 내린 결정이지만 올바른 판단이었고 영원한 동반자를 만나는 결혼으로 이어진 것이다. 일주일 내로 결혼하자는 그 순간부터 나는 혼자가 아니었다. 영원한 동반자를 만난 것이었다.

동남아 여행 때

결혼 준비

    🍃 한 번의 만남으로 한 여자의 남편이 되고 한 가정의 가장이 된다는 것이 실감 나지 않고 얼떨떨했다. 아무 망설임 없이 나 혼자 속전속결로 결정하고 나니 기대 못지않게 걱정도 컸다. 한 가정을 꾸려 책임지고 세상을 살아가야 하는 막중한 임무가 주어졌다. 양쪽 부모님의 결혼 승낙으로 아가씨와 나는 우리가 되는 것이지만, 결혼 날짜를 한 달 내로 잡아 놓고 어른들을 바쁘게 했다. 마음 같으면 당장 내일이라도 결혼을 했으면 좋겠지만 그 준비 과정과 절차가 복잡했다.

  나는 예비 장인 장모님과 예비 신부를 의령에서 만나 부산으로 혼수를 장만하러 가는 데 동행하기로 했다. 요즘같이 전화도 없고 휴대전화도 없는 세상에 어떻게 약속을 하고 만나서 갔는지 참으로 신기했다. 의령에서 마산 가는 버스를 탔는데 좌석도 없이 아가씨와 나는 통로에서 다정한 사이가 아니라 어려운 사이로 똑바로 보지도 못하고 서로 곁눈질해가면서 마산으로 갔다. 가는 도중에 나는 중간에 볼일이 있어서 하차하면서 마산 시외버스 주차장 어디 어디서 만나자고 약속을 하고 헤어졌다. 나는 빨리빨리 서둘러 볼일을 보고 마산으로 갔다.

시외버스 주차장 약속 장소에 갔으나 아무도 없었다. 분명히 약속 장소로 갔는데 약속이 잘못되었는지 한 시간가량 기다려도 나타나질 않았다. 이곳저곳 기웃거려 봐도 만날 수가 없어 에라, 구두나 닦고 다시 집으로 돌아가자 마음먹고 구두를 닦고 있는데 예비 장모님이 "총각, 여기 있네."라고 하셨다. 얼마나 반갑던지 눈물이 날 지경이었다. 약속 장소가 엇갈린 모양이었다. 극적으로 상봉했다. 구두를 빨리 닦았으면 만나지 못하고 헤어질 뻔했다.

나는 혼수 마련하는 데 따라 다니다가 예비 장인 장모님과 헤어지고 아가씨와 단둘이 다니면서 시계도 사고 반지도 맞추었다. 호주머니 사정이 별로 좋지 않아 간소하게 꼭 필요한 것만 샀다. 마누라가 될 아가씨와 데이트를 하는데 촌놈이라 한 번도 데이트해 본 경험이 없으니 어떻게 아가씨를 리드해야 할지 전전긍긍했다. 겉으로는 태연한 척 다녔지만 속으로 진땀을 많이 흘렸다.

그때까지 내가 할 줄 아는 것은 막걸리 집에 가서 술이나 마실 줄 알았지 할 줄 아는 게 없었다. 극장에 가서 영화를 본 기억도 없고 다방에 가서 차를 마셔본 경험도 없으니 할 수 있는 게 없었다. 그래도 아가씨를 만났으니 영화라도 한 편 보아야 조금이라도 수준이 있고 지적으로 보일 게 아닌가 싶어 부산 영도 대한 극장으로 들어갔는데 촌놈이 극장에도 처음 들어가니 어리둥절했다. 그때 무슨 영화를 봤는지 영화 제목도 내용도 기억에 없다. 아가씨를 만날 때까지 내가 본 영화는 채 10편도 되지 않았다.

객지에 나가도 친척 집에 찾아가 끼어서 잠잘 줄 알았지 여관이나 여인숙 같은 곳엔 가본 적이 없었다. 그리고 호텔 같은 곳은 안중에도 없었다. 그날도 영도 신선동 산꼭대기에 있는 친척 집에 찾아가서 친척 집 식구들과 비좁은 방에 섞여서 새우잠을 잤다. 나는 친척 집이라 그 집 식구들과 아는 사이였지만 아가씨는 얼마나 불편했을까 생각하니 미안한 마음을 어떻게 표현할지 모르겠다. 그 당시에는 아가씨에게 잘한다고 한 짓인데 지나고 나니 참으로 한심하고 부끄럽다. 여관에 가서라도 편히 쉬고 맛있는 것도 사 먹고 아름다운 추억을 만들어야 하는 건데 지난 일이지만 너무나 후회되고 미안하다.

그 뒤로는 한 달간의 예비 신랑 신부 기간이 있었지만, 어디서라도 한 번 만나서 떳떳하게 이야기도 못 하고 말았다. 그래도 신경은 쓰였는지 의령 읍내 5일 장날만 되면 약속도 안 했는데 먼발치에서 서로 얼굴은 보고 헤어지는 장소가 있었다. 다방에라도 가서 커피라도 한 잔 하면서 미래를 설계했더라면 얼마나 재미있고 좋았을까 생각하니 안타까운 마음이 든다.

그 시절 그 아름답고 소중한 시기에 만나서 재미있는 추억을 만들어야 했는데, 너무나도 무의미하게 한 달을 보냈다는 것이 아쉬울 따름이다. 같이 만나서 다닌다고 누가 뭐라 하겠는가? 결혼할 사이인데도 촌놈이라 부끄러워 아가씨를 만나 손 한 번 잡아볼 엄두도 못 내고 말았다. 얼마나 바보 같았던가?

결 혼

🌱 1971년 3월 22일(음 2월 26일) 꽃피는 3월, 날씨는 청명하고 조금은 쌀쌀한 기온이었다. 신붓집 마당에서 전통 혼례식으로 결혼식을 했다. 그 당시 시골에서는 예식장에서 결혼식을 하지 않고 신붓집 마당이 예식장이었다. 남자는 사모관대, 여자는 족두리 쓰고 결혼식을 했다.

아무런 계획도 준비도 없고 마땅한 직업도 없이 덜컥 결혼부터 하고, 한 여자의 남편이 되었다. 그렇게 우리는 부부가 되었다. 그저 마누라가 예쁘고 사랑스럽기만 했지 부부로서 서로 간에 지켜야 할 예의범절이나 풍습도 하나도 모르는 철없는 남편이 탄생한 것이다.

마누라는 그래도 교양이 있고 어른도 공경할 줄 아는 예의범절이 몸에 밴 것 같았다. 가풍이 있는 집안에서 자라면서 가정교육이 제대로 된 것 같았다. 마누라는 부부로 살아가는 데 대해 아는 것도 많고 한 집안의 며느리로서 역할과 소임을 다하는 것 같아 믿음직스러웠다.

나는 일정한 직업도 없이 무직 상태로 3개월 정도 부모님과 살면서 나의 미래를 설계했다. 무엇을 하고 살아갈 것인지 막막했지만 젊음이 있고 마누라가 옆에 있기에 즐거운 신혼 생활을 했다. 나중에 삼수갑산 가더라도 그때는 행복했다.

부모님과 같이 살고 있으니 먹고 자는데 걱정 없는 태평세월이었다. 그러나 마누라는 그렇지 않았다. 나보다는 한 수 위였다. 장남이 아니면서 언제까지 부모님과 같이 살 것인가 독립을 해야 한다는 것이었다. 나는 아무 생각 없이 편하게 잘살고 있는데 왜 독립을 해야 하는 건지 그 당시는 잘 이해가 되지 않았지만, 사랑하는 마누라가 독립해야 한다니까 그럴 것 같기도 했다.

동생들도 많은데 부모님과 같이 산다는 게 불편하기도 했다. 나는 부모님께 분가하겠다고 했더니 부모님은 한 해 농사를 지어 가을에 분가할 것을 권했지만, 어차피 자력갱생, 부모님 도움 없이 살아가야 할 인생이니 그냥 분가하기로 했다.

우리는 의령에 월세 1,500원짜리 단칸방을 얻어 이사했다. 이삿짐이라고 해봐야 손수레에 트렁크 2개 싣고 이불 보따리가 전부였다. 어지간한 하숙생 짐보다 더 간단했다. 당장 밥은 해 먹어야 하니까 이삿짐 밑에 장작 몇 개 싣고 이사를 했다. 이사를 하고 나니 이젠 당장 돈이 필요했다. 부족한 것보다 없는 것이 더 많으니 닥치는 대로 돈을 주고 사야 할 것뿐이었다. 무작정 돈을 벌어야 했다.

나는 무허가 치과를 차렸다. 장소가 셋방이라 협소한 데다 설비도 제대로 갖추지 않고 영업을 하려니 애로사항이 너무나 많았다. 그래도 장날만 되면 손님이 많이 찾아왔다. 촌사람들이라 고무대야이고 보따리 메고 여럿이 모여 한꺼번에 몰려 들어오니 이웃에서 봐도 저 집은 무엇을 하기에 사람들이 저렇게 몰려오는지 궁금할 터였다. 무허가 치과를 한다고 금방 이웃에 소문이 났다. 비밀리에 해야 하는데 촌이라 그럴 수밖에 없었다.

하루는 보건소 직원이 찾아와서 무허가 치과는 불법이니 하지 말라는 것이었다. 나는 치과를 하지 않기로 약속하고 부산으로 이사를 했다. 부산 영도구 신선동 산꼭대기 판잣집에 월세 3,500원에 방을 얻어 이사했다. 산꼭대기 비탈진 곳에 방을 얻었더니 골목이 좁아 두 사람이 겨우 비켜 다녀야 했다. 그리고 꼬불꼬불하고 경사가 심해서 집을 나서면 걸어 다니기보다는 차라리 슬슬 뛰는 게 쉬웠다.

이 비탈진 산꼭대기 집에서도 돈은 없고 무허가 치과를 했다. 무게 15kg이나 되는 전기모터를 가방에 넣어 들고 다니면서 손님이 있는 곳이면 어디든지 찾아가서 돈을 벌어야 했다. 참으로 인생살이 고달픈 시절이었다. 집에서 시내버스 타는 곳까지 거리가 너무 멀어서 무거운 가방을 들고 다니느라 참 고생 많이 했다.

인생 철학이나 계획도 없이 게다가 벌어놓은 돈도 없이, 무작정 결혼해서 누가 특별히 도와주는 사람도 없이 살아가려니 고달프기만 했다. 그 무거운 가방을 들고 이곳저곳 돌아다니다가 해가 지면 그래도 사랑하는 마누라가 기다리는 신선동 산꼭대기 비탈길 보금자리를 찾아 가쁜 숨을 몰아쉬며 올라가는 그것이 행복이었다. 세월이 갈수록 햇병아리 가장의 책임은 무거워지고 돈은 무한정 벌어야 하니 쉬는 날이 따로 없었다. 또 가정을 유지하고 행복해질 수 있는 원천이 돈이라고 생각되어 힘든 줄 모르고 열심히 뛰어다녔다.

장남의 탄생

머지않아 이사를 또 했다. 영도구 신선동 산 꼭대기 동네에는 더는 살 수 있는 환경이 아니었다. 주변 환경이 너무나 열악했다. 수도도 없고 공동 수도에 양동이로 줄을 서서 물을 받아다 먹어야 했다. 세 들어 사는 집에 공동 화장실도 너무나 허술하고 불결해서 젊은 여자가 살만한 곳은 아니었다. 그리고 나도 그 무거운 가방을 들고 산 비탈길을 오르내리는 일이 보통 힘든 일이 아니었다.

동네 전체가 빈촌이다 보니 무허가 치과를 하기에도 환경이 맞지 않았다. 먹고 살기도 힘든데 무슨 치과에 갈 돈이 있겠는가? 하루 벌어 하루 먹고 사는 하루살이 동네였다. 끼니때가 되면 봉투에 쌀 팔고 새끼에 연탄 한 장 끼워 들고 다니는 사람들이 많은 동네였다. 그래서 하는 수 없이 이사를 또 했다. 새롭게 이사 한 동네는 비탈진 동네가 아니고 평지였다. 수돗물도 나오고 사람 살 만한 동네였다.

이제는 나도 안정된 직업을 갖고 싶어졌다. 무허가 치과를 하다 보니 괜히 이웃에 경찰이 살아도 겁이 나고 늘 마음에 부담이 됐다. 여기저기 다니면서 입사원서도 내보려고 백방으로 노력했지만, 취직은 되지 않고 헛수고였다. 그러다가 광명 목재라는 회사에 입사했다.

광명 목재는 합판 제조 공장인데 바다에 띄워놓은 아름드리 수입 통나무를 기계에 장착하여 얇게 깎아내면 그 깎아낸 목재를 손으로 안아내는 작업이었다. 빨리 안아내지 않으면 기계가 멈추는데, 처음에는 기계가 원목을 깎는 소리가 너무 시끄러워 정신이 하나도 없었다. 두 명이 한 조를 짜서 안아냈는데 기계가 원목을 깎아내는 속도가 어찌나 빠른지 숨돌릴 틈도 주지 않았다. 쉬는 시간도 따로 없었다. 깎아낸 나무가 기계 밑에 쌓이면 기계가 자동으로 멈추고 그 순간이 조금 쉬는 시간이었다. 그러나 기계가 멈춰 서면 감독하는 놈이 야단법석이었다. 빨리하지 않는다고 소리소리 질렀다. 그러면 또 있는 힘을 다해서 안아냈다. 처음엔 기계가 멈추면 큰일 나는 줄 알고 죽기 살기로 안아냈더니 너무나 힘들고 발이 퉁퉁 부어올랐다.

열심히 일하다 보면 배가 너무 고파서 간식으로 먹으려고 미숫가루를 조금 싸서 갔는데 물에 타 먹을 시간조차 없었다. 휴식 시간도 별도로 주지 않았다. 기계가 멈춰 서면 그때가 쉬는 시간이었다. 독한 마음 먹고 버텼으나 더는 할 수가 없어 일주일 만에 사표를 냈다. 회사라고 입사를 했더니 죽도록 고생만 하고 더는 버틸 수 없었던 것이다.

나는 며칠을 쉬면서 생각했다. 참 세상 살기가 만만하지 않았다. 다음에는 개인 치과 병원에 조수로 취직했다. 그러나 개인 의원이다 보니 온갖 잡다한 일은 모두 시키면서 월급은 쥐꼬리만큼 주었다.

쥐꼬리만큼이 만 원이다. 그래도 힘든 일은 아니기에 그럭저럭 다니고 있었다.

1972년 추석 이틀 전에 첫아이가 태어났다. 일가친척 하나 없는 객지에서 마누라가 산통이 와서 가까운 병원에 입원했다. 배가 아프다니 걱정이 태산 같았지만, 다행히 큰 고생 없이 건강한 사내아이를 출산했다. 마누라가 참으로 고맙고 대견했다. 평소에도 딸보다는 아들을 원했기에 마음속으로 아주 기뻤다.

이젠 식구가 한 명 더 늘었으니 더욱더 열심히 살아야겠다는 생각이 들었다. 아버지가 되었으니 그만큼 책임감도 커지는 것 같았다. 퇴근해서 아랫목에 누워있는 아이를 볼 때마다 아들만큼은 교육을 잘 받도록 해주리라고 생각했다. 어떤 고난과 어려움이 닥치고, 내가 무슨 일을 하더라도 아들은 나같이 배우지 못해 세상 살아가는 데 고통과 불편을 겪지 않도록 해주겠다고 다짐했다.

입사 시험 응시

🌱 신문 광고에 모 전자 회사 사원 모집 광고가 있어서 응시했다. 공장 2층 작업 현장 구석에서 입사 시험을 치르는데 칸막이도 없이 현장의 많은 작업자가 보는 데서 필기시험을 치렀다. 필기시험 응시자는 120명 정도였는데 평생 처음 치르는 입사 시험인 만큼 긴장되고 마음속으로 걱정이 많이 되었다. 막상 시험 문제지를 받아보니 한 문제도 아는 것이 없었다. 쓸 수 있는 것은 이름뿐이었다. 아무리 보아도 무슨 내용인지 알 수가 없어 이름만 써놓고 앉아 있으니 참으로 한심했다.

이름만 적어내면 불합격은 틀림없고 그렇게 되면 여기에 앉아 있을 아무런 의미가 없어 나는 용기를 냈다. 결단코 그냥 갈 수는 없으니 커닝하기로 했다. 감독관의 눈을 피해 사방을 둘러보았다. 커닝도 조금은 알아야 하는 건데 아예 모르니까 순서대로 보고 써넣는 수밖에 없었다. 몰라도 너무 모르니까 정답인지 아닌지 그것조차 모르고 커닝을 했다. 앞뒤 좌우 한 사람 건너서까지 보고 적었다. 감독관 2명의 눈을 피해 아예 일어서서 대담하게 적어 넣었다. 넓은 작업장 구석이라 많은 작업자가 보고 있었지만, 나는 아예 감독관의 시선만 피하고 현장 작업자들이 보는 것은 아예 무시했다. 아무 생각 없이 오직 커닝해서 시험 치는 데만 집중했다. 정말로 열심히 했다. 너무 노골적으로 커닝을 하니까 시험감독관 2명만 몰랐지 현장에서 작업하는 사람들이 나를 보고 있었다는 것을 먼 훗날 알았다. 내가 반장이 되고 나니까 밑에 반원이 반장님 옛날에 입사 시험 칠 때 커닝 심하게 하더라고 이야기해 주었다.

그렇게 열심히 커닝한 덕분에 120명 가운데 20명 선발하는 데 당당히 합격했다. 그래서 나는 통근 버스 타고 정식으로 회사에 출근하는 회사원이 되었다. 입사 후 3개월간 전송 통신 장비에 대한 직무 교육을 강도 높게 받았는데, 전자 용어나 기호가 생소하고 처음 보고 듣는 것이라 어렵고, 이해가 잘되지 않았다. 도면 회로도 뭐하나 감이 잡히는 게 없었다. 해군 입대할 때 해군 의무단에서 의무병 교육받을 때나 흡사했다.

군대는 알아듣던 못 알아듣던 시간만 지나가면 그만인데 이젠 먹고 사는 것과 직결되는 것이니 정말 고민하지 않을 수 없었다. 열심히 강사의 말에 귀 기울이지만, 이해가 되지 않으니 날이 갈수록 점점 어려움이 쌓였다. 교육이 끝나면 머리에 남는 게 하나도 없었다. 머릿속이 하얗다. 무엇을 교육하는지 아리송했다.

제대로 알지 못하면 날이 가면 갈수록 어려움이 산 넘어 산처럼 앞을 가로막을 것이라 난감했다. 교육을 받으면 받을수록 알 듯 모를 듯 머릿속만 더욱 복잡해졌다. 혼란스러웠다. 일주일간의 교육 후 평가를 하면 점수가 잘 나올 리 없었다. 여기서는 커닝도 안 된다. 단순한 문제가 아니었다. 커닝해서 되는 게 아니었다. 시험 장비 또는 계측기를 직접 조작해야 하는데 커닝이 될 수가 없다. 3개월간 교육을 받았지만 별로 머릿속에 남는 게 없었다. 평가 점수를 공개하지는 않았지만 아마 꼴찌가 아니었을까 싶다.

결국, 나는 시스템 시험 또는 장비 테스트 등 머리를 좀 쓰는 부서로 발령은 바라지도 않았지만, 역시나 생산 현장 제품 조립 부서로 배치되었다. 사필귀정이다. 그러나 제조부서 발령도 나에게는 과분하다고 생각하고 열심히 했다. 생산 현장 조립 업무도 부담스러울 때도 있었다. 설계도나 조립도 등을 이해하는 것이 만만치 않았다. 영어나 일본어로 표기된 도면이 많았다. 그때는 일본 NEC에서 기술 도입을 했기 때문이었다.

이젠 대기업에 입사했으니 나가라고만 하지 않으면 열심히 노력해서 다른 동료들과 어깨를 나란히 하고 근무하는 일만 남았다. 나는 모르는 게 많지만, 아는 척하면서 그때그때 상황에 따라 잘 대처해 나가기로 했다. 상사들이나 동료들과의 인간관계를 돈독히 하면서 천신만고 끝에 얻은 직장을 후회 없이 끝까지 열심히 다니기로 했다.

공원 생활

＄ 그때부터는 매일 아침 통근 버스를 타고 출근하는 회사원이 되었다. 정확히 말해 공원이다. 그 시절엔 회사 구성원이 사원과 공원으로 엄격히 구분되어 있었다. 사원은 전문대 이상 졸업자이고, 공원은 고졸 이하 학력 소지자였다. 공원도 승진 시험을 거쳐 사원으로 승진할 수 있는 제도가 있어서 실력만 있으면 승진 기회는 많았다.

내가 입사할 당시 회사는 밀려드는 주문량을 생산하지 못해 매일 연장 근무에 시달리고 있었다. 아침에 출근하면 밤 10시에 퇴근하기도 쉽지 않았다. 그리고 일주일에 두 번씩은 밤샘 철야 근무를 하는 등 너무나 바쁘게 돌아가고 있었다.

회사 일이란 하나의 제품을 여러 공정으로 쪼개서 하는 분업 형태이지만 결국은 여러 명이 하나의 제품을 만들어내는 과정이다. 항상 최고의 품질을 만드는 것과 최저의 원가로 값싸게 만들어야 하는 것이 현장의 목표이기 때문에 수시로 생산성 향상과 품질 관리 교육을 하고 평가하는 것은 일상생활이었다.

나는 처음 받는 QC(Quality Control) 교육에 흥미를 갖고 열심히 배워서 생산 활동에 활용했다. 세상살이 어딜 가든 모르면 모를수록 육체가 피곤하다. 머리로 해야 할 일을 몸으로 때우면 그만큼 피곤하다. 아는 게 없으면 현장에서도 상사의 눈치를 살피게 되고 무슨 말인지조차 이해가 되지 않을 때는 재차 질문할 수도 없고 그냥 아는 척하고 넘어가야 하는 고통이 따랐다. 나 같은 경우는 한번 터득한 지식은 죽을 때까지 잊어서는 안 되는 것도 있었다. 누가 다시 가르쳐줄 사람도 없거니와 다시 물어볼 수도 없었다. 너무나 기초적인 것은 자존심이 허락하지 않기 때문이다.

기초 지식이 부족한 나는 인간관계를 원만하게 유지해서 나의 부족한 지식을 메꾸어 나가야 했다. 업무상이나 업무 외에도 어떤 토론이 이루어질 때는 나의 무식이 탄로 나지 않는 방향으로 사전에 그 토론의 흐름을 바꾸어 놓을 수 있는 대화 기술이 필요했고 대화를 끊거나 다른 방향으로 돌려야 했다.

그래서 나는 토론을 싫어한다. 그리고 토론에 약하다. 매일매일 배우는 형편이고, 나에게 주어지는 일들이 숙련되기도 전에 새로운 일들이 들이닥치기 때문이다. 새로운 일들에 대해 추진할 능력이 부족할 땐 혼자 고민도 많이 했다. 눈치와 재치로 하루하루를 지탱해 나갔지만 그래도 세월이 가고 숙련도가 쌓일수록, 회사 생활에 자신감이 생기고 의욕이 생겼다.

여전히 생산 기술에 취약하고 일도 제대로 처리할 줄 모르는데 입사 11개월 만에 현장 반장이 되었다. 아직은 반장이 될 능력이 없는 것 같아 마음속으로 큰 부담이 되었다. 무엇 때문에 반장에 발탁되었는지 모르지만, 승진은 틀림없었다.

반장은 현장 감독이라, 작업자보다 아는 게 많아야 하는데 실상은 그렇지 못했다. 반장은 작업자들을 감독하고 품질 향상과 생산성 향상에도 책임이 있는 최말단 관리 감독자이기도 했기 때문이다. 그러나 반장이 싫지는 않았다. 수당도 받고 직접 현장에서 일하지 않아도 되기 때문이었다. 일천한 경력으로 반장이 되어 잘해야겠다는 책임감으로 어깨가 한층 더 무거워졌다.

회사 이전

🌱 회사가 경기도 오산으로 옮겨 간다고 했다. 부산 연지 공장은 협소해서 많은 제품을 생산할 수 없다는 것이었다. 부산 시내에서 경기도 오산 시골로 이사한다니 실망이 컸다. 천신만고 끝에 입사한 회사가 멀리 떠난다니 어떻게 해야 할지 고민되었다. 입사한 지 채 2년도 되지 않았다. 이제 겨우 회사 생활이 안정돼서 다닐 만했다.

그냥 부산에 있으면 좋으련만 어렵게 입사했는데 회사를 따라가자니 고향과 너무 멀어지고 그만두자니 내 형편에 다른 회사에 입사하기가 쉽지 않아 어찌하면 좋을지 정말 괴로운 시기였다. 오산으로 따라가자니 또 다른 고민이 있다. 나는 틈틈이 무허가 치과도 겸업했는데 오산 시골로 가면 모든 것이 환경이 바뀌고 열악해서 더는 할 수 없을 것 같았다. 꽤 수입이 짭짤했는데 하지 않으면 수입이 줄어들 것 같았다.

그 당시 경기도 오산이라고 하면 들어보지도 못한 시골인 데다 교통이 불편해서 살 수 없을 것 같았다. 부산에서 오산으로 가려면 열차를 타고 수원까지 가서 다시 오산으로 되돌아와야 했다. 열차와 고속버스는 모두 수원에만 정차했다.

오산으로 가면 고향에 한 번 오기도 힘들 것 같고 무허가 치과도 접어야 할 것 같아 정말 따라가야 하나 퇴사해야 하나 망설이고 또 망설였다. 판단하기 힘들고 괴로운 시간이었다. 이제 아들이 있으니 식구가 셋인데 한시라도 집에서 놀거나 할 수도 없고 한 가정의 가장으로서 가볍게 판단할 수도 없었다.

가장의 직장이 튼튼해야 온 집안이 안정되고 화목해지는데 회사를 그만두고 무허가 치과로 생활한다면 안정적인 가정을 꾸릴 수 없을 것 같아 나날이 고민했다. 최종 결심이 선 것은 아니지만 일단 전셋집을 빼서 회사 근처 월셋집으로 이사했다. 회사가 떠나면 바로 따라갈 수 있도록 미리 준비는 해두었다. 월세는 살다가 그냥 떠나면 되지만 전세는 보증금이 잘 나오지 않으면 문제가 생길 수 있어 취한 조치였다.

앞으로 20여 일 후에 회사는 경기도 오산으로 옮겨가게 되어있고 회사를 따라 오산으로 가려면 살림집을 구해야 했다. 어느 날 토요일 퇴근 후 회사 동료 2명과 같이 완행열차인 비둘기호를 타고 밤늦게 오산역에 내렸다. 12월 말 한겨울이었다. 역 근처에 있는 여관에서 눈을 조금 붙이고 날이 새면 집을 알아보기로 했다. 자정이 넘었는데 옆방에서 어떤 청춘 남녀가 술을 마시고 사랑을 하는지 꽤 시끄러웠다. 방음도 되지 않은 엉성한 벽 사이로 남녀의 속삭이는 소리가 여과 없이 우리 방으로 전달되었다. 잠을 청해보지만, 남녀의 소곤거리는 소리에 잠을 잘 수가 없었다. 그렇지 않아도 잠자리를 옮기면 잠을 잘 자지 못하는데 그냥 자는 둥 마는 둥 뜬눈으로 밤을 지새우고 날이 밝아 방을 구하러 오산 읍내로 나섰다.

오산읍은 시골 풍경 그대로였다. 전형적인 농촌 마을이었다. 부산에 있다 왔으니 날씨는 춥고 썰렁한데 정이 하나도 들지 않았다. 부산 공장은 도시 한복판에 있었지만, 오산 공장은 넓은 농경지 한복판에 규모가 엄청나게 큰 현대식 건물로 지어져 있었다. 회사 내에 넓은 축구장도 두 개나 있고 테니스장도 있고, 좁은 부산 공장보다 규모가 너무 커서 놀랐다.

우리는 셋서 오산읍 원 2리에 각각 방을 얻어 놓고 그 근방에 있는 회사 기숙사도 둘러보았다. 기숙사도 오산읍 변두리에 자리 잡고 있는데 주위는 농촌 마을 그대로였다. 오산에는 열차가 완행열차만 정차했다. 그러나 경부 고속도로 오산 나들목이 주변에 있어 자가용이 있으면 교통이 편리할 것 같았다.

그 시절, 1970년대 중반, 일반 서민이 자가용을 갖기엔 하늘의 별 따기보다 어려웠다. 경부 고속도로에 차량이 많이 다니지 않고 한산했던 시절이다. 그 시절 장거리 운송 수단은 열차밖에 없었다. 새마을호와 무궁화호는 오산에는 정차하지 않고 수원에만 정차했다. 비둘기호 완행열차는 부산에서 오산까지 12시간이나 걸렸다. 한나절 푹 마음 놓고 이동해야 했다.

오산 생활의 시작

🌿 1974년 12월 말에 회사는 부산에서 오산으로 이전했다. 우리는 각자 소속 부서의 기계 설비, 설치 공구 등을 포장해서 오산 공장으로 보내고 각 개인도 이사해야 했다. 연말에 6일간의 휴가를 주어서 오산으로 회사와 같이 이동할 임직원은 모든 준비를 끝내고 1975년 1월 4일 오산 공장에서 시무식을 개최키로 하고 부산 공장은 1974년 12월 28일 문을 닫았다.

나도 살림살이가 많이 늘었다. 처음에는 트렁크 2개로 시작했는데 옷장도 사고 흑백 TV도 사고 선풍기 등 가전제품이 많아졌다. 트럭 한 대에 두 집 살림을 싣고 오산으로 왔다. 오산읍 원 2리에 얻어놓은 셋방은 지붕이 슬레이트로 되어있어 단열이 되지 않아 방 내부 온도나 바깥 온도나 비슷했다.

부산의 따뜻한 날씨에 살다가 오산의 추운 날씨는 처음엔 적응하기 힘들었다. 부산에서는 겨울에도 얼음이 얼지 않았다. 부산의 따뜻한 날씨는 내의가 필요 없지만, 오산 날씨는 매서웠다. 방안에 물을 떠놓고 잠을 자면 아침에 일어나면 얼음이 꽁꽁 얼어 있었다. 그러나 젊음이 있기에 추운 줄 모르고 살았다.

내가 이사를 하고 보니 이웃에 회사 동료들이 이사를 많이 와 있었다. 조그마한 동네에 부산 사람들이 갑자기 이사를 많이 와서 출퇴근 시간에 자주 만나 부산에 사는 거나 크게 차이는 없었다. 남자들은 회사에 출근하면 부산이나 오산이나 변화가 없지만, 여자들은 바뀐 환경에 생활이 힘들지 않았을까 싶다. 기온도 다르고 말씨도 다르고 수돗물 먹다가 우물물을 먹어야 하니 적응하기 어려웠을 것이다.

남자들도 출근하는 데 불편한 점이 조금은 있었다. 우리 동네에 기숙사가 있어 통근 버스가 다녔지만, 기숙사에 있는 사원들 위주로 운행하므로 출근 시간이 너무 빨라서 이용할 수가 없었다. 기숙사 입주 사원들은 식사를 회사 식당에서 했기 때문에 아침 식사를 위해 일찍 출근했다. 부산에서는 통근 버스를 놓치면 시내버스나 택시가 있는데 오산에는 시골 동네라 그런 게 없었다.

나는 출퇴근을 위해 자전거를 샀다. 회사까지의 거리는 4km 정도지만 걸어서 다니기엔 부담이었다. 혹독한 오산의 겨울 추위에 자전거를 타고 다니기도 보통 일은 아니었다. 울퉁불퉁한 비포장도로에 눈이 와 얼어붙으면 너무 미끄러워 걸어 다니기도 힘들고 자전거를 타고 다니기도 어려웠다. 한번 눈이 내려 빙판길이 되면 녹지 않은 채 겨우내 미끄러웠다.

나는 추위에 약했다. 군대 생활도 대구 지방 이상 올라오지 않고 포항과 진해, 그리고 월남에서 군대 생활을 해서 추운 지방에서 살아보지 않았다. 아침에 자전거를 타고 출근하면 눈썹이 얼어붙고 앞머리에는 하얀 고드름이 송송 매달렸다. 오산으로 이사한 그해 겨울은 유난히 춥고 길게 느껴졌다. 그러나 추운 겨울이 가고 봄은 오기 마련이다.

날씨가 따뜻해지자 회사 동료들 몇 사람이 주택 조합을 결성해서 토지를 매입하고 집을 짓기로 했다. 오산읍 원 2리 380의 31번지 일대의 토지를 매입했다. 50평씩 분할 측량을 해서 20여 호의 주택을 짓기로 했다. 그런데 나는 회사 동료가 땅을 배분받고도 집 짓는 것을 포기하는 바람에 그 동료의 지분 50평을 추가로 매입해서 100평의 대지에 집을 짓게 되었다.

넓은 대지에 그림 같은 집을 짓기로 하고 기초 작업에 착수했다. 그때가 1975년 봄이라 내 나이가 삼십 되던 해였다. 나의 꿈이 30살 이전에 이층집을 짓는 것이었는데 그 꿈이 이루어지게 된 것이다. 자금은 부족했지만, 셋방살이에서 집주인이 된다는 생각에 정말 기분이 좋았다. 평생 처음으로 토지를 매입하고 내 집을 짓는다는 사실에 마음이 설레고 근사하게 완성된 집을 빨리 보고 싶었다.

나이 삼십에 마련한 내 집

🌱 따뜻한 봄이 되자 조합원들의 활동이 분주해졌다. 토지 분할 등기를 하고 시공업자를 선정해서 본격적으로 주택을 짓기로 하고 성대한 착공식도 했다. 꿈에 그리던 내 집을 짓게 되어 날아갈 듯 기뻤다. 게다가 결혼한 지 얼마 되지 않았는데 셋방을 면하게 되니 나 스스로 대견했다. 그 시절에도 나이 삼십에 내 집을 갖기란 힘들었다. 나날이 주택 건설공사가 착착 진행되어 가는 모습이 너무나 가슴 벅찼다.

우리 집은 도로와 접해있어 그 동네에서는 비교적 좋은 위치였다. 나는 공사 진척 상황이 궁금해 매일 퇴근할 때마다 공사 현장을 둘러보고 시공업자와 대화도 나누곤 했다. 연장 근무를 하고 밤늦은 시간에도 공사 현장을 둘러보고 집으로 갔다.

공사는 순조롭게 진행되어 집 형태가 드러나 내외장 공사도 거의 마무리 단계였다. 창문만 달면 사람이 살 수 있을 것 같았다. 화장실은 아직 시작도 하지 않은 상태였다. 1975년도 그 당시만 해도 화장실은 실내에 짓지 않고 외부에 저 멀리 마당 구석에 짓는 게 관례였다. 화장실과 처가는 멀수록 좋다는 속담이 있다. 그러나 허허벌판에 집만 지어졌을 뿐 담장도 없고 대문도 없는 상태였다.

그런데 이상하게 잘 진척되어 가던 공사가 어느 순간부터 답보 상태이고 공사가 더 진행되지 않는 것 같았다. 공사 현장이 썰렁하고 뭔가 느낌이 이상했다. 그러다가 10월 중순쯤 일찍 퇴근한 날인데 공사장이 어수선하고 사람들이 모여서 웅성거리고 있었다. 사연을 알아보니 시공업자가 자금이 부족해 더는 공사를 진행할 수 없자 부도를 내고 잠적해 버렸다.

마무리 공사가 아직 많이 남았는데 업자가 잠적해 버렸으니 청천벽력이었다. 공사가 중단된 채로 한동안 방치되어 있었다. 우리는 공사비는 거의 다 지급하고 잔금만 조금 남았는데 큰일이었다. 앞으로 남은 일이 어떻게 될 것인지 돈도 없고 막막했다.

조합원들이 수소문 끝에 업자를 만나서 남은 공정은 어떻게 할 것인지 따졌으나 별 성과가 없었다. 조합원들과 상의한 결과 시공사 측과 현 단계에서 모든 계약을 종료하고 각자의 집을 개인이 책임지고 마무리하기로 결론이 났다.

우선 급한 게 창문 달기였다. 창문만 달고 도배만 하면 살 수는 있을 것 같았다. 그리고 화장실과 담장을 하고 대문을 달아야 하지만 그것은 나중 문제였다. 그러나 공사비를 90% 이상 지급했기에 마무리할 돈이 수중에 없었다. 우선 급한 대로 창문을 달고 도배를 했다. 그리고 한 달에 3,000원씩 내는 월세를 절약하기 위해 서둘러 새집으로 입주하기로 하고 역사적인 첫 내 집으로 이사를 했다. 슬레이트 지붕에 단칸 월셋방에 살다 대궐 같은 내 집으로 이사하니 감개무량했다. 1975년 12월이다. 울도 담도 화장실도 없는 허허벌판 집이지만 내 집으로 이사한 날의 감동은 컸다. 생애 처음 가져 보는 집, 너무나 감격스럽고 행복했다.

기분은 대단히 좋았지만, 화장실이 없어서 당장 큰일이었다. 먹고 나면 배설을 해야 하는데 화장실이 없으니 하루하루 불편의 연속이었다. 다행히 겨울이라 해가 늦게 떠 아침 6시에 일어나면 사방이 어두워 넓은 마당 구석 아무 데나 구덩이를 파고 처리했다. 그러나 겨울이 점점 깊어져 날씨가 추워지자 땅이 얼어 팔 수 없어 연탄재를 덮기도 하고 온갖 고생을 하면서 겨울을 보냈다.

봄이 왔다. 아침 6시에 일어나면 날이 밝아 볼일을 아무 데서나 볼 수 없었고 또 앉아 있으면 땅이 녹아 발이 푹푹 빠졌다. 신발이 흙으로 들어갔다. 마당은 다져진 땅이 아니고 공사 중에 파헤쳐진 땅을 평평하게 골라놓아, 봄이 오니 녹아서 푹푹 빠졌다. 옆집으로 앞집으로 이웃집 화장실을 빌려 썼다. 돈이 없어 반찬 사 먹을 돈도 없는데 화장실 지을 엄두를 못 내고 끙끙대고 살았다.

그러나 더는 화장실 없이 살 수 없어, 온 동네를 다니면서 공사 자재 남은 것들을 하나둘 주워 모아 내가 직접 화장실을 짓기로 했다. 궁하면 통하는 법이었다. 그래도 화장실 바닥에는 하얀 타일을 깔아 제법 멋진 푸세식 화장실이 완성되었다. 화장실은 방수가 되지 않아 비가 많이 오면 자동으로 물이 차오르고 비가 그치면 물이 빠져나가는 자동 정화조 방식이 되어버렸다. 날씨만 좋으면 화장실 퍼내는 걱정은 없었다. 자동으로 수위 조절이 되었다. 나이 삼십에 내 집을 갖는 꿈을 이루었으나 시공업자가 잠적하는 바람에 많은 고생을 했다.

차남의 탄생

🌿 새집으로 이사 와서 따뜻한 겨울을 보냈다. 슬레이트 지붕, 단칸방 셋집에 살 때보다는 너무나 따뜻했다. 집터가 도로보다 낮아 집을 높이 지었다. 집은 높지만, 마당이 낮아 많이 높여야 했다. 마누라는 만삭의 몸으로 온 동네의 연탄을 모아 마당을 높인다고 참 고생을 많이 했다. 100평이나 되는 마당을 무엇으로 메꾸어야 할지 고민이었다. 날이면 날마다 마누라는 연탄재를 모으고 또 모았다. 아직 담장도 하지 않았을 때라 공사 중인 25톤 덤프트럭 기사에게 부탁해서 공사장 흙을 실어다 메우기도 했다.

1976년 음력으로 2월 14일 저녁, 퇴근해서 식사를 마친 후 마누라가 배가 조금씩 아프다고 했다. 산통이 시작되는 것 같았다. 둘째가 태어날 모양인데 집 짓는다고 연봉이 넘는 빚을 지고 있는 형편이라 마누라에게 아무것도 해준 것이 없었는데 진통이 시작되니 무척이나 긴장되고 걱정이 되었다. 돈이 한 푼도 없으니 병원에 갈 형편도 못되고 건강한 마누라만 하늘같이 믿고 순산을 기원할 뿐이었다.

연탄아궁이에 불을 미리 때어서 방이라도 따뜻하게 해야 하는데 아무런 준비도 없이 썰렁한 방에서 마누라는 차남을 순산했다. 큰 고통 없이 고생하지 않고 건강한 사내아이를 순산했으니 그 이상 기쁜 일이 어디 있을까? 태어난 시간이 저녁 9시쯤이었던 것 같다. 방바닥엔 양수가 터져 흥건하였고 발 디딜 틈이 없었다. 타월, 담요, 헌 옷가지를 모조리 갖고 와서 닦아내고, 가위를 소독해서 아기 탯줄을 자르고 동분서주, 정신이 하나도 없어 허둥댔다. 산모는 추워서 덜덜 떨고 있지, 방바닥은 엉망진창이라 그야말로 경험도 없고 서툴고 어설픈 조산사 역할에 진땀이 났다. 산모는 산모대로 아기는 아기대로 떨고 있었다. 최대한 신속하게 전심전력을 다 해서 뒷정리를 했다.

산모와 아기를 따뜻한 아랫목에 이불로 감싸서 눕혀 놓고서야 겨우 한숨 돌릴 수 있었다. 등에 땀이 나도록 열심히 했다. 산모와 아기는 건강했다. 행운이었다. 아랫목에 나란히 누워있는 걸 보니 너무나 행복했다.

새집에서 태어난 차남은 셋방살이하지 않고 세상살이를 시작했으니 그것도 복이고 행운이라고 생각했다. 병원에도 가지 않고 누구의 도움도 없이 차남이 태어날 수 있었던 것은 산모가 평소에 건강 관리를 잘하고 미리미리 사전에 모든 준비를 해두었기에 가능한 일이었다.

거기에 내가 해군 병원에 근무할 때 옆방에 산부인과가 자리 잡고 있어 산부인과의 주요 업무를 대충이나마 알고 있었기에 무난히 뒤처리할 수 있었다. 그래도 병원에 가지 않고 혼자서 아기를 받고 산모의 뒤처리를 하는 것은 위험하고 어려운 일이다. 두 번 다시 할 일은 아니라고 생각되었다. 서툴지만 산모와 둘이서 어렵고 고생스럽게 차남을 순산하게 되어 큰일을 해냈다는 자부심에 어디 가서라도 마누라 자랑을 하고 싶었다. 다행히 산모와 아기는 새록새록 잠들어 있고 나는 어수선한 방안을 정리했다.

흐뭇했다. 그리고 행복했다. 새집을 지어 이사 온 지도 얼마 되지 않았는데 차남이 태어나서 이젠 식구가 넷이다. 아들만 둘이라 마음만은 아무것도 부러울 게 없는 부자였다. 지금은 딸이 아들보다 낫다고들 하지만 그 시절엔 아들이 최고였다. 나는 지금도 딸보다는 든든한 아들이 좋다. 나는 무조건 아들이 태어나기를 원했는데 소원대로 아들이 태어난 것이다.

큰일을 치르고 나니 얼떨떨하고 마음이 평화로웠다. 아랫목에 잠들어 있는 산모와 아기를 물끄러미 바라보았다. 보람 있는 큰일을 했다고 생각되었다. 젊을 때 고생은 사서도 한다는데 병원에도 가지 않고 차남이 태어났으니 얼마나 자랑스러운 일인가?

그럴 때 나는 생각나는 게 있다. 열심히 땀나게 움직이며 일했으니 한 잔 술을 어찌 피해갈 수 있겠는가? 조용히 윗목에 자리 잡고 앉아 아랫목에 누워있는 산모와 아기를 보면서 술 한 잔을 했다. 차남 득남주라고나 할까? 날이 밝으면 출근해서 아들을 낳았으니 득남주 한턱내겠다고 거들먹거릴 것을 생각하니 흐뭇했다. 기분이 좋았다. 이 흐뭇한 기분 영원하기를 기원하며 행복한 밤을 보냈다.

꽃 집

🌿 만물이 소생하는 봄, 꽃피는 봄이 왔다. 집도 완전히 마무리됐다. 담장도 하고 대문도 달고 멋있는 집이 되었다. 마당이 도로보다 아주 낮았지만, 덤프트럭으로 흙을 사다 넣고, 동네 연탄재를 주워서 메우고, 쉬는 날이면 경운기를 빌려 수시로 흙을 실어다 돋우고 해서 이젠 더는 마당을 돋우지 않아도 될 만큼 높아졌다.

대문에서 집으로 들어가는 길 양쪽에는 각종 꽃을 심고 잔디밭도 만들었다. 화단에는 동네 뒤편 야산이나 밭 언덕 등에서 주워온 바위나 돌로 화단 경계석을 쌓아 예쁘게 장식했다. 이웃집 손수레를 빌려서 동네 공터나 길가에 있는 보기 괜찮은 돌은 전부 실어와 화단을 가꿨다. 그리고 묘목장에서 사과, 배, 복숭아, 밤나무를 사서 화단 뒤편 앞집과의 경계에 심었다.

봄이 무르익어 가니 아름다운 복숭아꽃도 피고 하얀 배꽃도 피었다. 하루는 장남을 데리고 동네 뒷산에 가서 금잔디를 캐고 있는데 북한의 이웅평 대위가 미그 전투기를 몰고 귀순했다는 것이다. 오산읍 사무소에서 방송으로 알려주었는데 훈련이 아니고 실제 상황이라고 해서 전쟁이 터진 줄만 알았다.

정원을 가꾸는 일에 공을 들였다. 아침 일찍 일어나 손질하고 꾸미고, 퇴근 후엔 손수레를 빌려 쓸만한 돌을 구하러 돌아다녔다. 대지가 100평인데 한쪽 구석에 집을 짓다 보니 어딘가 텅 빈 것 같고 허술해서 자꾸만 무엇을 채우고 싶었다.

완연한 봄, 5월이 되자 대문에서 집으로 들어가는 길 양쪽에 심은 꽃들이 만발하고 꽃향기 그윽한, 말 그대로 아름다운 꽃길이 생겨났다. 각종 꽃이 만발한 우리 집을 보고 동네 사람들이나 출퇴근할 때 지나다니는 사람들이 "아~, 아름답다!"라고 감탄사를 연발하면서 열린 대문 사이로 구경하곤 했다.

동네 사람들이 우리 집을 꽃집이라고 이름 붙여주었다. 동네에 와서 꽃집이라고 하면 우리 집이었다. 시골에서는 보기 드문 아름다운 꽃집이었다. 아름다운 꽃집을 만드는 데 돈이 많이 필요한 건 아니고 오직 시간과 공을 들여서 아름답게 꾸몄기 때문에 더욱 뿌듯했다.

마당이 도로보다 낮아 집을 높게 짓다 보니 마루 밑에는 자연적으로 반지하실이 생겼다. 겨울에 집이 완공되고 아직 여름 전이라 비도 많이 오지 않고 물도 고이지 않아 지하실로 만들어 쓰기로 하고 문도 만들어 달고 바닥과 벽면에 시멘트를 발라 반지하 공간으로 꾸몄다.

그러나 봄철로 접어들면서 비가 자주 내리니까 반지하에 물이 고이기 시작했다. 장마철에는 물이 많이 차올라 자연스럽게 풀장이 되었다. 물이 고이자 동네 꼬마들이 모여 물장난하고 놀았다. 문제는 물이 고여 있으니 썩는 것이었다. 냄새도 나고 해서 결국 퍼내야 했다.

비만 오면 물이 나서 고이고, 또 물이 썩기 전에 바가지로 퍼내야 하는 악순환이 계속되었다. 반지하에 물이 가득 고이면 집이 허물 어질까 봐 걱정도 되고 게다가 물의 양이 너무 많아 퍼내기가 보통 힘든 게 아니었다. 아무런 방수 처리도 하지 않고 벽돌로 쌓고 시멘트를 발랐으니 물이 새지 않을 수가 없었다. 당연한 결과였다. 물이 어찌나 많이 나던지 바가지로 퍼내기 힘들어 양동이로 퍼내야 했다. 고인 물 퍼낸다고 마누라가 고생 많이 했다. 지금 생각해도 미안하다. 나도 퇴근하면 열심히 퍼냈다. 아무 생각 없이 지하실을 만들어서 비만 오면 물 퍼낸다고 야단법석이었다. 세상에 어떤 일이라도 치밀한 계획과 철저한 실행으로 완벽하게 일을 처리해야지 즉흥적으로 섣불리 하면 화를 부른다.

부실하게 만들어 놓은 지하실을 메꾼다고 물이 나지 않겠는가? 해마다 여름만 되면 물이 나서 애물단지가 된 지하실을 이러지도 저러지도 못하고 집을 팔고 이사를 했다. 꼭 지하실에 물이 나서 이사를 한 것은 아니고 오산보다는 수원이 아이들 교육환경이 나을 것 같아 수원으로 이사하면서 집을 팔게 된 것이다. 그 집을 사서 사는 사람도 물을 퍼내느라 고생을 많이 했을 것이다. 수원으로 가서 집을 샀다. 그곳에는 정식으로 반 지하실이 있었는데 여기서도 물이 새서 고생을 많이 했다. 아무래도 물과 인연인가 싶다.

꽃길

통행금지

1970년대 말에는 야간 통행금지가 있었다. 자정이 넘으면 다닐 수가 없었다. 그때까지 한 번도 통행금지에 걸려 제재를 받아본 적은 없지만 어쨌든 걸리면 법 위반이었다. 하루는 회사 동료들과 퇴근을 하면서 간단한 회식을 했다. 얼마 앉아 있지도 않은 것 같은데 자정이 넘어 버리고 말았다. 통행금지 시간이 된 것이었다.

그 시절 회식을 하면 회식 자리에 그대로 앉아서 나무젓가락으로 식탁을 두드려 장단을 맞추면서 노래를 부르고 놀았다. 요즘같이 노래방이 따로 있는 게 아니고 앉아서 식사하던 그 자리가 노래방이었다. 그동안 쌓인 스트레스도 풀고 기분 좋게 놀다가 떠들면서 회식 장소에서 막 빠져나오는데 어디서 호루라기 소리가 요란했다. 대여섯 명이 자정이 넘었는데 요란하게 떠들면서 지나가니까 경찰이 통행금지 위반이라고 그 자리에 서 있으라는 것이었다. 검문하겠다고 쫓아온다.

우리는 떠들고 가다가 혼비백산 잽싸게 도망을 쳤다. 경찰은 호루라기를 불면서 잡으러 오고 우리는 필사적으로 도망을 쳤다. 쫓고 쫓기는 긴박한 순간이었다. 다른 친구들은 걸어 다니니까 그냥 골목길로 사라지고 나는 자전거를 타고 다녔기 때문에 인도를 따라

전속력으로 내달렸다. 정신없이 정말 온 힘을 다해 자전거 페달을 밟았다. 술을 마셔서 상황 판단이 잘되지 않아 무작정 빨리만 달리다가 그만 사고가 나고 말았다.

큰 도로와 골목길이 만나는 지점은 인도의 보도블록이 끊어져 있었다. 이쪽 인도에서 붕 날아서 건너편 인도의 경계석에 자전거 앞바퀴가 처박히면서 나는 그대로 자전거와 함께 나뒹굴고 말았다. 잠깐 정신이 몽롱하고 아무 생각도 없이 정신을 잃고 말았다. 잠시 후 정신이 들었다. 나는 자전거와 함께 쓰러져 있었다. 쓰러진 상태에서 팔다리를 움직여보았다. 한쪽 다리를 움직일 수가 없었다. 다리가 부러진 것은 아닌 것 같은데, 깜깜한 밤이라 그냥 조용히 누워서 하늘을 바라보았다.

경찰이 따라오나 숨죽여 살펴봐도 경찰은 따돌린 것 같은데 조금만 움직여도 통증이 심해서 꼼짝도 할 수가 없었다. 한쪽 다리로 일어나서 자전거를 세워보았다. 자전거는 심하게 부서진 곳은 없는데 큰일이었다. 조금만 움직여도 오른쪽 다리가 끊어질 듯이 아팠다. 길바닥에서 밤을 새울 수도 없고 집으로 가자니 한쪽 다리를 움직일 수가 없어 어떻게 해야 할지 대책이 없었다.

한참 동안 누워서 생각해 봐도 묘수는 없고 이를 악물고 고통을 참으며 한쪽 다리를 끌고 집으로 가야 했다. 다른 방법이 없었다. 깜깜한 밤에 연락할 길도 없었다. 한쪽 다리로 자전거를 붙잡고 일어섰다. 한 발짝 옮길 때마다 저절로 입이 쫙쫙 벌어질 정도로 고통스러웠으나 12월 추운 겨울, 자정이 넘은 시간에 길바닥에서 밤을 지새울 수도 없고 살기 위해서는 집으로 가는 길밖에 없었다.

시간이 얼마나 흘렀을까? 땀을 비 오듯 흘리며 이를 악물고 고통을 참으며 집으로 한 걸음 한 걸음 옮겨가면서 생각했다. 월남전에서도 살아서 돌아왔는데 이 정도 고통쯤은 참고 집으로 가자. 나 스스로 채찍질하며 집 대문 앞까지 왔다. 초인종을 눌러 놓고는 더는 고통을 참을 수 없어 쓰러졌다. 마누라가 황급히 달려 나왔다. 어떻게 된 일이냐고 물었지만 나는 대답 대신 하염없이 눈물을 쏟아냈다. 이젠 살았다 싶어서였다. 마누라의 부축으로 방에 들어와 누웠으나 조금만 움직여도 통증이 심해 꼼짝도 할 수가 없었다. 너무나 아파서 잠을 잘 수도 없어 밤새 고생했다. 이튿날 아침 날이 밝아왔다. 남 부끄럽게 이웃 사람들의 도움으로 들것에 실려 구급차를 타고 병원으로 가는 신세가 되었다. 진찰 결과 골반에 금이 갔다는 것이다.

골반은 상반신의 체중을 떠받치고 있는 관계로 조금이라도 움직이면 안 되고 가만히 누워 꼼짝도 하지 말라는 것이었다. 요즘같이 통행금지가 없는 세상이라면 다치지 않았을 것이고, 또 휴대전화가 있었다면 가만히 누워서 119구급차를 불러서 병원으로 가면 그렇게 고생하지 않았을 것을 생각하니, 정말로 요즘이 살기 좋은 세상이라는 생각이 든다. 사람이 뼈를 다치면 움직일 수 없는 게 큰 고통이다. 오장 육부가 멀쩡한데 움직이지 말라는 것도 큰 고통이 아닐 수 없었다.

친구를 보내고

꒰ 회사에 멋진 후배가 한 명 있었다. 그 친구는 1951년생이었는데, 우직하고 체격도 크고 성격도 서글서글했다. 그는 서른셋의 젊은 나이에 저세상으로 갔다. 진짜 경상도 사나이였는데, 예의 바르고 효성도 지극한 사람이었다.

그날도 할아버지 제사를 모시러 고향인 경남 진주로 가는 길이었다. 비가 억수같이 쏟아지는 밤에 수원에서 밤 열차를 타기 위해 시내버스로 이동 중이었다. 그 당시 오산과 수원 사이에는 도로 확장 공사가 한창이었다. 공사 구간인 오산 세마대와 병점 사이에서 사고를 당했다. 주변 사람들의 소문에 의하면 시내버스 맨 앞자리에 앉아서 가는데 비가 많이 내렸다. 공사 구간이라 차선이 좁아졌다가 넓어졌다 하는 곳인데 마주 오던 차량과 정면충돌해서 차창을 뚫고 바깥으로 튕겨 나간 것이다. 그는 그렇게 떠나갔다.

그 친구와 나는 가까이 지냈다. 친형제보다 더 재미나게 지내는 사이였다. 나보다 나이가 다섯 살이나 적은 탓에 항상 "행님, 행님." 하고 진주 사투리로 다정하게 불렀다. 그리고 한 동네에 이웃하고 살았다. 우리는 생산부서에서 같이 근무하고 등산, 낚시 등 취미도 비슷해 허심탄회하게 속내를 드러내고 살았다. 퇴근길에는 하루가 멀게 한 잔씩 하면서 동고동락했다.

어느 추운 겨울날 밤이었다. 둘이서 퇴근하다 만났다. "행님, 딱 한 잔만 하고 가자."라고 했다. 나는 자의 반 타의 반으로 단골로 다니는 포장마차에 들어갔다. 퇴근길에는 배가 고픈 시간이라 무얼 먹어도 맛있다. 딱 한 잔만 하고 간다는 것이 두 잔, 세 잔이 되고 온갖 이야기꽃을 피우며 시간 가는 줄 모르고 재미나게 놀았다. 바깥에는 함박눈이 소리 없이 내려 쌓이는 줄도 모르고 몇 시간을 노닥거리다 나와 보니 온 세상이 하얗게 되어있었다.

날씨가 워낙 추워 내리는 눈이 그대로 얼어붙었다. 그리고 차량이 지나다녀 길은 엄청나게 미끄러웠다. 술을 마셔서 그런지 구두를 신고 얼어붙은 아스팔트 길을 걸을 수가 없었다. 몇 발자국 못 가서 중심을 못 잡고 엎어지고 자빠지고, 또 일어서면 넘어지고를 반복하다 둘은 빙판길에 마주 보고 앉아 웃었다. 우리는 넘어져도 즐거웠다. 추운 줄도 몰랐다. 미끄러운 길을 걷다 기어가기를 반복했다. 엉금엉금 기어가다가 뒤를 돌아보니, 가죽 바바리를 입고 빙판길을 기어오는 그의 모습이 너무나 우스워 한바탕 크게 웃었다. 얼마나 웃었는지 아직도 기억이 생생하다. 2km가 넘는 눈 내린 밤길을 즐겁게 걸어오다 기어오다 한 기억이 두고두고 잊히지 않는다.

나는 그해 입사 10년 만에 4급으로 진급했다. 진급 시험을 위해 큰 노력을 했지만, 좀처럼 머리에 남는 것은 없었다. 월요일부터 토요일까지 공부한 것이 일요일 술 한 잔 마시고 나면 남는 것 하나도 없이 모두 증발해버리고 머릿속은 항상 하얀 백지 상태였다. 그때는 막내 처제도 나의 진급 시험 공부를 위해 큰 노력을 했지만, 머릿속에 남는 것은 없고 다람쥐 쳇바퀴 돌듯 맨날 제자리였다.

이젠 나는 4급이 되었으니 형님으로서 체면이 좀 서게 되었는데 그가 홀연히 내 곁을 떠났으니 서운했다. 그 친구도 진급 시험을 쳤지만 5급 사원을 면치 못하고 저세상으로 갔다. 그 친구가 가버리고 나니 술친구도 없어지고 퇴근길이 재미가 없어졌다.

나는 그가 떠나고 얼마 있다 아이들 교육 때문에 오산에서 수원으로 이사를 했다. 가끔은 그때 그 시절의 아름다운 꽃들과 정원이 생각난다. 오산을 떠난 이후 다시는 그런 꽃길과 아름다운 정원을 가져 보지 못했다. 시골이지만 아름다운 정원을 가꾸고 살았던 그 시절이 그립다. 언젠가는 넓은 정원을 가꾸고 살고 싶은 꿈은 아직 간직하고 있다.

수원에서 구미로

🌱 그룹 차원의 사업부 재편으로 나는 경기도 오산 공장에서 경북 구미 공단으로 전보 배치 발령이 났다. 구미 공단은 지금은 5공단까지 있지만, 그때는 4공단까지 있었는데, 규모가 대단히 큰 전자 산업 공단이었다. 나는 2공단에 있는 전자 교환기 공장에서 근무하게 되었다. 3공단에 있는 반도체 공장도 같은 회사였지만 업무상 직접 관련이 없고 회사 간 왕래도 별로 없어서 거의 다른 회사나 마찬가지였다.

나는 1988년 1월 구미 공단에 있는 18평짜리 사원 아파트를 무상으로 배정받아 5년 동안 살기로 하고 혼자 낯선 구미 공단으로 이사했다. 사랑하는 가족들은 수원에 그냥 두고 혼자만 이사했다. 장남이 수성고등학교 1학년이라 쉽사리 옮길 수 없었다. 그전까지 한 번도 가족과 헤어져서 살아보지 않아 혼자 사원 아파트에서 생활하려니 너무나 허전했다. 18평짜리 아파트에 방이 두 개 있는데 큰 방은 내가 쓰고 작은 방은 생산관리 부서에 근무하는 회사 동료에게 주었다.

출근해서 회사에 근무하는 것은 오산이나 수원이나 마찬가지인데 퇴근 후에 아파트에 오면 가족이 없으니 반겨주는 사람도 없고 너무나 쓸쓸하고 따분했다. 가족이 없으면 이렇게 썰렁하고 외롭구나 하는 것을 처음 느꼈다. 연장 근무를 하고 늦게 퇴근하면 피곤해서 잠들기 바빠서 그나마 나았다. 시간 많을 때 테니스라도 배우자고 마음먹었다.

그때 내 나이 43세였는데 테니스에 정식으로 입문했다. 그전에도 테니스를 치기는 했지만, 라켓만 들고 대충 흉내만 내던 터라 엉터리였다. 퇴근 후 테니스 개인지도를 본격적으로 받기로 하고 열정적으로 최선을 다해 테니스 실력 향상에 힘썼다. 시간만 생기면 테니스장에서 살다시피 하며 퇴근 후 적적함을 달랬다.

주말에는 사랑하는 가족이 있는 수원으로 가야 했다. 주말부부 생활을 시작하고 나선 토요일을 기다리는 낙으로 시간을 보냈다. 토요일이면 희망을 품고 수원으로 갔다가 일요일 오후 다시 따분한 구미 아파트로 돌아올 땐 힘이 빠졌다.

어느 일요일 밤, 늦게 수원에서 구미로 가는 무궁화호 열차 안에서 피곤한 몸을 의자에 기댄 채 조용히 눈을 감고 있는데 어디서 '쓰으~' 김이 빠지는 듯한 소리가 들렸다. 그래도 별거 아니겠지 하고 눈을 감고 가는데 이상한 소리가 계속되더니, 점점 더 커지는 것 같았다. 그래서 일어나 앉아 정신을 차리고 소리 나는 곳을 추적해 보았다. 선반에 올려놓은 내 007 가방에서 나는 소리 같았다.

나는 가방을 내려 옆 빈 좌석에 놓고 열어보았다. 다행히 내 옆자리에 손님이 없어서 가방을 열어보기는 편했다. 가방 속에서 소리가 계속 났다. 마누라가 기숙사에 가서 마시라고 챙겨준 동동주 담은 페트병이 빵빵하게 부풀어 올라있었다. 소리는 페트병 뚜껑에서 나고 있었는데 거품도 조금씩 새어 나오고 있었다. 내가 술을 좋아하니 마누라가 정성껏 빚어서 챙겨준 것인데 그 동동주 병이 정체 모를 소리의 주범이었다. 금세 폭발할 것만 같아 잽싸게 화장실로 가져가 뚜껑을 열었더니 '펑' 하면서 페트병 안에 있던 동동주가 한꺼번에 쏟아져 나왔다. 화장실 세면기, 벽면, 바닥에 동동주가 튀어 범벅이 되고 동동주 냄새가 진동했다. 마누라가 맛있게 마시라고 빚어준 동동주인데 거의 절반을 쏟아버렸다. 화장지로 벽면을 닦고 바닥을 청소하고 한바탕 난리를 쳤다.

쏟아버린 동동주가 아깝고 가슴 쓰리지만 하는 수 없이 남은 것이라도 다시 가방에 챙겨 넣었다. 기숙사에 가서 허전한 마음 달래며 마누라의 고마움을 느끼면서 마시려고 했는데 무궁화호 열차 화장실에 쏟아버리게 된 것이다. 정말 아까웠다.

빌딩 신축

🌿 주말부부 생활은 피곤했다. 회사 일이 바쁘면 집에 갈 수도 없고 수원에서 경북 구미까지 거리가 멀어 오가는 시간이 오래 걸리고 주말마다 오가는 교통비도 만만치 않아 가계에 부담이 되었다. 가족 전체가 이사하기도 어려운 상황이었다. 장남의 학교 때문에 쉽사리 이사하기도 힘들었다. 다행히 수원 집이 빨리 팔려 대구시 수성구 범어3동에 이층집을 샀다. 이층집 전체를 세를 놓고 나는 다른 곳에 전셋집을 구해서 수원에서 대구로 이사를 했다.

부산에서 오산으로 올라간 지 15년 만에 수원을 거쳐 대구로 옮겨와서 살게 된 것이다. 구미로 이사를 하면 내가 회사 다니기는 편리하지만 애들 학교 때문에 대구에 살게 되었다. 내가 전세로 사는 집도 2층이었는데 집주인이 경북 군위군청 공무원이었다. 나는 2층에 살고 주인이 1층에 살았는데 집주인이 술 한잔하고 자정이 넘은 시간에 늦게 와서 셔터를 탕탕 두드리곤 했다. 나는 곤히 잠들어 있다가도 셔터 두드리는 소리에 잠이 깼다. 아무리 문을 두드려도 안에서 문을 열어주지 않았다. 셔터를 두드리는 소리에 나도 잠을 설치곤 했다. 그래도 수시로 늦게 와서 셔터 두드리는 일이 반복되었다. 왜 그렇게 문을 열어주지 않는지 이해가 되지 않았다. 나는 술 마시고 늦게 와도 마누라가 문을 열어주지 않는 일이 없었다. 마음씨 좋은 착한 마누라 덕분에 그런 일은 없었다.

내가 집을 사서 세를 놓은 곳이 근린상가 지역이었다. 나는 그 집을 허물고 빌딩을 신축해서 상가나 사무실로 세를 놓고 나도 전세살이를 끝내기로 계획을 세우고 설계 및 자금 조달에 들어갔다. 나는 그때 대구 로열 테니스 동호회 총무였다. 법원에 근무하는 동호회 회원의 소개로 설계사무소와 새마을 금고에서 건물을 짓는 데 필요한 설계와 자금을 대출받아 빌딩 신축에 착수했다. 지하 1층 지상 4층으로 설계되었다.

주변에는 아직 3층 이상의 건물은 없었다. 아직 발전이 덜 된 골목이라 4층 건물을 지으면 상가나 사무실에 입주할 사람이 있을지 걱정이 되었지만 과감하게 일을 추진시켰다. 그때가 1991년이다. 9개월의 공사로 지하 1층 지상 4층의 빌딩이 완공되고 나는 4층에 입주했다. 나이 삼십에 오산에서 단층집을 짓고 사십 대에 대구에서 빌딩을 신축하게 되어 자부심이 대단했다. 지금은 세월이 많이 흘러 우리 집 주변 건물 전부가 4~5층으로 재건축되어 우리 집의 존재가치가 별로 돋보이지 않지만, 당시만 해도 뿌듯함이 컸다.

그때 나는 테니스에 완전히 빠져서 새벽 4시에 기상해서 클럽에 가서 개인지도를 받고 6시 50분이면 대구에서 출발해서 구미 공단으로 가는 통근 버스에 몸을 실어야 하는 눈코 뜰 새 없이 바쁜 생활을 했다. 이젠 회사에서 잘려도 밥은 먹겠지 하는 자긍심을 갖고 당당하게 회사 생활을 할 수 있었다.

지하에서 3층까지 세를 놓아 수입이 꽤 짭짤했다. 이렇게 소중한 건물의 지하에서 4층까지 계단 청소를 즐거운 마음으로 했다. 그 당시에는 토요일은 오전 근무만 했다. 일찍 퇴근해서 계단 청소해놓고 라켓 짊어지고 테니스장으로 달려가는 즐거운 시절이었다. 그때 부모님은 고향에 있는 집과 산, 농토를 몽땅 정리하고 형님을 따라 김해 진례로 이사하는 일이 생겼다.

연로하신 부모님이 고향을 버리고 타향으로 가는 것이 마음에 내키지 않지만 어쩔 도리가 없었다. 형님에게 집과 산, 집 앞에 있는 텃밭을 팔지 말고 두고 가라고 했지만, 말을 들어주지 않았다. 그래서 나는 고향이 없어졌다. 요즘도 가끔 지나가는 길에 고향 집에 가보면 사람이 살지 않아 집은 찌그러지고 흉물스럽게 변했다. 그래도 내가 태어나서 20여 년을 살던 정든 고향이라 가끔 지나가는 길이 있으면 둘러본다. 그리운 고향이기 때문이다.

아버지의 귀천

🌿 아버지가 세상을 떠난 날짜와 시간은 정확하게 모른다. 김해 진영 봉하 마을로 들어가는 좁은 도로에서 교통사고를 당한 것으로 추측할 뿐이다. 어머니 말씀에 의하면 아버지는 1994년 음력으로 8월 25일 오후, 해가 질 무렵 약을 사기 위해 약국에 간다고 나가셨는데 그 길로 돌아오지 않으셨다. 그게 마지막이었다.

어머니는 일주일이 지나도록 돌아오지 않는 아버지를 마냥 기다리고 있었다. 자식들에게도 아무런 연락도 없이, 그저 돌아오시기만을 고대하고 있었다. 그러던 어느 날 경찰이 찾아와서 경남 남해군 어느 바닷가에서 변사체로 발견되었다는 것이다.

나는 그 당시 구미산업공단에 근무하던 중 참변 소식을 접하고 가슴이 떨려서 정신이 혼미하고 걸음을 걸을 수조차 없었다. 건강하시던 아버지께서 어떻게 갑자기 돌아가셨는지 청천벽력이었다. 그리고 시신이 어떻게 김해 진영읍에서 멀고 먼 남해군의 바닷가까지 갈 수 있었는지 어이가 없었다.

경남 진영 봉하 마을에서 남해군 해변까지 몇백km가 된다. 추측해보건대, 봉하 마을에서 약국에 가던 중에 좁은 1차선 도로에서 1

톤 트럭 정도의 백미러에 부딪혀 쓰러지셨는데, 일어나지 못하시니까 트럭 운전사가 트럭에 싣고 남해군 해변까지 가서 유기한 게 아닐까 짐작해 볼 따름이다.

그때 아버지가 80세 고령인 데다 신체가 허약해 조그만 충격에도 실신하지 않았을까 생각된다. 그 시절 김해 봉하 마을 진입로는 차 한 대가 겨우 다닐 정도로 비좁았다. 지금은 노무현 대통령 생가가 있어 도로 사정이 많이 좋아졌다.

나는 아버지의 비보를 접하고 단숨에 경북 구미에서 남해까지 달려가서 시신을 확인했다. 얼굴에 상처가 있는 것으로 보아 나의 추측이 확실한 것 같았다. 그러나 뺑소니 차량을 찾을 길이 없었다. 1994년 당시에는 CCTV도 없었다. 억울하고 원통한 죽음 앞에서 울분을 토했지만 별 대책이 없었다. 자식으로서 어떤 도움도 줄 수 없는 게 안타까울 뿐이었다.

남해 경찰서에서 시신을 확인하는 과정에서, 경찰은 내가 뺑소니 운전자를 잡아야 한다고 주장하면 사건 수습 시간이 길어지고 복잡해질 것이라며, 사인을 밝히거나 이의를 제기하지 않기로 하고, 시신을 인수해 주기를 바랐다. 나는 어떤 놈이 그렇게 못된 짓을 했는지 찾고 싶었지만, 더는 이의 제기를 하지 않기로 서명하고 시신을 인도받았다.

그렇게 아버지는 억울하게 세상을 떠나셨다. 아무런 연고도 없는 낯선 남해군의 어느 조그만 병원 영안실에서 장례 준비에 들어갔다. 처음 당하는 일이라 두렵고 떨리고 너무나 당황스러워 모든 일이 두서가 없었다. 혼자서 어떻게 해야 하는지 몰라 허둥대기만 했다. 빈소도 꾸미지 못하고 장례식장에서 주는 촛대 하나에 영정 사진 하나만 놓고 헤매고 있는데 경북 구미 회사에서 동료들이 조문을 왔다.

그 당시에는 경황이 없어 부끄러운 줄 모르고 지나갔는데, 한참 세월이 지나간 뒤에 회사 동료 한 사람이 나에게 귀띔해 주었다. 조문을 많이 다녔지만 그렇게 초라한 빈소를 본 적이 없다고 했다. 그때는 경황이 없어 몰랐지만, 세월이 흘러 다른 사람들의 빈소에 조문하러 갔을 때, 그때야 나도 깨달았다. 아버지 장례 때 너무나 초라한 빈소로 조문객을 받은 것이 먼 훗날에야 창피하고 부끄러웠다.

빈소는 이 세상에 살다가 떠나면서 마지막 머물다 가는 곳인데, 아버지의 마지막 가는 길에 너무나 초라하게 빈소를 꾸며 큰 불효를 저지른 것 같아 항상 마음 한구석에 짠하게 남아 있다. 그때는 변사체로 발견된 아버지를 보고 분하고 흥분되어 빈소가 초라한지도 모르고 지나갔다. 혼자 이리저리 뛰다 보니 두서없는 장례 절차가 되었다.

다른 사람들은 부모님이 돌아가시면 임종을 지켰느니 못 지켰느니 안타까워하고 슬퍼하는데 나의 형님은 장례식장에 나타나지도 않았다. 6남매가 있지만 의논할 형제도 없고 그냥 예의범절도 없이 장례 절차를 진행했다. 그저 시신을 수습해서 장지로 모신다는 그런 생각뿐이었다. 생각하면 생각할수록 분하고 억울하다. 어느 놈이 사고를 내서 머나먼 경남 남해군 바닷가에까지 시신을 유기했는지 그놈을 잡아서 죄를 물어 벌하지 못한 게 지금도 분하고 억울하다. 손도 한번 써보지 못하고 울분을 삭여야 하는 나의 무능함이 원망스러웠다. 아버지를 김해 낙원 공원묘지에 모시고 장례 절차는 격식도 없이 간소하게 끝냈다.

아버지가 약국에 가신다고 집을 나간 지 10일 만에 온 경찰의 연락이었다. 아무런 신분증도 없이 사고를 당했으니 지문 채취를 해서 연고지를 찾느라고 시간이 오래 걸린 것이다. 인간은 한 번 태어나면 언젠가는 죽는데 마지막 가는 길도 보통 사람들처럼 가셨다면 얼마나 좋았을까?

이 세상에 아버지가 계시는 것으로 큰 울타리이었는데 아버지가 돌아가시게 되자 너무나 허전한 마음을 달랠 수 없었다. 아버지가 계시면 큰 도움은 받지 않아도 심리적으로 든든한 울타리 안에 사는 느낌이었는데 아버지가 돌아가시니 허허벌판에 홀로 버려진 느낌이었다.

나이 들면 모두 하는 말, 세월이 정말 빠르다는 것이다.

내가 살아온 한평생이 순간처럼 느껴진다.

제4부

내 삶을 되돌아보니

강의(講義)

    🌱 나는 회사에서 실시하는 사내 직무 교육 과정의 전송 장비 제조 분야 강사로 초빙되어 강의하게 되었다. 나는 공원으로 입사해서 5급 사원, 반장, 직장을 거치면서 소속 사원들을 모아 놓고 생산 현장에서 지켜야 할 사항, 작업에 임하는 자세, 행동 요령이나 품질 향상, 생산성 향상을 위한 독려, 등 잔소리는 많이 했지만 전 사원을 대상으로 강의하는 것은 처음이라 강사 초빙을 받고도 마음이 내키지 않아 강의할 것인지 말 것인지 고민하지 않을 수 없었다.

  마음속엔 훤히 알고 있지만, 그것을 정리해서 남에게 조리 있게 전달한다는 것은 쉽지 않은 일이었다. 제조부에서의 최고 기술자로 되어있지만 실제로 속 빈 강정이었다. 그래도 쉽게 거절할 수도 없었다. 거절할 명분이 없었다. 하는 수 없이 수락했지만, 그때부터 고민이었다.

  전송 장비 제조 방법 등의 기술 지도는 일상적으로 해온 일이지만 이론적인 강의는 자신이 없었다. 생산 현장에서만 계속 근무해온 나는 기구 조립 하드웨어 부분은 어느 정도 자신이 있지만 생산된 전송 장비의 작동 방법, 성능 실험 등 소프트웨어는 별로 아는 게 없어 부담이 컸다. 그 당시 통신 케이블은 주로 구리로 된 동축선이었으나 전송속도가 빠르고 전송량이 많은 광케이블로 바뀌는 시기였다.

첨단 제품에 사용되는 광케이블이 나오면서 케이블은 가늘어지고 제품은 소형으로 바뀌는 추세였다. 내가 담당해야 할 강의는 작업 표준서에 관한 것이지만 첨단 신제품의 수명 사이클은 점점 짧아져 신제품이 계속 쏟아져 나오고, 그에 따른 제품 특성이나 작업 방법 등 세세한 부분까지 작업 표준서가 바로바로 뒷받침되지 못했기 때문에 기초 지식이 부족한 나는 은근 부담이 컸다. 수강생들은 부장 이하 부서 담당자까지 전 부서의 사무 기술직 사원이었다. 그들은 각 분야의 전문가다. 범위가 좁은 조립기술이라는 주제로 강의한다는 것은 딱딱하고 지루할 것 같아 고민이 되었다.

회사 일이란 하나의 목표로 전 임직원이 총력 매진하는 시스템이므로 평소에는 서로 질문도 하고 토론도 하면서 업무가 진행된다. 각 분야에서 각각 다른 업무를 수행하지만, 목표는 오직 하나 품질 향상과 생산성 향상이기 때문이다.

처음에는 조심스럽게 강의를 진행하다 보니 강의실 분위기가 딱딱하고 강의 내용이 새로운 것이 아니라 재미가 없어서인지 여기저기 졸고 있는 사람이 한두 명이 아니었다. 나는 열심히 앞에서 떠들고 있지만, 강의 시작 몇 분이 지나면 졸고 있는 사람이 많아 신경이 쓰였다. 강의 시간이 오후 1시부터라 졸리는 시간대인 것도 한몫했다. 어떻게 하면 수강생들의 졸음을 쫓아내고 초롱초롱한 눈빛으로 나를 바라보게 할 것인가 고민 끝에 군대 이야기를 하기로 했다.

남자들은 둘만 모이면 군대 이야기를 한다고 한다. 내가 누구인가, 청룡부대의 일원으로, 월남전 참전용사가 아닌가? 월남전 참전 무용담을 실감 나게 들려주었다. 빗발치듯 쏟아지는 총탄 속을 진격하는 청룡부대 용사들, 도망가는 베트콩을 향해 집중 사격하고 밤새도록 벌인 전투로 수십 구의 시체만 남기고 도망가버린 베트콩, 베트콩의 시체에는 총알이 뚫고 들어간 구멍마다 똥파리가 꽃송이처럼 붙어 있고, 쉬는 날엔 LMG 탄통의 고무 패킹을 빼지 않고 밥을 하는데 아무리 불을 때도 김이 나지 않으니까 뚜껑을 열다가 폭발해 얼굴에 밥알이 박혀 3도 화상을 입고 병원으로 후송되어 몇 개월씩 입원하는 일 등등 청룡부대 이야기를 하면 졸던 사람들도 슬그머니 눈을 뜨고 절대 졸지 않았다. 이젠 또 무슨 이야기를 할까 내 입만 쳐다보았다. 그렇게 생동감 있고 즐거운 강의실 분위기를 만들었다. 용감하게 싸운 이야기 뒤에는 박수와 함성이 터져 나왔다.

재미나는 이야기를 준비해서 매일매일 즐거운 강의를 했다. 그러나 웃고 즐기다간 교육이 되지 않으니까 중간마다 예상 평가 문제를 제시하고 그걸 근간으로 강의했다. 월남전 참전 이야기를 한다는 소문이 회사 내에 퍼지자 강의 내용에 관심이 없는 관리자급 수강생들도 전부 강의에 참석해서 끝까지 자리를 지켰다.

내 강의 시간에는 결강하는 사람 없이 100% 출석했다. 사내 교육

강사가 10여 명이 되었는데 내가 2번째로 명강의를 한다는 소문이 내 귀에까지 들려왔다. 뿌듯했다. 제일 잘 나가는 강사는 고려대 출신 생산 기술부장이라고 소문이 났다. 그렇게 나도 대중 앞에서 강의하는 강사가 되었다.

일본 NEC 방문

🌱 전송 TF 팀원으로 선진 기업의 생산 방식을 벤치마킹하기 위해 일본 후쿠오카의 NEC 공장을 방문, 벤치마킹하기로 했다. 비가 억수같이 쏟아지는 1996년 8월, 집에서 출발하면서부터 폭우로 구두에 물이 들어가고 옷은 흠뻑 젖어버리는 낭패를 당했다. 무더운 여름인데도 양복 정장 차림으로 여행을 해야 하니 불편했다.

나는 김포공항에서 그룹 관계 인사들과 합류해서 일본으로 갔다. 일본은 가까운 나라다. 비행기가 고도를 잡고 조금 가는가 싶더니 어느새 일본에 도착해 있었다. 공항에 내리니 날씨가 우리나라보다 더 무더운 것 같았다. 일본 도착이 오후 시간대라 더위가 최고조에 달했다. 조금만 움직여도 땀이 흐르고 견디기 어려웠다. 우리는 더위를 식히기 위해 맥주집에 들렀다. 시원한 맥주를 시켰는데 색깔이 검은 쿠로이 맥주가 나왔다. 난생처음 보는 맥주라 신기했다. 흑맥주를 마시며 더위를 식히고 우리는 도쿄로 향했다.

도쿄 외곽에 있는 다케야로 가서 민박집에 짐을 풀었다. 호텔에서 잘 수 있는 여행 경비를 받았지만 한 푼이라도 아껴 일본 관광을 하기 위한 자금으로 사용하기 위해서였다. 이튿날 우리는 후쿠오카에 있는 NEC 공장에 가서 간판 방식 선진 생산 시스템을 벤치마킹했다. 간판 방식이란 우리 회사의 생산 방식과 크게 다른 것은 없고 각 공정의 생산 진도 현황과 그 흐름을 벽면에다 크게 표시하고 작업자 누구나 생산 실적을 눈으로 직접 확인하고 각자의 생산 실적을 실시간 수시로 점검하는 것이었다. NEC 공장에서 하루를 보내고 다케야의 민박집으로 돌아왔다. 선진 기업이라고는 하지만 우리 회사도 그 정도 수준에 도달해 있다고 생각이 되니까, 생산 방식이야 어떻게 되든 우리는 도쿄 시내를 관광하기로 했다.

우리는 식사도 민박집에서 해결했다. 그리고 밤에 우에노 공원에 나가봤다. 늦은 밤이라 그런지 우에노 공원은 너무나 지저분하고 여기저기 쓰레기가 굴러다니고 상상외로 불결했다. 공원 전체가 쓰레기 천지였다. 청소년들이 떼거리로 몰려다니면서 방뇨하고 소리 지르면서 이리저리 돌아다니고 있는 무법천지였다. 여름철이라 그런지 공원 여기저기 구석구석에 쓰러져 자는 사람도 많고 다시는 찾고 싶지 않았다.

우리는 공원 근처 심야 극장에서 성인 영화를 한 편 보기로 하고 들어갔다. 극장 내부도 지저분했다. 여기저기 노숙자 같은 남루한 차림의 무리가 영화를 보는 것인지 잠을 자는 것인지 쓰러져 있고, 남녀가 부둥켜안고 있는 등, 무질서하고 우범지대 같아 우리는 의자에 앉지도 않고 조금 서성이다 되돌아 나왔다. 우리가 머무를 곳이 못 되는 것 같았다. 돈은 아깝지만 돌아설 수밖에 없었다. 소문만 듣고 호기심을 가졌던 일본의 심야 극장을 보고 크게 실망했다.

우리는 극장을 나와 시원한 밤바람을 맞으며 심야의 도쿄 시내를 활보했다. 숙소가 있는 다케야까지 걸어가는 동안 자판기에서 뽑은 캔 맥주를 마시며 우리도 일본의 젊은이들같이 고성방가했다. 노래도 부르고 떠들면서 걸어서 숙소까지 왔다.

다음날은 금형 제작 전문 중소기업을 벤치마킹했다. 가족끼리 경영하는 소규모 기업인데 50년 전통을 자랑했다. 규모는 작았지만, 최신 기술과 장비로 금형을 제작하고 있었다. 우리들의 원래 목적은 일본 관광이 첫 번째였고, 두 번째가 벤치마킹이었던 만큼 다음날도 우리는 도쿄 시내를 관광하기로 하고, 일본 최고의 번화가 신주쿠로 가서 생동감 넘치는 거리를 구경했다. 그다음부터는 전철을 타기도 하고 걷기도 하면서 도쿄 시내 곳곳을 구경했다.

다음날은 일본 황궁도 둘러보았다. 황궁의 규모는 엄청나게 컸다. 황궁 내부에는 들어갈 수 없었고 황궁 외곽을 한 바퀴 돌았다. 황궁의 외각은 돌로 성을 쌓고 성곽 바깥에는 인공 호수가 만들어져 있었다. 인공호수의 깊이는 짐작되지 않지만, 넓이는 50m 정도 되는 것 같았다. 큰 바위로 축조된 석축 위에 높은 담장을 쌓아 올려 아무도 접근할 수 없게 되어있었다. 말 그대로 철옹성이었다. 황궁을 한 바퀴 돌아보는 데 시간이 얼마나 걸렸는지는 알 수 없지만, 다리도 아프고 몹시 피곤했다.

다음날 우리는 아침 일찍부터 유명 관광지 하코네를 둘러봤다. 도쿄에서 열차를 타고 하코네까지 가서 다시 산악열차를 타고 산 정상으로 올랐다. 산 정상에는 통곡의 계곡이라 이름 붙여진 계곡을 가로지르는 케이블카가 설치되어 있었다. 케이블카를 타고 계곡을 가로질러 가는데 계곡 아래 골짜기에는 화산 연기가 뭉게뭉게 피어오르고, 가스가 분출되는 소리가 '우우~' 하며 까마득하게 높은 케이블카에까지 들렸다. 가스 분출 소리가 악마의 울음소리 같아 통곡의 계곡으로 불리게 되었단다. 까마득히 내려다보이는 계곡에는 하얀 화산 연기가 가득하고, 가슴을 조이며 반대편 정상에 도착해 보니 산꼭대기에 온천수가 나오고 온천수에 달걀을 삶아서 팔고 있었다.

우리는 통곡의 계곡 정상에서 다시 케이블카를 타고 등산할 때와 반대 방향으로 4km 정도를 내려왔다. 그곳에는 큰 호수가 있었는데 호수 주변의 산림이 울창하고 경치가 아주 좋았다. 호수에는 해적선이라는 이름의 큰 배가 있었다. 우리는 그 배를 타고 아름다운 호수의 경치를 관람하면서 호수를 가로질러 아침에 도착했던 하코네 역으로 되돌아왔다. 하코네 역 주변의 조그마한 동네는 전체가 온천지였다. 가정집에서 소규모로 운영하는 온천탕엔 탈의장 사용료 100엔만 지급하면 온천욕을 즐길 수 있었다. 우리는 그곳에서 따뜻한 온천탕에 몸을 담그고 하루의 여독을 풀었다.

일본 NEC 방문

미국 실리콘밸리 벤치마킹

🌿 전송생산 TF의 구성원으로 활동한 지도 1년 이 되었다. 마무리 활동으로 선진국의 첨단 산업 기술을 벤치마킹하기 위해 2주 동안 미국 실리콘밸리를 방문하게 되어 마음이 설렜다. 미국은 6·25 전쟁 때 우리를 도운 은혜의 나라가 아닌가?

난생처음 미국을 방문하게 되는 만큼 출입국 절차에 필요한 간단한 영어 단어들을 암기해야 했다. 간단한 문장들을 프린트해서 외웠는데 아무리 노력해도 외워지지 않았다. 외워봐야 돌아서면 잊어버리고 머리에 남는 게 없다. 영어를 못한다고 미국 여행을 포기할 수는 없는 일, 어쨌거나 미국에 가서 2주간 생활해야 하니까 먹는 것부터 챙겼다.

미국은 물가가 비싸다고 하니 꼭 필요한 것은 한국에서 사 가기로 하고 각자 분담해서 준비하기로 했다. 우선 팩 소주 30개들이 한 박스를 준비하고 라면, 김치, 고추장 등을 필수적으로 챙겼다. 그 외 품목은 각자 기호에 따라 알아서 준비하기로 했다.

우리 일행은 7명이었다. 김포공항에서 대한항공을 타고 출국했다. 미국이 그렇게 멀리 있는 나라인 줄 미처 몰랐다. 정말 지루하고 힘들었다. 가도 가도 끝이 없는 멀고 먼 나라였다. 비행기 좌석은 비

좁아 마음대로 움직일 수도 없고 너무나 불편했다.

비행기가 하늘 높이 날아가니 창밖에 보이는 것은 떠돌아다니는 구름 덩어리뿐 그것도 저녁노을이 보이는가 싶더니 금방 깜깜해져 아무것도 보이지 않았다. 다시 밝아지는 하늘, 창밖으로 보이는 비행기 날개는 바람에 덜렁거리고 꼭 떨어져 나갈 것 같아 불안했다. 기나긴 시간 동안 쉬지 않고 날아가는 비행기는 정말 철저히 정비되고 점검해야 한다는 생각이 새삼 들었다. 혹시라도 고장이 나면 무슨 대책이 있을까? 처음 하는 미국 여행이 불편하고 불안한 비행이었지만 시간은 빨리 지나갔다.

기내식도 먹고 술도 마시고 영화 감상도 하고 지루함을 피해 보려고 온갖 노력을 해보았지만, 긴 시간을 앉아 있으니 엉덩이는 따갑고 마음대로 움직이지 못하니 갑갑해서 좀이 쑤셨다. 10시간 정도 걸린다고 하니까 이를 악물고 참고 견뎠다. 기내 방송이 흘러나왔다. 샌프란시스코 공항에 착륙한다고 안전띠를 매라는 것이었다. 맑은 하늘 아래 솜털 같은 하얀 구름 위로 날아가던 비행기가 갑자기 구름을 뚫고 밑으로 내려갔다. 샌프란시스코 공항에는 추적추적 가을비가 내리고 있었다.

공항 입국 절차를 밟았다. 영어를 한마디도 못 하는 나는 마음속으로 걱정했다. 입국 수속 검색대에서 흑인 검색원이 날 보고 뭐라고 이야기하는데 나는 한마디도 알아들을 수가 없었다. 그냥 얼굴만 빤히 쳐다보고 있었다. 나는 가만히 있을 수 없어 웃으면서 "뭐라고 하셨어요?" 했더니 흑인은 머리를 절레절레 흔들었다. 말을 못 알아듣기는 흑인이나 나나 마찬가지, 서로 얼굴만 쳐다보았다.

짧은 순간이었지만, 마음은 한없이 답답했다. 서로 마주 보고 서 있으니 서너 명 뒤에 줄을 서 있던 본사 유 부장이 앞으로 와서 뭐라고 몇 마디 대화를 나누었다. 그랬더니 통과됐다. 입국 수속 정도는 대화가 될 줄 알았는데 영 통하지 않았다. 공항 검색대는 통과했는데 짐을 찾아 여행용 가방을 끌고 공항을 빠져나오는 중에 일행 중 한 명이 공항 검색원에게 걸렸다. 일행이 많고 짐을 많이 갖고 가니까 본보기로 한 명을 골라서 소지품 검사를 한 것이었다. 다른 물건은 모두 통과되었는데 팩 소주 상자가 문제가 되었다. 이게 뭐냐고 묻는 것 같은데 소주라고 하니까 못 알아들었다. 그들은 마약으로 오인하는 것 같았다. 영어 잘하는 유 부장이 설명해도 이해가 되지 않는지 좀처럼 보내주지 않고 고개를 갸우뚱거리며 의심의 눈초리로 대했다. 한참 동안 온갖 수단을 동원해서 설명한 결과, 코리안 음료수로 설득해서 입국장을 무사히 빠져나올 수 있었다.

우리는 호텔에 짐을 풀고 곧바로 실리콘밸리의 휴렛팩커드 PC 공장을 방문했다. 휴렛팩커드의 생산 현장 분위기는 자유분방하고 조금은 무질서해 보이기도 했지만, 회사 내부는 깨끗하고 첨단 컴퓨터 제조 회사답게 거의 모든 공정이 자동화되어 가동 중이었다. 우리 회사도 수준 이상의 전자 회로기판을 만들고 있었지만, 배워야 할 점이 많았다.

다음 날은 그 유명한 샌프란시스코의 금문교를 구경했다. 금문교는 샌프란이란 도시와 시스코란 도시를 연결하는 다리란다. 다리 밑으로 흐르는 바닷물의 유속이 워낙 빨라 다리를 건설할 때 난공사로 사고도 자주 발생했고, 특히 수많은 중국인 노동자들이 희생되었다고 한다. 다리 위에서 보아도 빠른 유속이 느껴질 정도였다.

다음날 우리는 미국 항공우주국 NASA를 방문했다. 넓고 넓은 푸른 초원 위에 수많은 대형 로켓과 발사체들이 전시되어 있고 전시관에는 우주선과 우주복을 입은 마네킹들이 전시되어 있었다. 수중 실험장도 시찰했다. 우주로 인공위성을 쏘아 올리는 로켓의 웅장함에 새삼 놀라지 않을 수 없었다. 더 넓은 초원 여기저기 거대한 발사체가 우뚝우뚝 세워져 있었다.

NASA 방문

미국 보스턴 방문

🌱 우리 일행은 샌프란시스코에서 보스턴으로 갔다. 비행기를 타고 로키산맥을 넘어 조금 더 가니 그 유명한 그랜드캐니언도 보이고 도박의 도시 라스베이거스도 네바다 사막 한복판에 그림같이 자리 잡고 있었다. 가도 가도 끝이 없는 네바다 사막과 끝도 없이 펼쳐진 푸른 초원, 광활한 평원의 미국이었다.

샌프란시스코에서 보스턴으로 가는 비행기는 중형이었는데 기내 여자 승무원들이 모두 동네 아줌마들 같았다. 나이도 많아 보이고 예쁜 유니폼을 입은 것도 아니고 수수한 평상복 차림이었다. 우리가 타고 가는 비행기 아래로 소형 비행기들이 잠자리처럼 날아다녔다. 미국은 비행기가 많은 나라라고 생각되었다.

보스턴에 내린 우리는 아름다운 초원의 가장자리에 자리 잡은 단층 건물의 호텔에 짐을 풀고 시내 관광에 나섰다. 미국 독립운동 유적지를 답사하고 MIT 공대와 하버드 대학도 찾아갔다. 하버드 대학은 그 규모를 짐작할 수 없을 정도로 크고 광범위했다. 대학 내에 지하철역이 있고 은행 지점과 상가들도 있었다. 푸른 잔디밭에서 자유롭게 뛰놀고 거니는 젊은이들을 볼 때 '여기가 바로 민주주의의 본산지, 미국이구나.' 하는 생각이 들었다.

보스턴은 강과 호수 그리고 푸른 숲에 둘러싸인 아름다운 도시였다. 넓디넓은 푸른 잔디 운동장에서 어린이들은 축구를 하고 있고 가정주부들이 골프 가방을 끌고 골프 치러 가는 모습이 매우 여유로워 보였다. 부럽지 않을 수 없었다. 보스턴은 오랜 전통과 현대식 건물이 조화를 이루는 미국에서도 전통이 깊고 오래된 도시 같았다.

하루는 피자 백화점으로 점심을 먹으러 갔다. 처음 먹는 피자의 맛을 몰라 이것저것 맛을 보고 입맛에 맞지 않아 고민하고 있는데, 미국인 한 가족이 어린애들을 데리고 식사를 하고 있었다. 유심히 보니까 아이들이 자꾸 가져다 먹는 피자가 있었다. 나도 그것을 먹어 봤더니 꿀 피자였다. 맛있는 피자로 배를 채웠다.

우리는 3일 동안 보스턴 관광을 마치고 텍사스 주의 휴스턴으로 갔다. 텍사스는 푸른 평원이 끝없이 펼쳐지는 평야 지대였다. 휴스턴에 내리니 10월 중순인데도 날씨는 여름 날씨처럼 더웠다. 휴스턴 대학 체육관에는 세계 최초로 100m를 10초 안에 뛰었다는 세계적인 육상선수 칼 루이스의 동상이 세워져 있었다. 칼 루이스는 단거리 육상에서 많은 올림픽 금메달을 따고 멀리 뛰기에서도 독보적인 존재였다.

우리는 휴스턴 대학에서 중국계 미국인인 존양 교수로부터 생산성 향상이란 주제로 강의를 들었다. 통역을 통해 전해 듣는 강의 내용이 귀에 잘 들어오지 않고 이해도 되지 않았다. 강의는 별 관심이 없고 저녁에 카네기홀에서 맥주 파티가 있다는 계획에 빨리 강의가 끝났으면 하는 분위기였다.

카네기홀에는 엄청나게 많은 사람이 모여 있었다. 미국의 일반 시민들은 저녁에 계 모임이나 파티가 있으면 주로 대형 홀에서 한다고 했다. 미국은 밤이 되면 가까운 이웃에도 잘 놀러 가지 않는다는 것이다. 개인이 총기를 소유하고 있으므로 밤에 이웃을 방문하거나 대문 앞에 기웃거리면 잘못하다 총에 맞을 수 있다고 한다. 우리도 존양 교수와 함께 홀 한쪽에 자리 잡았다.

카네기홀에는 별난 전통이 있었다. 단체 손님의 대표자 넥타이를 잘라서 벽에 붙여 전시하는 것이다. 우리 팀을 대표해서 존양 교수의 넥타이를 가위로 싹둑 잘라갔다. 그리고는 벽에 붙여놓았다. 벽면에는 수백 개의 넥타이가 붙어 있었다. 미국의 일반 시민들도 삼삼오오 짝을 지어 술을 마시고 떠드는 것은 우리네와 별반 다를 게 없었다. 평범해 보이는 미국 주민들도 엄청나게 시끄럽게 떠들고 장난치고 난리였다. 우리도 수많은 미국 시민들과 함께 먹고 마시고 떠들면서 즐거운 밤을 보냈다.

다음날 우리는 휴스턴에서 다시 로스앤젤레스로 왔다. 로스앤젤레스에는 우리 교포들이 많이 거주하고 있어서 그런지 시내에 한국 음식점이 많았다. 우리는 시내를 관광하다가 한국 음식점에 들러 오랜만에 삼겹살에 상추 쌈, 매운 고추와 된장을 맛보는 기회를 얻었다.

이튿날에는 스탠퍼드 대학을 둘러보았다. 실리콘밸리와 가까워서 그런지 스탠퍼드 대학은 첨단 기술의 산실이라고 한다. 넓은 학교가 정말 부러웠다. 학교의 크기가 1,000만 평이 넘는다고 했다. 우리나라에서는 대학이 100만 평이라도 넓다고 느껴지는데, 미국은 땅이 넓어서 그런지 규모가 큰 대학을 많이 봐서 그런지 그렇게 넓게 느껴지지 않았다.

카네기홀

IMF를 극복하지 못하고

🌱 2년간의 전송 생산 최적화 TFT 활동을 끝내고 그간 활동 내용을 정리해서 생산 현장의 공정 라인에 적용해야 했다. 미국과 일본 선진 기업들의 첨단 생산 방법을 벤치마킹하고 미국의 실리콘밸리에 있는 휴렛팩커드 컴퓨터 회사 등 선진 기술과 생산 기법을 배웠다. 이렇게 터득한 생산 기법들을 우리 회사의 생산 현장에서 실천에 옮겨야 하는데, IMF 사태 여파로 회사는 정상적인 경영이 되지 않고 휘청거렸다.

주식 시장은 폭락하고 모든 기업체가 자금난에 빠지면서 우리 회사도 부도 직전에 직면했다. 그렇게 잘나가던 회사가 하루아침에 어떻게 부도 직전의 상태가 되었는지 나는 이해가 되질 않았다. 나는 TFT 활동으로 소속 부서가 없었다. 활동이 끝나면 원소속으로 돌아가야 하나 회사가 혼란에 빠져 인사 시스템이 붕괴되자 나를 포함한 우리 팀은 오갈 데 없는 낙동강 오리알 신세가 되고 말았다.

회사 분위기는 어수선하고 유언비어가 난무했다. 사원들은 업무에 집중하지 못하고 여기저기 모여서 입방아만 찧어댔다. 회사가 사정이 어려워 구조조정을 할 것이고 몇 년 이상 고참들은 명퇴 대상이며 희망퇴직 신청을 받는다는 등, 이런저런 말들이 입에서 입으로 전해져 떠돌았다.

　우리는 TFT 활동을 끝내고도 1년을 소속도 없이 어영부영 허송세월하고 있었다. 어느 부서의 누구누구는 구조조정 대상이고 몇 살 이상은 명퇴 대상이고, 시간이 갈수록 꽤 구체적인 소문이 나돌았다. 들을 때마다 가슴이 철렁 내려앉고 기분이 나빴지만, 소문을 붙들고 시비를 할 수도 없는 일, 하루하루가 어수선하고 산만한 나날이었다. 나는 나를 잘 알고 있었다. 최고령자에 최고 고참에 소속도 없이 3년째 TFT에 몸담고 있으니 구조조정 대상 1번 타자였다.

　우리 팀은 사무실에 앉아 책상만 지키는 신세가 되었다. 그것도 하루 이틀이지 지루하고 불안해서 바늘방석이었다. 그러나 30년 가까이 믿고 다니던 회사였는데 하루아침에 실업자가 된다고 생각하니 밤잠이 오지 않았다.

　해는 바뀌어 1999년이 되었다. 드디어 올 것이 왔다. 구조 조정 안이 발표되었다. 조정대상자는 그해 3월 31일까지만 근무하고 퇴직하는 조건으로 6개월치 임금을 위로금으로 받고 회사를 떠나야 했다. 우리 팀은 전원이 대상이었다. 젊은 친구들은 단체 행동으로 불복 운동을 하자고 했지만, 나는 순순히 회사 방침을 따르기로 했다. 각 부서의 구조조정 대상자 명단을 보니 몇몇 젊은 친구들은 조금 아깝지만, 대체로 타당성이 있는 내용이었다.

　각 부서의 구조조정 대상자들은 회의에서 나를 선봉에 세워 구조조정 반대 투쟁을 하고 싶어 했다. 선배로서 또 고참으로서 그 제안에 고민하지 않을 수 없었다. 이런 소문이 회사에 들어갔는지 인사 부서에서 나를 은밀히 불러 사원 기숙사 사감으로 가는 것이 어떠냐고 물었다. 나는 내 처지를 생각해서 흔쾌히 수락하고 기숙사 사감으로 가기로 했다. 끝까지 퇴직하지 말고 버티자는 사람들의 간곡한 부탁을 뿌리쳤다. 막상 사직서를 내고 회사를 떠난다니 만감이 교차하고 섭섭한 마음이 앞섰다.

한편으로 새로운 세상이 펼쳐지는 것 같아서 희망도 조금은 있었다. 기숙사 사감이라는 것이 어떤 직책인지 알 수 없지만, 당장 실업자가 되지 않는 것이 천만다행이었다. 이젠 나도 가슴 조이지 않고 크게 신경 쓰지 않으면서 편안한 마음으로 살아봐야겠다고 생각했다. 1972년도에 나와 같이 입사한 사람들은 모두 떠나고 나 한 사람만 남았다. 오도 가도 못 하는 처지라 모질고도 끈질기게 버텨온 왕고참이 회사를 떠나게 된 것이다. 한편 시원하고 다른 한편 서운했다. 다시는 돌아오지 못할 회사를 떠난다니 큰 아쉬움도 남았다. 정년을 채우지 못하고 중도에 하차하는 것이 너무나 불명예스럽기 때문이었다.

사원 기숙사 사감

🌱 IMF 시절 각 회사의 구조조정으로 쏟아져 나오는 구직자들 때문에 기숙사 사감 자리 하나 잡는 데도 경쟁이 치열했다. 사감 모집 공고를 회사에서 낸 모양인데 20여 명의 희망자가 모여 같이 면접을 보았다. 이미 정해져 있었지만, 그래도 혹시나 몰라 불안했다. 면접자 중에는 전직 교육감, 경찰, 교장, 쟁쟁한 경력자들도 있었다. 면접에 임하는 면접자들의 태도가 너무나 적극적이고 진지했다. 나이가 들어도 젊은 사람들이 회사에 입사하듯 치열한 공개 경쟁 채용 면접 시험에서 합격했다.

나 자신이 기숙사 사감이 될 줄은 꿈에도 생각하지 못했다. 사감 업무를 인수받기 위해 기숙사를 방문했다. 전직 초등학교 교사 출신이 사감을 하고 있었는데, 내가 인수 업무차 왔다고 하니까 인상이 좋지 않았다. 내가 쫓아내기라도 하는 것처럼 생각하는 것 같았다. 그렇지 않아도 근무 잘하고 있는 사람을 쫓아내는 것 같아서 미안했는데, 그 사람의 행동과 인상이 너무 노골적으로 불쾌감을 드러내니 나도 은근히 성질이 났다. 마음에 들지는 않지만, 꼭 참고 업무 인수를 받았다. 아주 불친절하게 열쇠 꾸러미 하나 휙 던져주고 훌쩍 떠나버렸다. 알아서 하라는 식이었다.

무슨 일이든 처음은 어렵다. 상세한 업무 인수가 없다 보니 업무에 두서가 없었다. 전등 스위치 하나 끄는데도 어디에 있는지 찾아야 했다. 300명이 넘는 사원들이 수시로 출입하고 저녁이면 외출, 외박하고 들락날락하는데 어떻게 관리해야 하는지 막막했다. 첫 출근부터 회사에서 강조하는 것은 안전인데, 각 호실에서 쓰는 전열기구나, 각종 전자기기의 안전 점검이 가장 큰 골칫거리였다. 전열기구는 화재의 원인이기 때문이다.

첫째 주간근무 일주일은 어영부영 지나갔다. 주간 일주일이 끝나면 야간을 일주일 해야 하는데, 그때가 문제였다. 사감 2명이 일주일씩 주, 야간 교대 근무를 했다. 30년 가까이 회사 생활을 했지만, 서산에 기울어지는 석양을 바라보면서 남이 퇴근할 때 출근하는 것은 처음이라 참으로 서글프기도 했다.

회사에 출근할 땐 집 근처에서 회사 통근 버스를 타면 눈을 감고 있어도 회사에 데려다주었는데, 야간은 저녁에 출근하려니 통근 버스가 없어, 시내버스를 타고 고속버스터미널에 가서 다시 고속버스를 타고 대구에서 구미로 가서 구미에 내려서 또다시 시내버스를 타야 했다. 얼마나 번거롭고 귀찮은 일인지. 보통 사람이라면 아침 출근, 저녁 퇴근이 정상적인 모습이겠지만 저녁에 출근해서 일하고 아침에 퇴근해서 대낮에 잠을 자려니 쉽게 잠이 오지 않았다. 창문에 차광막을 치고 안대를 하고 귀를 솜으로 막아도 헛일이었다. 온 세상이 그렇게 시끄러운지 미처 몰랐다.

잠이 들지 않아 고생하고 있는데, 오전 9시만 되면 어김없이 찾아오는 1톤 트럭 채소 장수 아저씨의 카랑카랑한 목소리, "시금치, 배추, 깻잎, 풋고추, 당근, 상추, 토마토가 있습니다."라는 확성기 소리는 귀를 쩌렁쩌렁 울렸다. 그리고 이런 소리, 저런 소리, 온갖 잡소리가 어떻게 그렇게도 크게 들리는지 잠을 잘 수가 없었다. 그래도 야간을 하려면 조금이라도 자야 하는데 잠을 깊이 잘 수 없었다. 나는 병원에 가서 수면제를 처방받아 먹었지만, 그래도 잠을 잘 수가 없었다. 야간 근무하는 동안 밤잠을 자지 못해서 늘 피곤했다. 밤낮이 바뀌면 얼마나 힘든지 새삼 느꼈다.

아침에 일찍 일어나서 하고 싶은 운동하고, 출근해서 낮에 열심히 일하고 퇴근길에 가까운 동료들과 소주 한잔하고 밤에는 사랑하는 가족과 오순도순 이야기하는 평범한 일이 행복이라는 것을 그동안 모르고 살았다. 지난날이 그리웠다.

야간 근무가 싫었지만, 대책이 없었다. 마땅히 다른 것을 할 게 없으니 참고 견디는 수밖에 없었다. 밤에 잠을 자지 않고 근무한다는 것은 그 자체가 고통이다. 겪어보지 않으면 모른다. 사람들은 대개 현실에 만족하지 않는다. 지난날들을 행복한지도 모르고 산 것이 후회되었다. 더는 계획적인 운동이나 장기적인 일은 하기 어려웠다. 세월이 가면 좋아지겠지 라는 희망도 없었다. 현실에 불평불만을 갖는 것은 불행한 일이지만 그럴 수밖에 없었다. 서산에 기울어지는 해처럼 내 인생도 전성기가 지났다고 생각하니 서글퍼지기까지 했다. 토요일, 일요일도 없으니 참 재미없는 세상이 되어버렸다.

마라톤 입문

    🌱 기숙사 사감 생활로 나에게 너무나 많은 변화가 생겼다. 주변에 아무도 없고 혼자 근무하는 것이다. 지금까지의 회사 생활은 조직이 움직였다면, 기숙사 사감은 혼자 근무한다. 친구도 없고 동료도 없다. 무슨 일을 하든지 혼자였다. 회사 생활에 길든 탓에 모든 것이 맞지 않고 외로웠다. 대화 상대도 없었다. 주변 환경이 모두 바뀌어 적응하기 힘들었다.

  회사 다닐 땐 점심시간만 되면 빨리 달려가서 선착순으로 식사하고 테니스장에 가서 한 게임을 하는 게 일상이었다. 토요일 오후나 일요일이면 온종일 테니스장에 가서 바쁘고 활기차게 살았는데, 혼자 덩그러니 기숙사에 앉아 근무하려니 자꾸만 지난 세월이 그리워졌다. 기숙사 사감이란 업무가 시간 개념도 없었다. 스스로 움직여야 했다. 직위의 상하도 없고 지시를 받는 일도 없고 누구에게 업무를 지시할 일은 더더욱 없었다.

  실제로 시간은 많아졌는데 테니스를 하려니 파트너가 없고, 어디가 업무의 시작이고 끝인지 불분명해서 딱 부러지게 쉬는 시간 같은 것도 없었다. 회사에 가서 테니스를 한 게임 하려고 해도 타이밍이 맞지 않았다. 나는 궁여지책으로 기숙사 지하 체력단련장에 있는 러닝머신을 이용하여 달리기로 했다. 혼자 하는 운동은 달리기밖에 없었다. 러닝머신을 이용한다는 것도 너무나 따분하고 지루했다. 그리고 오래달리기는 평생 해본 적이 없었다. 하도 러닝머신에서 뛰는 게 재미없고 지루해서 마음속으로 노래를 불렀다. 한 곡조 끝날 때까지라도 뛰자는 것이었다. 나는 지구력이 너무 없었다. 15분 정도 달리기도 너무 힘들고 숨이 차서 뛸 수가 없었다.

그러던 어느 날 회사 동료가 "형님, 마라톤 대회에 참가할 의향이 있습니까?"라고 물었다. 나는 무조건 허락하고 무작정 마라톤 대회에 참가했다. 대구 달구벌 마라톤 대회였다. 10km에 도전했다. 나는 테니스로 다져진 체력만 믿고 5,000여 명의 주자와 함께 대구 월드컵 스타디움 보조 경기장 출발선을 당당히 출발했다. 출발하자마자 내리막길이라 신나게 달렸더니 조금 달리다 오르막이 나타나자 도저히 뛸 수가 없었다. 숨이 턱 밑까지 차오르고 힘이 빠져 뛸 수가 없었다. 나는 하는 수 없이 걸었다. 걸어가다 보니 수많은 주자가 계속 나를 추월해서 달려갔다. 걷다 보니 다시 내리막길이 나타났다. 나는 다시 있는 힘을 다해 달려 많은 주자를 추월했다. 꼴찌는 면해야겠기에 그랬다. 오르막길이면 걸어가고 내리막길이면 달리기를 반복했다. 내리막길을 힘 있는 대로 달리고 나면 오르막길은 걷기도 힘들었다.

마라톤은 출발하면 쉬지 않고 꾸준히 달려야 하는데, 걷다가 뛰다가 하는 나를 보고 다른 주자들은 얼마나 웃었을까? 그 당시는 몰랐지만, 나중에 마라톤을 알고 나서는 살짝 부끄럽기도 했다. 그날 대회에서 있는 힘 다 쏟아부어 걷고 달리고 했더니 체력이 바닥났다. 최선을 다해 기진맥진할 때까지 달렸다. 그래도 모로 가든 굴러가든 서울만 가면 된다는 말이 있듯이, 우리 일행 3명 중에서 내가 제일 먼저 결승선에 돌아왔다. 10km 기록은 54분, 5,000여 명 중에 중간쯤은 되는 기록이었다.

그때부터 나는 달리기에 자신감이 생겨 러닝머신 달리기 대신 기숙사 주변 도로를 달리면서 본격적인 마라톤 연습을 시작했다. 마라톤 전용 유니폼과 운동화를 사고 각종 대회 10km에 참가했다. 오래달리기란 정말 힘든 운동이었다.

10km 대회에 몇 번 참가하고 나니 욕심이 생겨 하프(21.0975km) 대회에도 도전했다. 쉬지 않고 50리 길을 달린다는 것은 보통 인내심으로는 할 수 없는 고달픈 운동이다. 나의 첫 하프 기록은 2시간 6분이었다. 그 당시 나의 체중은 74kg으로 마라토너의 조건은 아니었다. 마라톤을 하기엔 너무 무거운 체중이지만, 풀코스(42.195km)를 달리는 그날까지 중도 포기는 없다는 각오로 달리고 또 달렸다. 그때 내 나이는 58세였다.

금산 산악(山岳) 마라톤

🌿 이제는 마라톤에 제법 이력이 생겨 각 지방에서 개최하는 크고 작은 대회에 한 달에 한 번꼴로 참가했다. 10km는 졸업하고 하프(21.0975km) 대회에만 참가했다. 기억에 남는 대회는 경북 경산 마라톤 대회, 상주 곶감 마라톤 대회, 경주 벚꽃 대회, 밀양아리랑 대회, 진주 진양호 대회, 부산 벡스코 대회, 충북 보은 대회, 광주 무등산 대회 등이다. 그중에서도 가장 기억에 남는 대회는 충남 금산 산악 마라톤 대회다.

산악 마라톤은 말 그대로 비포장 산길을 달리는 것이다. 때는 2003년 6월 말경 날씨는 장마철이라 비가 오락가락하고 무더웠다. 그날 마라톤을 시작할 때는 비가 내리지 않고 구름만 잔뜩 끼어 있었다. 언제 비가 내릴지 모를 날씨지만 달리기를 하기에는 좋은 날씨였다. 나는 그 무렵 마누라와 같이 몇 군데 마라톤 대회에 참석했다. 나는 하프, 마누라는 10km를 뛰었다.

그날은 마누라는 그냥 응원만 하기로 했다. 산악 마라톤이라 10km 코스가 없고 길이 험난한 것 같아 나 혼자 뛰기로 했다. 20km가 채 안 되는 거리라고 주최 측에서 이야기했다. 출발할 때는 구름 사이로 가끔 햇볕이 보이고, 달리기엔 좋은 날씨였다. 산악 대회지만 출발점부터 2km 구간은 평지였다. 다른 대회와 같이 출발했다.

5km를 통과할 무렵 나의 신체적 약점인 오른쪽 종아리 근육이 파열됐다. 발걸음을 옮길 때마다 따끔거려 달리기엔 너무나 불편했다. 나는 더는 달리기 힘들어 응급처치를 받았다. 마라톤코스 중간마다 배치된 자원봉사자의 도움으로 종아리에 멘소래담을 바르고 압박붕대를 감았다. 통증이 쉽게 가시지 않아, 고민이 되었다. 되돌아가자니 5km 이상 달려온 것이 아깝고, 완주를 기원하며 결승점(골인 지점)에서 기다리고 있을 마누라가 생각났다. 그렇다고 계속 달리자니 너무나 고통스러워 완주할 수 있을지 진퇴양난이었다. 달려온 거리가 멀어 되돌아가기도 쉽지 않겠다 싶어서 계속 달리기로 했다. 따끔거리는 종아리를 참고 달리자니 약간 절뚝거릴 수밖에 없었다.

이를 악물고 달렸지만, 속도는 나지 않았다. 설상가상으로 조금 뛰니까 비가 억수같이 쏟아졌다. 온 천지가 물바다가 되었다. 물속으로 첨벙첨벙 뛰다가 물을 피해서 뛰다가 온갖 고생을 하면서 달렸다. 운동화 안에는 모래가 잔뜩 들어가서 벗어서 털고 달려야 했다. 종아리는 아프지, 비는 계속 내리지, 달리는 산비탈 길에는 황토물이 콸콸 쏟아져 내려가는데 어디가 높고 낮은지 알 수 없었고 비틀거리고 절뚝거리면서 악전고투했다. 비가 너무 많이 내리니 눈에 물이 들어가서 앞도 잘 보이지 않았다.

산악 코스라 비탈진 산길엔 떠내려온 모래와 자갈이 쌓여 걷기도 힘들 지경이었다. 그래도 절뚝거리며 이를 악물고 걷다 뛰기를 반복하면서 앞으로 나아갔다. 뒤돌아보니 내 뒤에 오는 사람은 몇 명 되지 않았다. 모두 추월해 가버렸다. 거의 막차 신세가 되어 달리는데, 저만치 산 아래에 골인 지점이 보였다. 그래도 꼴찌는 면해 보겠다고 사력을 다해 달려 골인 지점에 도착해보니 천만뜻밖에 큰 처남 내외가 와 있었다. 모두 다 들어오는데 왜 이리도 들어오지 않는지 초조하게 기다리는 마누라 보기에 너무 미안했다. 같은 값이면 다 홍치마라고 오늘 같은 날 종아리만 터지지 않았다면 중간쯤만 들어왔어도 처남 내외와 마누라한테 체면이 서는 건데, 거의 꼴찌로 들어와 영 체면이 말이 아니었다. 스타일을 완전히 구겨 버렸다.

그나저나 20km 정도를 달려왔으니 배가 고팠다. 주최 측에서 주는 밥과 국을 받아서 먹는데 또 한 차례 세차게 비가 내렸다. 비가 얼마나 많이 내리는지 밥그릇과 국그릇에 물이 가득 찼다. 너무 많은 비로 대회도 두서가 없고, 엉망이었다.

산악 마라톤 대회 참가는 처음이자 마지막이었는데, 하필이면 그 대회에서 종아리 근육이 터져 먼 길 응원하러 온 처남 내외와 마누라가 실망했을 것 같아 지금도 짠하게 여운이 남는다. 그래도 꼴찌는 하지 않아서 천만다행이었다. 내 뒤에 들어오는 주자들도 몇 명 보였기 때문이다. 몇 개월 전 진주 진양호 하프 마라톤 대회 때도 종아리 근육이 터져 고생한 경험이 있었다.

춘천 마라톤

🌿 하프(21.0975km) 마라톤 대회에만 계속 참가
하다 보니 욕심을 조금 더 내서 풀코스(42.195km)에 도전하기로 했
다. 2004년 10월 24일 일요일, 조선일보에서 주최하는 춘천 마라
톤에 참가하기로 목표를 정하고 이른 봄부터 각 지역 하프 마라톤
대회에 빠짐없이 참가하며 차근차근 준비했다.

대회가 없을 땐 대구 시내를 가로질러 흐르는 신천강변 둔치에서
본격적인 장거리 연습에 들어갔다. 기숙사 사감으로 근무하면서 연
습하려니 불편한 점이 한둘이 아니었다. 더군다나 야간 근무 시에
는 연습도 할 수 없었고 주간 근무 시에만 5시에 퇴근해서 해가 저
물고 어둠이 깔리는 신천강 둔치에서 달리기 연습을 했다. 우선 풀
코스를 뛰려면 35km까지는 3~4회 뛰어봐야 한단다. 30km만 뛰
어도 체력이 소진되고 기진맥진하는데 정말 더 뛰는 건 불가능할
것 같았다.

대구 신천강변 둔치에는 다리가 8개 있는데 제일 상류 쪽 상동교
에서 하류 팔달교까지의 거리가 25km가 된다. 이 각각의 다리 사
이 거리를 교각에 표시해 놓고 있어 마라톤 연습하기에는 안성맞춤
이었다. 마라톤 한다고 투자도 많이 했다. 전용 유니폼과 신발을 사

서 착용하고 매일 기능성 음료인 포카리스웨트나 게토레이를 마셨다. 여름철에 장거리를 달린다는 것이 힘들지만 테니스로 단련된 몸이라 가능했다.

대회 날짜가 10월이니 연습 기간은 7월부터 9월까지 3개월이다. 그 무더운 여름 아스팔트에서 열기가 후끈후끈 달아오르는데 땀을 비 오듯 흘리면서 달려야 했다. 우리 일행은 3명인데 각자 사는 곳은 다르지만, 연습은 신천강변 둔치에 모여서 했다. 퇴근해서 연습부터 하고 각자 집으로 돌아갔다.

내 나이 59세인데 젊지 않은 나이에 풀코스 도전장을 내민 것이다. 달리다 보면 어찌나 힘이 드는지 이런 고된 훈련을 하면서까지 마라톤 풀코스에 도전해야 하는지, 그리고 주, 야간 근무를 하면서 이렇게 무리한 운동을 하는 것이 옳은 일인지 회의적인 생각이 들 때도 있었다. 그러나 한 살이라도 더 늙기 전에 한 번 도전해봐야겠다는 생각이 들었다. 늦었지만 그때가 아니면 기회가 없을 것 같았다.

긴 여름 동안 엄청나게 많은 땀을 흘리며 고생한 끝에 드디어 시원한 바람이 불어오는 10월이 왔다. 10월 23일 토요일 나는 구미에서 야간 근무를 마치고 일요일 아침 7시에 구미 경부 고속도로 갓길에서, 대구에서 올라오는 일행과 만나 춘천으로 출발했다. 요즘 같으면 고속도로 갓길에서 차를 세우고 탈 수 없지만, 그때는 가능했다. 고속도로 휴게소에서 아침을 먹고 9시에 춘천 종합운동장에 도착하니 전국 각지에서 수많은 사람이 구름같이 모여 있었다. 참가

신청자가 25,000명이라니 그 숫자가 엄청났다.

마라톤 참가자가 너무 많아 한꺼번에 출발할 수 없어 세계적인 기록 보유자 이봉주 같은 프로 선수는 A조에서 오전 9시에 출발하고 풀코스에 참가 경력이 있는 선수는 B조, 나머지는 C~H조로 나누어 각각 시간차를 두고 출발했다.

출발 시각이 가까워지자 잘 달릴 수 있을까 걱정이 되고 조바심이 나서 자꾸만 화장실에 가고 싶어 들락날락하다 많은 인파 속에서 우리는 서로 헤어져서 나는 F조에서 10시에 출발했다. 서서히 달려가는데 날씨는 쾌청하고 춘천 호반의 아름다운 단풍, 잔잔한 호수에는 물안개가 피어오르고 있었다. 감탄사가 절로 나왔다. 10km쯤 달렸을까 벌써 숨이 차고 힘이 빠지는 것 같았다.

길가에는 이미 낙오자가 여기저기 보였다. 주행 코스 중간 지점에는 자원봉사자가 음료수, 물, 초코파이, 바나나 등을 준비해놓고 있지만, 달리는 도중에는 물밖에 먹지 못한다. 나는 1시간에 10km씩 뛰지만, 프로 선수는 20km씩 뛴다. 20km 지점에 약간의 오르막이 있었다. 난생처음 뛰는 풀코스라 체력 안배를 위해 오르막을 조심스럽게 천천히 뛰었다. 체력 안배를 잘해서 중도에 포기하지 말고 꼭 완주해야지 다짐하면서 욕심내지 않고 뛰었다. 대부분 초반에 힘이 있으니까 속도를 내다가 후반에는 체력 소모로 뛰지 못하고 중도에 포기한다는 많은 조언을 들었다. 이젠 반환점 21km 지점을 통과했으니 반은 달린 셈이다. 달리는 길도 평탄하고 좋아 평소에 연습한 대로 무아지경 속에서 앞으로 달려나갔다.

달리면서 시계를 보니 오후 1시였다. 10시에 출발했으니 3시간을 뛰었다. 1시간에 10km씩 뛴다는 목표가 잘 맞아가고 있었다. 30km 지점을 통과했다. 이렇게 뛰면 목표 시간인 4시간 20분대에 결승선을 통과할 수 있을 것 같았다. 절대 낙오는 없다고 한 번 더 다짐하며 달렸다.

35km 지점에 도착하니 육군 군악대가 흥겨운 곡을 연주하면서 달리는 주자들을 응원하고 있었다. 힘이 조금 솟아나는 것 같았다. 군악대 연주에 힘을 얻어 조금 속도를 높여보았다. 욕심을 조금 내본 것이다. 조금이라도 기록을 단축해보려고 그랬다. 10시에 출발해서 1시가 넘었으니 점심도 거른 상태였다. 마음은 열심히 줄기차게 달리고 있지만, 다리가 무겁고 전신이 마비되어 마음먹은 대로 움직이지 않았다. 배도 고프고 목도 말랐지만, 자원봉사자가 마련해 놓은 식수마저 집어 마시기 싫어졌다. 힘이 빠질 때로 빠진 것이다.

40km 지점에 도착하고 보니 시계는 벌써 오후 2시, 4시간을 달렸다. 육군 군악대의 흥겨운 음악에 도취하여 속도를 조금 높인 것이 화근일까? 더는 달릴 수 없도록 전신에 마비가 오고 다리가 천근만근이었다. 뛰는 걸 포기할까도 싶었지만 그럴 수는 없었다. 길가에 조금 앉았다 가고 싶은 마음이 간절했지만 앉으면 일어설 수 없을 것 같았다. 갑자기 체력이 완전히 소진된 것 같았다. 그래도 이를 악물고 마음만은 힘차게 달리고 있었다.

그러나 실제 걷는 것인지 뛰는 것인지 구분이 되지 않을 정도로 움직였다. 더 움직일 수 없을 정도로 전신이 마비된 것 같았다. 그냥 길바닥에 드러눕고 싶었다. 많은 사람이 나를 추월해 뛰어갔다. 그렇지만 중도에 포기하면 안 된다는 생각이 들어 이를 악물고 얼마나 더 남았을까 앞을 바라보았더니, 아~ 저 멀리 춘천 종합운동장이 보였다. 조금만 힘을 내면 되는데 몸이 말을 듣지 않았다. 여태껏 고생한 보람도 없이 시간은 사정없이 흘러갔다. 춘천 종합운동장이 손에 잡힐 듯 가까이 보였지만, 나는 천근만근 되는 다리를 어기적어기적 옮겨 걸어가고 있었다. 한 걸음 한 걸음 사투를 벌였다. 1km도 안 되는 거리, 엎어지면 코 닿을 거리 같지만 나는 달릴 수가 없었다.

한 걸음씩 한 걸음씩 걸어서 결승선을 통과했다. 춘천 종합운동장을 꽉 메운 수많은 인파가 손뼉을 치며 환호했다. 결승선을 통과하는 순간 갑자기 눈물이 왈칵 쏟아졌다. 너무나 고생을 많이 해서 흐르는 서러운 눈물인지, 완주해서 기뻐서 나오는 눈물인지 나도 몰랐다. 지친 몸을 가누지 못해 잔디밭에 쓰러져있으니 늦가을이라 그런지 살짝 추웠다. 옷을 입으려고 몸을 일으키니 움직일 수가 없었다. 온몸이 늘어져 팔다리가 자유롭지 못했다. 그래도 신음을 내며 끙끙대면서 억지로 옷을 입었다. 그제야 같이 간 동료가 들어왔다. 나보다도 성적이 좋지 않았다. 나이는 나보다 7살 아래지만 내가 빨리 뛴 것이다. 그것도 조그마한 위안이 되었다.

우리 일행은 다행히 3명 모두 완주하고, 무거운 몸을 이끌고 춘천 시내로 나왔다. 아직도 많은 후발 주자가 결승점을 향해 계속 들어오고 있었다. 많은 주자가 체력 안배에 실패하고 마지막엔 걷고 있었다. 그들도 나와 마찬가지로 체력은 소진되고 죽을힘도 없어 보였다. 뛰어보지 않고서 누가 그 심정을 이해할 수 있을까?

우리는 소문난 춘천 닭갈비를 먹으러 갔다. 아침 8시에 고속도로 휴게소에서 아침을 먹고 오후 4시가 되도록 굶었다. 42.195km(105리)를 4시간 30분에 달렸다. 74kg의 체중으로 얼마나 고생을 했는지 모른다. 몸은 비록 고단하고 지쳤지만, 마음은 뿌듯하고 성취감에 피로도 잊히는 듯했다. 춘천 닭갈비와 소주를 한잔하고 나니 온몸의 피로가 봄볕에 눈 녹듯이 사라져 갔다. 우리는 한잔하면서 즐거워하고 있는데 아직도 바깥에는 후발 주자들이 악전고투하며 골인 지점을 향해 걷는 듯 달리고 있었다.

온종일 달린 춘천호의 파란 물결과 아름다운 단풍이 그제야 생각났다. 완주해야 한다는 중압감에 심적 부담이 컸다. 아! 잊지 못할 춘천 마라톤. 다시는 뛰어보지 못할 풀코스(42.195km)! 어려운 여건 속에서도 피나는 노력으로 도전하여 또 하나의 추억거리를 만들었다.

회사 생활과의 이별

🌱 기숙사 사감 생활도 잠깐 같은데 어느덧 6년이 지났다. 처음엔 밤낮이 바뀌어 그렇게 고통스럽던 일이 점차 숙달되어 얼마든지 근무할 여유가 생겼지만, 세상은 나를 가만 놔두지 않았다. IMF 사태 이후 세상은 급속도로 변하여 일용직, 비정규직이 생기고 걸핏하면 구조조정이니 아웃소싱이니 하면서 회사 조직이 수시로 축소되고 개편되면서 연봉이 많은 중견 관리자나 현장 고참 사원들이 일자리를 잃고 회사를 떠나는 일이 많았다.

회사를 떠나는 고참 관리자들은 호시탐탐 기숙사 사감 자리를 노리고 있었다. 이런 판국이라 나도 마음 놓고 태평하게 사감 생활을 할 수 없었다. 나도 가끔 회사에 들어가 세상 소식도 파악할 겸 옛 동료들과 이야기를 나누다 보면 모든 사람이 IMF 이전같이 평생직장으로 생각하고 회사 생활을 하는 사람은 없었다. 회사가 일이 바쁘고, 안정되게 잘 돌아가야 기숙사도 활기차게 돌아가는데 회사 분위기가 예전과는 판이하였다. 회사 내부 소식통에 의하면 하루가 멀게 조직이 개편되고 사람이 바뀌어 내가 아는 사람은 몇 사람 남아 있지 않다고 했다. 회사 분위기는 썰렁하고 냉기가 돌았다. 마치 다른 회사에 온 느낌이었다.

기숙사에도 입주 퇴거가 하루에 몇 건씩 발생하고 유동 인원이 많아 관리하기가 복잡해졌다. 세상이 소용돌이치고 모든 게 바뀌는데 기숙사 사감 자리도 온전히 지키기가 힘들었다. 이제는 회사에서 퇴직하는 후배들에게 물려주어야 할 때가 되었음을 직감했다. 그러나 막상 떠나려고 마음먹었지만 갈 곳이 없다. 앞길이 막막했다.

　1972년도에 입사하여 하루도 빠짐없이 열심히 회사에 다녔기에 바깥세상 사정도 잘 모른다. 그저 회사에 충실히 다닌 덕분에 두 아들 대학도 졸업시키고 4층 건물을 신축해서 잘살고 있는데 나한테도 은퇴가 현실이 되었다. 이제는 떠나야 할 분위기인 것 같은데 도대체 어디로 가야 할까? 20대에 들어와서 60대가 되었으니 세상이 얼마나 변했겠는가? 아무리 생각해도 무엇을 어떻게 해야 할지 엄두가 나지 않았다. 회사를 영원히 떠나야 할 시간이 오고 있는데 내가 갈 곳이 정해져 있지 않으니 불안한 시간이 하루 이틀 흘러갔다. 아직도 백수가 될 수는 없는데 또다시 고민이 시작되었다.

　어느 날 회사에서 전화가 걸려 왔다. 회사 사정상 재계약을 할 수 없으니 2005년 5월 31일까지만 근무하고 회사를 떠났으면 좋겠다는 것이다. 대답할 엄두도 나지 않았다. 드디어 올 것이 왔다. 예상은 하고 있었지만, 막상 통보를 받고 보니 아무런 할 말이 없었다. 어떻게 대답할 수도 없었다. 알았다는 짧은 말 한마디만 하고는 수화기를 내려놓았다.

　회사에서 나가라는 날짜까지 정해서 통보가 왔으니 이젠 며칠 근무하고 떠나는 일만 남았는데 나와 교대 근무하는 사감은 사직서 쓰지 말고 그냥 버티자고 했다. 명분도 없이 나가라고 하는데 받아들이지 말고 계속 근무하자는 것이다. 그러나 내가 사감을 시작할 때도 회사에서 아무 조건 없이 근무하게 해주었는데 회사 사정상 재계약이 어렵다고 하니 막무가내로 버틸 수는 없는 일, 나는 조용히 떠나는 게 도리라 생각되어 사직서를 작성하여 책상 서랍 안에 넣어두고 34년간 얽히고설키고 정들었던 내 자리를 영원히 떠나게 되었다.

아무리 나쁜 직장이라도 정이 들면 떠나기 싫은 법, 내가 떠나던 날이 2005년 5월 31일이었다. 섭섭하지만 명예롭게 기숙사 사감 자리를 떠났다. 의사나 변호사 같은 전문직은 나이 60이면 한창 일할 나이인데 아직도 힘이 있고 건강한데 할 일이 없어진다는 것이 참으로 한심하기도 했다. 그렇다고 언제까지 이 회사를 다닐 수도 없는 일, 하늘이 무너져도 솟아날 구멍이 있다 하지 않던가? 설마 굶어 죽기야 하겠는가? 먹고살 만큼은 기반이 잡혀있으니 이제 잠시 쉬어가는 기회로 삼자고 스스로 위안했다. 내 인생을 한번 돌아보고 반성하면서 제2의 인생을 설계해 보자. 지금까지는 정말 쉬는 게 무엇인지도 모르고 앞만 보고 살아왔지 않는가? 나 자신을 스스로 위로해 보았다.

백수 인생

🌱 세상의 흐름에 밀려 6년의 사감 생활도 끝이 났다. 이제는 지나간 세월을 반성하고 뒤돌아보면서 숨 가쁘게 살아온 나의 인생을 정리하고 중간 점검하는 기회로 삼기로 했다. 그때까지 허둥지둥 매일 바쁜 생활을 했는데 앞으로는 갈 곳도 없고 찾는 사람도 없는 멍 때리는 자유로운 백수 신세가 되었다.

오직 외길만 살아온 나의 인생, 옆길 한번 가지 않고 앞만 보고 숨 가쁘게 달려온 인생, 회사에 다니지 않으면 안 된다는 고정관념, 뭔가 부족하고 불안하고 쫓기듯 살아온 나의 인생이 아니던가? 이젠 더는 경제적인 이유로 또 다른 직업을 갖지 않아도 살아갈 수 있을까 고민해 보았지만, 판단이 서지 않았다.

돈은 많을수록 좋은 것이니까 계속 벌어야 하고 상한선이 없다. 처음 며칠은 놀고먹으니까 육신은 편한데, 마음은 답답하고 불안해졌다. 날이 갈수록 방향감각을 상실하고 멍해졌다. 내가 왜 이렇게 무력해지는 걸까? 옆에서 열심히 한복 만들기에 여념이 없는 마누라에게 미안했다. 한순간도 쉬지 않고 눈코 뜰 새 없이 바쁘게 일하는 마누라의 일상이 너무나 활기차게 보여 나도 뭔가 도울 게 없을까 찾아보지만 여태까지 강 건너 불구경하듯 예사로 보고 나의 일에만 몰두

하고 살아왔으니 한복에 대해서는 아는 게 하나도 없었다.

그제야 가까이에서 유심히 보니 마누라의 한복 만들기는 인내와 끈기 그리고 첨예한 솜씨와 기술이 필요한 고난도 작업이라는 걸 알게 되었다. 온 정성을 다해 한 땀 한 땀 꿰매는 일, 아무나 할 수 있는 일이 아니었다. 단 한 번의 가위질 실수로 전체 한복이 못 쓰게 되고 한 치의 오차나 실수도 허용되지 않는 숙련이 필요했다. 조그마한 실수로 옷감을 망치는 안타까운 일이 생기면 옆에서 보는 내 마음이 더 아팠다. 어떤 방법으로도 도움을 줄 수 없으니 더욱 안타까웠다.

한 벌의 한복이 완성되면 그것은 예술품이었다. 그냥 평범한 옷감이 아름다운 한복으로 변신하는 과정은 복잡하고 까다롭다. 나는 그런 일을 하는 마누라가 존경스러웠다. 성격이 차분하고 인내심이 있어야지 덜렁덜렁한 성격으로는 할 수 없다고 생각되었다. 이른 아침부터 밤늦게까지 식사 시간도 제대로 갖지 못하고 동분서주 바쁘게 움직이지만 나는 옆에서 도움을 줄 수 없다는 게 한심할 노릇이었다. 나는 그저 쓰레기나 치우고 청소나 하는 것이 고작이었다.

결혼 철인 봄가을에는 정말로 바쁜 마누라를 조금이라도 돕고 싶었지만 도울 방법은 없었다. 밀려드는 주문 옷감은 쌓이는데 내가 할 일은 고작 납품일자별로 순서대로 정리하고 완성된 제품을 주문처에 납품하는 일이 고작이었다. 그제야 나는 시장에 수없이 많은 한복 판매대들이 있다는 것을 알게 되었다. 날이면 날마다 열심히 일하는 마누라를 보면서 땀 흘려 일한다는 것이 힘은 들지만, 열심히 일할 수 있다는 게 얼마나 보람된 삶인지 새삼 느꼈다.

놀고먹는 백수로서 나의 위상은 한없이 추락하고 위축되어 초라하기 짝이 없었다. 나의 존재감이 나날이 추락하는 것 같아 더 놀기도 지겨웠다. 어디라도 나가서 무슨 일이든 일을 해야 하는데 아무리 생각해도 엄두가 나지 않았다. 벼룩시장이나 교차로의 신문 광고란을 열심히 살펴봐도 마땅한 일자리는 없었다. 그때 나는 6개월간 자동차 정비 학원을 수강하고 자동차 수리 2급 자격을 취득했다. 그러나 쓸모가 없었다. 자동차 수리 센터를 차리자니 경험과 자본이 부족하고, 자동차 수리 센터에 취직하자니 나이가 많아서 안된단다. 더 늙기 전에 시작해야 했는데 이미 늦었다. 마음은 급했지만, 대책은 없었다. 그래도 운 좋게 대기업에 취직해서 34년간 일했다는 게 새삼 행운으로 생각되었다.

더는 놀고먹는 것이 싫어졌다. 바쁘게 일하다가 휴식을 취해야지 매일 놀고먹으니까 더 피곤했다. 쉬는 맛이 나지 않았다. 일단 무슨 일이든 하기로 하고 몇 년 만에 새삼스럽게 이력서를 작성하고 증명사진을 찍어 부착하고 주민등록등본도 발급받아 만반의 준비를 했다. 백수를 탈피하는 것이 내 최대 목표였다. 회사 생활만 오래 했지, 사회에 나와서 써먹을 만한 특별한 기술이 없으니 취업할 수 있는 데가 별로 없었다. 나 자신이 생각해 봐도 60세가 넘은 이 나이에 취직할 곳은 없을 것 같아 한숨이 절로 나왔다.

두 번째 직장

🌱 교차로 신문에 있는 아파트 경비원 모집 광고를 보고 이력서를 제출한 지 일주일 만에 면접을 보라는 통보가 왔다. 경비는 하고 싶으면 아무나 하는 줄 알았는데 그게 아녔다. 면접장에 가보니 한 명 모집에 일곱 명이 와 있었다. 모두 건장하고 나보다 젊어 보여, 이것도 싶지 않다고 생각되었으나 다행히도 7대 1의 경쟁에서 당당히 합격해 경비원이 되었다. 금테 모자에 어깨엔 견장과 계급장을 달고 나니 제법 근사한 경비가 되었다.

나는 경비 업무란 아파트 주민의 안전과 재산을 보호하는 것이 주된 업무라고 생각했다. 혹시나 아파트에 강도가 나타나면 어떻게 제압할 것인가 걱정이 되었다. 강도란 극악무도하고 잔인하고 빠르고 힘이 셀 거로 생각하니 어떻게 대응할 것인가 두렵기도 해서 긴장하지 않을 수 없었다. 그런데 근무 첫날 경비반장의 업무 요령을 설명 듣고 영 마음에 들지 않았다. 실망하지 않을 수 없었다.

주된 업무가 경비가 아니라 온종일 쓰레기 분리수거, 아파트 주변 청소, 음식 찌꺼기(잔반) 통 청소 등, 내가 상상했던 경비업무와는 너무나 거리가 멀었다. 경비실에 가만히 앉아 있으면 안 되고 여기저기 다니면서 화단 잡초 제거, 마당 쓸기 등을 해야 한다. 이게 무슨 경비 업무란 말인가? 청소부라고 해야지. 금테 모자에 계급장이라도 달지 않았으면 덜 창피하겠지만, 그리고 고개 푹 숙이고 묵묵히 청소만 한다고 되는 일이 아니었다.

아파트 주민이 지나가면 상냥하게 인사를 해야 한다고 하니 더더욱 한심한 생각이 들었다. 이 직에 종사하려면 모든 것 내려놓고 자존심 같은 거 땅에 파묻어 버리고 가장 낮은 자세로 임해야 한다고 생각했다.

과거에 직업이 무엇이고 직위가 무엇이든 대기업에서 근무하고 연봉을 얼마나 받았건 과거는 과거일 뿐 무슨 소용이 있겠는가? 창피하면 그만두면 되고 근무하려면 모든 것 내려놓고 열심히 하라는 경비반장의 말씀이다. 진짜 그만두자니 할 일이 없고, 계속하자니 몸보다 마음이 더 아프고 자존심이 상했다. 백수가 싫어서 겨우 얻은 직장인데 쉽사리 그만둘 수는 없는 일, 눈 딱 감고 독하게 마음먹고 버티기로 했다. 하루 이틀 지나니까 조금씩 적응이 되는 것 같았다. 그러나 생각이 바뀌어야 행동이 바뀌는 법, 좀처럼 적응이 되지 않고 창피하기만 했다.

그래도 세월이 흘러 가을이 왔다. 아파트 주위엔 은행나무 등 수목이 많았다. 울창한 숲이 단풍이 되어 아름다운가 했더니 어느새 낙엽이 되어 떨어지기 시작했다. 그 많은 낙엽을 쓸어 모아 마대 자루에 담아야 했다. 내 생각엔 가만히 두면 낙엽이 쌓이고 낙엽을 밟고 다니면 그 얼마나 낭만적인가 하는 생각이 들었지만 그게 아니었다. 낙엽을 왜 매일 쓸어 모아 마대 자루에 담아 버려야 하는지 안타까웠다. 그러나 시키는 대로 해야지 별다른 방법은 없었다. 가끔 TV를 보면 연속극에 경비가 나온다. 그렇게 초라해 보이지 않았는데 내가 직접 해보니 세상에서 가장 초라한 게 아파트 늙은 경비가 아닌가 싶은 생각이 들었다.

늙어지면 적당한 일자리도 없고, 경비라도 해야겠지만 그것도 쉽지 않았다. 경비 업무를 하려면 근본적으로 부지런하고 봉사 정신이 조금이라도 있어야 한다. 그래야 몸과 마음이 편하다. 나도 어렵게 경비를 하게 되었지만, 세월은 어영부영 빨리 흘러가 이 바닥에도 정년이 있어 오래 근무할 수가 없었다. 아직도 체력이 왕성하고 능력이 있다고 생각했는데, 정년이라는 게 또 발목을 잡았다. 65세 정년에 걸려 퇴직하게 되었지만, 아파트 관리위원장에게 성실함을 인정받아 1년 더 연장 근무를 할 수 있었다. 그러나 1년의 연장 근무를 다 하지 못하고 아파트 경비를 그만두게 되었다. 인생살이 어디로 가나 말 못 할 사연이 있는 것, 또 한 번의 고비를 넘긴 것 같았다. 언제나 지금이 남은 인생 중에 가장 젊고 활기찬 순간인 것을 모르고 지나치는 것 같다.

어머니의 귀천

🌱 어머니는 평생 길쌈하고 농사짓고 남편 뒷바라지와 자식 키우느라 고생만 하시다가 하늘나라로 가셨다. 타고난 건강한 몸으로 억척같이 살다 가셨다. 남편과 자식을 위해 헌신적으로 사시다 돌아가실 때까지 병원 신세 한 번 지지 않고 약 한 첩 드시지 않고 자연 그대로 살다 가셨다. 젊을 때는 고기를 못 드신다고 해서 우리 어머니는 고기를 싫어하는 줄 알았는데 그게 아니었다. 90세가 넘어서도 왕성한 식욕으로 무슨 고기든 잘 잡수시는 건강한 육체를 타고나셨다. 젊을 때는 남편과 자식을 먹이려고 일부러 고기를 못 먹는다고 하신 것 같았다.

어머니는 아픈 데가 없으셨다. 그런 어머니가 늙어서라도 조금이나마 편하고 행복하게 사시다 가야 하는데 그것도 마음대로 되지 않았다. 일흔이 다 되어 정들었던 고향을 떠나 이곳저곳 옮겨 다니며 살게 되었으니 기구한 운명이었다. 형님이 고향의 집과 논밭 그리고 임야까지 전 재산을 비밀리에 전부 처분하고 부모님을 모시고 고향을 떠났다. 어떤 감언이설로 부모님을 설득했는지 나는 아무것도 모른다.

고향을 버리고 떠난다는 것은 우리 가족의 뿌리를 흔들어버리는 일이었다. 그러나 부모님과 상의해서 몽땅 털고 이사를 하는 것이니 나로서는 강 건너 불 보듯 하는 수밖에 없었다. 이사를 떠나는 당일 아침에야 형님한테서 전화가 왔다. 부모님을 모시고 이사한다고. 나는 순간 가슴이 철렁했다. 일흔이 다 된 부모님을 모시고 고향을 떠난다니 황당하고 믿기지 않았다. 그래도 집과 집 앞에 있는 텃밭과 임야는 두고 이사를 하는 게 어떻겠냐고 했더니, 대뜸 그러면 네가 부모님을 책임질 것이냐고 따져 물었다. 그 순간 나는 망설이지 않을 수 없었다. 잠시 생각하다가 그렇다면 알아서 하시라고 했다. 나는 한발 물러서지 않을 수 없었다. 뒤에 알았지만, 그때는 이미 집, 논밭, 임야를 몽땅 처분한 뒤였다.

전화 한 통이 부모님 모시고 이사하는 데 대한 처음이자 마지막 통화였다. 이곳저곳 이사 다닌다고 고생하시다 아버지는 1994년도에 김해 봉화에서 돌아가시고, 얼마 있지 않아 함안 파수리 어느 야산 자락 개울가에 전원주택 외딴집으로 어머니는 이사하셨다. 이사라기보다는 형님의 부동산 투자의 필요에 따라 옮겨 다니며 집이나 지키는 신세가 되었고, 우리는 어머니 계신 곳이 고향인 양 명절만 되면 찾아다녔다. 그곳은 너무나 인적이 드물고, 마을과 너무 떨어진 외딴집이라 밤이면 마당에 너구리가 돌아다닌다고 했다. 우리야 명절 때나 필요에 따라 몇 번 왔다 갔다 하였지만, 어머니 혼자서 외딴집에 살기가 얼마나 적적하고 무서웠을까 생각하니 마음이 아프다.

어머니는 형님과 자주 다투셨다. 고향에 가서 살도록 집과 논밭을 원상복구 해달라는 것이었다. 나도 원상복구 하라고 옆에서 거들었지만 허사였다. 그래도 그곳 외딴집은 집 앞에 개울이 흘러 무더운 여름에는 개울물에 발을 담그고 물놀이를 할 수 있어 좋았다. 또한, 마당이 넓고 공기가 좋아 그곳에 있으면 삼림욕을 하는 기분이었다. 명절 때면 마당에서 솥뚜껑을 엎어놓고 장작불을 때어서 삼겹살을 구워 먹는 낭만이 있었다. 이런 때 여럿이 모이면 어머니도 즐거워했지만, 자식들이 모두 떠나면 어머니는 다시 적막함에 시달려야 했을 것이다. 그런데 그곳에 오래 머물지도 못했다. 그 집을 팔고 다시 진영으로 옮겨 갔기 때문에 우리는 다시 진영으로 찾아가야 했다.

어머니가 이사를 자주 하다 보니 우리 형제들은 명절 때만 되면 귀성이니 귀향이니 하는 단어는 잊어버린 지 오래고 그저 어머니를 찾아다녔다. 어머니가 계신 곳이 곧 고향이었다.

우리 형제들은 명절이나 제삿날 모이면 처음엔 화기애애하게 이야기꽃을 피우다 나중엔 의견 충돌로 다투는 일이 많았다. 어머니는 우리가 가면 응원군이나 만난 것처럼 힘을 얻어 형님을 세차게 몰아붙이곤 했다. 어머니는 수시로 고향으로 갈 테니 집과 논밭을 원상복구 하라고 형님을 윽박지르고 그런 광경을 보는 나는 마음이 편치 않아 열 받으면 어머니 앞에서 형제간에도 티격태격 시비가 붙었다. 고성이 오가고 한바탕 소란을 피우고 나면 오순도순 이야기할 분위기가 아니고 너무 썰렁하고 어색할 때도 있었다.

그렇게 다투다 우리가 떠나고 나면 형님이 혹시나 어머니를 학대하지 않는지 걱정이 됐지만, 어머니는 절대 그런 점에 대해서는 일절 함구하고 내색을 하지 않으셨다. 어머니와 형님이 다투는 것을 보면 나도 항상 마음이 편치 않았다. 어머니가 고향을 떠날 때 집을 팔지만 않았어도 고향으로 돌아가면 되는데 그게 항상 마음에 걸렸다. 그래도 어머니는 늘 건강하시고 항상 아무거나 잘 잡수시고 우리 보기엔 건강해 보였다. 어디 아픈 데가 많았겠지만, 자식들 앞에서는 아프다고 하시질 않았다. 그래서 나는 항상 어머니는 건강하니까 100세까지 사실 것이라고 걱정 한번 하지 않고 믿고 있었다.

그러던 어느 날 아침 일찍 직장에 출근해서 근무 중인데 마누라한테서 전화가 왔다. 이른 시간에 전화가 걸려온 것을 보니 심상치 않았다. 아니나 다를까 형님한테서 전화가 왔는데 어머니가 돌아가셨다는 것이다. 형님은 나한테 직접 전화를 하지 않는다. 만만한 마누라한테 전화하는 것이다.

그날이 2012년 3월 9일이다. 이 무슨 마른하늘에 날벼락인가? 한 달 전 설날에 뵈었을 때 건강하셨는데 도저히 믿어지지 않았다. 그동안 아프시다는 아무런 소식도 없었고 그저 잘 계실 거로 생각하고 있었는데, 나는 당장 형님한테 전화를 걸어 무슨 이야기냐고 물었다. 형님은 당황한 목소리로 새벽에 나와 보니 밭 한가운데서 시신으로 발견되었다는 것이다. 고혈압으로 돌아가신 것 같다고 했다. 시신 부검도 안 했는데 무슨 소리를 하느냐고 했더니 횡설수설

했다.

가만히 생각하니 의문투성이였다. 어머니 연세가 92세이니 모두 사실 만큼 살고 자연사하신 것으로 알고 있을 것이다. 어머니는 고혈압도 없었다. 평생 혈압약 한번 먹지 않으셨고 약이란 것은 모르고 사셨다. 그렇게 어머니는 돌아가셨고 이해가 가지 않는 의문투성이의 죽음이었지만, 어디서부터 누구에게 따져야 할지 엄두가 나지 않아 어쩔 수 없이 참고 그냥 덮어두기로 했다.

보통 장례는 삼일장인데 어머니는 2일장으로 치렀다. 3월 9일 아침에 연락을 받고 부랴부랴 부고하고 3월 10일 장례를 치렀는데 어머니는 이미 3월 8일 저녁에 돌아가신 것이다. 나의 추측이다. 형님은 밤새 고민하다가 3월 9일 새벽에 우리 집에 연락했으니 형님 혼자는 삼일장이 되는 것이다. 나는 2일장을 치르니 남 부끄럽기도 하지만 어머니는 이미 돌아가셨고 더 말을 꺼내기도 싫었다. 보통의 사람들은 부모님이 돌아가시면 임종을 지키지 못해서 죄송하게 생각하는데, 같이 한집에 살면서도 새벽에 자고 일어나니 밤 한가운데에 시신으로 있더라는 말이 이해가 되질 않았다.

어머니는 살아생전에 우리 내외보고 너희들은 나한테 할 만큼 다 했으니 죽어도 오지 말라고 하셨다. 그래서 어머니 사십구재 이후에 나는 형님 집에 가지 않는다. 어머니의 죽음에 대한 항의 표시이기도 하고 또 어머니가 계시지 않으니 갈 필요도 없었다. 이제는 모든 걸 잊고 용서하고 싶지만 생각하면 할수록 화가 치밀어 오른다.

어머니의 마지막 가는 길이 너무도 애처롭고 외로운 죽음이 아니었나 싶기도 하고 마지막으로 이를 악물고 한없이 내 이름을 부르면서 가셨을 것 같아서 더욱 그립고 눈물이 난다. 언젠가는 우리도 저 하늘나라에 가야 할 몸, 그때 만나서 어머니의 마지막 가시는 길이 얼마나 힘드셨는지 어떻게 된 일인지 여쭤보고 싶다.

회사 경비원

    🌱 아파트 경비도 정년퇴직하게 되니, 더는 참으로 해볼 만한 한 게 없다. 100세 인생 시대에 무엇을 해야 할지, 무엇이든 할 수 있다는 자신감과 의욕은 앞서는데 일할 만한 곳을 찾는 일은 쉽지 않았다. 나이는 점점 많아져 내 마음에 흡족한 직장은 갈수록 찾기 힘들어지는 판인데 세월은 자꾸 흘러 나이까지 많으니 더더욱 사면초가다. 아직도 육체는 건강하고 의욕이 넘치는데 늙었다는 게 문제다.

    그래도 사방팔방 놀고 있다고 소문이 난 탓인지 지인으로부터 연락이 왔다. 창원공단 모 차량 부품 회사에 경비로 근무할 의향이 있는지 물어왔다. 나는 얼씨구나 한걸음에 달려가서 이력서를 접수하고 면접을 보았다. 조그마한 회사지만 기숙사가 있고, 사내 식당도 있는 짜임새 있는 회사여서 내가 근무하기에는 안성맞춤이었다. 대구에 사는 내가 창원 공단에 있는 회사에 근무하려면 기숙사가 없으면 불가능한 일이었다. 다른 근무 조건은 따져보지도 않고 그 정도 여건이면 나는 대만족이었다.

    면접할 때 나는 기숙사에 입주하기로 하고 2012년 10월 25일 첫 출근을 하게 되었다. 차량에 간단한 이불 보따리와 옷가지를 챙겨 싣고 대구에서 새벽 6시에 출발해서 창원 공단에 도착하니 아침 출근 시간이라 그 넓은 창원대로가 차량 정체가 심해 주차장같이 되어있었다. 면접 시에 한 번 다녀간 길이지만 정식으로 첫 출근길이라 마음은 긴장되고 불안했다. 출근 시간이 너무 늦어 지각하면 첫인상부터 좋지 않을 것 같아서 걱정이 앞섰다.

여유 있게 첫출근하기 위해서 서둘러 일찍 출발한다고 했는데 길이 꽉 막혀 차량 정체가 심해 더 일찍 출발하지 않은 것이 후회됐다. 그러나 이미 지난 일, 초조한 마음으로 회사 정문에 도착하니 안면이 있는 사람이 반갑게 맞아주었다. 주차장까지 상세하게 안내해주어 나는 무사히 첫 출근에 성공했다. 인사부서에 가서 입사 수속을 마치고 기숙사 배정을 받았다.

담당자가 기숙사 생활 수칙 등을 설명하면서 기숙사 생활에 대한 상세한 부분까지 알려주었다. 나는 기숙사 사감을 해서인지 기숙사 생활에 대해서는 낯설지 않고 자신이 있었다. 기숙사 담당자가 나를 기숙사 3층 306호로 가라고 말했는데 내가 잘못 알아듣고 302호로 이불 보따리를 둘러메고 갔더니, 그곳은 2인실이었는데 두 개의 침대가 모두 사용 중이었다. 시설이 잘되어 있고 실내 화장실도 있어 편리하게 되어있었다. 그런데 빈자리가 없었다. 담당자에게 빈자리가 없다고 전화했더니 담당자가 기숙사로 달려왔다. 대뜸 하는 말이 왜 306호로 가라고 했는데 302호로 왔느냐고 했다. 302호는 임원용 기숙사란다. 306호로 갔더니 12인실이었다. 2층 침대가 여섯 개 놓여 있고 입실자는 5명뿐이었다. 한 명이 2층 침대 하나씩을 사용하는 것이었다.

나는 빈자리에 짐을 풀고 간단하게 정리를 한 후 경비실로 갔다. 경비대장으로부터 신입사원 교육을 받는 것으로 근무가 시작되었다. 회사소개와 근무 요령 등의 설명을 듣고 경비 순찰 코스 3개에 103개 점검 지점이 있는 곳을 답사했다. 지하 3층 지상 7층의 주차장 및 사무동 건물과 본 공장 건물 기숙사 건물 등을 돌아보았다. 굉장히 복잡한 구조였다. 어디가 어딘지 헷갈리고 머릿속만 복잡해졌다. 경비 대장은 3일 내로 모든 순찰 코스를 숙지하고 3일 후엔 정상적인 순찰 업무가 가능하도록 열심히 하란다. 나는 자신이 없었다. 그날부터 3개의 순찰 코스에 103개소의 점검 포인트를 익히기에 무던히도 노력했다. 시간만 조금 있으면 가보고 또 가보고 내 순찰 타임이 아니고 동료들의 순찰이지만 동행해서 같이 가보곤 했다.

한번은 지하 3층에 혼자 들어갔다가 나오는 길을 몰라 한참 헤매기도 했다. 지하실 내부가 미로같이 얽혀있어 모두 처음엔 다람쥐 쳇바퀴 돌 듯한다는 것이다. 지하 2층, 3층은 낮인데도 캄캄하고 습도가 높아 숨이 턱턱 막히고 순찰하기에 너무나 힘들었다. 순찰 코스가 복잡하고 시간이 오래 걸려 적응하기가 어려웠다.

창원에까지 와서 직장이라고 둥지를 틀었는데 그냥 보따리를 쌀 수도 없고 하루 근무하고 나면 저녁엔 피곤해서 쓰러질 지경이었다. 근무 여건이 정말 만만치 않았다. 갈수록 태산이라더니 너무도 힘든 일이 많았다. 젊을 때는 대기업의 좋은 환경에서 주간 근무만 했는데 늙어서 이런 고생을 해야 하니 마음이 심히 괴로웠다.

인생 고찰

🌱 사람이 나이가 많으면 늙는 게 당연하지만, 마음은 정말 싫다. 경비 동료 중에서 내가 제일 나이가 많으니 항상 마음에 부담이 되었다. 모두 60대 초반인데 나만 70대였다. 똑같은 일을 하는데도 늙어서 못한다고 할까 봐 신경이 쓰였다.

이 세상에서 어디 가서 무슨 일을 하든 돈을 버는 데는 쉬운 일이 하나도 없다. 모든 분야가 그 대가를 치러야 한다. 어느 한 곳도 편하게 어영부영 돈을 벌 수 있는 곳은 없다. 회사 경비업무도 견디기 힘들 정도로 조건이 열악했다. 근무 여건이 열악하니까 50대 후반이나 60대 초반의 젊은 친구들은 걸핏하면 퇴사해버리고 남은 사람만 업무가 배가 되어 고생이 많은 것이다.

어떤 때는 경비원 정원이 10명인데 5명이 근무할 때도 있었다. 한꺼번에 퇴사를 많이 해버려 근무 형태가 엉망이 될 때도 있었다. 모집은 하지만 입사해서 며칠 근무해보고 일이 고되다는 이유로 붙어 있지를 못하고 퇴사하는 바람에 너무 힘들어 나도 그만둘까 생각했었다. 그러나 나이는 많고 갈 곳은 없으니 이를 악물고 버텼다. 이 회사를 마지막 직장으로 삼고 괴로움을 즐거움으로 승화시켜 슬기롭게 헤쳐 나가기로 했다. 조금이라도 근무 조건이 좋아지는 날이 오겠거니 생각하며 참고 견뎠다. 혹시 누가 아나, 쥐구멍에도 볕 들 날이 있겠지 생각하면서.

기숙사 생활도 주변 환경이 열악했다. 공단이라 주변에 수많은 중소기업이 있고, 바로 기숙사 창문 앞에서 들려오는 대형 프레스 소리, 또 다른 단조 공장에서 나오는 꽝꽝거리는 소음과 옆 공장에서 설치된 대형 환풍기 소리 등, 소음이 너무 심해 야간을 하고 낮에 잠을 자려고 해도 시끄러워서 도저히 잠을 잘 수가 없었다.

창원 공단은 기계 공단이다. 구미 전자 공단보다 몇 배나 시끄러운 것 같았다. 거의 모든 회사가 낮에 열심히 일하고 밤에는 쉬는 시스템이다. 어쩔 수 없는 일이 아닌가? 사람은 낮에 일하고 밤에는 잠을 자야 건강에도 좋다는데 나는 야간을 하면서도 언젠가는 야간을 하지 말아야 한다고 마음속으로 생각했다.

야간을 할 때는 점심도 먹지 않고 온종일 눈감고 누워있어도 깊은 잠을 잘 수가 없었다. 잠을 잤는지 말았는지 몸은 찌뿌둥하고 피로가 풀리지 않았다. 한마디로 몸과 마음이 개운한 날이 없었다. 그래도 일주일씩 주야 교대근무라 주간 근무하는 날만을 기다리며 야간 근무를 했다.

회사는 모든 조직원이 최저의 원가로 최고 품질의 제품을 만드는 것이 공동 목표다. 경비도 그 조직의 일부다. 회사의 재산을 보호하고 각종 안전 사고나 재해를 사전 예방하기 위해 24시간 보초 근무와 안전 순찰을 한다. 그 회사는 과거에 화재가 발생해서 공장이 전

소되었다고 한다. 그래서 경비원들을 증원하고 더욱더 세밀하고 철저한 순찰을 요구하는 것이었다. 순찰 코스를 촘촘히 하고 점검 사항을 더욱더 세분화하여 순찰했다.

그 회사는 과거에 대단한 회사였단다. 차량용 에어컨 특히 버스나 트럭용 에어컨을 우리나라 최초로 생산했다고 한다. 초창기에는 공급이 수요를 따르지 못해 회사 주변에 수많은 차가 에어컨 장착을 위해 대기하고 있었다고 한다. 그런데 경쟁사가 많이 생기고 양질의 제품이 쏟아져 나와 매출은 반 토막이 나고 이익이 감소하는 바람에 경영이 조금 어려워졌다고 한다.

내가 보기엔 총수의 안목이 회사를 어렵게 만드는 것 같았다. 자동화 설비에 전혀 투자하지 않고 고물 수준의 오래된 프레스 기계나 수작업으로 이루어지는 용접 작업, 선진화된 회사에는 로봇이 용접하는데, 그 회사는 그런 게 없었다. 그런 시스템으로 앞으로 몇 년이나 더 버틸 수 있을지 걱정되었다. 최첨단 기술과 자동화된 생산 시스템에서 근무한 경험자의 시각으로 보았을 때, 그 회사는 30년 전의 대기업을 보는 것 같았다. 짧은 기간이지만 내가 근무하는 회사가 무궁한 발전을 이루기 위해 무언가 변하지 않으면 안 된다는 생각이 들었다.

마지막 촛불이 밝다

🌿 사람이 늙으면 모든 생활은 체력이 뒷받침되어야 가능하다. 경비 업무도 특히 체력이다. 하루 8시간씩 정문에 서서 입초 근무를 한다는 것은 굳건한 두 다리가 있어야 한다. 온종일 서서 근무한다는 것도 보통 일은 아니었다. 처음엔 발이 붓고 다리가 아팠으나 점점 숙달되니까 조금씩 익숙해졌다. 시간만 나면 걷고 뛰고 해서 체력을 보강했다.

매일 아침 5시에 기상해서 6시까지는 비가 오나 눈이 오나 달리고 또 달렸다. 비가 오면 넓은 실내 주차장에서 달렸다. 눈이 와도 마찬가지였다. 처음엔 회사 바깥으로 나가 공단로를 달렸다. 그러나 겨울에는 아침 5시면 너무 어두웠다. 가로등이 있지만 컴컴한 곳이 많았다. 밤길을 혼자 뛰니까 조금은 무섭고 으스스하기도 했다. 인적이 드물고 외진 곳, 우범지대 같은 곳도 있어, 안전한 회사 내에서 운동하기로 했다. 나이가 일흔이 넘어가면서 뛰는 것은 관절에 무리가 되었다. 그래서 30분은 뛰고 30분은 걸으며 체력 안배를 했다. 매일 공단로를 10km씩 달리는 것은 그때부터 포기했다.

나의 운동량을 보고 동료들은 대단한 체력이라고 칭찬을 아끼지 않았다. 내가 운동을 열심히 하는 것은 아직도 건재하고 체력이 왕성하니 나이 많다고 너무 무시하지 말고 함부로 행동하지 말라는 뜻이 담겨있기도 했다.

세상만사 어디를 가도 단체 생활이나 조직 사회에서는 불협화음이 있다. 서로 개성이 다르고 생활 습관이 다른 사람들이 모여서 함께 생활하다 보면 사소한 의견 차이로 다툼이 생긴다. 이곳에서도 수시로 다툼이 생겨 격한 감정으로 서로를 비방하다 끝내 가까워지지 못하고 성질 급한 놈이 먼저 사표를 내고 떠나버리고 만다. 한 명이 떠나버리면 남은 사람들에게 그만큼 업무가 가중된다. 그것이 소위 동료들에게 민폐를 끼치는 것이다.

나는 나이가 제일 많고 고참인 만큼 서로 간에 화해를 시켜 불상사가 생기지 않도록 해보려고 해도 먹혀들지 않았다. 그런 와중에 꼭 미운 놈이 생긴다. 동료들 간에 조금만 이해하면 되는데 그게 어렵다. 청소를 잘하지 않고 게으름을 피운다든지 근무 교대 시간을 철저히 지키지 않는 등 사소한 것들이 쌓여 서로의 감정을 상하게 하여 시비가 붙는다. 그런데 중간에서 내가 중재를 해도 내 말이 먹혀들지 않으니 늙으면 서러운 것이다. 잘못을 지적하고 똑바로 하라고 부드럽게 타일러도 자기 잘못은 모르고 반항한다. 그런 사람은 결국 다른 동료들로부터도 미움을 받아 분위기에 적응하지 못하고 중도 하차한다.

나는 회사 생활 중 관리 감독직에 수년간 근무한 탓으로 남에게 일을 시키기를 좋아하는데 이젠 그게 전혀 먹혀들지 않았다. 나이가 많아 그런지는 몰라도 은연중에 무시당하는 일이 많았다. 나는 그런 꼴 당하기 싫어 입 다물고 조용히 내가 할 일만 열심히 하는 수밖에 없었다. 항상 형님이니까 솔선수범하고 조금 기분이 나빠도 참는 수밖에 없었다.

기숙사 생활도 재미있는 일은 없었다. 기숙사 3층 306호실 총원은 나를 포함해서 5명이다. 출신별로 보면 부산 2명, 진주 1명, 거제도 1명, 대구 1명으로 전국 각지에서 모여들어 수준도 맞지 않고 각양각색이다. 우리 방에는 아무리 지저분해도 청소하는 이가 없었다. 에어컨 필터 청소, 전구 교체, 바닥 청소 모두 내가 했다. 나도 그렇게 깨끗한 사람은 아닌데 다른 이들이 너무나 청소를 하지 않으니까 내가 하는 수밖에 없었다. 다른 사람은 현장 생산 요원이고 나만 경비 근무라 주 야간을 하는 탓에 잠자는 타이밍이 맞지 않아 애로 사항이 많았다.

나는 침대에 가림막 커튼을 만들어 치고 살았다. 그리고 혼술을 즐기고 싶으면 커튼을 치고 그 안에서 마누라가 만들어준 수제 돈가스를 굽고 집에서 가져간 맛 좋은 매실주를 즐겼다. 나의 냉장고 안에는 항상 혼술을 즐기는 데 필요한 식재료가 준비되어 있었다. 기숙사에는 가스레인지와 전자레인지가 있어 간단한 요리는 해 먹을 수 있었다. 나는 술을 좋아한다. 술이 곧 나의 인생이다. 술은 모든 근심 걱정을 잊게 해주고 마음을 즐겁게 해준다. 그렇게 즐기다 보니 체중이 80kg으로 늘어 버렸다. 옛날에는 배가 나오면 사장님 폼이라 하고, 불룩하게 나온 배를 인격이라 했다. 내가 어릴 적엔 모든 사람이 거의 영양 부족 상태였다. 성인 남자의 평균 체중이 60kg(100근) 미만이었다. 그 시절에는 남자는 100근(60kg)은 돼야 한다면서 모든 사람이 살찌는 것이 희망 사항이었다. 요즘 세상은 배가 나오면 인격이 아니고 비만 관리 잘못으로 인식되어 대접받지 못하는 세상이 되어버렸다. 나 자신도 체중 감량이 최대 고민거리로 365일 내내 다이어트를 하고 있지만, 체중은 맨날 그 자리다. 나는 늙으면 저절로 체중이 감소하는 줄 알고 살아왔는데, 한 번 올라간 체중은 내려갈 줄을 모른다.

인생살이 70이 넘었으나 늙어보지 않았으니 앞으로 다가오는 일은 잘 모른다. 인간 100세 시대를 위해 한층 더 건강을 챙기며 수신제가하고 어려운 이웃엔 내 능력껏 베풀며 살아갈까 한다. 마지막 근무가 될 그 회사에 열과 성을 다해 근무하고 주위의 동료들에게도 선배로서의 소임을 다해서 근무하고 싶었다.

마지막 근무

🌿 회사 정문에서 출근하는 임직원을 향해 힘찬 거수경례로 하루를 시작하는 경비 업무도 처음엔 부끄럽고 창피하기도 하고 육체적으로 피곤한 직업이었다. 그래도 숙련되자 체력만 뒷받침된다면 언제까지고 근무할 수 있을 것 같았다. 그러나 회사에 떠도는 소문이 이제는 70세 이상은 계약 기간이 끝나면 재계약할 수 없다는 것이었다. 현장에서 근무하는 70대 작업자가 과로로 쓰러졌다는 것이다. 나도 벌써 5년이 다 되었다. 한 달만 있으면 5년이고 나이도 70이 넘었으니, 내가 여기에 해당하여 이젠 그만하고 떠나야 할 것 같은 예감이 들었다.

나이는 숫자에 불과하다지만 가는 세월을 이길 사람은 없다. 나이가 들어갈수록 자꾸자꾸 힘들고 체력에 부담을 느낀다. 나도 열심히 체력 단련을 해서 좀 더 활기차게 젊은 사람들처럼 행동하려고 노력은 하지만 한계가 있었다. 모든 행동에 순발력이 떨어지고 하나하나 하는 행동이 나도 느끼지 못하는 사이에 민첩하지 못한 것 같다. 그래서 그런지 주위 동료들은 나를 은연중에 노인 취급하는 것 같았다.

경비는 촉탁 근무라 매년 재계약하지 않으면 끝나는 것이다. 그러던 어느 날 계약 기간 30일을 남겨 놓고 나에게 재계약 불가 통보가 왔다. 만 5년 근무하고 그만두게 되는 것이다. 한때는 지긋지긋하게 싫다고 하면서 근무를 했지만, 막상 재계약 불가 통보를 받으니 많이 서운했다. 아직은 좀 더 근무할 수 있을 것 같았기 때문이었다.

2017년 10월 31일까지 시한부 근무를 하고 있는데 10월 30일 마지막 근무 하루를 남겨 놓고 고향 친구가 세상을 떠났다는 부고가 왔다. 중학교 교장을 역임한 덕망 있는 친구다. 내가 초등학교 동창 회장을 맡고 있었기에 나에게 부고가 온 것이다. 어릴 적에 같이 소 먹이고 꼴망태 메고 꼴 베러 다니던 고향의 소꿉친구다. 그렇지 않아도 재계약 불가 통보를 받고 미우나 고우나 정들었던 회사를 그만두고 떠나는 어수선한 판국에 친구마저 저세상으로 갔다니 마음이 착잡하고 서글퍼졌다. 벌써 우리도 저세상으로 갈 때가 됐나 싶어서 마음 한구석이 텅 비는 것 같고, 그 친구와 어릴 적에 같이 소 먹이러 다니던 시절이 생각났다. 그 옛날 소싯적이 더욱 그립다.

이제는 세상살이 재미있고 행복하게 살아가야 할 시기인데, 아직은 떠날 때가 아닌 것 같은데, 안타까운 일이다. 친구도 가고 나도 다음날이면 야간 근무를 끝으로 마지막 작별을 하고 회사를 떠난다. 어딘가 마음이 뒤숭숭하고 가슴이 텅 비는 것 같았다. 5년 동안 살았던 정든 기숙사를 정리해야 하고, 친구 빈소 조문도 해야 하고 정신없이 바빴다. 다행스럽게도 마지막 야간 근무는 근무라기보다는 놀러 간다는 진해 속천항에 있는 진해 중공업(선박 수리하는 곳인데 공장은 가동되지 않고 시설물만 지키는 곳)에서 근무하게 되었다. 대문만 굳게 걸어 잠그고 누워서 CCTV로 감시만 하면 되는 곳이다. 31일 나는 오후 진해 근무지로 가는 길에 친구 빈소를 조문할 요량으로 기숙사 방을 서둘러 정리하고 차량 트렁크에 이삿짐을 몽땅 싣고서, 친구의 빈소가 차려진 마산 삼성병원으로 가서 친구의 마지막 가는 길을 조문했다. 허전하고 슬픈 기분을 억제하고 근무지인 진해 속천항에 있는 진해중공업에 도착하여 야간 근무 출근부에 지문인식을 했다.

저녁노을이 붉게 물드는 진해 속천 앞바다를 물끄러미 바라보았다. 이 아름다운 광경도 이제 마지막이구나 생각하니 떠나는 것이 아쉬웠다. 마지막 근무를 가장 재미있고 보람있게, 추억에 남는 근무를 하고 싶었다. 누구 하나 수고했다거나 이제 떠나느냐고 다정한 말 한마디 건네는 사람도 없이 쓸쓸하게 5년이라는 길다면 긴 세월에 종지부를 찍는 날이었다. 나는 회사 옆 수산회센터에 가서 광어와 우럭 회를 듬뿍 샀다. 살아서 돌아다니는 싱싱한 놈을 잡아 왔다. 그리고는 막걸리와 소주를 사서 나 홀로 근무하면서 송별의 밤을 시작했다. 그동안 수고 많았다고 자화자찬하면서 마지막 근무까지 멋지게 끝내자고 다짐했다.

입사가 엊그제 같은데 벌써 5년이란 세월이 흘렀다. 역시 세월은 빠르다. 67세에서 시작해 72세가 되었으니 흘러가는 강물같이 세월이 빠르다. 잠깐 쉬었다 가는 기분인데, 5년이란 세월이 지나갔다.

한 잔 두 잔 마시다 보니 어느새 취기가 올랐다. 아방궁이 따로 있나, 얼마나 호화스러워야 만족하나, 이 정도면 됐지, 콧노래 부르면서 유종의 미를 거두겠다는 각오로 마지막 야간 근무는 진행됐다.

그래도 근무이니까 마음 한구석 약간 긴장은 되지만 마지막 밤이라 생각하니 삼수갑산 가더라도 기분 좋게 그 밤을 보내려 했다. 나 스스로 5년 동안 적지도 않은 나이에 정말 수고 많이 했다 위로하면서 지난 일을 회상해보았다.

우여곡절도 많았다. 동료들과 좀 더 멋지고 즐겁게 근무하지 못하고, 나이가 제일 많으면서 형님다운 면모를 보이지 못한 것이 마냥 아쉬웠다. 한편으론 창원이란 곳에 와서 아무 탈 없이 건강하게 지내고 가는 게 다행이라 생각했다. 내가 필요해서 창원이란 곳에 와서 짧다면 짧고 길다면 긴 세월을 보냈지만, 마지막 떠나는 순간에 냉정하게도 누구 하나 따뜻한 말 한마디 건네 오는 사람이 없는 게 제일 많이 서운했다. 내가 정이 없고 베풀지 않아 그렇다고 자책하며 마지막 밤을 보냈다. 그날 밤만 무사히 보내면 멋있는 마무리가 된다고 생각하자 마음 홀가분했지만, 아쉬움도 남았다. 즐거운 2017년 10월 31일 밤은 깊어만 갔다.

내 삶을 되돌아보니

🌱 나이 들면 모두 하는 말, 세월이 정말 빠르다는 것이다. 내가 살아온 한평생이 순간처럼 느껴진다. 그러기에 인생살이도 그만큼 짧게 느껴진다. 사람들은 세대에 따라 세월이 가는 속도가 다르게 느껴진다고 한다. 나도 지난 세월이 한 줄기 회오리바람처럼 휭하니 지나간 것 같다. 왜 그렇게 한 치의 여유도 없이 뒤돌아볼 겨를도 없이 급하고 바쁘게 살아왔는지 생각하니 숨이 막힐 지경이다. 조금만 더 여유 있게 생각하고 지혜롭게 살았다면 삶의 질이 바뀔 수도 있었을 텐데, 지나고 보니 아쉽고 후회된다.

나는 1946년 3월, 태어나 다섯 살에 6·25 전쟁을 겪고 21살에 공산주의와 싸우고 있는 월남전에 참전, 두 개의 전쟁을 경험했다. 까마득한 옛날같이 느껴진다. 나는 전기도 없는 심심산골에서 태어나 원시적인 환경 속에서 성장했다. 물레방아가 돌아가고 소달구지 덜컹거리며 다니던 시골에서 어린 시절을 보냈다. 빈농의 부모 아래 4남 2녀의 6남매 중 둘째로 태어나, 맨날 꼴 베고 소 먹이러 다니고, 또 시간 나면 산으로 나무하러 갔다. 소 먹이러 다니면 활동량이 너무 많아 검정 고무신이 하도 잘 떨어지니, 아버지가 만들어주신 짚신을 신기도 하고, 겨울에는 양말 대신 어머니가 만들어주신 버선을 신곤 했다. 그 시절에는 혹독한 겨울 추위에도 내의가 없어 무명 베로 바지저고리를 만들어 입었다.

가정 형편이 어려웠지만, 배우고 싶은 열망이 있어 주경야독으로 중, 고등학교 과정을 강의록으로 공부했다. 교육에 관심이 없던 부모님 밑에서는 낮에는 공부할 수 없었고 밤에만 해야 했다. 밤에는 전기가 없어 어두운 호롱불(석유 등잔) 밑에서 공부를 했다. 요즘같이 전기가 있었으면 얼마나 좋았을까?

낮에는 비가 오지 않으면 날마다 지게 지고 산으로 가서 나무를 하든지, 아니면 논밭에 나가 농사일을 도와야 했다. 농토도 적어, 논 몇 마지기 농사지어 봐야 그저 밥은 굶지 않고 근근이 지낼 정도였으니, 흉년이 들면 초근목피로 연명했다. 겨울이면 고구마가 주식이었고 시래깃국으로 배를 채웠다. 아무리 열심히 발버둥 쳐봐야 소 한 마리 사서 키울 형편도 못되고, 살림살이 형편은 맨날 그 자리, 지긋지긋한 가난과 지게 지는 것을 탈피하기 위해 돌파구를 찾다 해군에 지원 입대하게 되었다.

해군에 입대해서 혹독한 대가를 치렀다. 내 인생에서 첫 번째로 세월이 빨리 가지 않았던 시기는 민간인이 군인이 되는 해군 신병 훈련소 시절이었다. 자유분방한 나무꾼에서 정예 해군이 되는 훈련 과정이 너무나 적응하기 힘들었다. 울도 담도 철조망도 없는 해군 신병 훈련소에서 몇 번이나 탈영을 생각했다. 너무 힘들어 훈련에서 단 한 번이라도 빠지고 싶었지만, 기회가 주어지지 않았다. 다른 동료들은 배가 아프다 어디가 불편하다고 엄살인지 진짜인지 모르겠지만, 의무실도 자주 들락거리며 훈련에서 빠졌다.

그런데 나는 배가 고파 잔반도 집어먹고 식당에서 버린 배추 뿌리 같은 걸 집어 먹어도 그 흔한 설사나 배탈도 한번 나지 않았다. 신병 훈련소에서 단 1분도 훈련에 불참한 적이 없다. 나는 해군에 입대하는 날까지 지게 지고 산에 나무나 하러 다니며 아무런 시간 개념 없이 야생마처럼 살다가, 시간과 규칙에 얽매여서 1분 1초도 여유가 없는 해군 신병 훈련소 12주(3개월)가 너무나 지루하고 힘들어 달력을 침대 매트리스 밑에 넣어두고 매일매일 체크하면서 훈련을 했다.

두 번째로 세월이 빨리 가지 않았던 시기는 월남전 참전 16개월이다. 찌는 듯한 더위, 비 오듯이 흐르는 땀, 내리쬐는 태양 아래서 작전(作戰)에 참여해야 했다. 목숨은 보장이 없고 수통에 물은 떨어져 목은 타들어 가는데 어디서 물 한 모금 구할 수 없었다. 아무것도 먹지 못하고 죽지 못해서 살아야 하는 고통, 차라리 살아있는 게 원망스러울 때도 있었고, 베트콩의 기습 공격을 받아 여기저기 떨어지는 포탄과 빗발치듯 쏟아지는 총탄을 피해 조그마한 구덩이에 이 한 몸 살아보겠다고 큰 덩치를 숨기고 숨조차 쉴 수 없었던 급박했던 상황들, 그러나 이 혹독한 시련의 전쟁에 참전한 대가로 받은 참전 수당은 가난한 우리 부모님의 살림살이에 가뭄의 단비였다. 매월 내가 송금한 돈으로 소도 한 마리 사서 키우고 동생들 교육에도 도움을 줄 수 있었다. 그 당시 공무원 초봉이 만 원이 안 되는 시절이고 쌀 한 되에

20~30원 하던 시절이었으니 매월 집으로 송금되는 참전 수당의 가치는 컸다. 가난에서 벗어나기 위해 이 한 몸 희생할 각오로 지원하게 된 월남전 참전, 가족과 나를 위한 목숨 건 도전이었다.

1960년대 우리나라 전체가 너무나도 가난했을 때 심심산골 농촌의 살림살이야 말할 것도 없었다. 나의 월남전 참전은 국가 경제도 살리고 우리 부모님도 가난을 벗어나는 계기가 되었다. 다행히도 무사히 살아서 귀국했으니 이제는 하나의 추억으로 자리 잡았다. 세월이란 몸과 마음이 편안하고 행복할 때나 괴롭고 슬프고 고통스러울 때나 똑같은 속도로 흘러가지만 느낌은 다르다.

너무나 빨리 흘러간 세월 탓에 내 나이 벌써 70대 중반을 넘었다. 세월은 되돌릴 수도 없고 붙잡아둘 수도 없는 것, 하루라도 빨리 내가 하고 싶은 일 하고 인생 마무리해야 하는데 그냥 하루 이틀 구름에 달 가듯 잘도 흘러간다. 나에게 남은 인생 중에 오늘이 가장 젊은 날이라는 노랫말도 있듯이 그래서 오늘을 가장 행복하고 즐겁게 살려고 노력하지만, 인생살이 마음먹은 대로 되지 않는다. 세월은 흐르는 물과 같이 쉬지 않고 흘러가는데 나의 육신은 하루하루가 다르게 세월의 무게를 이기지 못한다. 서 있는 것보다는 앉아 있는 게 편하고, 앉아 있는 것보다는 누워있는 게 편한 게 현실이 되었다. 이렇게 늙어가는 것이구나 하는 생각이 든다.

두 번 다시 만나볼 수 없는 오늘, 오늘을 헛되이 보내면서 즐거운 내일을 바란다는 것은 씨를 뿌리지 않고 수확하겠다는 것과 마찬가지라는 것도 알고 있다. 이 좋은 세상 어떻게 어영부영하다가 오늘 여기까지 흘러왔는가 생각해본다. 후회는 없는가? 한 편의 드라마 같은 내 인생, 지난 세월은 그래도 조금 허술하고 빈틈이 있어 나는 해군에도 입대하고 대기업에도 취직해서 남보다 뛰어나게 출세는 못 했지만, 보통 사람들 속에 이리저리 섞여서 어깨를 나란히 하고 살아올 수 있었다.

나는 사회생활을 하면서 내가 하고 싶은 일을 할 수 없었고, 희망은 있어도 실천에 옮겨보지도 못하고 살았다. 내 주위의 모든 환경이 나를 그렇게 만들었다. 떳떳하고 당당하게 살지 못하고, 눈치 보며 살아온 것 같아 참으로 미련이 많이 남는 것도 사실이다. 뛰어봐야 벼룩이라는 속담처럼 열심히 노력하고 발버둥 쳐도 맨날 그 자리여서 체념하고 살 때도 있었다. 그래도 지금 생각해보니 싫든 좋든 한 직장에서 일편단심 외길인생으로 살아왔던 것이 축복이었다.

내 인생의 목표는 내가 비록 배우지 못했지만, 자식은 좋은 교육을 해 나의 한(恨)을 대신 보상받는 것이었다. 정말 내 인생의 가장 큰 장애물은 가방끈이 짧은 것이었다. 천추의 한(恨)이다. 젊을 때는 강한 정신력과 패기와 끈기로 버티고 위기가 닥치면 뛰어난 재치와 감각으로 험한 인생행로의 고비를 슬기롭게 넘기고 살아왔다. 되돌아볼 겨를도 없이 앞만 보고 살아오다 보니 어느새 꽤 많은 세월이 흘러가 버리고 말았다. 이 자서전을 시작한 지도 20여 년이 다되었다. 막상 자서전이란 걸 쓰기 시작하니 이것 역시 어려웠다. 쉬운 게 없다.

이젠 모든 것 내려놓고 나의 현 위치를 파악해서 남은 인생은 내 능력 안에서 행복하게 살아갈까 한다. 슬하에 아들 둘이 있는데, 둘 다 내가 원하는 대로 전공을 선택한 것은 아니다. 그것 또한 돈만 있다고 되는 건 아닌 듯하다. 내가 생각하기엔 학교만 보내주면 죽기 살기로 열심히 공부해서 부모 마음을 만족하게 해주리라 믿었는데 그것도 나의 지나친 욕심이었다. 그래도 아들들이 나름대로 열심히 노력한 덕분에 모두 대기업 중견 간부다. 손자 3명에 손녀가 1명 있는데 너무나 귀엽고 사랑스럽다. 모두 무럭무럭 자라고 있으니 이게 바로 행복이 아닐까 싶다.

말년에는 심산계곡에 전원주택을 짓고 텃밭이나 가꾸면서 살고 싶었는데, 그것도 사정이 여의치 않아 실행이 어려울 것 같다. 인생 살이 새옹지마라 마음먹은 대로 되지 않는다. 이렇게 한평생을 살아보니 항상 20% 정도 부족해서, 하고 싶은 대로 할 수가 없다.

요즘 세상에 어지간하면 사람들이 전원주택들을 짓고 사는데, 능력과 자질이 부족한 나는 전원주택과는 점점 거리가 멀어지는 것 같아 안타까울 뿐이다. 아무나 전원주택을 짓고 텃밭 가꾸면서 사는 게 아닌 것 같다. 나는 나의 능력 부족으로 어쩔 수 없이 그냥 도심 속의 아담한 내 빌딩 안에서 만족하고자 한다. 첩첩산중 두메산골에서 시작된 인생을 네온 불 번쩍이는 도심의 번화가에서 마무리할까 생각하면서 많은 시간을 끌어온 나의 자서전도 여기서 끝낼까 한다.